최정희 소설 전집 **4**

인생찬가
너와 나와의 청춘

최정희소설전집편집위원회

손유경 | 서울대학교 국어국문학과 교수
한경희 | 한국학중앙연구원 신집현전 태학사 과정생
나보령 | 국립한국해양대학교 동아시아학과 조교수
이병순 | 한국공학대학교 지식융합학부 교수
장영은 | 성균관대학교 동아시아학술원 초빙교수
유승환 | 서울시립대학교 국어국문학과 부교수

최정희 소설 전집 **4**

인생찬가 | 너와 나와의 청춘

초판 인쇄 · 2026년 3월 25일
초판 발행 · 2026년 3월 30일

지은이 · 최정희
엮은이 · 최정희소설전집편집위원회
펴낸이 · 한봉숙
펴낸곳 · 푸른사상사

편집 · 지순이, 김수란
등록 · 1999년 7월 8일 제2-2876호
주소 · 경기도 파주시 회동길 337-16(서패동 470-6)
대표전화 · 031) 955-9111~2 | 팩시밀리 · 031) 955-9114
이메일 · prun21c@hanmail.net
홈페이지 · http://www.prun21c.com

ⓒ 최정희, 2026

ISBN 979-11-308-2366-9 04810
ISBN 979-11-308-2362-1 (세트)
값 36,000원

최정희 소설 전집 4

인생찬가
너와 나와의 청춘

최정희소설전집편집위원회 엮음

푸른사상
PRUNSASANG

일러두기

1. 이 책의 원텍스트는 「人生讚歌」(『여성계』 1957년 4월호~1958년 11월호), 「너와 나와의 靑春」(『주부생활』 1957년 9월호~1959년 3월호)이며, 원문 그대로 표기하는 것을 원칙으로 한다.
2. 원문에 ××로 표기되어 있는 부분은 ××로, 원문 상태가 몹시 불량하여 도저히 판독 불가능한 부분은 □□로 표기한다.
3. 문장의 끝에 온점(마침표)이 누락된 경우가 많은데 모두 온점을 넣어 표기한다.
4. 한자의 경우 한자와 한글을 병기하거나 한자만을 표기한 원문을 그대로 따른다.
5. 원문에 오류가 있거나 등장인물의 이름이 잘못 쓰인 경우, 오자인 경우는 각주를 달아 바로잡는다.
6. 대화 부분에서 사용된 원문의 낫표(「」), 겹낫표(『』)는 문맥에 따라 큰따옴표와 작은따옴표로 바꾸었다.
7. 한자로 표기된 숫자는 아라비아 숫자로 바꾸었다.

최정희 소설 전집 간행 의사를 접한 주변의 첫 반응은 '아직 없었느냐'는 것이었다. 전집이 없다는 것이 의아하다는 말은 전집이 있을 법한 혹은 있어야 할 작가를 향한 말이다. 20세기 전반을 가로지르며 작가, 배우, 기자로 활약한 최정희(1906~1990)는 역동적 한국 현대사의 충실한 기록과 그 이면에 대한 도발적 폭로를 수행한 프로페셔널한 전업 여성작가였다. 일제강점기 민중의 현실과 지식인의 고뇌, 해방기의 민족적 혼란, 전쟁과 분단이 야기한 젠더 구조의 재편성에 이르기까지, 최정희는 한국 현대사의 계급, 민족, 젠더의 핵심 이슈를 우회하지 않고 그대로 관통하면서 수많은 논란과 빛나는 문학적 성취를 낳은 우리 문학사상 최고의 문제적 작가이다.

"나는 이런 것을 보았다." 산문집 『젊은 날의 증언』(육민사, 1963) 한 챕터 제목이기도 한 이 문장은 작가 최정희의 치열한 글쓰기가 개인과 사회를 향한 그의 철저한 응시에 뿌리내리고 있었음을 암시한다. 그 시선은, 눈에 보이지 않는 인간의 내면이나 직관적으로 포착되는 영혼의 움직임에 가 닿기도 하고, 노골적 폭력이나 격정적 사랑을 향하기도 하며, 눈앞에 전개되는 처절한 인간사와 그 이면의 진실에 접근하기도 한다.

여섯 명으로 이루어진 최정희소설전집편집위원회는 최정희의 이러한 면모가 더 많은 독자에게 더 잘 이해되고 더 입체적으로 파악되기를 바라는 마음으로 전집 발간 작업에 임하였다. 이미 푸른사상사에서 최정희의 장편소설 『데스마스크의 비극』과 『그와 그들의 연인』을 발행하신 이병순 선생님(3권 책임편집)은 흔쾌히 이번 전집에 두 작품을 그대로 포함시켜주셨다. 대학원 수업을 통해 확보한 귀한 pdf 자료를 사심 없이 공유해준 유승환 선생님(4권 책임편집)이 아니었다면 발간 작업은 훨씬 더디게 진행되었거나 아예 착수조차 되지 못했을 것이다. 원문 대조 등의 고된 작업과 시력·체력을 맞바꾼 한경희 선생님(1권 책임편집)과 나보령 선생님(2권 책임편집), 장영은 선생님(4권 책임편집)께 감사드린다. 손유경(5권·6권 책임편집)은 이 기획 전반을 조율하였다.

텍스트 입력이라는 더없이 고단한 작업을 맡아준 서울대학교 국어국문학과 대학원의 서욱희, 변하연, 민선혜 세 분 선생님의 노고에 각별한 사의를 전하고 싶다. 최정희 작가의 사진을 제공해주신 김채원 작가님과 세심하고 다정하게 일을 진행해주신 푸른사상사 편집부에도 깊이 감사드린다.

2026년 2월
편집위원들을 대신하여 손유경 씀

차례

제1회
편집실

편집장 안내로 사장을 비롯하여 다른 편집부의 편집장 및 부원들한테 인사를 마치고 제자리에 돌아온 형재는 들이긋던 숨을 뚝 멈추고야 말았다. 아까까지도 없던 여기자가 셋씩이나 테이블 두개의 간격을 둔, 가까운 거리(距離)에 마주 앉아 있는 것이었다. 인사를 다니면서 보아도 이처럼 셋씩이나 쭈르르 앉아 있는 데는 없는 것 같았다.

여성잡지 편집부라 다른가 부다고 생각은 하면서도 재형[1]은 목을 돌려 인사를 치르고 온 다른 여러 편집부를 훑어보았다. 칸사리 하나 막지 않은 활짝 넓은 방이라 다 잘 보였다.

잡지 『창조』(創造) 편집부에는 여기자 하나가 오뚝히 앉아 무엇을 쓰고 있고 그 곁의 『야사』(野史) 편집부에는 여기자가 둘이 앉아서 이쪽을 흘끔흘끔 돌아다 보며 이야기[2]하고 있으나 그들은 좌우편으로 갈라서 앉아 있었다. 『어린이의 벗』 편집부에는 여기자가 하나도 보이지 않다. 『혜성』 편집부에도 하나만 보였다.

"인사들 하시지. 『신여성』 편집을 도아줄 한형재씹니다. 자 미쓰[3] 석부터 인사하실까?"

편집장 말 소리에 형재는 목을 돌리고 자기 앞에 쭈르르 앉은 여기자한테로 시선을 보내었다. 어느새 좌편쪽에 앉은 여자가 사쁜히 일어 섰다. 형재도 일어

---

1   오기. '형재'가 '재형'으로 잘못 표기되어 있음.
2   원문 흐릿하나 '이야기'로 추정됨.
3   미쓰(Miss) : 결혼하지 않은 여자에게 정중히 말을 하거나 편지를 쓸 때 이름 앞에 붙임.

섰다.

"…………"

"…………"

허리만 굽혔을 뿐, 피차에 말이 없었다.

"무슨 인사가 그렇담? 무언극이군. 저는 한형재올시다. 저는 석정려올시다. 하지 못해요?"

편집장이 두사람을 번갈아 보며 싱글싱글 웃었다.

빨개진 얼굴을 숙이고 자리에 말없이 앉아 버렸다. 어깨까지 내려드리운 머리가 열린 창으로 들이치는 바람결에 굽실굽실 물결을 치고 있었다.

"김순기라고 합니다."

가운데 여자가 일어 섰다.

바루 정면의 여자였다.

"한형재올시다."

여자 편에서 먼저 이름을 대는 탓이었든지 형재도 쉽게 이름을 주서 대었다.

"미쓰홍이얘요. 『신여성』 편집부의 외근기자라요. 많은 지도를 바랍니다."

핑크빛 완피쓰의 제일 화려해 보이는 여자였다.

"그렇지. 미쓰홍이 젤야."

그렇지 않아도 미쓰홍이라는 여자가 일어설 때 부터 공기가 달라지는 눈치였는데 형재 바른편에 앉은 기자가 미쓰홍에게 야유 비슷이 나오니까 모두들 와르르 웃는 것이었다.

"이왕이면 창덕궁인데 인사 할바엔 철저히 해야 할꺼 안애요. 우물쭈물할게 뭐애요."

"암. 그렇구 말구……"

이번엔 형재 왼편 기자가 나섰다.

또한바탕 와르르 웃었다. 바루 가까운 거리의 『야사』 편집부원들 까지 웃음에 합세를 했던 것이다. 미쓰홍은 그대로 서서 웃어주는 주위를 둘러 보고 있었다. 아무렇지도 않은 얼굴이었다. 입술 밖에까지 나가게 칠한 연주 탓인지 탁한 인상을 주었다. 앞 머리를 거의 전부 싹뚝 짤라서 이마를 덮고 있었다.

형재가 앉아 버리자 미쓰홍도 앉았다. 다시 세 여자가 마즌편에 진을 치고 앉아있게 된 것이다. 형재는 새삼스러울 것도 없이 마즌편에 진을 치고 앉아 있는 여자들을 건너다 보았다. 고개를 다른 쪽으로 교기[4] 전에는 아므렇게나 하고 있어도 그들을 보게끔 그들과 대좌(對坐)하게 되었던 것이다. 형재와 정면으로 앉은 가운데 여자는 우뚝히 높았다. 그 좌우(左右)로 앉은 두 여자는 똑같이 키가 낮았다. 키가 큰 가운데 여자를 중심으로해서 좌우쪽으로 활등같은 선을 긋는다면 그들 셋은 반원형(半圓形)을 이루어 주는 것이다. 그 반원형에다 자기와 그들 사이를 선(線)으로서 연결시켜 보았다. 제일 먼저 정면으로 앉은 가운데 여자와의 사이를 연결 시키고 다음으로 우측에 앉은 미쓰홍과 연결 시켰다. 다시 좌측의 석정려와도 연결 시켰다. 그러고 보니 반원형과 세개의 선은 완전히 한데 연결 된 셈이었다. 그렇게 연결된 선과 반원형은 낙하산(落下傘)과 같은 것이라는 생각으로 형재는 무뜩하게 되었다. 지상(地上)을 향해 투강(投降)하는 활짝 다 펴진 낙하산의 형체라고 생각하는 것이었다.

형재는 눈을 딱 감아 버렸다. 낙하산이라고 생각하게 되는 그 찰라에 그것은 아찔히 높고 푸른 하늘로 둥둥 떠 올라가는 것을 깨달았기 때문이었다.

형재는 다시 두손으로 얼굴을 마구 싸기까지했다.

낙하산은 험한 산을 넘고 깊은 강물을 지나더니 장거리포가 미칠듯이 불을 뿜으며 터지는 전쟁도에 이르는 것이었다. 우당탕, 탕, 탕 따따따 따따따 치렬한 전투가 끝나기도 전에 형재는 적의 포로가 되어 버렸다.

"미스터한은 수집기[5]가 여자 같아."

편집장의 말 소리에 형재는 두손을 풀고 눈을 떴다. 손에서 까지 땀이 흘러

4 　원문에는 '교기'로 나와 있지만, '꼬기'의 오기로 추정됨.
5 　'수줍기'의 옛말.

내렸다. 수건을 꺼내 땀을 씻는 것이나 마음이 후련해지지는 않았다.

"왜 여자면 수집어야 하나요? 단연 남성들과 어깨를 같이 해야 할 우리 여성들인데 왜 수집어요?"

미쓰홍이 편집장 말에 반기를 들고 나서는 것이었다.

"암 그렇지. 쌍벌죄가 성립되는 시대라는걸 알아야 해. 하하하."

형재 바른편 테이블 임자가 말 뒤에 호탕하게 웃었다. 형재는 아까 그와 인사를 했으나 이름을 알지 못하고 있었다.

"총각이 쌍벌죄를 알구 양군 여간이 아닌데."

형재 왼편의 기자가 형재 바른편의 기자를 빈정대었다.[6] 여기서 형재는 그가 양군인것을 알았다.

"노총각이 그걸 모를라구…… 더구나 『신여성』 편집자의 일원으로서. 저번호, Y씨의 쌍벌죄 사건은 본인이 취급했다는 사실을 잊어버렸든가?"

양군이 열심으로 설명했다.

"하여간 여성전성 시댄것만은 사실이애요. 바야흐로 모권제도가 실시될것같은 기운이 농후한걸요. 자유시장에 가보면 분명히 알게 돼요. 자유시장엔 맨판 여자들 천지가 안애요. 그 여자들의 남편들이 뭘하고 있겠는가 여기대해서 생각해 보신일 있어요?"

미쓰홍이 테이블을 탁탁 쳐 가며 기염을 토했다. 형재는 담배를 꺼내어 물고 석냥을 그어대었다.

"뭣들을 하구 있을까?"

양군이라는 기자가 미쓰홍을 구경꺼리처럼 바라보며 이죽거렸다.

"아이를 보고 있든가, 밥을 짓고 있을께 아니겠어요?"

"나이쓰. 나이쓰."

김순기가 손벽을 딱딱딱 쳐가며 미쓰홍을 응원했다. 잇몸 전부를 들어내 놓

---

6 원문에는 빈정대ㅅ다로 흐릿하게 표기되었으나 빈정대었다로 추정됨.

며 김순기는 통쾌하다는듯 웃었다.

"미쓰김두 미쓰홍과 같은 사상이시군?"

양군이 빈정대었다.

"미쓰김이나 미쓰홍은 남녀동등권이 남자가 여자하는 일을 하고 여자가 남자하는 일을 하게 되는데서 온다고 보는 모양이지?"

양군이 나섰다.

"그럼요. 위선[7] 여자들이 경제권을 가져야만 남자의 암박[8]에서 벗어날수 있을 테니까요. 모든 남성들이 그 아내가 밖에 나가 활동하는 사이에 집안에서 밥이나 짖고 아이나 보고 하게되느라면 자연 경제권을 여자에게 박탈당하고 말거 아니겠어요."

"이사람 유군. 인제 자네두 모름지기 가정으로 들어가게."

"자네가 결혼하면 같이 들앉세그려. 그런데 난 아이새끼 우는건 딱 질쌕인데 어떡한담."

"우리집에 보내버려라."

"자네가 어떡할텐가?"

"진종일 심심할테니까 어린애하고 써-커쓰 노름이나 해야할꺼 아니겠나?"

"예끼. 그러다 떨어트리기나 하면 병신되게."

"왜 떨어트려. 안떨어트릴께."

유군과 양군의 주고 받는 말에 미쓰홍과 김순기는 열심으로 웃고 있었다. 석정려만이 냉철한 낯색으로 잠잠히 앉아 있었다.

"미쓰 석은 왜 아무말도 없어?"

편집장이 석정려의 냉철한 낯을 돌려다 보며 물었다.

"뭐라고 해요?"

---

7   '다른 것에 앞서 우선하는 일'이라는 뜻.

8   원문에 '암박'으로 되어 있으나, '압박'의 오기로 추정.

"미쓰 석도 남편을 집속에 들이 앉힐셈인가?"

"저는요, 여자가 여자의 실력을 완전히 갖추는데서 권리를 찾게 된다고 봐요."

석정려는 서슴지 않고 또렷한 소리로 댓구하는 것이었다. 형재는 담배 연기를 내뿜으며 그를 건너다 보았다. 눈이 무척 반짝이는 것을 발견했다.

"여자의 실력이라면 역시 미쓰홍이 말하는 경제권인가?"

"경제권을 가지는것도 좋겠지요. 그러나 그 이상 중요한것이 있어요. 여자의 천직인 살림살이와 아이 기르는 일이 바루 그것일것 같아요."

"미쓰 석은 너무 봉건적이야. 그런 퀴퀴 묵은 사상은 한강물에 갖다 던지란 말이야."

미쓰홍이 진한 입술을 삐이죽이 내밀며 말했다.

"퀴퀴 묵은것 같지만 가장 새로운 것일지 몰라. 그리고 억만년을 가드라도 변치않을 진리일지 몰라."

"어마나. 미쓰석이 인제 골탕 먹어봐야 알아. 지금은 남자를 우상처럼 생각하고 있기 때문에 저런 소릴 하는거야."

"미쓰홍은 남자를 개토수짝 같이 여긴단 말이지?"

윤군이 미쓰홍을 건나다 보며 한 말이다.

"개토수짝 같은 것들이 우쭐대자구만 하니 부화가 나지 뭐야."

"이거 재미 있는 논전인데. 여성잡지 편집원들이 해 볼만한 논전이야. 속기자라도 있었으면 좋겠는데."

편집장이 신이나 하는 눈치였다.

"우쭐거리거나 말거나 가만 내버려 둠 되잖아?"

"보기 싫은걸 어떡하느냐 말이야."

"하등 관계없는데 보기 싫을건 없잖아?"

"웃쭐대는게 눈앞에 보이니 가만있을수 없단 말이지."

"남자들이란 웃쭐거려 뵈지만 아무것두 아니래. 이건 우리 아버지가 하신 말씀이야."

"호오? 아무것두 아니라니?"

윤군이 양어깨를 추켜세우며 눈을 크게 떳다. 형재는 또 한대의 담배에 불을 부쳤다.

"제 자세를 똑 바루 가진 여자 앞에서 꼼짝 못 하는게 남자라고 아버지는 늘 그런 말씀을 하세요."

급사가 교정 볼것을 한뭉치를 편집장 테일불[9] 위에 놓고 갔다. 편집장이 이야기하던 것 같지도 않게 일거리를 뒤적거렸다. 다른 사람들도 그리로 얼골을 돌렸다.

"인제 나가 봐야지."

미쓰홍이 기지게 비슷이 팔을 올리며 일어 설 차부새를 했다. 양군은 큰봉투를 들고 뚜벅 뚜벅 나가고 있었다.

"미스터 양 오늘은 기여코 성공해요."

미스터 양이 휙 돌아섰다.

"K여사의 로맨쓰 말이죠?"

"그렇지."

"그거 안되겠는데요. 그 기사를 실리는 경우엔 자기 가정이 파괴된다구! 그러는데 그 소릴 듣구서 다시 요청할수 있어요."

"그럼 미스터 양이 쓰지 말고 다른 사람에게 부탁해 보시요. 가만있자… K여사의 내력 R여사가 잘 알겠구만… 그렇지 거기 부탁해서 쓰도록 합시다."

편집장의 가는 눈이 반짝거렸다.

"마찬가지 아니겠어요? 결과를 봐선…"

"그렇지만 K여사의 로맨쓰라면 대센세이숀을 이르킬텐데."

"그렇긴 하지만 남의 가정을 파괴할수는 없잖아요?"

---

9 테이블(table)의 오식.

"문제가 생기는 경우엔 내가 책임질셈치고 어떻게 해 보시오."

"그건 안됩니다. 그분이 파괴되는데 편집장님이 무슨 책임을 지신단 말입니까?"

"참 구미당기는 기산데…"

"그건 단념하십시요. 암만 구미가 댕기지만 남을 밟으면서까지 내 목숨을 채릴수는 없는겁니다."

편집장은 아직 단념을 못하는 낯색이었다. 미쓰터 양은 밖으로 나가 버렸다.

교정은 미쓰 김과 윤군과 형재 셋이서만 보았다. 석정려는 목차 커트[10]을 그리고 있었다. 말한마디 없이 새초롬하니 앉아 화필을 움지기고 있는 그의 모습은 '모나피자'[11]의 모습을 방불케 했다. 머리가 어깨 위에까지 내려드리운데서 오는 인상인지 모른다는 생각을 하면서 형재는 그를 가끔 건너다 보았다. 손눈섬[12]이 긴 탓인지 내려뜨리고 있는 눈이 유난히 검어보였다.

열두시 싸이렌이 불자 미쓰홍이 돌아 왔다. 핑크빛이 진초록으로 변했었다.

"야아, 존데."

미쓰터 윤의 환성이었다.

"난 또 파리에서 온색씬줄 알았네."

외국 잡지를 뒤적 거리던 편집장이 미쓰홍을 쳐다보았다. 김순기도 눈이 둥그러해 졌다. 소매가 뎅강 잘려나가고 가슴팍이 절반 이상 들어나는 노-스리브[13]였다.

"미쓰터 한은 외 아무 말도 안하세요? 좋다든가 나쁘다든가 평 좀 해 보세요."

미쓰홍이 눈을 깜박거리며 형재한테 대어들었다.

"뭣 알아야죠. 난 그옷 이름도 모르구 있는걸요."

---

10 컷 : 출판물에 들어가는 삽화.

11 '모나리자'의 오기로 추정됨.

12 '속눈썹'의 오기로 추정됨.

13 노 슬리브(no-sleeve), 즉 민소매 옷을 뜻함.

"이름을 모르시드라도 시각적으로 보신 소감이야 말씀 못하세요."

"후후훗."

형재는 그만 웃어버렸다. 석정려가 웃는 형재를 건너다 보고 자기도 미소를 지었다.

"좋습니다."

라고 형재는 말했다. 그런데 무엇을 좋다고 했는지 자신도 알 수 없었다. 미쓰홍의 이상[14]이 좋다는 생각은 없었으니까. 그리고 또 미쓰홍이 좋다는 생각도 없었든 것이다. 그렇다면 자기는 석정려가 미소하는 바람에 그만 '좋다'는 말을 해 버린것이 아닌가하고 생각해 보았다.

"미스터 한이 좋다니 담[15]이 놓여요. 어쩐지 안좋아하실것 같아서 걱정하며 왔는데도."

"뭐…… 그렇게……"

형재는 얼굴만 화끈 달아오르고 말이 안 나왔다.

"부장님 전 죽어야 하겠습니다. 미쓰홍이 절 제쳐놓고 한형재씨 환심만 사려고하니 말입니다."

미스터 윤이 형제[16]와 편집장과 미쓰홍 세사람을 번갈라 보아가며 이죽거렸다.

"기혼자니까 그렇지. 이왕이면 미혼자한테 잘 보여야 할께 아니겠어? 그렇지 미쓰홍?"

"그렇다고 해 두세요."

미쓰홍은 이말 끝에 무척 크게 웃었다.

"맞쳤구나?"

---

14 원문에는 '이상'으로 표기되어 있지만, '인상'의 오기로 추정됨.

15 '맘'의 오식으로 추정됨.

16 '형'재의 오기.

한순기[17]가 물었다.

"그럼. 기성복이 이런게 어디 있게."

"얼마냐?"

미쓰홍은 대답대신에 바른 두째 손가락 한개와 왼 손 다섯 손가락을 쫙 펴들어 보였다.

"천오백환이란 말이야?"

"미쓰김두 철부지야. 천오백환 짜리가 어디 있어? 만오천이야."

"나이롱이야?"

"인제 나이롱은 시굴 뚜기들이나 입는데, 이건 동경서 금방 들어 온거야. 사ㅡ 뗑[18]의 일종이지만 사뗑보다 몇배하이카야[19]. 이스타일이 올 여름에 유행된다나."

김순기는 부러운 낯색이었다. 다른 부에서 쑤군거리는 소리도 들렸다. 석정려는 아무렇지도 않은 기색으로 손을 계속 놀리고 있었다.

"미쓰홍 참 S씨한테 가셨어?"

미스터—윤이 물었다.

"아직 안갔어요. 점심 먹구 갈께."

"이때까지 양장점에 가 있다왔지요?"

"쉿ㅡ."

미쓰홍이 사장쪽으로 턱을 치켜대곤 눈을 껌뻑해 보였다. 사장이 알아서는 안되겠다는 짓이었다.

"『슬픈 초상화』는 지금부터 졸르지 않으면 또 늦어요."

"염려마세요. 제가 감 S씨도 빨리 써 줘요."

---

17 '김순기'의 오기.

18 새틴 : 수자 직물을 뜻하는 일본어 サテン.

19 '하이카라야'의 오기로 추정됨. 하이카라는 ハイカラ—의 일본어. 유행을 따라 멋부림 또는 그런 사람. 세련된 스타일이나 태도를 의미함.

"에쁘다구?"

"암."

미쓰홍이 입을 삐이쭉이 내밀고 한쪽 어깨를 쪽 치켜 올렸다.

미쓰터 양이 터벅터벅 돌아 왔다.

"자 점심 먹으러 가십시다. 양군도 왔으니…"

편집장이 책상위를 주섬주섬치우며 일어 섰다. 식당에는 식사가 준비 되어 있었다.

"아, 참, 오늘 우리 편집부가 제일차로 할 차례구나."

"미쓰홍 옷 바람에 그만 잊어버릴번 했지요."

미쓰터윤 말에

"호오 이건 아주 멋쟁인데."

양군이 커다란 눈으로 미쓰홍을 훑었다.

"인제 그만들 놀리세요."

미쓰홍이 후레아[20]를 활짝 펴며 앉았다. 형재는 공작 같다는 생각이 훌쩍 들었다.

"자 빨리 들자구. 식당이 좁아서 한꺼번에 식사를 못하고 우리가 하고 나면 다른 부에서 하기로 되어 있어요."

편집장이 형재에게 일러준 말이었다. 형재는 편집동인이 다 같이 한자리에 앉아서 따끈한 음식을 먹는다는 일이 즐겁게 여겨졌다.

"점심은 늘 이렇게 사에서 먹게 돼 있습니까?"

"그렇지."

"외근기자는 예외에요. 밖에 나가 먹는 일이 많으니까요. 그렇지만 인제부터 꼭꼭 들어와 먹을걸."

---

20 플레어. 플레어 스커트. 길이가 종아리까지 내려오고 끝자락으로 갈수록 폭이 활짝 넓어지는 치마.

미쓰홍이 입에 밥을 불룩이 물고 형재를 그렇게 하고 바라다 보는 미쓰홍의 얼굴을 마주 건너다 보며 과히 싫지 않은 얼굴이라고 생각 했다.

제2회
명동(明洞)

오후 여섯시가 넘어서 형재는 혼자 편집실을 나왔다. 편집장이 첫날부터 너무 고되었다고 하리만큼 그는 교정과 원고작성에 쉴새 없었던 것이다.

원고 작성이래야 그리 대단한것은 아니였다. 편집장이 '체크' 해 논 것들(외국잡지)을 우리말로 옮겨놓는 정도의 일이었다. ─「현대여성의 수첩」이라는둥「가정낙원」이라는둥「합리적인 성생활」이라는 둥하는 따위의 것들이었다. 이러한걸 주물른 탓인지 마치 행주치마를 두루고 부엌에 들었던것 같은 상쾌치 못한 기분이기도 했다. 모든 아내들이 밖으로 밖으로 진출하는 동시에 모든 남편들은 부엌으로 기어들지 않으면 안 될것이라는 미쓰홍의 짖거린 소리가 형재로 하여금 부엌에 들었던것 같은 기분을 갖게 했든지 모를일이다.

"미스터 한. 좀 같이 걸읍시다."

미도파 앞에서 교통신호를 기다리고 있는 형재 옆에 바싹 닥아들며, 아니 닥아 들었다기 보다 온통 다 들어내논 어깨쯤을 형재에게 지긋이 들여대며 미쓰홍은 이렇게 말하는 것이었다.

"아니. 어떻게?"

형재는 너무 의외라 말이 제대로 나오지 않았다.

"왜 이렇게 당황해 하세요?"

"아니. 난 전연 모르구 있었으니까. 미쓰홍이 곁에 있은걸……"

"아무튼 건너 가십시다."

형재는 교통신호도 알아채리지 못하고 있었다. 그들은 명동입구로 들어섰다.

"미스터 한은 '콤파쓰'[21]가 길어서 그런가봐요. 곧 뒤를 쫓았는데 다리가 찢어지도록 걸어도 따을 수 없었다니까요."

"랏쉬아워'[22]의 덕을 본 셈이애요."

"랏쉬아워'의 덕을 보다니?"

형재는 미쓰홍을 내려다 보며 물었다.

"꼬릴 물고 늘어선 자동차행렬이 아니더면 거기서 미스터한을 못잡았을거 안애요?"

미쓰홍이 얼굴을 잔뜩 재껴 들고 형재를 치어다 보았다. 형재도 여자를 마주 내려다 보았다. 그러다가 형재는 그만중지해 버렸다. 온통 오고가는 그많은 사람들의 시선이 총집중되고 있는 까닭이었다. 형재는 왈칵 부화비슷한 것이 치밀었다.

"날 잡아선 뭘하려구?"

"공연히 잡아보고 싶더군요. 시청앞에서 조선호텔 앞까진 길이 곧게 쭈욱 뻗었기 때문에 뒤를 쫓으면서도 즐거웠어요. 미스터한의 뒷모습을 그대로 바라볼수있었으니까. 멋쟁이던데요. 푸라타나쓰[23]는 한없이 출렁이고……"

"아 그래요?"

형재는 비명같이 내 받았다.

"그런데 어딜 가세요? 차나 같이 마실까요?"

형재는 대답을 안하고 걷기만했으나 면구스럽게 화안한 거리를 걷기 보다는 다방에라도 들어가는 편이 났다는 생각도 들었다.

"다방에나 들어가십시다."

"제 친구가 하는 '물새다방'으로 갈까요?"

---

21 컴퍼스(compass). 원을 그릴 때 사용하는 도구. 걸을 때 발자국과 발자국 사이의 거리를 비유적으로 이르는 말이기도 함.

22 러시아워(rush hour). 출퇴근이나 통학 등으로 교통이 혼잡한 시간을 뜻함.

23 플라타너스(Platanus). 가로수, 공원수로 많이 심는 나무.

"물새건, 갈메기건, 얼른 들어갈수 있는델 가요."

물새다방은 바루 고대었다. 다방안에선 전축이 경음악을 높이 뽑고 있었다. 담배를 피는 사람도있고, 신문을 들고 있는 사람도있고 눈을감고 있는 사람, 음악에 건들건들 박자를 맞추는 사람도 있었다.

미쓰홍은 그런 속으로 조금도 서슴치 않고 쓰윽 들어 가는것이었다. 눈을 감고 심각하게 앉았던 축들까지도 온통 번득이며 미쓰홍을 쳐다 보았다. 형재는 전신에서 땀이 마구 흘러내렸다. 그러나 되돌아서지는 않았다. 뒤를 따라 들어가기 보다 되돌아 서기는 힘이 들었던 것이다.

"여어 미쓰홍."

알룩달룩한 '노오타이'[24]를 걸친 청년이 미쓰홍에게 손을 흔들었다.

미쓰홍도 그에게 손을 들어 응수해 주며 어느 빈 자리에 가 앉았다.

미쓰홍이 자리에 앉자 알룩달룩한 '노오타이'가 미쓰홍에게로 쫓아 왔다.

"안 돼. 동행이 있는걸."

미쓰홍은 익숙하게 알룩달룩한 '노오타이'를 몰아내고 거기 주춤 서 있는 형재에게 손짓을 했다. 알룩달룩한 '노오타이'가

"아 그래? 좋군."

하며 일어서드니 거기 서 있는 형재를 어느 정도 노려보고는 제 자리로 돌아갔다. 형재는 저도 모르게 빠른 동작으로 미쓰홍에게로 갔다. 그는 자기의 동작이 매우 빨랐다는 것을 의식하고 있었다. 그리고 그렇게 빠른 동작을 취하게 된 자기 자신을 고소(苦笑)했다.

그렇지만 빠른 동작을 취하게 된 동기는 단순한 것이었다. 어떻게 보면 알룩달룩한 '노오타이'를 몰아내자 좋다구나 그자리에 가 앉은것 같이 여겨지지만 그런 것이 아니었다. 그 많은 시선때문에 한 짓 밖엔 아무것도 아닌것이다. 물론 그 많은 시선이 자기에게로 쏠린것이 아닌것도 사실이다. 동행인인 여자에

---

24 노타이-셔츠. 넥타이를 매지 않고 입을 수 있도록 만들어진 셔츠.

게로 쏠린것이지만 형재는 어쩐지 자기 자신에게로 집중되는 것 만큼이나 면구스럽고 점즉했던 것이다.

여자와 둘이 마주 앉아서도 시선의 총사격을 피해낼 수가 없었다. 미쓰홍은 그런것을 아는지 모르는지 '레지'²⁵를 불러 차를 주문하려다가

"참 미스터한은 뭘로 하시겠어요? 아이쓰크림? 아이쓰 커피이?"

했다.

"커피."

형재는 퉁명스럽달 정도로 내받았다.

미쓰홍이 손가락 두개를 쪽 펴들고 '레지'에게

"아이쓰 커피 둘."

했다.

화알 열린 서쪽 창으로 들이비치는 석양(夕陽)이 미쓰홍의 진초록빛 맵씨를 한층 눈부시게 해 주었다. '아, 저 눈부신 차림새 때문에 온통 시선의 총 사격을 받는거구나.' 형재는 이런 생각을 하면서 여자를 본다. 아침, 사에서 마즌편에 쭈루루 앉아있는 낙하산 부대를 보던 때 처럼 — .

"미스터 한, 제 눈을 보세요?"

들이비치는 햇빛때문에 미쓰홍은 눈을 가늘게 떠 형재를 마주 보며 이렇게 불쑥 물었다.

"눈은 왜? 거저 본거지요. 의미가 없이."

"제 눈이 어떻지요?"

미쓰홍은 빨쭉빨쭉 웃으며 상반신을 차탁 위에 실렸다.

"눈이 어떻긴?"

형재는 점점 더 별소리가 나오는구나 했다.

"이 눈이 어떠냐 말이얘요?"

---

25   레다방에서 손님을 접대하며 차를 나르는 여자를 뜻함.

미쓰홍이 깜빡거리는 눈을 손가락으로 가리키며 형재를 빠안히 건너다 보았다. 차탁 위에 상반신을 아주 실으면서 —.

형재는 당황하고 더 면구스러웠다. 가뜩이나 시선의 총 사격을 받고 있는 중인데 이렇게 하면 어쩌자는 말인가? 형재는 몸을 엉거주춤이 이르키면서 미쓰홍더러 나가자는 시늉을 해 보였다.

"주문한 차는 어떡하고?"

차탁의 상반신을 그대로 두고 미쓰홍이 말했다. 형재는 그 자세대로 '카운터'²⁶ 쪽을 돌려다 보았다. 차라도 얼른 갖다놓아 주었으면 하는 생각에서 였다.

"이 눈 말이얘요. 수술했어요. 정형수술을."

형재는 엉거주춤하던 자세를 털썩 의자에 던저버렸다. '레지'가 차를 갖다주지 않더면 형재는 어떻게 했을지 모를 일이다.

"눈이 이상해 뵈진 않지요?"

미쓰홍이 '아이쓰커피'를 절렁절렁 저으며 물었다.

"얼른 마시구 나가십시다."

형재는 이렇게 얼버무리며 차를 들이 켰다. 전축은 또 다른 경음악을 요란히 뽑고 있었다.

"그럼 나가십시다."

미쓰홍이 차를 반쯤이나 마시고선 벌떡 일어나며 서둘었다. 형재도 채 마시지 않고 따라 일어 섰다.

아까 자리에 와 앉던 때와 같은 빠른 동작으로 미쓰홍의 뒤를 따랐다. 다방안의 시선은 여전히 빗발치듯 했다. 빗발치듯하는 시선의 총사격, 이것은 형재에게 있어 총탄만큼이나 싫은 것이었다.

미쓰홍이 차값을 치루는 사이에 형재는 밖으로 나왔다. 제법 서늘한 바람이

26　카운터(counter). 식당이나 상점에서 값을 계산하는 곳. 은행이나 술집 등에서 손님을 접대하기 위해 만든 긴 테이블.

몰아 왔다. 형재는 숨을 길게 내뿜었다 드리 그었다. 심호흡같은 것이었다. 심호흡이라도 해야 할것 같았던 것이다.

형재는 한걸음 두걸음 옮겨놓았다. 거리엔 아까 보다도 사람이 많았다. 미쓰홍을 기다리고 있는 자기를 알아 채고 그는 씩 한번 쓴 웃음을 웃었다.

"미스터한, 여기 계셨구려. 혼자 달아난나 해서 불이낳게 쫓아나왔더니. 제 친구가 왜 그리 바삐 서두느냐고 하잖아요."

미쓰홍이 숨을 헐떡거리며 닥아들었다. 이마와 거진 다 들어난 가슴팍에 온통 땀이 흘러내려서 말이 아니었다.

"인제 돌아갑시다."

다방에서만 못하지 않은 시선이 형재는 또 싫었던 것이다.

"벌써? 저녁 식사나 같이 하십시다."

미쓰홍은 형재의 대답을 기다리지도 않고

"참 조용한데가 있어요."

하며 형재의 팔을 잡아 이끌었다.

"먼저 걸으시지."

형재는 잡힌 팔을 빼면서 뒤로 한발 물러섰다.

"글쎄 같이 걸으세요. 왜 이리 비슬거리는 거애요?"

미쓰홍이 형재에게 대어 들었다. 형재는 미쓰홍과 발을 같이 옮겨놓았다. 돌아 가고 싶은 생각은 없었다. 그러면서도 그는

"좀 빨리 어둡기라두 했으면. 그래야 할텐데."

하는 생각이었다.

"어둡잖아도 괜찮아요. 그집은 아주 조용한걸요."

"조용한것과 어두운것과 무슨 상관이 있어요? 미쓰홍의 차림새가 밝은 데선 너무 찬란해서, 하는 말인데……"

미쓰홍이 형재 말에 약간 움츨하다 말고

"미스터한은 참 구식이셔. 현대청년의 눈이 왜 그렇게 낡았어요?"

하며 형재를 치어다 보았다.

"미쓰홍은 새로운 것이 무엇이고 낡은것이 어떤것인걸 착각하시는것 같던데……"

해 주었다.

"내가요? 어머나."

미쓰홍이 아주 입을 크게 벌리며 가소로운 표정을 지어 보였다. 그 표정속엔 너무도 모르고 있는 상대방을 답답스레 여기는 기색도 섞여 있었다.

"가장 현대적인줄 알구 계신 미쓰홍한테 이런 말하긴 안됐지만 외형적인 현대인 보담 내용적인 현대인을 현대는 요구하구 있으며 피료로하구[27] 있는겁니다. 가령……"

"그만하시고 이리로 들어나 가십시다."

형재의 말을 중단시키며 미쓰홍은 큰길에서 꼬부라져 들어간 골목 어구에있는 어느집 '또어'[28]를 밀어제쳤다.

"방 있지요?"

반색을 해 마쳐 주는 '매담'[29]에게 미쓰홍이 이층쪽을 가리키며 물었다.

"이제 곧 나요. 조금만 기다려 주세요. ……지금 내려들 오는군요."

매담의 말이 떨어지기도 전에 여자 한사람과 남자 한 사람이 내려 왔다. 여자는 젊고 남자는 중년이었다. 미쓰홍을[30] 그들과도 안면이 있는 모양으로 손을 흔들어 인사를 교환하곤 이층으로 올라 가는 것이었다. 형재도 뒤를 따랐다.

미쓰홍이 미닫이가 열려있는 방으로 제방인양 들어갔다.

식탁이 치워안져서 지저분한 감이 들었다.

"참 조용하잖아요?"

---

27 필요로하구

28 도어(door).

29 마담(madam).

30 '미쓰홍은'의 오기.

형재가 방에 들어서자 미쓰홍이 형재에게 이렇게 물으며 털썩 앉았다. 다른 방들에도 손님이 있는 모양인데 시끄럽지는 않았다.

"앉으세요."

"치운댐에 앉지."

미쓰홍이 손바닥을 딱딱 쳤다. 단발 머리 소녀가 소반을 들고 올라왔다.

"미스터한은 이런 조용한데서 애인과 마주 앉았담 어떡하시겠어요?"

소녀가 내려가기도 전에 미쓰홍이 이런 말을 걸고 들었다.

"애인과 마주 앉아봤어야 말이지."

"한번도?"

"한번두."

형재는 씩 웃으며 미쓰홍의 말을 되씹었다.

"어쩜 미스터한은 거짓말 하셔."

"거짓말일 턱이 있나요?"

"그렇담 연애해 보신 일이 없단 말 안애요?"

미쓰홍이 눈을 깜박거리며 닥아들었다. 아까 다방 차탁위에 상반신을 실리고 닥아오던 것처럼 ―.

"미쓰홍은 연인하구 이런 데서 뭘 하셨어?"

"연인하고 온일은 없어요. 연인이 아닌데도 키쓰를 하자는거 안애요."

"그래서 어떡했어요?"

"했지 어떡해요. 키쓰쯤이야 못할거 없잖아요?"

"현대인이니까."

"에이구. 빈정대시는군요?"

미쓰홍이 입을 삐이쭉이 내 밀었다.

"빈정대는게 아니라 정말 요샛 사람들은 키쓰쯤은 아무것두 아니라는 관념을 갖구 있잖아요? 미쓰홍부터두 그렇다면서?"

"미스터한은 요샛사람이 아니고 낡은 세대든가요?"

"미쓰홍이 닮았다구 아까 말하구선?"

"그건 내 옷이 찬란하다고 하시니까하는 말이지요."

"미쓰홍 마음엔 그옷이 찬란한것 같잖아요?"

"이게 뭐가 찬란해요? 이보다 더한게 얼마든지 있는데요. 거리에 다니며 보시지. 얼마나 호화찬란한게 있는가……"

"호화찬란한 것두 그렇겠지만 왜들 그렇게 몸뎅이를 들어 내 놓려구만 들어요?"

"싸고 감추고해야만 되는가요?"

"쌀 건 싸구 감출건 감추는데 아름다움이 있다는걸 진정한 현대인이라면 알아야 할겁니다."

"그렇담 서양 여자들은 진정한 현대인이 아니게요?"

"서양 여자들이 어쨌던가요?"

아까 소녀가 음식을 올려왔다.

"참 미스터한 술을 하시겠어요?"

미쓰홍이 형재의 말 댓구를 하려다가 이것부터 물었다.

"하겠어요."

"맥주?"

"아무거라두 술이면 다 좋와요."

"술은 좋아하시나봐?"

"예. 술만은 잘 하죠."

미쓰홍이 맥주 네병을 주문했다. 소녀가 식탁을 보아놓고 맥주 가지러 내려갔다.

"지금 막 하신 말씀 말이얘요. 서양여자들은 벌써 언제부터 이런 옷을 입는데요?"

미쓰홍이 제 옷을 가르켜가며 다시 옷이야기를 펴 놓았다.

"서양여자들은 모든 조건이 그런걸 입어두 괜찮아 뵈게 돼 있으니까."

소녀가 맥주와 컵[31] 두개를 갖다 주었다. 미쓰홍이 익숙하게 마개를 뽑아 형재에게 부어주고 제것에도 부었다.

"미쓰홍두 술을 잘하시는 모양같군?"

"잘못하지만 맥주 두어잔쯤은 마시지."

"현대여성은 술두 잘해야 하잖아요?"

형재가 단번에 잔을 비고나서 한 말이다.

"술에만은 관대하시군요?"

"술만이겠어요? 무엇에나 관대하죠."

"옷에 관해서만 인색하시군요?"

"인색한게 아니라 보기싫으니까 그러죠."

"이게, 그래 보기 싫으세요? 미국에선 이게 한창 유행이라는데요."

미쓰홍이 제 옷을 쓰다듬으며 댓구했다.

"미국이나 다른 나라 여자들은 괜찮대두. 그 사람들은 사지가 늘씬하거든. 맥주나 좀더 드시지."

형재가 맥주병을 들어 미쓰홍에게 권했다. 미쓰홍이 벌컥벌컥 들이켜고 컵을 내밀었다.

"잘 하시는군."

"술 먹는건 괜찮아 하시는군요?"

"술이 여기 있으니까 같이 마시는거죠. 그런데 미쓰홍, 그런 옷 입지 마시요. 그리구 눈을 수술한다던가, 코를 높이는 짓 같은거 그거 아주 안됐어요."

형재는 말을 하고나서 맥주를 연거푸 들이켜곤 재쳐 여자에게 말했다.

"다시 제대로 만드는 수는 없는가요? 난 미쓰홍의 수술 받기전의 눈, 코가 보구 싶은걸."

"지금 이건 안좋아요?"

---

31 컵(cup).

미쓰홍이 눈과 코를 한꺼번에 가리키며 물었다. 그의 얼굴도 붉어 왔다.

"안좋아. 남의걸 떼다 붙친것같아서…"

"어쩜. 다들 전에 보다 낫다고들 하던데."

"나을 턱이 없어요. 키가 짤막하구 몸집이 작은 우리 한국 사람한텐 크지 않은 눈, 높지 않은 코가 격에 맞아요."

"어머나. 미쓰석 하고 똑같은 말을 하셔."

"미쓰석이 누군데?"

"왜 아까 인사하잖아요? 우리 『신여성』 편집부의 석정려 말이얘요."

"오오. 그컬을 그리던 여자말인가?"

"그래요."

"아. 그래? 그 여자하구 내가 같은 말을 한단 말이지? 그 찢어진 낙하산 한쪼각말이지?"

형재는 취했었다. 그런 중에서도 자기 앞에 쭈르르 느러 앉았던 세여자의 기억을 잊지 않았다. 그 세 여자와 자기를 연결시켜서 낙하산을 만들던 기억도 뚜렷했다.

"찢어진 낙하산은 또 뭐얘요?"

"뭐는 뭐야? 미쓰홍이지."

"어머나 제가 왜 찢어진 낙하산 쪼각이란 말이얘요?"

"미쓰홍뿐이 아니야 아까 사에서 세 여자가 말이지, 그 세 여자가 따루따루 떨어져 있게되면 어느것 할거없이 찢어진 낙하산 쪼각이 되구 마는거야."

"벌써 취하셨어. 횡설수설하는걸 보자 이번엔 제가 따라 들이지. 술은 남이 따라야 맛나다는데 어쩜 혼자 연거푸 따라 마시세요?"

미쓰홍이 이렇게 짓거리며 맥주병을 들어부었다. 형재를 건너다 보느라고 술이 마구 넘치는 것을 모르고 있었다.

"이거 넘어가는데. 넘는건 좋아 막 넘어가거라. 헛허허허."

형재는 너털 웃음을 웃어가며 떠들었다.

"취하시니까 재미있군요. 더 취하세요. 맥주는 얼마든지 있으니까."

"취하지. 취할테야. 그런데 아까 뭐랬지? 미쓰홍이. 내가 미쓰석하구… 아니, 미쓰석이 뭐야. 석정려지. 미쓰석이라구 부르면 동양적인 그여자에겐 안 맞아. 석정려가 맞지. 그 석정려가 나하구 같은 말을 한단말이지? 헛허허."

"같은 말을 해서 기쁘시군요?"

미쓰홍이 삐쭉거리며 형재를 건너다 보았다.

"기쁠만두 하지. 교만할 정도루 새초롬한 여자가 나하구 같은 말을 한다니 말이지…… 말이 같다는건 사상이 같다는 건데… 하긴 사상이 같을지두 몰라. 아까 아침에두 왜 그런 말을 하잖았나? 여자의 임무를 다하는 여자만이 권리를 주장할수 있다구. 대단한 말이야. 그거야말루 현대인의 언어요, 사상이야."

형재는 말을 끄치고 맥주병을 기우렸으나 네 병이 다 비어 있었다.

"다 비었네. 다 비었어."

"맥주는 얼마든지 있다잖아요?"

미쓰홍이 또 손바닥을 딱딱 쳤다. 소녀가 올라 왔다.

"맥주 두병 더 가져와."

소녀가 대답을 하고 내려가기도 전에 형재는 트림을 껄얼껄 하면서 일어 섰다.

"변소에 가세요?"

"변소에두 가구, 인제 돌아가야지. 찢어진 낙하산에 매달림 위험하니까… 말이지."

형재는 비청비청 걸어 나갔다.

"아니. 좀 이리 앉으세요. 찢어진 낙하산이란건 무슨 소린지 모르지만 그다지 위험하진 않아요."

미쓰홍이 형제[32]를 끌어 들이었다.

---

32 '형재'의 오기.

"내 가르쳐 줄까? 미쓰홍. 참 미쓰홍은 이름이 뭐지?"

"저 홍 하자애요."

미쓰홍이 비틀거리는 형재 턱밑에 바싹 들어서며 이름을 알려 주었다.

"홍 하자? 그건 또 일본식 이름이군 그래? '하나꼬'라. 미쓰홍한텐 '마리린몬로'[33]니 '쏘피아 로우렌'[34]이니 하는 이름이 맞을텐데… 일본식 이름 시대는 인제 지나갔으니 말이야. '마리린 몬로'나 '쏘피아 로우렌'이 눈, 코, 또 이상에 똑 어울린단 말이거든."

형재는 미쓰홍의 눈과 코, 그리고 옷을 짚어가며 중얼대었다. 미쓰홍은 형재의 손가락이 눈과 코를 짚는데도 깜박거리기만 할뿐, 가만 있었다.

"미쓰홍, 아 참 '하나꼬' 상 키쓸 해 줄 테야? 연인이 아니더라두 키쓰쯤은 괜찮다구 했지? 아까 그랬지? 나 하구두 한번 해 봅시다 응! 난 전쟁을 치르구 포로가 되구 하느라구 키쓰같은건 전혀 못해 봤거든. 전혀 못해 봤단 말이야. 다들 잘 하는 키쓰를… 애인이 아니더라도 척척 잘하는 키쓸 난 통이 못해 봤단 말이거든… 못해…"

형재의 말이 끊어지기도 전에 미씨홍[35]은 형재 목에 두팔을 감고 그의 입술을 덥썩 물었다.

제3회

밤 거리에서

형재와 미쓰홍이 그 방에서 아홉시가 넘어서야 나왔다. 밤은 완전히 어두웠었다. 전화(戰禍)의 흔적도, 아무데나 지어논 너절부레한 판자집 들이 눈에 뜨이

---

33 마릴린 먼로(Marilyn Monroe, 1926~1962). 미국의 영화배우, 가수.

34 소피아 로렌(Sophia Loren, 1934) 이탈리아의 영화배우.

35 '미쓰홍'의 오기.

지 않는것도 좋을뿐더러 미쓰홍과 나란히 걷고 있건만 (나란히 걷고 있는 게 아니고 팔을 꼈던 것이다.) 면구스럽지 않았다.

"미쓰홍 우리 '스탠드빠―'³⁶에 갈까? '스탠드빠―'에 가잔 말이야. 응. 미쓰홍."

형재는 여자가 꼈기 때문에 부자유한 그쪽팔에 힘을 주어 조이면서 여자에게 강요했다.

"'스탠드빠―'? 가두 좋아요. 미스터한은 '스탠드빠―'에 잘 가시나 봐?"

"잘 간다기 보다 가끔 가지. 나영근씰 따라서 몇 번 본 '빠―머모―자'에 가자구… 그래 '머모―자'루 가지. 거기가 괜찮아."

"나영근씨라니? 소설가 말이얘요?"

미쓰홍이 비틀거리는 형재의 걸음을 바로 잡으며 물었다.

"그렇지. 작가 나영근씨. 그사람이 '머모―자'에 잘 가지. 그래서 나두 몇번 가봤단 말이야."

"고급으루 노시는군요?"

"고급? 고급이구 저급이구가 없지. 거저 이리저리루 돌아다니다가 기분이 나면 가는거지. 약주술이 들어간 속에 양주가 들어간다구 해서 고급이 될턱은 없지."

'스탠드빠― 머모―자'에는 사람들이 꽤 많았다. 형재³⁷들은 자리를 찾느라고 빙빙 한바퀴 돌았다.

"미쓰홍. 미쓰홍."

하고 미쓰홍을 부르는 소리가 들렸다.

형재는 얼른 좌석을 정해야 하겠다는 생각이 들었다.

"마담³⁸ 어디 앉을 까요? 어디 앉혀 주십시요."

---

36 스탠드바(standbar). 선술집.

37 '형재'의 오기.

38 원문에 '마담'으로 표기되어 있음.

푸른불 붉은 속에 똑 물고기 처럼 헤엄을 치고 있는 '매담'을 붙잡고 형재는 말했다.

"여기 앉으실까?"

매담은 형재들을 카운터- 앞에 댕그라니 높은 걸상으로 안내했다. 미쓰홍이 주저하지 않고 말 타듯이 후딱 올라 앉았다. 형재도 올라 앉았다.

"미쓰홍."

형재와 미쓰홍 모양으로 덩그라니 올라앉은 축들 가운데서 또 미쓰홍을 부르는 소리가 들려왔다.

미쓰홍이 속을 뻣쩍 들어 마주 응수 하는 것이었다. 아까 다방에서 처럼 —.

— 경칠것, 아는 놈팽이가 많기두 하다. —

"가만 있지못해? 모르는척 해 두란 말이야. 몰상식한 자식들⋯"

아까 다방에선 가만 있었지만 여기선 그냥 있을 수가 없어서 형재는 미쓰홍 옆 얼굴에다 대고 이렇게 두덜거렸다.

"뭘로 하실갑시요?"

감장[39] 나비넥타이의 사나이가 형재들 앞에 와 서서 댓구를 기다렸다.

"페-파멘트."

미쓰홍이 응수하던 손을 그대로 두고서 감장 나비넥타이에게 말했다.

"난 그거 싫어. 그건 시시한 여자들이나 먹는 술이야. 난 스캇취[40]루 줘요."

형재는 감장 나비 넥타이한테 화풀이를하는 것이었다. 그래도 감장 나비 넥타이는 '네', '네'를 연발하면서 기분이 나빠하지 않는 눈치였다.

"잘 만났네."

감장 나비 넥타이가 물러나자 어깨쯤을 툭 치는 손이 있었다. 형재는 그 음성에서 누구라는것을 알았다. 형재는 벌떡 내려 서면서

---

39 검정.

40 스카치 위스키(Scotch whisky). 스코틀랜드에서 생산되는 위스키.

"선생님두 오셨군요?"

했다.

"자네가 미쓰홍 하구 온줄 알구 따라왔지. 자네 미쓰홍 하구만 이렇게 오면 난 쓸쓸하잖나? 허허허."

"나선생님도 공연히 질투를 하셔. 선생님도 좋은 한때가 있잖었어요? 인젠 우리들 차례얘요. 잠자코 응원이나 해 주실 일이얘요."

"어허. 그렇던가? 참 급속도의 진전인데. 아니 한군 부임 초일에……"

감장 나비 넥타이가 주문한 술을 가져 오길래서 나영근씨의 말이 중단 되었다. 나영근씨도 취해 있었다. 취하지 않으면 '빠―'[41]에 오지 않는다. 약주로 정종으로 이리저리 돌아다니다가 저엉 취하게 되는 때 빠―로 발을 돌리는 것이 버릇같이 되어 있었다.

나영근씨 앞에도 스캇취가 놓였다. 하던 말이 중단되었건만 잔 부터 들어 마셨다. 형재도 들어 마셨다. 감장 나비 넥타이가 눈치 빠르게 병을 들고 와서 부어 주었다. 부어주면 또 이내 마셨다.

미쓰홍 잔에도 파아란 페―파멘트가 몇 번 부어졌다.

"나선생님 미스터한 말이얘요. 부임 초일이자 즉 결혼 초일이란 말씀이얘요. 아시겠어요? 나선생님."

미쓰홍이 빨갛게 익은 얼굴을 까딱거리며 나영근씨와 형재를 엿가람 보았다. 나영근씨는 형재를 보았으며 형재는 눈을 벌려 뜨고 여자와 나영근씨를 보곤 하다가

"누가 결혼 했단 말이야?"

고 여자에게 대어 들었다.

"당신하고 나하고 ― ."

하는 것이었다.

---

[41] 바(술집).

여자는 저녁 먹던 집에서 치르고 난 일들을 관련시키는 눈치 같았다. 하기야 형재로서도 그 기억만은 생생하게 살아 올뿐이었다. — 자기 목에 두팔을 감아 안고 입술을 물어빨던 여자는 그채로 자기를 끌어당기며 방바닥에 벌렁 나가 자빠지는 것이었다. 자기도 벌렁 나가 자빠지는 수 밖에 없었다. 자빠지고 나선 자기 쪽에서 선손을 썼다. 미쓰홍이 자기 입술을 덥썩 물던 것 처럼 자기는 미쓰홍의 몸뎅이를 덥썩 점령했었다. 미쓰홍에게 키스를 요구하던 때 하던 말 그대로를 되뇌이면서. — 전쟁을 하고 포로자[42] 되느라고 아무것도 할 수 없었느라고 했었다.

"그게 결혼인가? 그런건 결혼이 아니야. 난 지독히 사랑하는 여자하구 결혼하구 싶어."

"지독하게 사랑하는 여자가 있구려? 미스터한."

"아직은 없어. 사랑하구 싶은 여자는 있지. 사랑하구 싶은 여자는 적어두 있단 말이야…… 있단 말이야."

"이사람, 자네 너무 취하는것 같은데 인제 돌아가지 않으려나?"

나영근씨가 둘의 오고가는 말을 듣고 있다가 한 말이었다.

"그 사랑하고 싶다는 여자는 누굴가?…… 미쓰석이구려?"

나영근씨의 말이 떨어지자 미쓰홍이 불이낳게[43] 서들었다.[44]

"미쓰석? 석정려말이지? 그거 사랑스런 여자일지 몰라. 그렇지만 나 같은 사람을 사랑해 줄수 있을까? 미쓰홍."

"알았어. 석정려하고 사랑도 하고 결혼도 하구려."

미쓰홍이 말과 함께 파란 술잔을 형재 얼굴에 껴얹었다.

"푸푸. 이게 뭐냐? 이 계집애야…… 이 양갈보 같은 계집애가 내게 술을 껴얹

---

42 '포로가'의 오식.
43 부리나케. 서둘러서 아주 급하게.
44 '서둘렀다'의 방언.

는다?"

취했으나 분하기가 짝이 없었다. 형재는 벌떡 일어섰다. 그러나 몸을 가누지 못하고 바닥에 잘칵 나가 쓰러지고 말았다.

미쓰홍이 매우 당황했다.

"어머나. 어쩔까?"

"관둬요. 닫히지 말어."

미쓰홍이 부축하려는데 형재는 미쓰홍을 콱 밀어재쳤다. 이번엔 미쓰홍이 나가 자빠졌다. 주객의 전부가 몰려왔다.

"아무것두 아닙니다. 내외간 싸움입니다."

나영근씨가 난처했든지 몰려 온 주객들에게 이렇게 말해 버렸다.

"아! 그렇게 됐댔나? 미쓰홍이 어느새 결혼했군."

"그런 결혼은 자네하구도 하잖었어?"

모여든 주객들 중에서 미쓰홍을 야유하는 소리가 났다.

그러나 미쓰홍은 그런 소리엔 심쯕도 아니하고 재빨리 일어나서 아직 일어나지 않고 있는 형재에게로 갔다.

"일어 나세요. 나가십시다. 집에 가야잖아요?"

"가던 말던 무슨 상관야."

형재가 비틀비틀 일어서며 버럭 소리를 질렀다.

"선생님 빨리 모시고 돌아가세요. 많이 취하신것 같은데."

매담이 영업에 방해가 될까 싶어 걱정하는 얼굴이었다.

"그렇잖아두 가겠읍니다. 자아 이 사람 돌아 가자구. 암만 취해두 안 이러더니 오늘 저녁은 웬일인가?"

나영근씨가 형재의 팔을 잡아 일으켰다. 경사(傾斜)가 심한 층계라 미쓰홍이 한편쪽을 마져 부축하려니까 형재는

"물러나지 못해."

하고 또 소리를 지르는 것이었다.

결근(缺勤)

이튿날 형재는 결근을 했다. 몸을 추세울 수 없기도 하려니와 그것 보다도 어저께 저녁에 저질른 일들이 끔찍스러워서 정말 몸부림이 쳐졌다.

"무슨 술들을 그렇게도 한담. 바루 어제 출근하기 시작한 사람이 이튿날 부터 결근해서야 되겠어? 국이랑 마시고 정신을 채려보란 말이요."

나영근씨 부인이 안타까이 형재에게 해준 말이다.

"사모님 미안합니다. 오늘만. 결근하구 내일부턴 나가지요."

아무래도 형재는 사에 나갈 마음이 나지 않았다. 마즌편에 쭈루루 앉았는 세 여자편중의 한 여자, 미쓰홍을 대할 용기가 전혀 없었던 것이다.

"글쎄. 열흘이고 한달 가량이라도, 하다못해 한 닷새라도 다니다가 결근한다면야 말할게 없죠. 바루 어제 취직한 사람이 하루를 나갔다가 안나가니 그게 될 말이오? 끌끌끌. 온통 그 술 때문에 아무 일도 안된다니까…"

"아니 왜 그렇게 앵앵거리는 거요? 몸이 아파서 못나가는 사람을 들쑤상질하면 어떡하자는거요?"

나영근씨가 아내의 말을 막으며 나섰다.

"이튿날부터 결근이니 말이 안나와요?"

"말이 나오더라도 참으시구려."

나영근씨는 피시기 웃으며 눙쳤다. 나영근씨는 아내의 짜증을 피시기 웃는 것으로 눙치기가 일수였다. 아내도 그것을 알고 있었다.

"내가 골몰하니까 그러죠. 이 손좀 보구려. 진짜 나무꾼의 손이 아닌가고?"

나영근씨 부인이 나무를 하느라고 망가진 손을 쫙 펴들었다.

그는 이곳에 나와 살면서부터 줄곧 나무를 손수 해댔던 것이다.

"이왕 고생하던 길이니 조금만 더 참구려. 한군이 이제 세계적인 작가가 되어 당신 좋아하는 돈을 마구 끌어드릴 때 까지…"

"남들은 별로잖어도 돈만 잘 끄려 들이더구만. 소설만 써도 잘하고 살더구만.”

“나두 돈이 막 들어오는 소설을 썼으면 좋겠지? 좀 더 있으면 지금 같지는 않을테지. 우리같은 사람의 소설두 돈이 될지 모르지. 그렇지만 사람이 밥으로만 사는게 아니라구.[45] 내가 늘 말하잖소? 일하기 위해서 밥을 먹는게지 먹자고 세상에 태어났다면 너무 서글프지 않으냐 말이요?”

“관둬요. 제발로 학교에 걸어들어 간 자식을 등록금이 없어서 못보내면서 밤낮 큰 소린. 자식을 공불 못시켜서 병신을 만들어도 일만 하믄 된단 말이요? 굶어 죽어도 일이요? 죽은 뒤에 일이 어디 있어요?”

나영근씨 부인은 또 눈물을 흘리나 보았다. 둘째 아들 해영을 등록금을 마련 못해서 학교에 보내지 못하면서 부터 그는 울기를 잘 했다. 해영을 데리고 나무하려 나가다가도 아이를 되려[46] 쫓으면서 남편을 원망하는 때에도 그는 울면서 했다.

큰 딸 해임은 여학교 삼학년이었다. 때로는 전차나 뻐스도 못타고 시내의 그 먼 학교까지 걸어가는 일이 있다.

“여보. 그런 소릴 자꾸 하면 뭘하는거요? 초년 고생은 사서 한다는 말이 있잖소? 우리 고생을 실컷 해 보자구요. 최선을 다 해가며 자기 일을 해가느라면 어느 모퉁이던 뚫릴 때가 있겠지요. 그까짓 밥 먹는 일이나 아이들 학교에 보내는 일쯤이야 해결을 못지을라구. 산다는 일이나 예술을 한다는 일은 해결을 못짓지만……”

나영근씨 부인은 다시 댓구 없이 안으로 들어갔다. 그는 불평을 털어놓다가도 남편이 정중하게 타일러 줄것 같으면 잠잠히 물러 서는 어진 여인이었다.

한형재가 포로수용소에서 나온 이래 강원도에 있는 고모집에 몇번 가서 얼마씩 있다가 돌아오곤 한 외엔 줄곧 같이 있었으므로 때때로 신경질을 부리다가

---

45 원문에 마침표가 누락되어 있는 것으로 판단되어 추가.
46 도리어의 방언인 되려의 표기인 것으로 추정.

도 남편이 형재의 재주를 칭송하고 오래지 않아서 좋은 작품으로 세인을 놀라게 하리라고 말하면 또 그대로 믿는 어리석은 여인이기도 했다.

전세로 방 두개를 사용하던 그들 생활을 정능리로 옮기던 때에도 아내는 남편의 말대로 따랐다. 남편은 아내더러 방 하나 더 있는데 가서 형재를 데리고 있어야 하겠다고 주장했으며 그때에도 남편은 형재가 세인을 놀라게 할 작가가 되리라는 말을 했던 것이다.

그랬는데 형재는 아직 세인을 놀라게 하기는 커녕 신춘문예 응모 작품에도 뽑히지를 못했다. 나영근씨는 선자[47]들이 작품을 잘 보지 못한다고 말 하는 것이나,[48] 형재로서는 송구스럽기가 짝이 없는 일이었다.

그럴 때 마다 형재는 나영근씨에게 보다 부인에게

"사모님 죄송합니다."

라고 머리를 숙였다.

그럴 때 뿐 아니라 부인의 거치러진 손이며 초라해가는 모습을 보는 때 마다 작가지망(作家志望)같은 것은 그만 두고 어떻게 돈을 벌어서 부인을 도아보겠다는 생각이 일어나곤 했다.

이북에 있는 부모형제를 생각하는 일은 민족적인 운명(運命)에서 단념하기로 한 뒤엔 이 부인을 조금이라도 편하게 해 드리자는 것이 목표처럼 되어 있었다. 따져 본다면 미안스런 마음이 절반 이상이 섞여 있긴 했지만 —.

잡지사에 취직을 하게 된 것도 그 때문이었으며 사오년을 두고 취직을 구하려고 한것도 그 까닭이었다.

＊　＊

부인이 들어 간 뒤에 나영근씨도 잠잠 했다. 나영근씨는 집필을 하나 보았다.

---

47 선자(選者), 작품을 골라서 뽑는 사람.

48 원문 흐릿하나 '잘 보지 못 한다고 말하는 것이나' 로 추정됨.

집필 하는 때면 원고지 젯기는 소리만 날 뿐이었다.

부인은 해영을 데리고 산으로 올라 갔다. 나무하러 가는 것이었다. 쓰르라미[49] 소리들이 요란해 졌다. 쓰르라미는 벌써부터 요란해 있었던지도 모를 일이다. 원고지 젯겨내는 소리도 그소리 속에 묻히고 말았다.

형재는 부인과 해영이 올라 갔을 산을 올려다 보았다. 햇볕이 몹시 따거운듯 했다.

그렇더라도 나무들은 푸른 가지들을 너펄거리며 서 있는 푸른 가지들 위엔 구름이 둥둥 떠 갔다.

"뭘 그렇게 보세요?"

형재는 산을 올려다 보던 눈을 돌렸다. 어느새 와 섰던지 미쓰홍이 방글방글 웃고 있는 것이 아닌가.

산에서 금방 눈을 돌린 탓으로 눈이 아물아물해서 형재는 껌벅거리고만 있었다.

"손님이 왔는데 들어오란 말도 없어요?"

미쓰홍은 이런 소리를 하며 방에 털썩 들어와 앉았다. 어저께 새로 입은 진초록 의상이 아니고 하얀 '부라우쓰'[50]에 곤색 '스카―트'[51]를 받쳐 입고 있었다.

"어제저녁 미안했어요. 용서하시겠어요?"

"내가 잘못했죠. 모두 내 잘못이죠."

형재 말이 이렇게 나오니까 미쓰홍이 또

"그래서 안나오셨군요? 난 화가 나서 안나오신줄 알고 사과하러왔는데……" 했다.

"사과는 이쪽에서 해야 하게됐죠."

---

49 매밋과의 곤충.
50 블라우스(blouse). 상의.
51 스커트(skirt). 치마.

"먼저 제가 술을 껴었었으니까요."

"그런 일 같으면 사과 안해두 좋아요."

미쓰홍은 빠―에서 벌어진 일을 말하고 있는 모양이었다. 형재는 그게 아니고 저녁 먹은 집에서 저즐른 일이 가슴 복판에 와 걸렸던 것이다.

"그럼 뭐애요?"

형재는 대답을 못하고 얼굴을 산쪽으로 돌렸다.

"저 말이애요. 아버지한테 다 말했어요."

"뭣을?"

형재가 산쪽에서 머리를 돌렸다.

"당신하고 결혼한다는걸."

형재는 침을 꿀꺽 삼켰다.

"미쓰홍 아버지 뭐 하시는 분이요?"

"무역회사 사장이애요. 그러기 때문에 나한테 결혼 신청하는 남자가 얼마나 많은데 그래요."

"많거든 그사람들하구 할 일이지."

"모두 건달팬걸요. 사람만 똑똑함 사업도 시켜주고 집도 사준다고 아버지가 그러시는데 맘에 드는 남자가 있어야지요."

"그 왜 물샌가 갈매긴가 하는 다방에서 만난 청년, 알룩 달룩 한 '노오타이' 입은 남자두 똑똑하던 것 같던데……"

"아버지가 선을 보셨는데 틀렸다는군요."

"왜? 어려서?"

"나한텐 어린건 상관없어요. 생활토맬 잡지않은 남자더라도 아버지가 전부 마련해 주실테니까요. 그러기 때문에 난 생활토대가 안잡힌 남자들하고만 사귀지요. 생활토대가 잡힌 남자들은 대개 처자가 있잖어요? 그래도 내 동무들은 꼭 나이 많이 먹은 남자, 말하자면 생활토대를 잡은 남자들하고만 사귀거든요. 처자가 있더라도 돈 많은 남자가 편해서 좋다나요."

"……"

형재는 미쓰홍을 쳐다 보지도 않았다.

"어쩜, 이렇게 먼델 찾아왔는데 반가워도 안 하고 누워만 계셔요."

미쓰홍이 쳐다 보지도 않고 누워있는 형재에게 불평을 말했다.

"미안합니다…… 지금 나선생님이 집필중이신 모양이니 조용하십시다."

"당신은 내가 온걸 귀찮게 여기시는군요. 집을 몰라서『창조』편집부 미쓰윤한테 약도를 그려가지고 겨우 찾아왔는데……"

"공연한 짓을 했군 그래."

"공연한 짓이 뭐애요. 아버지가 당신을 만나자는걸요."

"나를?"

"그럼요."

"미쓰홍 아버지가 나를 왜 만나자고 해요?"

"내가 당신 얘길 죄다 했으니까 그렇죠."

"미쓰홍 당신이란 말을 말아요. 그건 애인끼리나 부부끼리 쓰는 용어라구 아는데."

"어머나. 그럼 당신은……"

"또 당신이야?"

형재는 벌컥 일어나며 눈을 부라렸다.

제4회

푸른 계절(季節)

미쓰홍이 벌떡 일어나며 눈을 부라리는 형재를 덥썩 받아 안았다. 다른데도 아니고 바루 목아지여서 숨이 콱 막힐 지경이었다.

"이거. 이거 놓라니까."

형재는 여자의 손을 풀어 제치면서 홱 째려 버렸다. 여자가 벽에 쾅 나가 떨어지는 것이었다.

겁결에 형재는 쾅 나가 떨어진 여자 쪽으로 갔다. 여자가 어떻게 되었는가를 보고져 함이 아니고 벽이 상하지 않았는가를 보고져 함에서였다. 만약에 벽이 어떻게 되었다면 중대한 사건인 것이다. 나영근씨 부인은 집을 망가뜨릴 염려가 있는 짓을 절대로 못하게 했다. 해임은 계집아이니까 그렇지도 않지만 해영이와 그 동생들, 해균이, 해성은 작난이 심해서 때로는 집을 망가뜨리는 일이 있었다. 저번에는 해균이와 해영이가 어찌저찌 하다가 싸움이 되었던지 해영이가 해균을 콱 밀쳐서 해균이가 벽에 쾅 나가 떨어졌던 것이다.

나영근씨 부인은 아이의 머리박이 어떻게 되었는가를 살피기 보다 아프다고 우는 아이를 밀어내며 벽을 살폈다.

벽에는 해균의 머리통만한 구멍이 나 있었다. 나영근씨 부인은 겨우 판자집이나 쓰고 사는걸 부셔버렸다고 해영은 물론 아프다고 우는 해균이까지 마구 두들겨 팼던 까닭에 때 마침 집필하던 나영근씨가 화를 버럭 내는 동시에 놓여 있는 재털이를 벽에다 탁 쌔려던져서 벽에는 다시 재털이 보다 더큰 구멍이 뚫어졌고 그 때문에 부인은 남편하고 대판 싸움을 했다. 형재가 보던중 제일 큰 싸움이었다.

그럴 수 밖에 없는 것이, 부인은 집이 망가지는 일이라면 한사코 막으려 하고 있고 남편은 집필 중에는 옆에서 기침도 마음 놓고 하는 것을 꺼려하는 터이니까 싸움이 될 수 밖에.

"저리 좀 비켜 봐요."

나가 떨어진채로 뜨부럭거리는 여자를 형재는 밀치며 벽을 살폈다. 구멍은 뚫어져 있지 않았다. 형재는 좀더 자세히 살피기 위하여 허리를 굽으리고 벽을 들여다 보았다. 왜냐하면 그렇게 쾅 나가 떨어졌으니까 벽이 무사할 수 없으리라는 염려가 들었던 것이다.

"미스터한."

미쓰홍이 어느새 형재 목에 팔을 감으며 부르는 것이다. 형재가 허리를 굽혔던 까닭으로 팔을 감기에는 편리했던 모양이다. 그리고 팔을 감아 끌어안는데 도 힘이 들지 않았던 모양이다.

미쓰홍은 어제 저녁 식사를 하던 집에서 한것처럼 형재목에 두팔을 감아안고 입술을 물어빨면서 형재의전신을 끌어안으며 벌렁 나가 자빠지는 것이었다.

형재는 여자에게 안긴채로, 그리고 입술을 물린채로, 다리를 펴서 열려 있는 미닫이를 닫았다. 어제 저녁 금방 지나본 일이라 이 지경 되어가지곤 풀려나지 못하리라는것을 형재 자신이 알고 한 일이었다. 여자 쪽에서 풀어줄리도 없겠 지만, 그 보다도 형재쪽에서 자신을 잃게되는 것을 스스로 알았으니 말이다. 바 깥과 차단 된 방은 어둠 컴컴했다. 북향(北向)이어서 미닫이 닫기만하면 어둠컴 컴한 것이 이방의 특색이었다.

형재는 어제 저녁에 체험해 본대로 여자의 몸덩이를 덥썩 점령해 버렸다. 그 러나 형재는 ─ 전쟁을 하고 포로가 되느라고 아무것도 할수 없었느라는 말은 씨버리지 못했다. 어제 저녁 식사를 하던 집처럼 조용하지 못하다는것을 알고 있다기보다 나영근씨가 집필을 하고 있다는 생각만은 염두에서 떠나지 않음으 로 그럴수가 없었다.

얼마 후, 형재가 아뭇 소리 없이 허리띄를 매면서 밖으로 달려나간 이유의 반 이상이 나영근씨의 집필 시간에 경망한 짓을 해버렸다는 자객[52]에서 였다.

이때 까지 형재는 나영근씨 집필 시간에 마음을 턱 놓아 본 일이 없었다. 기 침하는데 까지도 조심조심 해오던 터이었다. 그럴뿐 아니라 주위의 사람들에 게도 주의해 주기를 요청했다.

형재는 자기가 세계적인 작품을 쓴다는 자신을 갖고 있고 그리고 나영근씨의 작품 보다 월등한 작품을 쓴다고 자신하면서도 또 한편으로는 나영근씨도 세계 적인 작가가 되어주기를 바랄뿐 아니라 자기 보다 월등한 작품을 써 주기를 염 원하기도 했다.

---

52 '자책'의 오기로 추정.

"미스터한. 그걸 하세요.[53]"

미쓰홍이 뒤쫓아 내려오며 한말이었다. 미쓰홍의 소리를 듣고나서야, 형재는 길 한옆에 자동차가 서 있는 것이 보였다.

뭐라는 이름을 가진 자동차며, 천구백 몇년도에 말만 들어 낸것인지도 모르나, 한낮의 내리쪼이는 광선과 명주 쳐서 그것이 서있는 주변 일대가 눈을 뜰 수 없게 부시는것이었다.

뜰 수 없는대로 자동차 번호판을 살펴 본즉 자63이라 씌어 있었다. 63이면 틀림없는 '갑오'가 아니겠는가. 마음이 후련해지는 것을 형재는 깨닫지 않을 수 없었다. 택시나 찝차[54]를 타는 때, 앞의 차의 번호가 '갑오'인 경우에 이르러서도 공연히 마음이 후련해지는 버릇이 형재에겐 있었다. 그번호 때문에 이제 곧 자기에게 이로운 일이 생길것 같은 생각이 일어나는 것이었다. 분명히 옹졸한 생각임을 알면서도 하는 수가 없었다.

그러나 이 옹졸한 생각을 어머니 뱃속에서 날때부터 타고 난 것은 아니다. 전쟁에 나가고 포로가 되는 사이에 저도 모르게 가지게 되었던 것이다.

형재는 주저 없이 올라 탔다. 미쓰홍이 따라 탓을건 더 말할 필요가 없는 것이다.

미쓰홍이 올라 타자 운전수는 말없이 '핸들'을 돌렸다. 그제사 형재는 겁난 어조로

"어딜 가는거요?"

하고 운전수에게도 아니요, 미쓰홍에게도 아닌 ─ 외마디 소리를 질렀다.

"어딜가긴 어딜가요? 우리 아버지한테 가는거죠."

미쓰홍이 형재쪽으로 싹 닥아앉아 가지고 말했다.

"이거 왜 이래? 나 내릴테야. 운전하는 양반 차를 세워 주시요."

---

53 '타세요'의 오기로 추정됨.
54 지프(jeep). 미국에서 군용으로 개발했음. 사륜구동의 소형 자동차.

형재는 무엇에 쫓긴것처럼 허둥거렸다. 허둥거리는 증세는 자기 방에서 뛰쳐[55] 나올때부터도 있었다. 그 증세가 아니었더면 방에서 뛰쳐 나오지도 않았을지 모르는 일이다. 뛰쳐 나오면서 산으로 올라 갈 생각을 한것인데 산에는 나영근씨부인이 땔나무를 하고 있을터이므로 하는 수 없이 길쪽으로 발을 돌린 것이다.

"내리긴 왜 내리세요? 운전수 그냥 몰아요."

미쓰홍이 엉거주춤이 일어 서려는 형재를 잡아앉치며 운전수에게 명령 했다.

운전수는 '녜', '녜'를 연발하며 '핸들'을 돌렸다.

"미스터한, 당신은 우리 아버질 만나는 일이 그렇게 싫어요?"

아주 턱밑에 들앉아 가지고 교태를 부렸다. 그는 '당신'이라는 대명사를 형재가 또 뭐라고 하나 어쩌나 일부러 또렷하게 쓰는 눈치 같았다.

그렇다고 또 눈을 부라릴 수는 없었다. 눈을 부라렸다가 여자 측에서 그럼 애인을, 혹은 남편을 당신이라고 아니하고 뭣이라고 하겠느냐고 따지고 달려 든다면 운전수랑 있는데서 그 이상 난처한 일은 없을 것이 아니겠는가. 그러나 형재는 또 운전수랑 있는데서 다른 여자도 아닌 미쓰홍한테서 '당신'이라 불리우는 일이 진정 싫기도 했던 것이다.

한숨이 길게 나왔다. 어찌하여 오늘날 이와같은 궁지에 빠졌단 말인가?

같이 저녁 먹으러 가지말았더면 싶은 생각이 들었다. 저녁 먹으러 갔더라도 술을 많이 먹지 말았다면 이 지경되어 버리지는 않았을것이 아니겠는가.[56] 나영근씨 부인 말과 마찬가지로 온통 그 술 때문에 아무일도 안되고 마나부다. 그런데 어제 저녁은 그렇다고, 지금 금방 한짓은 또 뭐냐 말이다.

더구나 나영근씨가 집필하는 중에 그게 무슨 짓이란 말인가. 형재는 땀이 쭉쭉 내려퍼부어서 억망인 몸을 부르르 떨었다. 아무래도 차에서 내려야 할것 같

---

55 '뛰쳐'의 오기로 추정됨..

56 원문에는 없으나 마침표 추가함.

았다.

"내려야 하겠어. 여기 내려 주시요."

"아니 그럼 아버지 만나는건 다음번으로하고 우리 뜨라이브나 할가요?"

미쓰홍이 내리려고 서두는 미스터한의 무릎 위에 몸을 실리면서 꽉 눌렀다. 미스터한은 차창 밖에 시선을 보내었다. 짓푸른 세계가 휙휙 지나가고 그리고 또 향기가 물컥물컥 몰려 들어왔다. 여자만 옆에 없다면 얼마나흥겨운 풍경이랴.

"운전수 그럴듯한데로 차를 몰아요. 우이동쪽으로 갈까?"

"네. 네. 그럽죠."

미쓰홍과 운전수가 주고 받는 말엔 귀도 기울이지 아니하고 형재는 왼편쪽으로 몸을 도사렸다. 여자하고 조금이라도 간격을 더 두기 위해서였다. 그리고 눈을 감아 버렸다. 인제 차는 별수 없이 우이동으로 가고 말것이라는 생각을 하면서, 그러나 형재는 우이동에 이르러서 어떻게 하겠다는 생각같은건 하기가 싫었다. 그저 차를 세워주지 않으니까 차에 앉아 있는것 뿐이었다.

"하긴 지금 쯤은 아버지가 회사에 안계실지도 몰라. 벌써 어딜 뺑손일 쳤을거야. 운전수 그렇짢어? 차가 없어도 택시를 잡아타고 가셨을거야. 아버진 저물어 오는 날을 마지하기 위해서 사는 양반이거든. 날이 저물어 오기만 하면 안절부절을 못하시는걸요……"

미쓰홍이 다시 왼편쪽으로 몸을 기울여 형재에게 실리며 이런 말을 했다. 형재는 몸을 실리는 여자를 밀어내지 않았다.

'져무는 날을 마지하기 위해서 사는 미쓰홍의 아버지'에게 구미가 당긴 탓이다. 형재는 바른 편으로 목을 돌려 여자를 보았다.

여자는 자기를 보아주는 형재를 발쭉발쭉 웃으며 처다 보았다. 눈을 감고 모르는체 하기 보다는 기분이 좋다는 것이겠지.

"미쓰홍의 아버지는 왜 져무는 날을 마지하기 위해서 사실까?"

형재가 입을 열었다.

"젊은 여자들 틈에서 물고기처럼 놀기 위해서죠."

미쓰홍이 대수롭지 않게 댓구했다.

"연세가 어떻게 되는데?"

"쉰아홉. 인생의 한창고비를 넘어스셨죠. 그렇지만 아주 젊은 청년들같이 빨간 넥타일 매시는걸요. 양말도 괴상야릇한 색채로만 골라 신으시고…"

"그러니까 미쓰홍두 부친을 닮아서 진하디 진한 색채만 좋아하는군."

"에이구 난 아버질 따르려면 신발도 아직 안 신은 셈인걸요."

미쓰홍이 입을 쭉 내밀고 말했다.

"호오 —. 그래요? 그렇담 우리 같은 사람은 앞에 가지두 못하겠군."

"자기는 그러면서도 당신같이 소박하고 검소한 청년을 좋아하세요. 그리고 자기는 난봉을 부리면서도 날더러는 이래라 저래라 막 야단이시지. 요새 젊은 여자들은 말이 아니라나요. 날더러 그렇게 돼선 안 된다잖아요. 그래서 당신을 만나자는거지 뭐에요. 호호호."

미쓰홍은 자꾸만 '당신'이라고 했으나 형재는 지긋이 마음을 눌러며 미쓰홍의 아버지의 거동을 낱낱이 놓지지 않으려 들었다.

"미쓰홍 미쓰홍. 아버지 만나려 갑시다. 아직 날이 져물자면 멀었으니까…"

"그래요? 미스터한 정말이세요?"

여자는 엉뎅이를 들었다놓으며 반색을 하는 것이었다.

"운전수 회사로 갑시다. 지금 몇시나 됐나. 아직 세시네요. 회사로 가요."

미쓰홍은 차창밖을 내다보다간 손목시계를 보며 야단법석 이었다. 자동차는 방향을 삐익 돌려 시내를 향해 달리기 시작했다.

돈암동에서 신설동으로 빠져 동대문을 지나고 을지로 2가 어느 높은 삘딩 앞에서 차는 머물었다. 미쓰홍이 형재의 손을 이끌며 내렸다.

'또어'를 밀고 앞을 서서 걷던 미쓰홍이 되돌아서서 형재에게로 가까이 오더니 형재더러 머리에 빗질을 좀 하라면서 핸드 빽에서 빗을 내 주는것이었다.

"그대루 돼요."

형재는 빗을 받지 않았다.

"너무 텁수룩 하다니까요. 난 그렇게 좋지만 아버지는 덜 좋아하실거얘요."

미쓰홍이 형재의 텁수룩한 머리를 올려다 보며 말했다.

"덜 좋아해두 괜찮어."

"이왕 선을 뵈는바엔 좋게 뵈야하잖어요?"

형재는 선을뵌다는 말에 씩 웃었다. 미쓰홍은 그래도 올려다 보는 것이었다. 올려다 보기만 하지않고 발돋음을 하면서 빗질을 하려고했다. 그러나 형재 머리에 닿자면 아직 멀었으니 안타깝기만 한모양이었다.

또 하나의 '또어'를 열고 들어갔다. 형재도 뒤를 따랐다. 실내엔 여자 하나가 책상 앞에 오뚝히 앉아 있다가 미쓰홍을 보더니 발딱 일어나 서는 것이었다.

"아버지 나가셨어?"

하고 미쓰홍이 묻는 말에 여자는 약간 우물쭈물 하다가

"출장 가셨어요."

했다.

"출장? 갑자기 무슨 출장이야? 어딜 가신데?"

"부산이라고 하시데요."

"언제 오신데?"

"사오일 되시겠다고 말씀하셨어요."

"미스터리 좀 불러와요."

미쓰홍이 여자에게 명령했다.

여자가 '또어' 밖으로 살아졌다.

"부산은 무슨 부산이야. 시내잠복이지."

여자가 나가자 미쓰홍이 형재에게로 돌아 서며 코를 말아 올렸다.

"시내잠복은 또 뭔가?"

형재는 말을 알아 듣지 못했다.

"좋은 여자가 생기면 시내에 잠복하거든요. 며칠씩 집에 안들어 오시고 호텔 같은데서 외박을 하신단 말이얘요."

"호오 ―."

형재 귀로선 처음 듣는 소리였다.

'또어'가 열리면서 데리려 간 여자와 함께 가냘프게 생긴 젊은 남자 하나가 사뿐 사뿐 들어왔다. 젊은 남자는 미쓰홍에게 손을 들어

"여어, 아가씨 오셨읍니까?"

하고 농을 부쳤다. 말소리도 생긴 것과 같았다.

"미스터리, 아버지 가신 곳 좀 가르쳐 줘요. 나 한턱 할 테니. 응."

"부산 가셨어. 아버진 왜 찾아 다니는 거야."

"꼭 만나야겠어. 아까 만나기로 약속했는데 금새 출장가셨을 리 없어. 관철동은 아닌가?"

미쓰홍이 손가락으로 방양[57]을 가르키며 물었다.

"아니야. 부산 가셨대도 그래."

가냘프게 생긴 남자는 방글방글 웃었다.

"그러지말고 대 줘. 나 한턱 할게. 응. 미스터리."

미쓰홍은 응석조로 나갔다.

"무엇으로 한턱 할텐가?"

"요구하는대로. 중국 요리를 원하면 중국요리로 하고 양식을 원하면 양식으로 할테야."

"요리는 싫어."

"그럼?"

"키쓰."

"언제?"

"지금 여기서."

미쓰홍이 까딱까딱 가냘프게 생긴 남자에게로 닥아 가더니 어렵지 않게 그의

---

57 '방향'의 오기로 추정됨.

뺨에 입을 들여대고 쪽 소리를 내었다.

"이런 키쓰론 안돼. 정통적인 걸 해 줘."

남자는 불만인 모양이었다.

"오늘은 안돼 안돼. '리베'[58]하고 같이 왔는데 될 말이야. '리베' 아버지가 보시 자고해서 같이 온거야."

미쓰홍이 남자와 형재를 엿가람 보아 가며 말했다. 형재는 얼굴에 쥐가 올라 온것 처럼 뻣뻣이 굳어졌다. 그러나 꾹 참았다. 눈을 똑 바로 뜨고 그들의 언어 행동을 하나도 놓지려[59] 하지 않았다.

"안됨 나도 안돼. 아버지한테 연락을 안해 줄테야. 긴급한 일이 있음 연락하 기로 돼 있지만 ─ ."

가냘프게 생긴 남자는 아무래도 키쓰를 하고야 말작정인 모양 같았다. 파염 치한[60]! 끝내 사람 앞에서 '정통적인 키쓰'를 하고 말셈인가?

형재는 얼굴만 뻣뻣이 굳어 질뿐 아니라 전신이 온통 뻣뻣해지는 것이었다. 현기증 비슷한 것도 생기는 것이었다.

그러나 형재는 심호흡을 하면서 참았다. 시내에 잠복한 미쓰홍의 아버지를 구경하고 싶었던 것이다.

"미쓰홍 얼른 정통적인 키쓰를 하지 그래."

형재는 어느새 이런 말을 불쑥 해 버렸다.

"어쩜…… 마이 리베의 관대하심을 보란 말이야. 미스터리."

미쓰홍이 두 남자를 번갈라 보며 말 했다. 그러다가 그는 가냘프게 생긴 남자 에게 매달려 '정통적인 키쓰'를 하는 것이었다.

형재는 책상앞에 오뚝히 앉았는 여자 쪽으로 시선을 돌렸다. 여자의 얼굴이

---

58 리베(Liebe). 애인 혹은 사랑을 뜻함.

59 '놓치려'의 오기로 추정됨.

60 체면이나 부끄러움을 모르는 뻔뻔스러운 사람.

푸들푸들 떠는것 같았다.

굳어 졌던 형재의 얼굴도 푸들푸들 떨려 오는 것을 깨달았다. 여자 쪽에서 시선을 돌렸다. 그시선은 저절로 두 남녀에게로 옮아져 갔다.

둘이는 한덩어리가 되어 있었다. 남자도 여자 허리에 팔을 둘려 여자를 껴 안고 있었다. 여자는 남자 목에 두팔을 감고 있었다. 그것은 어제 저녁 먹던 집에서 여자가 형재에게 하던것과 꼭 같은 자세였다.

그뿐 아니라 입술을 빨아당기는 것 까지도 어제저녁과 흡사했다. 쪽쪽 소리가 났다.

"저게 도대체 어찌 된 노릇인가?"

형재는 거진 입밖에 까지 소리가 나왔다.

또 책상앞에 우뚝히 앉은 여자 쪽으로, 시선을 보내었다. 그렇게 할 수 밖에 없었던 것이다. 여자가 형재를 건너다 보고 있었다. 형재가 마주 건너다 보는데도 꼼짝 않고 마주 건너다 보았다. 아주 만만하게, 대수롭지 않게 여기는 시선이었다. 그보다도 '이 쓸개 빠진 자식같으니라구. 그래 제 '리베'를 딴 남자하고 키쓰를 시킨 단 말이냐?'고 이죽거리려 들 것 같이 보였다.

결코 여자를 탓할 수가 없는 일이었다. 미쓰홍이 제 입으로 '리베'라고 하지 않는가. 그리고 사실 미쓰홍과 자기는 '리베' 이상의 행동이 있었던 것이 아니더냐 말이다.

형재는 벌떡 일어나 둘이 아직 한덩어리가 되어 있는 쪽으로 갔다. 여자 허리에 감은 남자의 팔을 먼저 풀고 또 남자목에 감은 여자의 두 팔을 마자 풀어내면서 여자의 한쪽팔을 잡아 이끌고 말없이 밖으로 내 달렸다.

제5회

백조(白鳥)의 춤 같은 것

형재는 그날밤 나영근씨 집에 들어가지 못했다. 즉 자기 숙소에 못돌아 갔던 것이다. 미쓰홍 집에서 밤을 새운 것이다. 처음부터 그 여자 집에서 잘 생각이 있은 것은 아니다.

그 여자의 아버지 회사에서 그 여자의 팔을 끌고 밖으로 내달린 형재는 결코 어떻게 할 계획이 있어서 한것은 아니다. 여자의 팔을 끌고 나오기 까지는 그 젊은 남자와 소리가 나도록 입을 쪽쪽 맞추는 것을 볼 수가 없어서 한 일이다.

목적(目的)이야 아버지의 행방을 알려고 한데 있다고 하지만 자기 앞에서 꼭 어저께 저녁, 저녁식사하던 집에서, 또는 아까 낮에 나영근씨 집에서 자기한테 하던 것 처럼 하고 보니 견딜 수가 있느냐 말이다.

"차에 오르세요."

밖에 나와 주춤주춤하고 있으니까, 미쓰홍이 마당에 놓여있는 — 아까 그들이 타고 온 — 자동차 문을 열면서 형재를 들이밀고 자기도 타는 것이었다. 운전수는 없었다. 미쓰홍이 거진 형재에게 실려가지곤 '크락숀'을 빠앙빵 눌렀다. 운전수가 달려왔다.

"위선 집에 가 보자요.[61] 아버지가 안계시군 그래."

운전수가 '네'라는 대답과 함께 차를 몰았다. 거리는 바루 '랏슈 아워 —'. 택시, 찙차, 사람할것 없이 물결처럼 출렁댔다.

'오늘 아침 출근했더라면 나두 지금 이쯤은 퇴근할 무렵일텐데, 대체 이게 무슨 꼴아지람.'

이런 생각을 하게 되면서 형재는 훌쩍 나영근씨 부인을 머리에 떠올린다. 아무리 생각해도 이렇게 되고보니 나영근씨 부인한테 제일 미안 하다. '쿳숀[62]의 감촉이 부드러우면 부드러울 수록 그 생각은 더해오는 것이다.

"이것봐요. 집에 가두 부친이 안계실텐데 갈것 없잖아?…"

형재는 빠져야 하겠다는 생각이었다.

---

61 마침표를 추가함.

62 쿠션(cushion). 방석.

"어머니도 지금쯤 나가고 안계실지 몰라요. 그냥 가서 놀면 어때요?"

미쓰홍이 한쪽 팔꿈치로 형재옆구리를 지긋이 누르며 말했다. 형재는 덤덤히 댓구가 없었으나, '어머니도 지금쯤은 나가고 안계실지 몰라요.' 라는 여자의 말에서 무뚝 떠 오르는 생각이 있었다.

어릴 때의 일이다. 남의 집이거나 저희집에 어머니가 안계신 때가 있었다. 그런 때 동무들끼리 어머니 안계신 집에서 마음놓고 놀던 일이란 한없이 즐거웠던 것이다. 더구나 옆집 숙례하고 놀던 일은 더 생생히 떠오르지 않는가?

"미쓰홍, 정말 어머니가 나가시구 안계실까?"

나영근씨 부인한테 미안하던 생각은 어디로 가고 형재는 이렇게 묻게쯤 되었다.

"그럼요 이맘땐 어머니도 바람쐬려 나가는걸. 남편이 바람을 피고 안들어오는 집구석을 뭣땜에 지키고 있어요? 남편이 나가 바람을 피면 아내도 나가 바람을 펴야 한다고 난 주장하니까요. 우리 어머니도 처음엔 속을 폭폭 썩이면서 들앉아 계시길래, 그럴것없이 어머니도 나가서 아버지 처럼 하심 되잖느냐고 쏘아 줬죠. 그래도 잘안듣더니 요샌 곧잘 술이 곤드레가 돼가지고 들어오시는 때가 있더군요. 미스터한, 통쾌한 일이죠? 호호호."

미쓰홍이 형재 턱에 제 뺨을 갖다 대며 웃었다. 그러나 '쿳숀'의 율동으로 뺨과 뺨이 제대로 있지 않았다.

"아규 따거워. 무슨 수염이 고슴도치 털같아?"

미쓰홍이 제뺨을 어루만지며 골을 질렀다. 형재는 말이 없었다. 어서 어머니가 나가고 없을게라는 미쓰홍 집에 가야 하겠다는 생각뿐이었다.

'쿳숀'이 율동하는대로 몸을 함부로 흔들어 댔다.

미쓰홍도 그러는 눈치었다. 미쓰홍 말대로 미쓰홍 어머니는 나가고 없었다. 미쓰홍이 차에서 내리자 마자

"엄마 계셔?"

하는 물음에 마중 나온 식모인듯한 여인네가

"안계셔요. 아침에 나가서서 안들어 오신걸요."

하고 알려 주었다.

미쓰홍의 방은 이층에 있었다. 타악 트인 큰 방이었다. 형재가 거처하는 방에 비하면 육배(六倍)가량 되었고 나영근씨 방에 비하더라도 사배는 틀림없다. 아랫목에 놓인 '벳드'⁶³가 제일 눈에 띠었다. 빨간바탕에 부채살처럼 나간 흰 무늬를 논 '씨이트' 때문인지 모른다.

흰바탕에 기리로 연분홍 줄이 서리운 '커-텐'이 바람을 불툭 안아 들었다.

미쓰홍은 전등을 가지고 몇분간 조화를 부렸다. 줄을 한번 댕기니까 파란 불이 켜지고 두번 댕기니까 빨간 불이 켜지고 또 다시 댕기니까 형재랑 사용하고 있는 보통 불이 켜지는 것이었다.

미쓰홍은 그불을 그대로 두지않고 또 한번 줄을 댕겼다. 파란불을 켜는 것이었다.

그리고 미쓰홍은 옷을 갈아입을양으로 형재 더러

"뒤로 돌앗."

하고 구령을내렸다.

형재는 그 소리에 맞췄다. 미쓰홍이 한참 부스럭대더니 다시

"뒤로 돌앗."

하는 구령을 내렸다.

"야아 찬란하구나."

형재가 돌아 서면서 보니까 미쓰홍은 전부 도라지꽃색으로 감았다. 도라지꽃색의 '이브닝 뜨레쓰'⁶⁴였다. 팔은 말짱 내 놓은 것이었다.

미쓰홍이 파란 불을 받으며 전축을 틀었다.

"미스터한, 이게 뭔지 알아? 이거 아주 멋진 '탱고'라요. 춰볼까."

---

63 침대.

64 이브닝 드레스(evening dress).

미쓰홍이 도라지꽃색 '드레쓰'를 활짝펴들고 형재 앞으로 닥아 오는 것이 아닌가? 형재는 그러고 오는 미쓰홍을 덥썩 안아 올렸다.

"이건 '백조의 문⁶⁵(白鳥의 舞)'가요?"

형재는 여자가 짖거리는 소리도 귀담아 듣지않고 여자를 치켜 안아 올린채 몇바퀴 마구 돌다가 그바람도 멋지 않아서 빨간 '씨이트'가 깔린 침대 위에 여자를 텁썩 던지면서

"아까 그젊은 남자하구 무슨 수작이야? 미쓰홍은 그렇게하는 남자가 얼마던지 있는거 아냐?"

하곤 되려 형재쪽에서 미쓰홍의 입술을 먼저 더듬었다.

미쓰홍은 그런채로 아까 조화를 부리던 전등 줄을 댕겼다. 전등줄은 침대에서 조화를 부리기에 알맞게 되어 있었다. 파란불이 꺼지면서 빨간 불이 켜졌다.

도라지꽃색의 '드레쓰'가 더 진해지고 미쓰홍의 얼굴이 참 고왔다.

"미쓰홍, 나 사랑해 줘. 나만 사랑해 줘."

형재는 미쓰홍을 함부로 다루면서 이런 소리를 짖거렸다. 그의 호흡이 무한 높아 졌다.

※　※

이튿날, 사에 나가 미쓰홍은 형재를 아주 자기 '전매특허품(專賣特許品)'처럼 굴렸다. 다른 여자들이 얼씬하지 못했다.

김순기가 형재에게

"어저껜 안나오셨더군요?"

하고 말을 거니까 미쓰홍이 널름

"어저껜 술몸살이 나셨드랬어."

하고 제가 나섰다.

---

65 '백조의 무'의 오기

"그래서 피곤해 뵈시는군요."

하니까 이번엔

"지난밤을 꼬박 샜으니깐." 하고 나섰다.

형재는 얼굴을 어디다 두었으면 좋을지 몰랐다. 편집장을 위시하여 동료들이 형재의 얼굴을 힐끔거리는 것이었다.

'저 비러먹을[66] 거, 저걸, 어쩐담. 주둥일 놀리지 말면 어때서…… 저하구 나하구 가깝다는걸 석정려란 있는데서 알릴려구 지랄이구나. 내가 미쳤지. 저런년하구 밤을 새다니…… 생판 화냥년인걸 그랬어. 어제밤에두 보지. 미쓰홍, 남자들하구 이렇게 노는 일이 많았지? 하구 따지니까, 놀았으면 어때냐? 인제부턴 당신하고만 놀면 고만 아니냐구 뻔뻔스럽게 말하지 않았는가? 발광할년. 그럴 쩍에 콱 차 버리구 그방에서 나와 버렸더면 이곤경에 빠질 리 없었겠는데 그러는 그년에게 더 매달리며 그래, 인제 정말 나하구만 놀아. 정말 다른 남자하군 놀지 말아 하곤, 이번엔 침대에 누어있는 년을 번쩍 들어 올렸던것이 아닌가? 또 '백조의 무'란걸 추는것 같이 형재가 땀을 철철 흘리며 이렇게 속으로 중얼거리고 있으려니까 웬 땡일까? 미쓰홍이 엉뎅일 흔들거리며 밖으로 나가는것이었다. '핸드 빽'이랑 들고 나가는것이었다.

"후유 — 살았다."

형재는 철철 흐르던 땀이 식는것 같았다. 더구나 바로 마즌편에 앉은 석정려가 재채기를 하고나서 살짝 건너다 보는것이 아닌가? 휘파람이라도 '후후!' 불고싶다는 생각일 때 급사 아이가 쪽지 하나를 갖다 주었다.

피곤한데 '모-닝 커피'하러나가십시다. 기자란 책상 앞에 버티고 앉아 있어선 안돼요. 모든 소재(素材)는 편집실밖에 있다는걸 알아야 해요. 길 모퉁이에서 기다리고 있을테니 속히 나와요. 안나오면 딴 놈팽이들을 다

---

66 빌어먹을.

리고 놀 테니까… 미쓰홍.

'비러먹을 것 지랄두 어지간히 하네. 딴놈팽이들하구 놀테면 놀라지. 누가 꿈틀이나 하나 보지. 비러먹을 것 나가긴 누가 나가? 길모퉁이에서 하루 종일 기다리려므나… 다리가 서너발 늘어나게…'

쪽지를 다 읽고 난 형재가 속으로 이렇게 중얼거리긴 했으나 캥기지 않은 것은 아니었다.

정말 나가지 않고 버티고 있으면 그게 또 돌아들어 올께 아니냐는 불안때문이었다.

형재는 쪽지를 주머니 속에 아무렇게나 집어넣고 앉아서 위선 담배 한대를 꺼내 피워 물었다. 뿌우연 연기를 힘껏 내뿜어 보았으나 불안이 가시지 않았다.

그는 벌떡 일어서 밖으로 나왔다. 다른 사람에겐 변소에라도 가는 양으로 보이려고 애쓰면서.

"에이구 우리 느린보 인제사 거동하셨구려. 다리가 다 빠지게 돼서야. 하여간 걸읍시다."

미쓰홍이 파라솔을 팽그르르 돌리면서 앞을 섰다. 파란빛 '파라솔'[67]이 낙하산(落下傘)처럼 어지러웠다.

형재는 여자의 뒤를 따르지 않았다. 그자리에 선채로

"난 안가."

했다.

미쓰홍이 발딱 돌아 섰다.

"왜 안가?"

"가기 싫다니까 일두 있구…"

"일은 내가 있다 대신해 주께."

---

67 파라솔(parasol). 여성용 양산.

"관뒤요. 그건 더 싫어."

"그럼 어쩌자는거요?"

"난 들어가봐야해. 혼자 가라구."

"나도 싫어."

"왜 싫다는거야? 딴 놈팽이들하구 놀라구."

"언젠저하구만 놀자더니 그건 또 뭐야? 호호호."

오고가는 사람들이 예사롭지않은 웃음 소리에 쳐다들 보았다.

"이거 왜 길에서 이래? 어서 외근이나 다녀 오라구."

"외근이 무슨 말라빠진 외근야. 아무것도 하기 싫은걸. 다방에 가서 음악이나
들읍시다."

"그건 안돼. 어저께두 결근했는데 또 그럭함 돼?"

"안됨 말라지. 쫓겨남 우리집에 와 있음 되잖아?"

"정말 이러지 말라구. 미쓰홍 때문에 망하란 말이야? 나 할일이 많아. 날 가
만 놔 둬 줘. 딴 남자하구들 놀아줘. 미쓰홍."

형재는 거진 애원하다 시피 했다.

땀 방울이 철철 흘러내렸다.

"딴 남자하고 안놀테야. 적어도 어제 밤 약속은 지켜야 할께 아냐? 미스터한
이 싫증나기 까진 말이지."

미쓰홍이 빠득빠득 닥아 서며 이런 말을 했다. 형재의 손이 어느새 정말 자기
도 모르게 미쓰홍의 뺨으로 건너 갔다.

"어머나 야만이야. 민주주의 세상에서 여잘 때리는게 어딨어? 이건 아주 꺼
구루야. 그렇지만 미스터한 한테 맞는건 좋아. 되려 쾌감을 느끼게되는걸."

형재는 미쓰홍의 짖거리는 소리를 뒤로 하고 그냥 내 뺐다. 종로에 와서야 돈
암동행 뻐쓰에 올랐다. 돈암동 종점에선 정능리까지 걸었다. 걸었다기 보다 달
렸다. 미쓰홍이 뒤쫓아 오면 마구 패주리라는 생각을 하면서 전쟁터에선 하루
수십명 넘게 사살도 있는데 그잘난 여자 하나쯤 패 주면 어떻단말이냐고 거진

입밖으로 중얼거리기도 했다.

미쓰홍은 따라오지 않았다. 마음이 후련했다. 형재는 구멍 가게에서 소주 두 병을 외상으로 얻어 들고 들어 갔다.

대문깐에 들어서자 마자 해영이가

"아저씨 온다아. 엄마 아저씨 지금사 와."

하고 소리를 지르며 안으로 달려 들어 갔다.

해영이 소리에 나영근씨가 안경을 벗어들고 내다 보았다.

"자네 어떻게 된 일인가? 통행금지에 걸려드랬구나."

"아저씨 술 사가지구 왔네. 엄마 저것 봐."

"나도 벌써 봤다. 아침에도 술 저녁에도 술. 에이구 지긋지긋해라."

나영근씨 부인은 형재손에 들린 술병을 이미 보고 있는 모양이었다.

"사모님 용서하십시요. 오늘만은 안먹구 견딜수 없어요."

형재가 술병을 나영근씨 방문앞에 올려 놓으며 이렇게 말하니까,

"밤낮 오늘만이지. 에이구 지긋지긋해라."

나영근씨 부인은 치마 꼬리에 바람이 일도록 안으로 들어갔다.

"자아 이리 들어 오게. 좌우간 무사히 왔으니 고마워."

나영근씨가 술병을 주섬주섬들여놓으며 한 말이다.

"그런데 오늘은 절대 술상을 안차려줄 얼굴이야. 구멍가게에 해영일 보내자 구."

나영근씨가 안방을 눈질하며 낮은 소리로 속삭였다.

"그러십시다 선생님."

형재는 침이 꿀꺽 삼켜졌다. 간이 탄 뒤에 돈암동 종점에서 부터 뛰어 오다시 피하고 나니 목이 마를대로 말랐던 것이다.

"해영아 이리온."

해영이가 어머니 눈치를 살살 보며 방앞으로 왔다.

"얘 너 구멍가게에 가서 마른오징어 두마리만 달래 와 알지? 한마린너 먹구

한마린 아버지 한테 갖다 준다아. 응."

"그래요. 엄마 몰래 말이지?"

해영이는 작은 소리로 귀속 말처럼 하곤 밖으로 뛰어 나갔다.

"집안 꼴이 잘 돼 간다. 앨 핵교엔 안보내고 밤낮 구멍가게 심부름이나 시키구……"

나영근씨 부인은 해영과 남편의 거동을 살피고 있었던 것이다.

해영이가 오징어 두마리를 들고 들어 와 한마리를 제 포켙[68]에 먼저 넣고 한마리를 아버지한테 주면서

"아버지 가게 쥔이 외상값두 좀 갚으면서 가져가라구 해요."

하고 어머니한테 들키지 않게 말했다.

"야 이 자식아. 외상값도못치루는 가게에 가서 외상만 자꾸 맡아 옴 어떡하자는거냐? 똑 생쥐모양으로 살살대면서."

나영근씨는 마누라의 생쥐모양으로 살살댄다는 말에 역증이 난 모양으로

"여보 제 자식더러 생쥐라구 하는 어머니가 어디 있오? 그건 망발인데……"

하고 얼굴을 붉히며 나무랬다.

"생쥐라고 하는 내가 나뻐요? 생쥘 만들고 있는 당신이 나쁘지. 걔가 학교에 못가고 집에 있으면서 이상하게 좀스러워 진다니까."

"또 그소리요? 제발 좀 저리 들어가 낮잠이나 주무시오. 우리가 기분좋게 한잔 먹게스리… 그리고 깍두기라두 소반에 받쳐 보내 주구려. 그래두 고마운건 마누라 뿐이라니까."

나영근씨가 싱글벙글 웃으면서 능청을 부려도 부인의 낯색은 마찬가지었다.

해영이가 부엌에 들어가 종지와 젓가락과 깍두기 보새기를 날러다 주었다.

"선생님 제가 오늘은 낮술을 먹어야 하겠습니다."

형재가 술 종지를 연거퍼 세번 들고나서 이렇게 말했다.

---

68 포켓(pocket). 주머니.

"왜?"

나영근씨는 술잔을 입에 대다가 멈추고 간단히 물었다.

"제가 잘못한 일이 있어요."

형재는 서두를 이렇게 떼고선 어저께 미쓰홍과 같이 나간 뒤의 생긴 사실을 전부 고백했다. 미쓰홍의 아버지의 내력, 미쓰홍의 아버지가 자기를 만나자고 한다는 것도 말했다.

"그럼 미쓰홍하구 자네 결혼할 셈인가?"

"전 말입니다. …그렇게 할수 없어요."

"그럼 어쩐다? 한직장에 있으면서… 여자측에서 늘 그렇게… 맹렬히 나오면… 그것두 말이지… 성가신 일일텐데."

"그러게 말씀입니다."

"그럴거 없이 결혼해 보도록 노력해 보지 그래. 무역회사 사장 사위 노릇 하는 것두 괜찮을지 모르지."

"선생님 전 말입니다. 저는요, 석정려하구… 결혼하구 싶습니다."

"그건 또 누군데?"

"우리 사에… 있는…『신여성』편집부에 삽화 그리는 여잡니다. 좋아요. 미쓰홍 같은건 문제도 안돼요."

"그래? 그럼 그 여자하구 결혼할 일이지. 뭐 어려운가?"

"그렇죠 어려울게 없죠. 허허허."

형재도 취하고 나영근씨도 취기가 어지간히 돌았다.

"야아 아저씨가 마누랄 얻는데? 엄마 아저씨가 장갈 간데."

해영은 문밖에서 듣고 있든 모양으로 어머니가 듣게끔 크게 소리를 쳤던 것이다.

"얘 싹수가 노랗다. 무역회사 사장 딸을 싫다는걸 봐라 쯧쯧."

해영의 소리에 나영근씨 부인이 혀를 차며 나섰다.

"마누라 이리 좀 와서 말이지, 그런 소릴 형재군한테 들려 주란 말이야. 형재가 무역회사 사장 딸하구 결혼하면 당신두 말이지 덕 좀 볼지알아? 하하핫."

"글쎄 그런 자리가 있음 왜 오늘이라도 당장 혼사를 치르지 못하고 그래? 판자집 문간방에서 썩느니 보다 좀 좋아? 하루 아침에 팔잘 고칠텐데 왜들 생각이 그지경일까? 당신부터도 꽉 잡아 쥐고 그 혼살 성사시키도록 해야 할꺼 아니오?"

나영근씨 부인은 아주 심각해 져 갔다.

"여보, 당신 말이야… 매사에 그렇게 정력을 기울이다간 말이야… 수(壽)를 잃겠구려. 웬만하구 인제 낮잠이나 가 자요."

심각해 진 부인에게 나영근씨가 농조로 곁들인 말이다. 형재와 나영근씨의 얼굴엔 온통 땀방울이 흘러 내렸다. 가만히 앉아있어도 땀 방울을 거둘 수 없는 한창 더위에 소주에 마른 오징어를 뜯고 있으니 땀이 안흐릴 있으랴.

제6회
피크닉

형재는 그뒤로 꾸준히 사에 출근했다. 한달 가까이 그렇게 매일 출근하게 되니까 『신여성』 편집부원들만 아니라 P사 전원하고도 친밀히 지낼 수가 있었다. 더구나 P사에선 '삥뽕'[69]이니 '배구'니 또는 '장기' '바둑'판 까지 갖추어 놓고선 사원들의 건강과, 친밀을 도모해 오는 터이었다.

형재는 '바둑'과 '장기'에 솜씨가 좋았다. '배구'나 '탁구'에서 보다 '바둑'이나 '장기'에서 더 골돌하게되는 수가 많았다.

'바둑'과 '장기'는 나영근씨 한테서 배우게 되었으니까 만만치 않을것도 사실이다.

나영근씨는 '장기'나 '바둑'이라면 아주 정신을 홀딱 잃는축이었다. 아무리 바

---

69 핑퐁(ping-pong). 탁구

삐 써야 할 원고가 있더라도 "'바둑' 한판 둘까요"라던가? "'장기' 한치 어떻습니까?" 하고 대어들면 온통 얼굴에 웃음을 널어놓며 어느새 대전 태세를 갖추는 것이었다. 그대로 나영근씨는 차차 '장기' 에서 손을 떼고 '바둑' 에만 열중 했는데 형재는 아직 두 가지를 다 즐기고 있는 셈이었다.

처음 배우기는 '장기' 였다. 나영근씨가 '장기' 에 열중하던 때 였으니까 자연 그렇게 되었다. 아침부터 밤 늦게 까지 '장기' 판에서 떠나지 않은 날이 많았다. 나영근씨 부인이 "소설공불 시킨다더니 밤낮 붙어 앉아 바둑이요, 장기요하고 야단법석이구려." 하곤 잔소리를 얼마나 했는지 모른다. 나영근씨 부인은 술 마시는 일에도 짜증을 잘 냈지만 장기나 바둑 두는 일에도 잔소리가 심했다.

바둑에 있어서도 마찬가지로 해가 지는지 달이 솟는지 때를 분간 못하리만큼 열을 내어 배웠다.

'삥뽕' 이나 배구는 배우느라고 배운것이 아니고 전선에서 틈 있는때 심심풀이로 해본 것이다.

형재의 성격으로선 '삥뽕' 이나 '배구' 같은 운동보다 '바둑' 이나 '장기' 가 맞을 것이라고 동료들도 그렇게 말하고있고 실제에 있어서 형재 자신도 그것을 부인하지 못하는 터이었으나 형재는 '바둑' 이나 '장기' 를 두지 못하는 형편에 처해 있었다. '장기' 나 '바둑' 판과 마주 앉으면 어느새 벌써 거기엔 미쓰홍이 와 앉는 것이다. 미쓰홍이 그렇게 와 앉으면 형재는 머리 속이 벌집 터뜨려 논것 같아서 무엇이 어떻게 되어가는지 알 도리가 없었다. 그러니까 꼬박 지기만 하는것이다.

미쓰홍은 '장기' 나 '바둑' 에 관한 지식이 없었다. 형재가 이기는 기색이면 손벽을 따둑따둑 쳐가면서 좋아하고 형재가 지는 눈치면 이기라고 소리소리 지르면서 들까불었다.

그러지 말라고 타 일러도 소용이 없고 저리가지 못하겠느냐고 큰 소리를 쳐도 들은척 만척이었다.

형재의 적수는 미쓰홍을 그대로 놔두라고 했다. 미쓰홍이 앉아 있으면 형재가 어리벙벙해지니까 그것을 노리자는 것이다.

'삥뽕'을 치는 경우에도 미쓰홍은 물론 따라와 있었다. 미쓰홍은 '삥뽕'도 잘 못쳤다. 언제나 '제로 께임'으로 쫓겨 나오는 솜씨이면서도 형재가 '삥뽕'을 치기만 하면 '삥뽕' 채를 들고 나서는 것이었다.

이러는 것이 싫어서 형재가 여럿이 얼려하는 '배구'를 하게되면 미쓰홍은 또 '배구' 팀에 참가하는 것이었다. 미쓰홍은 형재와 한편이 되기를 원했으며 그래서 어느때나 말썽을 부리는 것이었다.

석정려는 형재와 같은 편이 되기를 싫어했다. 번번히 적진이 되는 것이었다. 김순기도 석정려와 같은 태도를 취했다.

형재는 석정려와 한편이 되기 보다 적수가 되어, 필사코 대결하는 일에 흥미가 있었다. 그렇게 필사코 대결하고 나면 석정려의 그 깜찍스런 성격이 더욱 형재의 마음을 파고드는 것이었다.

미쓰홍은 들까불기만 하면서 뽈 하나 제대로 받지 못했다. 그러면서도 상대편을 골려 주느라고 (평소에 품었던 적의까지 합쳐서) 가진 소리를 퍼부으며 펄럭거렸다.

그래도 석정려는 낯색 하나 변하지 않고 넘어가는 공을 다부지게 쳐서 넘기기만 했다. 김순기는 가끔 미쓰홍의 상대가 되어 이러쿵 저러쿵 시비를 가리자고 했다.

* *

형재가 입사한지 두어달 가량해서 P사에선 사원위로겸 침목을 도모하는 의미에서 피크닉을 가게 되었었다. 칠월 중순께였다.

사원 외에 집필자 몇사람을 초청하기도 했다. 나영근씨도 여기에 한몫 끼이게 되었던 것이다. 나영근씨는 중요한 집필자의 한 사람이기도 하려니와 P사 사장과 무척 가까운 사이였다.

술친구이기도 하지만 '바둑'에선 호적수였다.

출발을 삼십분 연기한것도 사장이 나영근씨를 삼십분만 더 기다려 보자고 해
서 된 일이다.

형재와 나영근씨가 택시를 타고 쫓아 갔을땐 정문 밖에 뻐쓰 두대와 찜차, 오
트바이가 줄을 지어 서 있었다.

"당신이 지각할줄 알구 정각보다 삼십분이나 연기했다는걸 알아야 해요."

『창조』 편집부에 있는 동료가 형재더러 빈정대는 것이었다. 형재도 빠른 축
은 못되었지만 나영근씨 때문에 더 늦었던것 만은 사실이다. 나영근씨는 아침
잠이 많아서 아침 일찍 거동하는데는 언제나 지각이었다. 그도 그럴것이 그는
밤 두시나 세시까지 원고를 쓰고나서야 자리에 눕게되는 것이다. 잔소리 잘 하
는 부인도 늦잠 자는것은 묵인해 두었다. 오히려 아이들이라도 떠들어 깨울가
봐 걱정하는 편이었다.

형재와 나영근씨가 어디 탔으면 좋을지 몰라 벙벙해 있는데 미쓰홍이 손을
흔들며 제가 탄 뻐쓰로 오라고 소리를 질렀다. 나영근씨는 그 말대로 그리로 가
려는데 사장이 안에서 나오면서

"아니 인제사 행차 하셨군. 당신 때메 삼십분 늦었어…… 나선생은 나하구 같
이 갑시다. 바둑이나 두면서……"

했으므로 나영근씨는 찜차쪽으로 갔다.

"여보슈. 찜차에서 무슨 바둑이란 말이요?"

나영근씨는 찜차에 오르면서 얼굴 전체에 웃음을 널어 놓았다. 바둑이란 말
만 들어도 즐거운 모양이었다.

"말 바둑은 못 두나?"

"말 바둑, 허허 그것두 좋지."

형재는 미쓰홍이 탄 버쓰에 올라타는 수 밖에 없었다. 그러나 결코 미쓰홍이
탄 뻐쓰라고해서 탄 것은 아니다.

"이리 오세요. 여기 자릴 잡아 놨어요."

하고 떠들어대니까 누가 보든지 미쓰홍의 말대로 쫓은것 같지만 실상은 열린 유리창으로 석정려를 흘쩍 보았던 것이다. 석정려는 김순기와 나란히 앉아 있었다. 미쓰홍이 그렇게 야단법석을 치건만 내다보지도 않았다. 오히려 유리창가가 아니고 안쪽으로 앉은 김순기가 내다 보며

"왜 타시지 그러고 계셔요?" 했다.

뼈쓰에 오르니 미쓰홍이 자리를 잡아 논것을 알았다. 제자리와 형재 자리에 사진기니 보자기에 싼것들을 잔뜩 놓아 두고 있었다. 바루 석정려와 김순기가 앉아 있는 뒷자리었다.

형재는 미쓰홍의 지시라기 보다 저도 모르게 안쪽으로 비비며 들어 갔다. 그렇지 않아도 미쓰홍은 형재를 창 가에 앉히려들었다. 뼈쓰나 기차나 창가쪽이 편하다는 것을 알고 있는 모양이었다.

창으로 바람이 들이쳤다. 석정려의 긴 머리가 휘날리면서 무엇이라 말 할 수 없는 냄새를 풍겼다. 형재는 이때까지 이러한 머리 냄새를 맡아 본일이 있은것 같지 않다. 고소하다고 할까? 향긋하다고 할까? 아무튼 냄새로서만 그치는 것이 아니고 지금은 살아 계신지도 모르는 이북 땅에 남겨 놓고 온 어머니를 느끼게 하는데까지 이르게 되었다.

"껌을 씹을테야?"

미쓰홍이 석정려랑, 또 다른 사람들이 다 들으라고 아주 반 말지거리를 하며 껌을 내밀었다.

"안씹어요."

비위에 거슬리는 마련을 해선 큰 소리로 무안을주고 싶었지만, 그러다가 더 망신을 당할까봐 잠잠히있었다.

"그럼 스까칠 들테야?"

미쓰홍이 이번엔 양주병 마개를 뽑으며 이렇게 나왔다.

"그건 좋아."

형재는 그것도 거절해 버릴까 하다가 승락했다. 술이 먹고 싶었던 것이다. 그

렇다기 보다 술이라도 먹어야 할 것 같았다.

미쓰홍이 컵에 술을 따라 주었다. 그걸 받으면서 홀쩍 미쓰홍을 보았더니 미쓰홍은 어느새 그랬던지 빨간테에 푸른 알 백이 안경을 쓰고 있는 것이 아닌가? 무엇이 왈칵 뱃속에서 올리밀었다. 형재는 올리미는 것을 누르기라도 할것처럼 술을 깔딱 깔딱 삼켜버렸다.

"한형 지금부터 그러심 곯아요. 오늘 술이 무진장으로 나올텐데…… 저 앞에 실은게 전부 술인걸. 뒷차엔 점심요기 할것만 싣고 여긴 전부 술 뿐이라니까. 여선생들이 마실 시로푸[70]나 사이달[71] 제외하군……"

같은 부에 있는 미스터윤이 친절하게도 장황히 설명해 주었다.

"또 한잔."

미스터윤의 장황한 설명에도 불구하고 형재는 컵을 또 내밀었다.

"한형재씨 웬일이세요? 벌써부터 취하심 광능가서 재미있게 못놀잖아요?"

이것은 앞에 앉은 김순기가 타 일러 준 말이다.

"고맙군그래. 순기양."

고맙다고하면서도 형재는 또 다 들이켰다.

인제 왈칵 올리밀던것이 가라 앉는 듯 했다. 그대신 술이 막 올랐다. 시간에 대어 오느라고 아침 밥을 먹지못했다. 아침 밥만 못먹은 것이 아니라 어제 저녁도 쌀알은 먹어보지 못한 속이다. 나영근씨와 둘이서 선술집으로, 빠로, 두루돌아다니다 보니 만취할수밖에 ─ . '뚜우' 소리를 듣고나서도 한참만에야 집에 들어가 쓸어졌던 것이었다. 나영근씨 부인이 남편의 건강을 위해서 저녁을 먹으라 어째라 했을 터이지만 나영근씨와 형재는 둘이 서로 부둥켜안고 겨우겨우 집을 찾아간 형편이니 밥이 다 무어랴.

70 　시럽(syrup). 감미료.

71 　사이다(cider) : 사이다는 원래 사과 소다를 뜻하는 말이지만, 한국에서는 청량 탄산음료로 통용됨.

"미쓰홍 공연히 우이스킬[72] 가지고와서 미스터한을 골리는군 그래."

『창조』 편집부의 박기자가 미쓰홍을 나무랬다.

"남잔 술을 먹여야 여자한테 녹녹히 잽힌다는걸 알아야해요. 미스터박도 우이스킬 좀 마시고 어느 여자한테 잽혀보지 않을래요?"

미쓰홍이 이러한 기함을 토하는 것을 듣고 있던 앞에 앉은 김순기가 반쯤 얼굴을 뒤로 돌리더니

"미쓰홍 그런 말 함 미쓰홍의 값이 떨어져요. 술마신 남자란 언제나 정확치 못한거애요. 정확치못한 주정뱅일 잡아선 뭘해요. 술이 취했을 땐 아무나 보고도, 곤보딱지도 천하 미인으로 뵈는지 온통 네것이요 내것이요 하며 꿀같은 사랑을 속삭이다가도 술이 깨면 언제 그랬던가 싶게 냉냉한게 주정뱅인데 뭘 그래. 더구나 여권을 주장하는 미쓰홍이 그런말을 한다는덴 놀라지 않을 수 없는걸. 모든 여성은 술이 취하지 않았을 때의 남성을 손아귀에 넣어야 하는겁니다."

제법 실감나는 소리를 짓거리는 것이었다.

형재는 취해 있으면서도 김순기의 하는 말을 들었다.

'석정려와 단짝이더니 비슷해 가는구나.'

하고 속으로 중얼거리곤 담배를 피워 물었다. 석정려는 잠잠했다. 필경 그는 눈을 내려 감고 있을 것이리라. 언제나 눈을 내려감고 있는것이 그의 버릇처럼 되어있으니까… 내려 감은 그의 눈은 천하 일품이라 할것이다. 속눈섭이 길고 검은 탓일까?

"우리 노래나 부르며 유쾌히 갑시다."

김순기 말에 미쓰홍이 도전이라도 할까봐 걱정 됐던지 미슨터[73]윤이 어슬렁

---

72 위스키(whisky)를.

73 '미스터'의 오식.

어슬렁 '아코듸온'[74]을 메고와서 '스윙'을 켜기 시작 했다.

미쓰홍이 '아코듸온' 소리에 너펄 거리며 일어 서서

"여러분, 오늘도 유쾌하게, 자아 모두 노래 부릅시다."

하곤 제가 선창을 그었다. 선창을 긋긴 하나 너펄거리기만 했지 그다지 잘 부르는 편이 못되나 보았다. 몇사람을 제외하곤 모두 잘 부르는듯 했다. 개중에는 이중창으로 부르는 축도 있었다.

언제들 저렇게 배와 알았는지 모를 일이다. 형재는 엉덩이를 얼마간 들석하고선 석정려를 넘어다 보았다. 바로 앞인 탓도 있지만 이 여자의 거동은 너무 조용하기 때문에 뒤에선 더구나 알 수가 없었다.

"옳지."

엉덩이를 들석하고서 넘어다 보던 형재는 저도 모르게 이렇게 웨쳤다.

석정려도 부르는 것이다. 부르되 입을 짝짝 벌려가며 자신 있게 부르는 것이다. 그것이 '앨토'[75]인지 '쏘푸라노'[76]인진 모르지만 ─ .

형재는 엉덩이를 제 자리에 놓고 앉았다. 형재만 못 부르는 것이다. '군가'라면 자신 까지는 몰라도 부를 수가 있지 마는 그렇게들 신바람이 나서 모두 잘 부르는 노래를 중지하고 '군가'를 부르자고 하기는 어려웠다.

유 아 마이 선샤인 마이 온리 선샤인 유 메일 미 해피 웬 스카이즈 아 그레이

'아코듸온'에 '하모니카'까지 합쳤다. 『야사』 편집부의 여기자가 불렀다. 두가지가 합치더니 더들 신바람이 났다. 흔들리고 좁은 뻐쓰 칸이건만 이국 사람과 같은 묘한 소리를 내는 축도 있었다. 모두 화음(和音)이 잘되어서 듣기 좋았다. 춤을 추는 축도 있었다. 곡은 자꾸 갈아 대었다. 형재가 아는 것이라곤 별로 없었다.

---

74 아코디언(Accordion). 손풍금.

75 알토(alto). 성악에서 여자 가수의 가장 낮은 음역.

76 소프라노(soprano). 성악에서 여자 가수의 가장 높은 음역.

행재[77]는 하품이 나왔다. 입을 크게 쩌억 벌려 하품을 하곤 석정려가 앉은 의자에 머리를 대고 업들였다. 고소 하고 향긋한 머리 내음새가 물씬 형재의 후각(嗅覺)을 떠 일으켰다. 형재는 다시 어머니를 생각하는 감정이 생겼다.

음악은 그대로 계속 되고, 그러는 사이에 형재는 잠이 들었다. 미쓰홍이 몇 번 꾹꾹 찔렀으나 형재는 그대로 광능에 닿아서야 잠이 깨었다. 미쓰홍이 들까 불면서 깨웠던 것이다.

형재는 그냥 잠이 들어 있었으면 좋았겠다고 생각 했다. 잠이 들어 있는 그 사이는 낙원(樂園)을 통과해 온듯한 기분이었다. 무슨 좋은 꿈을 꾼 것 같은 기분이기도 했다. 노래를 들으며 잠들어 있은 탓일까? 석정려 머리 내음새 때문일까?

"재미있게 들 놀던데. 뒤의 뻐쓰 보다 앞의 뻐쓰에 멋쟁이들만 탄 모양이지?"

어리벙벙해 있는 형재 옆에 나영근씨가 어느새 와섰었다.

"전 잠이 들어서 몰랐어요. 여기 까지자면서 온걸요."

"에잇 사람, 그통에 잠을 자다니?"

"우이스킬 두어 잔 마셨거든요."

"또 술이야?"

나영근씨는 부인의 목청을 흉내내는 것이었다.

"아주 멋쟁이로 찍혔어요. 나선생."

형재와 나영근씨가 이야기하고 있는 사이에 미쓰홍이 사진을 찍은 모양이다. 형재는 아주 싫은 낯색이었다.

"선생님, 저어리루 가십시다."

"여자가 귀찮아서 그래?"

나영근씨가 귓속말로 물었다.

"아무튼 어디루 가십시다."

나영근씨와 둘이서 옆길로 빠져 언덕께로 올라가는데 미쓰홍이 저 아래서

---

77 '형재'의 오기.

"나선생 저도 같이 가도 돼요?"

소리를 질렀다.

나영근씨가 형재를 흘낏 보고나서

"어떡하나. 오라지 뭐. 쫓아다니는 대루 가만 내버려 둬. 접대두 애기했지만 저러다가 또 다른데루 쉬이 옮아간 다니까. 저런 여자들은 새로운 걸 만나는쪽 쪽 반하는 모양이데."

이런 소리를 했다.

"선생님, 그렇지만 여기까지와서 저 여자하구 걷긴 싫습니다."

"그렇게 싫은걸 왜 다처놔 가지구 그 성활까……"

나영근씨가 농쪼로 형재를 박아 준말이다.

"그건 저두 모르는 사이에 그렇게 돼갔어요. 어떻게 돼서……"

"설명 안해두 알아. 그게 다 인생수업이야. 괜찮아."

형재는 잠잠 했다.

"나선생 — 미스터한 —"

미쓰홍이 헐레벌덕거리며 언덕으로 올라오고 있다.

"좀 거기 있어요. 나선생님과 중요하게 할 애기가 있어서……"

형재가 돌아다 보지도 않고 이렇게 내려다 막으니까. 미쓰홍은 그 자리에 멍청히 서 있었다.

"한군 그럴거 없이 미쓰홍두 오라구하구, 자네 좋다는 석정려양두 오램 어때?"

"오람 오나요?"

"왜?"

"깍쟁인걸요."

"여잔 깍쟁이래야 해. 미쓰홍처럼 저래선 못써. 밤낮 남자한테 구박이나 맞 지…… 그런데 석양같이 깍쟁일 경우엔 말이야, 구박을 받거나 소박을 받는 일 은 절대 없지만, 그대신 저렇게 깜찍스레 생긴 여자들은 결혼함 바가질 몹시 긁는단 말이야. 우리 마누라처럼…… 그렇잖은가? 한군."

"글쎄 올시다. 사모님이야 바가질 안 긁으실수 있어요?"

"에잇 사람. 그럼 자넨 바가지 긁는 여자편이구나. 그럼 바루 됐네. 석양같은 깍쟁일 마누라루 삼아 보게나……"

나영근씨는 형재가 미처 무슨 말을 하기도 전에 쭈욱 둘러 서 있는 아랫쪽에 대고

"석정려양 —"

하고 불렀다. 산울림이 뒤에 따랐다.

석정려가 이어 알아듣고 올려다 보았다. 나영근씨가 오라는 손짓을 해 보았다.

"가겠어요 —"

대답은 옆에 선 김순기가 했다. 역시 산울림이 따랐다.

"이리 좀 와 봐요. 둘이 같이 와요. 여기 이상한 새가 있는데에……"

산울림도 채 살아지기 전에 석정려와 김순기가 뛰어 왔다. 멍청히 서 있던 미쓰홍도 같은 기세로 다달았다.

"어디…… 새가…… 있어요? 나선생님."

숨이 차서 말을 잇지 못하면서 석정려가 물었다.

"새? 새가 금세 날아갔어, 어허."

나영근씨가 높은 소나무 꼭대기를 쳐다보며 중얼거리는 것이나 '새'는 거짓말이었다.

"좀 봤으면. 좋겠는데, 어느쪽으로 날아갔지요?"

"앤 여기 와서두 새, 새, 하고 야단이야. 날라간 샐 어떡한단 말이야."

가지만 쳐다보며 새를 찾으려는 석정려에게 김순기가 핀잔을 주었다.

"미쓰 석은 결혼두 안 하고 새하고만 산다니까 그럴거 아냐."

미쓰홍이 석정려 편을 드는듯 이렇게 나왔으나 실상 그는 형재 앞에서 석정려가 결혼하지 않는다는 걸 알리기 위해서 한 말인지 모른다.

"허어 석양이 샐 좋아하는군 그래? 내가 바루 맞췄는데……"

"뭘요?"

석정려는 나영근씨의 말을 못알아 듣고 나영근씨와 형재를 번갈아 쳐다 보는 것이었다.

제7회
암투(暗鬪)

"석군이 샐 좋아 한다는걸 모르구 한 일이거든. 행용 색씨들은 새라든가, 꽃이라든가, 하면 좋아하니까 해본 소리었는데……"

"나선생님도 첨부터 새가 없었군요?"

석정려가 원망스런, 그러나 미소를 잃지않으면서 나영근씨를 올려다 보고 한 말이다.

"있긴 어딨어. 날라갔다는것 헛소리야."

"첨부터 없었음 날라갈게 어딨겠어요?"

"그러게 말이야."

모두들 한바탕 웃었다. 하지만 미쓰홍만은 둥둥 불어 있었다.

"그런데 나선생님 전엔 여기 '꼴락새'가 있었다잖아요?"

한참 웃고 나서도 석정려는 여전히 그 화제를 그냥 계속하려 들었다.

"있었는데 사변통에 죄다 그야말로 날라 가 버렸다는군. 쏙사포, 대포, 장거리포, 수류탄, 소총, 장총 할것없이 벼락치듯 했으니 새들이 붙어 있을수 있을라구. 전쟁없는 어느 평화로운 나라로 가 버렸겠지."

"참 아까와요. 그새가 아무리 밉게 생겼더라도 어느 깊은 산속에 다못 몇마리만 남아 있어 주었으면 좋겠어요."

"그렇지. 역사상에두 올른 새니까. 영국인 학자가 대도(對島)에서 이 새를 채집해다가 저의 나라 동물원에 두었다는 얘기두 있구, 우리 나라에 이 새가 있다는걸 로서아[78]인 학자가 찾아냈다고 기록되어 있는데 어느 정도의 정확성을 띤 사실인지 그건 모르겠구…… 아무튼 꼴락새가 여기 있은것만은 틀림없는 사실이야."

"나선생님도 새에 관심이 많으신가 봐요? 그 새에 관한걸 그처럼 똑똑히 알고 계신걸 보니……"

석정려가 동지를 얻은 기쁨을 감추지 못했다.

"난 샐 좋아하지 않으니까 관심이 없지만, 세조(世祖)니, 정혜왕후(貞惠王后)니, 하는분들의 능이 광능에있으니까 좀더 자세히 여기 있는 산이라든가, 나무라든가, 풀이라든가, 새라든가를 알아 두자는 거지. 다시 말한다면 역사를 세밀히 알아 두자는 말이나 마찬가지야. 그런데 가만 보니까 석군은 새에 취미가 상당히 깊은것 같은데?"

나영근씨가 석정려를 내려다 보며 말했다

석정려는 좀 계면적어 하면서 고개를 숙여 버렸다.

"아까 미쓰홍이 그러잖아요? 미쓰석은 결혼도 안하고 새하고만 산다구. 그 정도로 미쓰석이 샐 좋아해요. 나선생님 미쓰석 집에 가셔서 구경 좀 하세요. 대문안에 들어서면 그냥 새소리 천진걸요."

"그렇게 많은가?"

"그럼요. 천마리가량 된다나봐요."

"어이구 상당한데 그럼 집이 꽤 넓어야 하겠군."

"아뇨. 오막사리[79]예요."

석정려가 숙였던 고개를 들며 나영근씨에게 댓구했다.

"집이 좁은데 그렇게 많이 치니까 굉장 하다는거죠."

김순기가 석정려 대답에 더음을준 말이었다.

---

78 러시아.

79 오막살이. 오두막처럼 작고 초라한 집.

"아무튼 저어리루 들러 보자구. 석군이 결혼까지 포기할 정도루 새한테 열중하고 있는걸 몰랐거든. 그러구 보니 아까 새가 있다구 헛소릴 친게 미안해 지는걸……"

이런 말을 하면서 나영근씨는 발길을 옮겨놓았다. 그러자 그들 일행도 일제히 발걸음을 옮겨놓는 것이었다. 그들은 더 높은데로 향하여 걸었다. 높은 나무 가지에서 새들이 지저귀는 소리가 들렸다. 석정려는 그 소리 소리 마다 함부로 지나치지 않았다.

"석군을 위해서 한마리쯤 붙잡아주고 싶은 용기두 생기는데…… 여보게 한군! 한군은 어때? 새 한 마리 붙잡아 볼 용기가 동하잖는가?"

나영근씨의 이 말에 형재는 걸음을 얼마간 느추긴 했으나 댓구가 없었다. 형재의 댓구가 없는 일에 불쾌감이라도 생긴듯 석정려는 참으로 빨은 말씨로

"야조(野鳥)는 기를 생각이 안나요."

하고 나서는 것이었다.

"왜?"

(나영근씨가 석정려의 말을 받았다.)

"안타까워서요…… 한번 새장 속에 어찌된 일인지 야조가 들어왔길래 가둬두고 모이랑 주었더니 모이 먹을 생각도 없이 그냥 나가려고만 앨 쓰던걸요. 그래서 내놔 줘 버렸어요."

"새라구 다 욕심을 내는건 아니군그래? 아마 석군이 착해서 그런게지…… 다른 사람같으믄사 나가자구 앨쓰더라두 그냥 가둬두구 길를걸……"

"뭘요."

석정려는 간단히 댓구해 버리려는데

"샐 길르는 인종들이란 잔인하기 짝이 없다는걸 나선생 알으셔야해요."

하면서 미쓰홍이 석정려에게로 샐쭉해진 시선을 흘기는 것이었다.

이때까지 미쓰홍은 발걸음이 헛놓일 지경으로 약이 올랐던 것이다. 어떻게 해서라도 나영근씨에게 미쓰석이 곱게 보이지 못하게 하려고 궁리를 했던 것이

다. 그렇게 궁리를 짜내고 있는 참인데 석정려는 나영근씨와 자꾸만 더 친밀해 가니 터지지 않을 수 없었다.

"홍군 멋있는 농담 한마디 했는데 허허허."

나영근씨는 모르는 척, 미쓰홍을 눙쳐 보려고 했다. 그렇다고 약이 잔뜩 오른 미쓰홍이 말한마디에 풀릴리가 없었다. 오히려 더 부풀어 올랐다.

"나선생 얌전한 개가 부뚜막에 올라앉는단걸 아세요?"

하며 미쓰홍은 입을 삐쭉이 내 밀었다.

"알지. 알구 말구 뭣이가 뒷구녕으루 호박씰 깐단 말두 있지……"

"그러니까 얌전한척 하는것들 하곤 알아 사귀시란 말이예오."

"아 그래? 잘 알았어. 인제부터 조심합죠."

나영근씨는 어디까지나 농조로 받아넘겼다. 그러나 속으로 미쓰홍의 졸렬한 태도를 못마땅히 여기지 않을 수 없었다. 나영근씨는 이때까지 석정려와 새 이야기에 골돌하느라고 미쓰홍의 심중 같은것은 살필 겨를이 없었다. 아니 새 이야기에 골돌했다기 보다 새에 골돌해 있는 석정려에게 골돌했던 것이다. 다시 말한다면 새로써 일가를 이루웠다고 볼수있는 석정려와 주고 받는 말에 재미가 있었던 것이다. 나영근씨는 누구든 간에 자기 하는 일에 골돌해 질 수 있는 인간이면 그만이라고 생각해오고 있었으므로 석정려와의 대화에서 석정려 이상으로 열중해 있었든지도모른다. 그런데 미쓰홍이 그 열중해 있는 순수한 경지를 밟아 버렸으니 괘씸하지 않을 수 없다. 괘씸한 마련을 해선 한바탕 호령이라도 칠 일이지만 나영근씨는 또 미쓰홍의 심정(心情)도 살필 수 있었던터이라 '허허허' 웃음으로 넘겨버리자고 마음을 눙쳤다.

그런데 나영근씨와의 마음과는 같지 아니한 김순기가 가만있으려 들지않았다. 미쓰홍에게로 오는것이었다.

"잔인한 인간성을 가진 자가 남을 잔인하다고 할 수 없어. 가장 인간미가 풍부한 사람이 미쓰석이야. 샐 아무나 치는줄 알아? 미쓰홍이 그많은 샐 친다면 하루 아침에 다 죽어버릴거야……"

"흥분들할것 없어요."

김순기가 더 말을 이으려고 하는데 석정려가 이한마디로 중단시키고 나서

"나선생님 전 사실 잔인한지도 모르겠어요. 그렇지만 샐 길르면서 산다는 일이 즐거워지는걸 어떡해요. 터만 넓다면 동물원같이 만들어 보고싶어요."

하며 가므스레한 눈을 가늘게 나영근씨를 쳐다 보는 것이었다.

"좋아. 그쯤되면 되는거야. 사는 보람을 느끼며 산다는 일이 그리 쉬운일두 아니구, 또 아무에게나 있을수 있는게 아니야."

나영근씨의 어성이 엄숙해 갔다. 그 엄숙한 어성 그대로 나영근씨는

"석군."

하고 불렀다.

석정려는 그 어성에 맞는 목소리로

"녜."

하고 대답 했다.

몇걸음 걸을동안 나영근씨는 입을 열지않았다. 그리다가 석정려를 조용히 내려다 보며

"그런데 석군이 결혼까지 포기하구 새와 일생을 같이 하겠다는 사상(?)은 나 찬성 못하겠는데…"

했다.

이 말에 석정려는 머리를 숙인채 걸으면서

"저 결혼을 포기할 생각은 해보지 않았어요."

하고 대답 했다.

"그렇지. 결혼을 포기하면서까지 샐 기른다는건 불구자적 생각이야. 결혼하구서도 자기 할 일을 해가믄 될거아냐?"

석정려는 더 말이 없고, 미쓰홍이 부르르 돌아서면서

"그럼, 미쓰김이 거짓말 했구려. 미쓰석이 결혼 안한단 말을 분명히 미쓰김이 하잖았어?"

하고 대어 들었다.

"어허 사람 존 미쓰홍이 왜 이렇게 튕기려구만 들까?"

나영근씨가 그들 사이에 들어서며 이렇게 말했다.

"나선생 전 미쓰김한테서 미쓰석이 결혼 안하고 새만 길른단 소릴 들었거든 요."

미쓰홍의 호소였다.

"결혼같은건 한다, 안한다 생각도해 보지 않았어. 새는 걷어만 주면 보답해주 지만 사람은 그렇지 못하니까. 평생 새와 살고 싶다는 말을 미쓰김이 잘못 알아 들은게지."

석정려가 냉정한 태도로 한말이다.

"옳아 바루 그말이야. 그말—."

김순기가 석정려의 말이 떨어지자 줏어 섬겼다.

"옳지. 바루 그말이 존 말이란 말이야 헛허허."

나영근씨는 산새가 놀라도록 웃었다. 형재도 피시기 웃었다. 형재는 아까 부 터 마음 속으로 미쓰홍의 말을 꾹찔러놓고 싶었고, 석정려의 말엔 그대로 박수 를 보내고 있었다. 된 사람과 되지 못한 사람의 차이점은 언어행동에서 알아 볼 수 있는 것이라는 생각을 하면서 어쩌다 자기는 미쓰홍같은 것에게 걸려가지고 이지경으로 고초를 받는것일까 하는 생각도 했다.

형재는 바른 손을 꽉 쥐어쥐곤 왼손 바닥을 콱 쳤다. 왼손 바닥이 뚫어져도 좋다는듯이 —.

"미스터한 왜 그래?"

줄곧 옆에서 떠나지 않던 미쓰홍이 형재를 돌려다 보며 물었다. 형재는 댓구 를 하지 않았다.

"나영근씨는 괜히 미쓰석의 말만 옳다고 추켜세지?… 고런 새침디기[80]가 존

---

80 새침데기. 새침한 성격을 지닌 사람.

가부죠?… 남자들 한테 곱게 뵈려고 얌전 한척 하는것들, 그런것 들은 천생가야 남자의 노예물이 될뿐이지 남녀동등은 못돼요."

미쓰홍의 남녀동등설이 또 터지려고 하는 참이었다. 형재는 울컥 올리미는 것 때문에 견뎌내는수가 없었다. 무슨 말을 짖거리건 내버려 둘 작정이었으나 참지 못하겠다. 형재는 머리를 마구 내흔들면서

"제발관두지 못해?"

하고 미쓰홍에게 소리를 질렀다. 산울림이 일도록 —.

능으로 올라가는 길은 환히 터져 있었다. 능은 하늘과 맞닿이다시피 앗질히 높았다. 주위엔 키큰 나무들이 숲을 지어 둘러서 있었다. 누구의 지시도 없이 그들은 능을 향해 올라 갔다.

누구의 지시도 없었다기 보다 한형재의 발이 먼저 그리로 옮아졌던 것이다.

잔디가 몹시 부드러웠다. 부드러운 잔디때문에 미끄러질것만 같았다. 온갖 새소리가 더 요란한 것은 높은 나무 숲 때문일까? 석정려는 이쪽 저쪽에 귀를 기울이며 새 소리를 듣느라고 여념이 없었다. 나영근씨는 숨이 차서 헐떡거리며

"오늘 들노린 석군을 위해 있는거 아냐?"

했다.

"글쎄 그런가바요. 미쓰석 한턱해라."

나영근씨의 말을 김순기가 받았다.

'저건 뭐가 저래? 남의 일에만 나서가지구… 키크구 싱겁지 않은게 없다더니 과연 싱겁군…'

형재가 김순기를 못마땅히 여겨서 속으로 중얼거리고 보니 자기도 키가 큰 축에 든다는 생각이 들었다. 키가 크기 때문에 입사하던 첫날, 바루 미쓰홍 같은 것에게 걸려 든 것이 아닐까? 하는 생각도 했다.

형재는 능 앞에 채 이르지 않아서 펄썩 주저 앉았다. 그리고 사지를 쭉 펴면서 누어버렸다.

"저 사람들은 저 위까지 가게 내버려두고 우린 여기서 놀아 응?"

미쓰홍이 형재를 따라 앉더니 저도 누을 차부새를 하는 것이 아닌가.

미쓰홍은 형재가 저하고만 놀려고 중턱에서 떨어지는줄 알고 있었다.

'미쓰석이니 미쓰김이니 저희들이 미스터한한테 홀딱 반하지만 소용도 없어. 미스터한은 이미 벌써 내가 차지한 남자야. 너희까짓것들이 아무리해야 미스터한의 누운 얼굴을 봤느냐 말이다. 미스터한의 누운 얼굴 (그냥 있을 때의 얼굴도 좋지만) 천하일품이야. 나는 벌써 그런 미스터한의 얼굴을 보았어. 지금 저렇게 구름이 솜뭉치처럼 뭉쳐져 있는 푸른 하늘 아래, 파란 잔디를 깔고 누운 미스터한의 얼굴은 고대의 어느 나라 왕자같기도 하다.'
고 속으로 생각하고 있던 미쓰홍은 발작이라도 인것처럼 '흐흐흐' 웃어대는 것이었다.

형재는 미쓰홍의 웃음 소리가 터지자 벌떡 일어났다. 그러기 전부터도 일어나려고 했다. 미쓰홍이 그 여러사람 있는데서 혼자 떨어져 자기 옆에 있을 줄 알았더면 형재는 눕지도 않았을 것이다. 중턱에서 떨어진 것은 지금까지 하고 있던 작품구상을 하려고 했던 것이다.

"이왕 여기 왔으니 능 앞에까지 올라가 보지않으려나?"

뒤에 오던 나영근씨 말에 형재는 엉뎅일 털며 일어서 걸었다.

"옛날 같으면 어디라고 눕겠어요? 나선생님 안 그래요?"

형재가 털며 일어나는 것을 본 석정려가 생글생글 웃으며 한 말이다. 형재를 들으라고 하는 말인듯 했다.

'조거 정말 무더니 속 썩일나부지……'

(아까 나영근씨가 하던 말이 생각나서 형재는) 속으로 이렇게 중얼대었으나 입가엔 미소가 떠 돌았다. 형재는 이때까지 줄곧 앞서 걷고있을 관계로 석정려의 뒷맵씨를 살피지 못하고 지났다. 석정려의 다리는 매끈했다. 언제나 형재의 구미를 구슬려 주는 어깨쯤까지 내려덮인 굽실굽실한 머리, 아까 뻐쓰속에선 그 머리 냄새를 맡으며 잠들었던 것이다. ─ 하늘을 보고, 석정려를 보고 잔디

를 보고 하다가 형재는

"선생님 마구 딩굴구 싶어졌어요."

하곤 석정려와 나영근씨들의 앞을 성큼성큼 헤치며 걷는 것이었다.

"그럼 한번 딩굴어 볼 일이지."

성큼성큼 앞을 헤치고 가는 형재에게 나영근씨가 피시기 웃으며 말했다.

"여기서 구을면 저 아래까지 들들들 구을러 내려 가겠지요? 핫하하."

형재는 큰 소리를 내어 웃기까지 했다.

그들은 어느새 능 앞에 이르렀다.

"죽어서까지 이렇게 호살하게되니[81] 권세란 좋긴하군요."

"그렇게 좋거들랑 석군두 권셀 한번 잡아 볼 일 아니야?"

석정려와 나영근씨의 이러한 대화에 귀를 기울이던 형재는 저도 한마디 짓거리려다가 벌렁 잔디위에 누어 버렸다. 잔디위에 내려쪼이는 햇쌀, 그리고 쳐다뵈는 하늘의 구름, 형재는 휘파람이 저절로 나왔다.

> 동이 트는 이른 아침
> 고향을 본 후
> 외투입고 투구 쓰고

전장에서 잘 부르던 군가였다.

"미쓰홍— 미쓰석— 미쓰김— 미스터한— 나영생님[82]—."

저 아랫쪽에서 누가 악을 써 가며 부르는 소리가 들려 왔다.

형재가 휘파람을 멈췄다. 능앞에 선 일행도 일제히 아래로 향하여 손질하며

"내려가— 요—"

---

81 호사(豪奢)를 하게 되니. 호화롭게 사치를 하게 되니.
82 '나선생님'의 오기.

소리를 쳤다.

　아래에선 어느새 공을 가지고 놀기도 하고 자리를 마련해 놓고 마시며 먹기도 하나 보았다.

　"한군 우리두 내려가서 목을취겨 보세나."

　나영근씨 이 말에 미쓰홍이 나서며

　"먼저들 내려가세요. 우린 뒤에 갈테니."

하고 형재 옆으로 다조차 왔다. 형재는 다조차 와 앉는 미쓰홍을 콱 밀어던지고 싶은 충동이 왈칵 일어 났다. 충동만이 아니라 양손이 한꺼번에 나가려고 했다. 양손이 나가는대로 그냥 놔 두었더면 미쓰홍은 틀림 없이 저 아래까지 뎅뎅 구을러 내려갔을 것이 아니겠는가.

　형재는 숨을 크게 내 쉬며 벌떡 일어나 앉았다. 땀이 방울이 되어 전신에서 흘러내렸다.

　"미쓰홍."

　벌떡 일어나 앉은 형재가 미쓰홍을 불렀다.

　"왜애?"

　"저 아래루 내려갑시다."

　형재의 어성은 떨렸다.

　미쓰홍은 형재 턱 밑에 바짝 들어서서

　"우리 미스터한이 오늘 대단히 기분이 존 모양이야. 호호호."

하며 일행을 둘러보았다.

　형재는 또 한번 큰 숨을 쉬었다. 결국 콱 밀어 버리는 것을 그랬다는 후회에 함께 묻어 나온 숨이었다.

　형재는 방울방울 흘러내리는 땀을 씻으면서 말없이 앞을 서서 걸었다.

　그들은 점심과 술을 마신 뒤에 노리를[83] 시작 했다. 수건 집기와, 경주와, 공던

83　원문에는 '노리를'로 표기되어 있음. '놀이를'의 오기.

지기와, 벙어리 놀이와, 아무튼 즐길 수 있는 놀이는 죄다 했다. 그 중에서 제일 걸작이 제비를 뽑아서 나오는대로 행동하는 일이었다. 형재가 뽑은 제비엔 '여자와 둘이서 무엇이던 할일.'이라고 쓰여 있었다. 산속이 온통 떠나가게 웃어대었다. 짓구진 친구는 얼른 행동에 옮기라고 독촉이 성화같았다. 형재는 '무엇이던 할일'이라면 '군가'를 부르는 일외엔 할것이라곤 없을텐데 군가를 누구하고 부르냐 말이다. 미쓰홍과 부르고 싶지는 않았다. 바싹 닥아서서 뭘할까 부냐고 하며 서두르는 미쓰홍을 물리치며 형재는 석정려에게로 달려 갔다. 절을 꾸뻑한 다음

"나하구 군갈 부릅시다."

했다.

와하하 웃던 웃음 소리들이 뚝 끊쳤다. 그러나 그중에는 한형재가 정작 좋아하는 여자가 미쓰홍이 아니고 석정려라고 짐작하고 있는 축이 있었다.

"그러게 내가 뭐라고 하던가?"

자기 짐작이 맞았다고 뽐내는 축의 말이었다. 나영근씨는 조용히 웃고 있다가

"석군 한번 용길 내 보지그래."

하며 석정려를 격려하는 것이었다.

나영근씨 말이 떨어지자 석정려가 비잉 둘러앉은 좌중앞으로 나왔다. 물론 형재와 둘이었다.

"뭘 해요? 난 군가 밖에 모르는데……"

"아까 능 앞에서 휘파람 불던거라면 저도 부를만한데요."

형재가 선창을 끊자 석정려가 이어 딸았다. 둘이는 연습이라도 한것처럼 잘 맞았다.

노래가 끝나기도 전에 '앙콜'[84]을 청하는 소리가 높았다. 그러나 두사람은 자

---

84 앙코르(encore). 노래나 연주를 한 사람에게 청중이 박수를 보내거나 소리를 질러 다시 한

기의 임무를 완수했으면 그만이라는듯 제각기 자기 자리로 돌아 가려고 했다.

"상품을 사양한다면 내가 횡령하지요."

상품을 들고 섰던 조기자가 소리를 치니까 한쪽에선 미쓰석이 나와 받아야 한다고 소리를 치는 것이었다. 하는 수 없다는듯, 두사람은 상품 받으러 나왔다. 상품을 받아 들자 조기자가 풀어봐야 한다면서 뿍뿍 뜯는 것이었다. 싸개 속에서 나온 것이 세수대야와 화장수 한병이었다. 또 한번 산속이 떠나가게 웃어들 대었다. 두사람이 서로 상품을 상대방에 떠미는 통에 웃음은 더 터졌던 것이다.

결국 상품은 석정려의 것이 되었다. 이렇게 되니까 씰쭉하다 못해 붕어과자처럼 부풀어 오른것이 미쓰홍이었다. 금방 터지기라도 할것 같았다. 곁에서 살피고 있던 나영근씨가

"이번에는 내 차례야. 미쓰홍하구 우리 춤이나 춰 볼까?"

하면서 미쓰홍의 손을 이끌고 좌중 앞에 나섰다. 그들의 춤은 웃음거리로 돌아갔다. 나영근씨가 스텦[85]도 밟을줄 모르기 때문이었다. 모두 골아 떨어진 돌아오는 뻐쓰속에선 형재만이 생기가 발발했다. 술을 마셨건만 취하지를 않았다. 그는 휘파람으로 〈동이 트는 이른 아침〉을 연신 부르고 있었다. 곁에 미쓰홍이 앉았어도 그런건 잊어버린 듯한 낯색이었다.

제8회
그아버지에 그딸

형재가 부산 다녀온 이튿날 퇴근시간 직전이었다. 미쓰홍이 쪽지를 형재에게 건니어 주었다.

번 노래하거나 연주하기를 청하는 것.

85 스텝(step).

형재는 저절로 손이 뒤로 주춤하다가 얼른 받아버렸다.

편집장을 위시 하여 『신여성』 편집부원 전원이 (혹시 다른 편집부에서도 보는 사람이 있는지 모른다. 형재는 그것까지 살필만한 여유가 없었으니까) 온통 형재에게로 시선을 집중하고 있으니 어떻게 안 받을 수 있느냐 말이다.

형재는 쪽지를 보지도 않고 바지 포켙에다 쑤셔 넣었다.

"어쩜. 그냥 넣버리는 거얘요?"

그렇잖아도 얼굴이 확확 달아 올라 죽을 판인데 미쓰홍은 형재를 건너다 보며 발쭉 발쭉 웃는 것이었다.

또 다시 일동의 시선이 형재에게로 쏠리는 것을 알았다. 형재는 미쓰석을 힐긋 건너다 보았다. 미쓰석도 형재를 보고 있는 참이었다. 그냥 보는 것이 아니라 빠안이 건너다 보는 것이었다. 빠안이 건너다 보는 시선 속엔 '어디 싫것 골탕(망신)을 먹어봐라.' 하는 기색이 엿 보였다.

미쓰석은 형재가 그렇게 골탕 먹는것을 고소하게 여기는 기색이었다.

'에잇. 여자란 동물들이 세상에서 싹 없어져 버렸음 남자들이 얼마나 편할지 몰라.'

형재 마음 속에선 이런 생각이 불쑥 올리미는 것을 어쩌는 도리가 없었다.

참으로 형재는 여자들 때문에 골머리가 아픈 것이다. 미쓰홍은 너무 진절머리가 나게 굴고, 미쓰석은 너무 깜찍스레 굴어서 골머리가 아픈 것이다. 좀 작작 깜찍스럽게 굴었더라면 미쓰홍과의 관계가 그토록 벌어지지는 않았을지 모른다.

미쓰 석이 깜찍스럽게 구는 바람에 '에잇 젠장한 것' 하는 생각에서 미쓰홍과 얼린쩍이 한두번이 아니었다.

말이나 좀 해 주면서 그랬으면 그래도 났겠는데 이건 말 한마디 없이 전부 낯색으로 조화를 부리는 것이 아닌가? 좋은 낯색을 보이는 일은 거진 없고 항상 아니꼽지 않으면 '너 어디 골탕 먹어봐라' 하는 낯색이니 울화가 터질밖에 없는 일이다. 그러한 낯색을 짓는 미쓰석은 교만하고 쌀쌀하기만 했던 것이다.

"아니 왜 펴 보지 안고 그렇게 우물쭈물하는 거얘요?"

미쓰홍이 약간의 짜증을 내었다. 그런데 진짜 짜증은 아닌든[86] 했다. 주위의 사람들을 구경하라고 내는 짜증인듯했다.

벌써 쪽지를 건니어 줄 때부터 주위의 사람들에게 구경해 보라고 한 짓인것이 빤안 하다. 자기와 형재가 이만큼 가까운 사이라는 이것을 알리고자 함이 빠안 하다.

미쓰홍은 어느 때고간에 여러 사람한테에 그것을 알리고자 애쓰는 눈치었다. 미쓰석한테는 더우기 그러했던 것이다.

형재가 그야말로 우물쭈물하고 있으니까 미쓰홍은 다시

"남자가 왜 저렇게 용기가 없을까? 어디 이리 줘 봐요."

하고 형재에게 손을 내밀었다. 형재는 저절로 손이 포켙으로 들어갔다. 들어간 손이 쪽지를 쥐고 나오더니 미쓰홍에게 건니어 주는 것이었다.

"별말이 쓰인줄 알아요? 아버지가 만나자는 거래니까."

하며 미쓰홍이 쪽지를 펴 들고선 읽는것이 아니겠는가.

마이 듸얼 미쓰터 빼비. 오늘 저녁여섯시까지 아버지가 집에서 기다리신대요. 한턱할 셈인가부던데. 아침에 장볼 돈을 톡톡히 내놓은것으로 보아서 오늘저녁은 딴데로 삐어지면 용서 안해요. 아버지도 그동안 부산 가셨다 오늘 아침에 돌아 오셔서 무척 바쁘시지만 미스터한을 만나주신다는 거얘오. 입술을 보내면서 ― . 화자.

아무리 낯가죽이 두껍지만 마지막 '입술을 보내면서'라는 마지막 구절만은 또렷이 발음하기가 곤난했던가보았다. 대강 얼버므리다간 쪽지를 형재쪽으로 돌려대는 것이었다.

---

86 '아닌 듯'의 오기로 추정됨.

형재는 무심코 돌려대는 쪽지에 시선을 보냈다. 맨마지막 비인 자리에 빨간 입술 자죽이 훌쩍 시선 속으로 들어왔다.

'옳지 입술을 보낸다고 한건 바루저것인 모양이로구나. 저것 싯뻘건 저 제주 둥일 찍어낸 자죽이로구나에잇 더러운 것.'

형재 얼굴이 불을 껴 얹은것 같이 뜨거워 왔다.

"아직 근무시간이 끝나지 않았습니다. 작난[87]은 고만들고 일을 합시다."

편집장이 형재를 이곤경에서 구출해 주기라고 하려는 듯 젊잖은 어조로 나왔다.

"그럽시다. 노총각의 심경을 살펴서라두……"

여기에 미스터윤이 맞장구를 치며 나오자 모두들 와르르 웃었다. 미쓰석만이 새초롬해 있을 뿐이고 ─ .

형재는 일손을 다시 잡고 다음 호의 편집 플랜중의 설문(設問)을 짜고 있으면서도 미쓰홍을 어떻게 하면 벗어날 수 있을까 하는 생각만 했다. 더구나 쪽지에 오늘 저녁엔 다른데로 삐어지면 안된다고 위협하고 있지 않은가? 오늘 저녁만이라도 그들[88] 벗어날 수가 있었으면 하는 생각이었다. 그래서 그랬든지 설문중엔 (남녀간의 애정을 취급한 것이므로) 싫은 여자를 따 버리는 방안을 말해 달라는 대목도 있고 그리고 좋아서 못견디겠는 여자가 모르는척하는 경우에상대방으로서 어떠한 조처를 간구해야 하느냐의 대목도 끼어 있었다.

형재는 이 두개의 대목을 적으면서 쓴 웃음을 웃지 않을 수 없었다. 이것은 곧 자기의 답답한 속을 털어놓은 것이었기 때문이다.

"편집장. 앙케이트는 다 같이 꾸몃으면 좋겠는데요. 한 사람의 지혜 보다는 여러 사람의 지혜가 나을테니까."

"그러기로 하지요."

---

87 '장난'의 의미로 '작난'을 쓴 경우. 표준어는 장난.
88 '그를'의 오기로 추정됨.

형재 의견에 편집장도 찬성이었으며 편집장은 곧 형재가 꾸민 설문을 가져다 읽어 보았다. 편집장은 빙그레 웃으며 미쓰홍과 미쓰석을 옆눈으로 잠깐씩 훑어 보았다.

"그래. 한 사람이 두개씩만 만들도록 합시다."

"위선 편집장부터 두개만 적어넣십시오."

"난 맨 나중으로 밀고 이쪽 미쓰들부터 시작하도록 하는게 좋겠어."

편집장이 설문이 적힌 원고지를 미쓰석에게로 돌렸다. 미쓰석이 형재가 적어놓은 것들을 읽어 보는 것이다. 형재는 얼굴에 쥐가 올라오기라도 한것처럼 경련이 일려는것을 참고 앉아서 미쓰석의 하는 양만 힐끔 힐끔 보았다.

그런데 미쓰석은 여기서도 참 깜찍하기만 했다. 웃지 않았다. 웃기커녕 얼굴에 하등 반응이 없는 것이다. 미쓰석이 반응이 일지않는 그얼굴 그대로 앉아서 펜을 움직이었다. 형재는 미쓰석이 과연 어떤 문제를 제안할 것인가 하고 긴장해 있었다.

미쓰석이 얼마 안가서 펜을 놓았다. 그리고 김순기한테 넘기는 것이었다. 김순기도 얼른 적어 넣었다. 미쓰석이 쓰고 있는 사이에 미리 생각하고 있은 탓이리라. 이번엔 미쓰홍의 차례였다. 미쓰홍은 원고지와 만년필을 만지작 만지작하기를 한참 한 뒤에 만년필을 움직이더니 몇번을 찢곤 하다간 또 찢었다. 한참 뒤에사 겨우 다 된 모양으로 미스터윤에게로 돌렸다.

형재 손에 넘어 왔을 땐 원고지 다섯장이 꽉 찼다.

"그만만함 되겠군. 미스터한이 추려서 정리하시오."

편집장의 말이 아니더라도 형재는 미쓰석의 것을 읽고 싶었던 것이다.

그런데 또 깜찍하게도 미쓰석은 '새'에 관한 것이 아닌가.

① 당신은 새를 길러 보신 일이 있으십니까?

② 새의 체온은 당신 애인의 체온보다 높습니까? 낮습니까?

'이건, 또 새야?'

형재는 하도 어처구니가 없어서 속으로 이렇게 중얼거리고야 말았다.

적어도 형재가 알고 싶은것은 애정에 관한 것이었다. 애정에 관한것 중에서도 자기에게 대한 감정인 것이다. 자기처럼 미쓰석에게 가는 마음이 간절하다면 필연코 미쓰석도 자기 모양으로 감정의 발로를 보였으리라고 형재는 생각하는 것이었다.

그러면서도 형재는 자기 체온이 어느 정도인가를 알고자 노오타이샤쓰 소매 속으로 손을 넣어 겨드랑밑을 만져 보았다. 뜨그므레한 체온이 손끝에 만지우는 것이 알렸다.

'이쯤되면 섭씨 몇도나 되는 걸까? 새란놈의 체온보다 낮은 것인가? 높은 것인가?'

새를 길러 본 일이 없기 때문에 알아 맞칠 수가 없다. 이럴줄 알았더면 진작부터 새나 길러볼 것을 그랬다고 형재는 또 중얼거려 보는 것이었다.

그러나 새를 길러 보았다고 해서 아무나 사람과 새와의 체온의 차이점을 발견하지는 못할 것이라는 생각도 들었던 것이다. 형재는 쓴 웃음을 픽웃고 나서

'제가 새한테 미쳤으니 사람한테 미치긴 다 틀린 노릇이지.'

하고 또 한번 형재는 속으로 중얼거리는 것이었다.

* *

그 다음 다음날 저녁, 이번엔 형재 쪽에서 미쓰홍의 아버지를 만나자고 청했던 것이다.

어지간만 했어도 그러지 않았을 것인데 미쓰홍이 아주 노골적으로 나오게 되자니까 형재로서도 어떤 대책을 세워야 하겠다는 생각이 들었던 것이다.

언젠가도 전매특허란 말을 사용한 일이 있지만 미쓰홍은 진실로 형재를 저 이외엔 아무도 어떻게 못한다고 굳쳐놓는 것이다. 그것은 미쓰석이 가까이 있는 탓으로 더 하는 것 같았다.

하긴 전에도 그런 일이 없는것은 아니었다. 넥타이를 두어번 갖다 주기도 했

었는데 그땐 점심을 지난후 바둑을 두는 장소에서 종이에 싼것을 주었던 것이다. 그런데 이번엔 그렇지 않고 넥타이와 타이핀을 편집실 안에서 주는 것이었다. 그것도 조용히 건니어 주는것이 아니고

"인젠 그 타이 좀 풀어놓고 이걸 매란 말이애요. 그리고 타이핀도 알뜰히 꽂아 보시지."

하며 며칠 전 쪽지를 건니어주던 때처럼 주는 것이었다.

형재는 쪽지 사건 때만 못하지않개 당황하고 계면적었다. 어디 쥐구멍이라도 있으면 들어가고 싶은 마음이었다. 물론 주위 사람들이 와르르 웃었던 것이다. 와르르 웃는 바람에 다른 편집부에서까지 눈치채게 되었던 것이다.

'저걸 그만 쥐겨나 버렸음.'

하는 생각밖에 나지 않았다. 쥐겨버렸으면 하는 생각을 하고 하던 끝에 그의 아버지를 만나자고 마음을 먹었다. 아버지를 만나서 딸의 행동을 제재하도록 만들어 놓는 동시에 자기는 아무리 별일이 생기드라도 미쓰홍하고는 결혼할 수 없다는것을 굳게 말하리라 마음먹었다.

점심 먹은 뒤에 형재는 아무것도 하지 않고 편집실 자기 테이블 앞에 앉아 있었다. 예상했던 바 대로 미쓰홍이 따라 들어 왔다.

형재는 미쓰홍이 무슨 말을 하기 전에 얼른

"오늘 저녁 미쓰홍 아버지를 만나도록 해 줘."

하고 말해 버렸다.

그리곤 일어서서 탁구 치는데로 발을 돌렸다.

"미스터한, 어디서 몇시에 만나자고 할까?"

미쓰홍이 뒤쫓아 나오며 남들이 들으라고 큰 소리를 질렀다.

"그건 맘대로 하면 되잖아?"

형재도 큰 소리로 말했다.

그렇게라도 해야 속이 후련할껏 같았다.

"그럼 나 지금 나가서 연락을 해 놀게. 응."

이 말엔 댓구를 하지 않고 마침 편집장이 '빳다'[89]를 던져 주었다. 형재는 받아 들고 새알 같은 뽈을 힘껏 후려 갈겼다. '빳다'에 부딪치는 건성(乾性)음향이 탁구대를 지나서 먼데로 떨어지는 뽈[90]과 함께 멀어져갔다.

＊　＊

미쓰홍의 아버지는 ××크릴, 이층 방에서 만나게 되었다. 실컷 보아온 일이 있는 사람이었다. 부산다녀올 때 이등차간에서 마주앉아 있었다. 빨간 바탕에 하얀 반점이 다문 다문 놓인 넥타이를 매고있었다. 양복은 옅은 회색이었던 것 같다.

여자를 다리고 있었다. 나이는 미쓰홍만 해 보였다. 짧게 깎은 머리털을 지져 붙이고 포도송이로 된 보랏빛 이어링을 달고 있었다.

"아버지, 미스터한이얘요. 아버지가 보고지고[91] 하던…"

미쓰홍이 어리광을 피우며 말했다. 아버지 보다 형재를 더 많이 보았다.

"만나보게 되니 반갑군 그래. 한번 내 사무실에도 찾아 왔더라는걸 내가 없어서 그만…"

아직 귀에 젖어있는 목소리다. 기차에서 여자와 이 목소리로 이야기하고 있었다.

"일전에 뵌 일이 있습니다."

형재는 모르는척 하려다가 저쪽에서 나오는 태도에 비위가 거슬려서 말해 버렸다.

"나를, 나를 만났단 말인가?"

미쓰홍의 아버지는 눈을 가늘게 떠 형재를 자세히 훑어 보았다.

89　빳따(bat). 야구, 탁구, 소프트볼 등 공을 치는 방망이. 규범 표기는 '배트'.

90　볼(ball). 공.

91　'보자고'의 오기로 추정됨.

"예. 뵈었지요."

상대방의 낯색이 달라지는 것이 아니다. 듣고 보니 어디서 만난것 같이 생각되나 보았다. 상서롭지 못한 자리에서 만났는지 모를 일이라고 여기는 기색이었다. 고개를 개우퉁 하더니

"어느?"

하고 소리를 삼켜 버린다. 소리뿐 아니라 목까지 움추러 들어가는듯 보였다.

"일전 '통일호'에서 만나 뵈었읍니다."

"아. 그랬던가? 이등차를 탔군 그래?"

낯색이 더욱 달라졌다. 그러나 이왕 이렇게 된 바에야 하는 뱃장인듯 했다.

"예. 사원용 이등 무임승차권을 가지고 탔읍니다."

이등차는 탈상 싶지않게 보인다는 말 같이 들려서 형재는 이렇게 댓구를 해주었다.

"그럼 아버지도 미스터한하고 한 기찰 타셨군요?"

미쓰홍이 사이에 뛰어 들었다.

"그랬나 부구나. 지금 듣고 보니… 난 누군지 몰라 봤지."

"미스터한은 그 그저께 저녁에 보고 아버진 그 이튿날 아침에 오셨는데 어떻게 같이 타요?"

"참 그렇지. 그렇구나."

미쓰홍의 아버지는 딸의 말에서 힘을 얻으려고 했다.

"그래두 전 차에서 마주 앉아 왔읍니다."

"마주 앉아 왔다?"

아니라고 부인은 참아 못하고 이정도로 어물어물 해두려는 눈치인것 같았다.

"예. 바루 마즘편이었읍니다. 제 옆엔 육군대령이 앉아 있고 육군대령 마즌편엔 이어링을 단 젊은 여자가 앉아 있었죠. 젊은 여자는…"

"아. 알겠네. 알겠어. 인제사 생각 나는군 그래."

미쓰홍의 아버지는 자못 당황한 어조로 형재 말을 중단 시키는 것이었다.

"젊은 여자는 대령의 부인이던가요."

"……"

미쓰홍의 아버지도, 형재도 여기엔 대답을 하지 않았다.

"다 알았어요. 젊은 여잔 아버지의 껄푸랜드[92]였죠? 아버진 그 껄푸랜드하고 서울 나려서 하루밤을 더 지나고 아침에사 집에 들어 오셨죠?"

"글쎄. 그래 아무렇게나 생각하려므나. 허허허허."

미쓰홍의 아버지는 비굴한 웃음으로 난관을 모면하려는지 몰랐다.

"아무렇게나 생각할것도 없잖아요? 똑똑 맞아 떨어지는 걸요."

"맞아 떨어지긴 뭐가 맞아 떨어진단 말이냐? 넌 너에미 보다 더 야단이구나."

"아버지도. 출장가신다고 하고선 밤낮 젊은 여자들 하고만 다니시니까 그렇죠. 이번엔 어느것하고 같이 가셨어요? 아니면 부산서 새걸 다리고 오셨나요? 미스터한 어떻게 생긴 여자죠?"

미쓰홍이 형재에게로 말머리를 돌렸다. 형재는 우물쭈물 대답을 피했다.

그러나 미쓰홍의 짖거리는 소리를 듣고보니 젊은 여자의 말씨는 영남사투리임에 틀릴 없었다.

껌을 딱딱 씹기도하고 무엇을 부질부질 먹기도 했다. 식당에도 몇번 들락거렸다. 빨간 넥타이의 얼굴은 붉었다. 술이 줄곧 올라있은 탓도 있겐만[93] 흥분상태에 놓여있는듯 보였다.

젊은 여자는 포도송이의풍요한 '이어링'이 귓밥밑에서 찰락거렸다. 그는 자기귓밥밑에서 풍요한 '이어링'이 찰락거리는 것과 흡사하게 빨간 넥타이의 턱밑에서 찰락거렸다.

"미스터한 한테 뭐라고 할꺼애요?"

"뭐라긴? 널 거느리고 잘살라구, 하면 되지."

---

92 걸프렌드. 여자 친구

93 '있겠지만'의 오기로 추정됨.

"아버진 어머닐 거느리고 잘 사시는 셈인가요?"

"얘. 너 에미 소린 또 왜 꺼내니? 그래 너 에미가 잘한건 뭐냐?"

"아버지가 주책을 부리니까그러는거죠."

"그럼 넌 왜 또 주책을 부리냐?"

채린 음식상이 두 사람의 뽀오이에게 들려 들어왔다. 아버지와 딸의 언쟁이 중단되지 않을 수 없었다.

"아버진 요리값만 치루고 가셔도 좋아요."

미쓰홍이 서슴지않고 아버지에게 이렇게 말했다.

"좋지. 그럼 내 갈테니 둘이서 마시고 먹으며 놀아라."

미쓰홍의 아버지는 차라리 좋다고 엉뎅이를 들먹들먹 했다. 얼른 일어날 수가 없나 보았다.

"저두 가겠읍니다."

형재가 움쭉 먼저 일어났다.

"이사람아 앉게. 앉아. 들어 온 술이니 술이나 마시고 가게. 나도 마실테니. 저희끼리 놀려고 화자년이 나를 가라지만 나하고 같이 마시잔 말이야 어서 앉게."

형재가 일어서는 바람에 미쓰홍도 아버지한테 더 말을 못하고 맥주병을 들어 아버지에게와 형재에게 부었다. 두 사람은 또 말없이 컾을 들어 마셨다. 마르던 목이 흥건히 젖어 왔다. 목뿐 아니라 뱃속 전부가 흥건해져옴을 깨닫는 것이었다.

형재는 컾을 비어 미쓰홍 아버지에게 건니었다.

딸이 컾에 그득히 맥주를 부었다. 아버지는 꼴딱 꼴딱 마셨다.

"에에 좋군. 사위감하고 이렇게 앉아 마시니 이맛도 적잖게 좋은걸. 허허허."

형재는 눈쌀을 찌프리며 상대방의 웃음소리가 멈추기를 기다리는데 미쓰홍이 또

"젊은 년들하고 마시는것만 같을가봐."

하고 빈정대는 것이었다.

제9회

그러고 보니 형재는 하려던 말을 삼키는 도리 밖에 없었다. 그 대신 맥주병을 들어 미쓰홍의 아버지가 마시고난 컵에다 부어주고 자기 컵에도 손수 부어 꽐딱 꽐딱마셨다. 미쓰홍의 아버지도 컵을 거진 입에 갖다 대다가 딸에게 그 지경으로 몰리우는 일이 체면에 안되었든지

"저년이 애비한테 도시 버르장머리가 없거든…"

하면서 위신을 세워 보려고 했다.

"그 따위 아버지한테 버르장 머릴 고침 뭘해요. 흥."

딸이 아버지한테 또 조전하는 것이다. 그는 형재[94] 앞에서 아버지를 멕여대는 일을 장하게 알고 있는듯했다. 아버지를 멕여대야만 제가 올라서는 줄 아는 모양 같았다.

"저년 좀 보게나, 아 저년이 어참. 한군도 자네 잠못하다긴[95] 온 봉변을 하겠는걸…… 저런 딱장떼 마누라 한테…"

"사장님 그러니까 전 장갈 안갈작정입니다. 여자는 요물인 걸요. 남잘 골탕먹이는 요물이란 말씀입니다."

홍사장의 말을 중단하고 내 받은 형재의 말이다. 여니때 보다 쉽게 내 받을 수 있은것은 술의 힘을 입은 탓이었다. 형재는 그동안에라도 맥주를 좀 더 마시려고 서둘었다. 그는 술의 힘이 아니고선 의사표시를 잘못했던 것이다. 이러한 자리에선 더한층 그 도가 심하다는것도 알고 있는 것이었다.

홍사장은 형재가 이렇게 나오니까 어리벙벙해서 형재를 보다가 딸을 보다가,

---

[94] 원문에는 '형제'로 나와 있음. '형재'의 오기.

[95] '잘못하다간'의 오기로 추정.

딸을 보다가 형재를 보곤 했다. 알수 없는 노릇이란 얼굴이었다.

여기서 형재는이 틈을 타야하겠다고 얼른 마음을 도사리곤

"사장님, 우리 남자끼리만 어디 가서 술을 마십시다. 여자는 그만두구요. 여자가 있으면 술맛이 떨어지거든요. 남자끼리만 가서 술을 마시잔 말씀입니다. 여자한테 골탕을 먹지말구요. 사장님 안그렇습니까?"

하면서 제가 일어설 차부새를 먼저 했다.

"그럼, 그럴까? 그것도 좋아. 여자없이 먹잔 말이지? 하기야 저게 여잔가? 내 딸이지. 자네한텐 여자지만, 허허허."

"아니올시다. 아니올시다. 여자가 아니올시다. 여자란 건 말도 안하고 웃지도 않고, 그러고 말씀입니다. 깍쟁이라야 한단 말씀이거든요. 그래야 한단 말씀입니다."

이 말을 하는 형재 눈앞엔 석정려가 와서 가로 누었다. 벌써 아까부터도 그는 석정려를 생각하고 있었다. 언제나 형재는 술을 마시고나면 석정려가 더 그리워지곤 하는 것이었다.

"나도 갈테애요."

미쓰홍이 발딱 일어 서며 뱉은 말이다.

"어딜가? 가긴." 형재는 그만 역증이 벌컥 일어났다.

"왜들 이래? 화자야. 넌 차를 타고 집에 가 있거라. 내 한군하고 가서 단판을 낼테니 말이다."

"아그래요. 참, 그 단판말씀입니다. 그렇습니다. 저하구 사장님하구 단판을 지어야 하지요."

그새 홍사장은 뽀-이를 불러 차 준비를 시켰다.

미쓰홍은 단판이란 말에서 저윽이 마음 든든한것을 얻은듯

"그럼 나 집에 가 있을테니 아버지 단판을 짖고 곧 돌아오세요. 미스터한도 집에 같이 오면 어때요?"

하고 아버지와 형재를 번갈아 보았다.

"글쎄글쎄. 나한테 맽겨라. 화자야."

딸은 그래도 아버지를 믿나 보았다. 다시 더 말하지 않고 자리를 떴다.

화자가 내려간 뒤에 형재와 홍사장도 남은것을 마자 들고나서 일어섰다. 층계를 밟는 거름거리가 위태롭도록 그들은 벌써 취해 버렸다.

그들이 밖에 나갔을 때 화자는 아직 떠나지 않고 차안에 앉아서 두 사람을 기다리고 있은듯

"어딜 가실테얘요? 가는데까지 같이 가다 내려 드림 되잖아요?"

했다.

"아니야. 미쓰홍이 먼저 가요. 우리 둘이는 걸어 갈테니까." 형재가 재빨리 선손을 써서 화자를 따려고 했다. 화자는 단념한듯

"그럼 가요."

하고 운전수에게 말했다.

홍화자를 태운 쎄단은 미끄럽게 움직인다. 홍사장이 손을 들어

"미쓰홍 꾿바아이 꾿바아이 —."

를 소리 치자 형재도 손을 들어

"꾿바이, 꾿바이."

를 연발하는 것이었다.

차 꼬리의 빨간 불이 살아질 때까지 두 사람은 의무적인거나 같이 바라보고 있다가 형재가 먼저

"자 걸읍시다. 인제 맘을 터억 놓고 말입니다."

했다.

형재는 미쓰홍이 없어지고나니 가슴이 타악 열리면서 숨이 활 나왔다.

"미스터한. 미스터한."

홍사장이 두번 연거푸 형재를 불렀다. 형재는 '저 영감이 왜 저렇게 부르는걸까? 딸 이얘길 꺼내려는 것이 아닌가?' 하는 생각이 얼핏 들었다. 그래서 형재는 일부러 짖굳게

"사장님은 신식입니다."

라고 받았다.

"뭣이 신식이야?"

"절더러 미스터한 하구 불르니 말씀입니다."

"그게 뭐가 신식인가?"

"서양 사람들이 하는대로 하시니 신식이지 뭡니까? 전에사 언제 그랬읍니까?"

"옳아 그말이군그래? 그렇지. 전에사 어디 그렇게 불렀나? 미국 사람들이 들어오면서 미스터 뭐니, 미쓰 뭐니 하고 온통 남녀노소할거 없이 불러대지. 하하하하……"

홍사장은 공연한 웃음을 널어 놓았다.

"사장님. 저두 신식이 돼 볼까요?"

"어떻게?"

"사장님을 집어치우고 미스터홍하구 불르면 될 거 아닙니까?"

"그러게. 그러게. 누가 말리나. 미스터한하고 미스터홍하구 인제부터 친구가 된단 말이지?…… 아니지. 아니지 장인과……"

"사장님두. 무슨 말씀입니까? 참 미스터홍[96], 우리 술이나 진탕만탕 먹읍시다요. 술이나. 예엣."

"그래. 그래. 먹자구. 그런데 미스터한, 우리 여자 있는데로 가세. 골탕을 먹어도 그게 젤 존거야. 세상 일이 골탕 안먹는게 어디 있더라구? 다 골탕 먹는 일 뿐이야. 그래두 여자땜에 먹는 골탕은 괜찮은거야. 골탕을 먹으면서두 재미가 있으니 말이네…"

"그럼 갑시다. 저두 한번 골탕을 먹어보게요."

미스터한이 어느새 미스터홍 어깨에 팔을 얹었다. 미스터홍도 미스터한 어깨

---

96 원문에는 '미스터한'으로 오기.

에 팔을 얹었다. 그들은 어깨우에서 깍지를 끼고 걷는 것이었다.

"미스터한도 골탕을 먹어 볼 작정인가?"

"네. 미스터홍하구 같이 먹어 보죠."

"자넨 골탕을 먹지말고 결혼을 하게. 젊으니 말이야."

"결혼이요?"

결혼이란 말은 반가웠다.

"그렇지. 결혼 하란 말이야."

"상대가 말을 들어야죠."

형재 머리 속의 상대는 석정려였던 것이다. 그 새초롬하게 내려 감은 눈이 보고 싶었다.

"말을 안듣다니? 그게 정말인가?"

"정말이구 말구요."

형재는 미쓰홍의 아버지를 만나서 단판을 지으리라고 마음 먹은 일 같은건 잊어 버린 모양이다.

"아니 그래 우리 화자가 자넬 마다고 하던가?"

그제야 형재는 이크 이거 큰일 났다고 서둘었다.

"아닙니다. 댁의 따님은 날 마다구 안하지요."

"그럼. 결혼하면 되지 않는가? 이사람아."

"안 하겠읍니다."

"왜?"

"못하겠읍니다."

"왜? 못하겠다는 말인가?"

"재미가 없어요."

"재미가 없어? 이 사람아 그것처럼 재미있는게 어디있게. 그러나 이 세상에 여자처럼 재미있는건 없네 없어."

"그야 그럴수도 있겠죠. 물론 있읍니다 마는…"

"우리 화자하곤 재미없겠단 말인가?"

"똑바루 말씀한다면 그렇습니다."

"그럼 이사람아 왜 건드리느냐 말이다. 응. 이사람아… 고약한데… 응?"

제법 엄격한 홍사장의 어성이었다.

"미스터홍은 건드린 여자마다 결혼할 수 있읍니까?"

형재가 농조로 나가면서도 이때야 말로 판가름을 분명히 해야 한다고 마음먹었다. 그는 통일호차에서 홍사장의 행장을 목격하게 됐던 일을 통쾌하게 여겼다. 포도송이의 이어링을 단 여자가 눈 앞에 서언히 떠올랐다.

홍사장은 어깨의 팔을 와락 풀면서

"내야 어쩌든, 자네 한 일엔 자네가 책임을 져야 할게 아닌가? 고약한 사람 같으니라구…"

하고 호령을 쳤다.

"그야 물론이죠. 이래뵈두 제가 한 일에나, 말엔 책임을 지는 놈입니다. 그런데 댁의 따님하고의 관계에 있어선 책임 여불 따질수 없습니다. 제 맘이 내켜서 한 일이 아닙니다. 전 군대에 가서 포로가 되구, 포로가 됐다가 다시 포로가 되어 오구 하느라고 여자 구경을 할새가 없었어요…… 그래서……"

"그래서 어쨌단 말이야?"

"그래서 생각할새두 없이 그만 그지경 된겁니다."

"그지경 됐으면 그대로 책임을 저야잖겠나? 할일은 해놓구 봐야지 이사람아…"

홍사장의 어성이 낮아졌다. 군대에 갔다왔다는 말에서 훈이 죽었나 보았다.

"전 소설을 쓰려구해요. 제 할 일은 그겁니다."

"글쎄 소설을 누가 쓰지 말래나? 소설을 쓰란 말이야."

홍사장이 이말을 맞추며 손을 들어 택씨를 세웠다. 두 사람이 차에 타자 운전수가 방향을 물었다.

"청수장으로 몰게."

운전수가 핸들을 돌렸다. 차가 스르르 꼬리를 빼었다.

밤은 자동차의 질주를 위해서 마련된것 같았다. 두 사람이 탄 고급택씨는 자동차 물결속을 용케도 잘 빠졌다.

"자네 그래 무슨 소설을 쓰려고하나?"

한참만에 홍사장이 물었다.

"써 봐야 알지요."

"이 사람아 우리같은 사람의 기사는 써 내지 말게. 어엉."

홍사장이 한풀 꺾이는 모양이었다.

"소설은 신문 기사하곤 다릅니다."

"그래두 미운 놈은 밉게 써내고 고운 놈은 잘 써낼거 아냐."

"그야 그렇죠. 미운짓하는 놈들을 곱다고 할 수도 없고 고운짓하는 사람을 미워할 수는 없는겁니다."

"그래. 자네 소설 속에서 이 미스터홍은 고운 놈인가? 미운놈인가?"

"봐야 알지요. 미스터홍이 제 소설 속에 등장될지 안될지."

"미스터홍이 등장하면 미쓰홍두 등장하구 미스터한두 등장해야 되잖겠어요?"

"그렇지. 그래. 그러나 저러나 잘 부탁하네. 간혹 활동사진에서 보면 우리같은 사람은 아주 억망[97]을 만들어 놓더란 말이야. 못난 돈이나 쓰면서 계집질이나 하는건줄 알고 있단 말이야."

"그외의 하시는 일이 뭐 있읍니까?"

"돈 버는 일이지 자네 돈이 쉽게 벌어지는줄 아나?"

"못나게 쓸수있는 돈이야 쉽게 벌어진거 아니겠읍니까?"

"자네. 정말 날 밉게 쓸생각인가부네?"

"어떻게 아세요?"

---

97 '엉망'의 오기로 추정.

"하는 소리가 그래."

"그런건 아닙니다. 제 생각엔 돈이란 곱게 벌어서 곱게 써야 할 것 같아서 그럽니다. 더럽게 번 돈은 더럽게 쓰다가 더럽게 망하잖을까요?"

홍사장의 가슴이 뜨끔해 지는것을 알았다.

"이사람 한군. 그러지 말고 내 딸년 하구 결혼이나 하게. 소설을 쓰자면 생활 안정이 돼야 될 게 아닌가? 지금 남의 집 문깐방에서 눈칫밥을 먹는다니 그게 될 말인가? 내 사위만 되면 자네가 소설을 쓸 만한 생활은 시켜 줌세. 소설두 밥을 먹어야 쓰지, 지금 그런생활을 하면서야 어느 세월에 소설을 쓴단말인가? 안 그래? 응?"

"암만 생활 안정이 되드라두 기분 나쁜 일이나 보기 싫은 사람이 옆에 있으면 소설을 못쓰는 걸요."

"눈을 질끈 감고 쓰면 되지 뭘 그러나?"

두 사람의 대화가 여기서 끝이게 된 것은 목적지에 이르렀기 된 때문이었다.

청수장 현관 문안에 들어 서기도 전에 뽀—이들이 합장을 하고 홍사장을 맞았다.

크고 넓은 방에 들어 가 앉으니 선풍기가 돌아가고 물수건이 들어오곤 했다.

"대야에 물을 떠놓았읍니다."

하고 또 뽀—이가 아뢰었다. 한사장은 자기집처럼 양말을 벗어 버리며 뽀—이가 떠온 물에 발을 담궛다. 발을 내 놓자 거기 서 있던 뽀—이가 타올로 씻어 주었다. 좀 있다가 요리상이 들어 오고 가지 각색 옷차림을 한 여자들이 줄을 잇다 시피하여 들어 왔다. 그들은 방에 들어오면서 앉은 절을 꼽박꼽박 하는 것이었다.

"애 미향이 이리 와. 딸년 그래 그새 잘 있었니?"

"잘못 있었어요. 아부지가 보고파서 이렇게 눈이 다 짓물은걸요."

미향이 눈을 찔끔해 보이며 말했다. 미향이 외에 무슨 '자' 무슨 '숙' 하는 이름의 여자들이 둘러 앉아 홍 사장을 아버지라고도 하고 기둥 서방이라고도 하고 애인이라고도 했다. 홍사장은 이 여러 여자들이 딸아주는 맥주를 주는대로 마셨다.

형재도 따라 주는대로 마셨다. 홍수와 같은 분위기 속에 숨이 콱콱 막히면서도 마시는 것이었다.

홍사장은 맥주만 마시지 않았다. 미향이, 무슨 '자' 무슨 '숙' 하는 여자들과 말씨름도 하고 그들의 몸둥이를 껴안기도 하고 엉덩짝을 뚜덕겨 주기도 했다.

＊　＊

이튿날 아침은 고단했으나 일요일이라 열두시 가까이 와서야 일어나 조반겸 점심을 먹고 나영근씨와 둘이서 바둑이나 둬볼 생각으로 집을 나섰다.

을지로 입구에서 채 못미처 그들이 뻐쓰에서 내리는 데 석정려가 택씨를 부르고 있는 것이 아닌가?

"이봐. 저게 석군 아니냐?"

뒤에 내리던 나영근씨도 알아본 모양이었다.

"그런가봅니다."

형재는 가슴만 두근거릴뿐 아니라, 다리까지 헛노일 지경이었다. 석정려는 택씨를 불러놓고 거기 놓았던 새장을 주어 올리기 시작했다. 그러느라고 이쪽을 알아 보지 못했다.

"석군."

나영근씨가 가까이 가면서 불렀다. 석정려가 이쪽으로 얼굴을 돌렸다. 형재는 딴데를 보는 척 서 있었다. 귀는 온통 그쪽으로 기우리고 있으면서

"어머나 나선생님, 웬일이세요?"

"바둑 두러 나오는 길이지. 형재군하구…… 그런데 또 새야?"

"녜. 이건 뫼추락이란 새예요. 잘 생기진 못해도 이것의 알이 귀중하게 쓰인다나요. 약용이래요."

"석군은 새 박사야. 새에 대한걸 좀 배워야겠하는데."

"참 저의 집에 가실가요?"

"그래두 좋아. 한군 이리 오게."

나영근씨 소리에 형재는 고개를 그리로 돌렸다. 석정려가 방긋이 웃으며 고개를 까딱 순였다.

새장은 넷이었다. 네개의 장에 새가 두마리씩 들어 있었다. 암놈과 숫놈인 모양이었다.

나영근씨와 형재가 차에 오르자 석정려는 새장을 한개씩 안겨 주었다. 남은 두개는 제가 무릎에 올려놓고 또 한 개는 조수에게 부탁했다.

"북아현동으로 갑시다."

맑은 소리로 석정려가 운전수에게 말했다. 형재는 미쓰홍하고 차를 타던 기억이 떠 올랐다. 미쓰홍의 소리는 탁했고 또 천덕스러웠다. 형재가 옆에 있기 때문에 아양을 부리느라고 더 천덕스런 소리를 냈는지 모른다.

그런데 이 여자는 내가 옆에 있다는걸 의식하려고 하지않는다. 나 자신은 여자의 체온을 마구 느끼고 있고, 그래서 땀이 온통 흘러내리는데…. 이 여자는 가슴에서 방맹이질두 안하는 모양이지? 그렇게 짜랑짜랑 분명한 소리를 낼수 있는걸 보면 —.

여자는 연신 새를 들여다 보고 있는 것이었다. 새는 어느 조롱의것을 막론하고 낯선 분위기라 오돌오돌 떨고 있었다.

"요놈들이 연인끼리가 아니면 더 두려운 얼굴을 하구 있을건데."

형재가 이런 말을 하면서 여자의 기색을 살폈다. 얼굴을 돌려서 살피는 것이 아니고 피부라고 할까? 숨결이라고 할까? 아무튼 석정려와 잇다은 쪽에다 신경을 총집중하고 살피는 것이다.

그런데 아무렇지도 않았다. 뜨겁지도 차지도 않은 것 같았다. 숨결도 그대로 평온한것 같았다.

"비러먹을 깍쟁이 같은 것."

그러면서도 형재는 석정려와 잇다은 쪽을 지긋이 댄채로 있었다. 석정려의 체온이 어느 정도 되는가를 알아 낼 작정이었다. 석정려의 체온이 형재 자신의 것보다 낮은가, 높은가를 알아내면 되는 것이다. 석정려의 체온만 알아낸다면 새의 체온은 쉽게 알아 낼수 있는 것이 아니겠는가? 석정려의 몸덩이가 다았던 데다가 새를 갖다 대어 보면 알 일이니까.

"선생님 여자와 남자가 어느 쪽이 체온이 높습니까?"

"갑자기 그건 또 왜 묻나?"

"글쎄 알구 싶어서요."

"옳아. 석군 체온이 꽤 뜨거운 모양이지? 허허허."

운전수가 먼저 웃었다.

"그렇지 않아요."

"그렇지 않아서 답답하단 말인가?"

형재도 석정려도 딸아 웃었다. 조수도 웃었다. 새들만이 또 달라지는 분위기에 한층 떨고 있었다.

제10회

석정려의 집

석정려의 집은 복아현동 턱마루를 넘어 ×여자 중고등학교 옆에 있었다. 집은 작으나 뜰안이 넓었다.

넓은 뜰안이 비좁도록 화초와 수목이 싱싱 푸르고 그 사이 사이에 새장들이 놓여 있는 것이 보였다. 나무 가지에 매달아 놓은것도 있었다. 푸른 내음새가 훅훅 끼쳤다.

"야, 좋다."

나영근씨 입에서 감탄사가 흘러 나왔다.

"낙원입니다."

형재도 하고 싶던 말을 했다.

"자넨감격이 더 클걸쎄?"

"선생님 정말 이런게 낙원이지 뭐겠어요?"

"누가 아니래나?"

나영근씨가 농조로 나왔다.

석정려는 그새 벌써 뫼추리장을 나무 가지 마다 걸어 놓곤 먹이를 주었다. 밥 짓는 계집애가 물과 채소 등을 들고 서 있었다.

"석군은 손님보다 새가 더 중요한게지?"

나영근씨가 석정려[98]에게로 가까이 닥아서며 한 말이다.

"그런게 아니고요. 새들이 배고파 하니까 위선 먹이를 줘야잖아요?"

"새가 언제 배고프다구 그랬나?"

"그럼요. 배고프다고 말하고 있는걸요."

"어디 뭐라구 그러나? 나두 좀 들어 볼까?"

"선생님은 알아 못들으셔요. 전 알아 들어두. 전 이것들이 뭐라고 안해두 얼굴만 보면 이것들의 심정을 다 알고 있는걸요."

"새의 심정은 그렇게 잘 알면서 사람의 심정은 웨[99] 모를까?"

"누가요? 저 말이예요?"

"그렇지."

"사람의 심정두 잘 알아요."

"알긴 뭘 알아. 우리두 지금배고파 못견디겠는데 우리한텐 먹일 안 주구 새한테만 주구 있는걸."

"후훗흐. 선생님두. 애기 같으셔. …보나 안보나 두분은 늦잠을 싫껏[100] 주무시고 댁에서 나오실때까지 조반을 잡수셨을꺼예요. 그런데 뭘 벌써 시장하시다

---

98 원문에는 '성정려'로 잘못 표기되어 있음.

99 '왜'의 오기.

100 '실컷'의 오기.

고 야단이셔?"

"용케 마추는데. 그걸 알아 마추는걸 보면 석군이 아마 점쟁인가부지?"

"그래요. 점쟁이예요. 나선생님 점을 처 드릴까요?"

"그래 좀 처 봐."

"나선생님이, 지금 뭘 생각하고 계시나 알아마칠게요."

"그래 어디 알아마춰 봐. 내가 지금 생각하구있는걸 마치면 평생 우리 주변에서 안떠나게 만들어주지."

"어떻게요?"

"글쎄 먼저 알아 마춰 봐." "알아 마치는건 문제가 아니얘요. 말못하는 새의 심정을 알아 마치는데 선생님 심정쯤이야 뭘……"

"글쎄 그러니까 마춰 보라는 게 아냐?"

"전 새의 심정을 알아 보게 되면서 사람의 심정두 능히 측량할 수 있게 돼요. 사람의 심정뿐 아니라 신의 뜻이 무엇인걸 알게 됐어요. 예배당에 가서 느끼지 못했던 신앙심을 가지게 됐단 말씀이예요." "고마워. 그런 말이 나오게쯤 되면 되는거야. 석군이 그런 말을 할줄 알게 된건 자기하는 일에 골돌할 수 있을 때 문이야. 사람마다 다 각기 이런걸 깨단는다면 법이나 도덕이 아니드라두 질서를 유지하고 살아갈수 있을건데……"

"선생님 전 샐 기르면서 사람의 능력이 한이 없다는것두 알았어요. 따라서 지혜두 한정되어 있잖다는걸 알았어요. 노력여하에 따라서 그것이 얼마든지 발전하고 향상할 수 있다고 봐요."

이런 이야기가 중단되게 된것은 나무에 걸려서 넘어진 한형재때문이었다.

형재는 석정려와 나영근씨가 이야기하는 사이에 슬그머니 물러 나갔던 것이다. 바루 나영근씨가 석정려에게 평생 우리주변에서 안떠나게 만들어주겠노라고 말하는 대목에서 물러 나갔던 것이다.

그때 형재는 전신에 쥐가 오르는것 같으면서 가슴이 콱 맥혀 그냥 있을 수 없었다. 어즈벙 어즈벙 물러나가서 한참 멍하니섰다가 새장 하나를 열고 새 한마리를 집어 내었다. 두말 할 것도 없이 새의 체온을 타진하고자 함에서였다. 새의 체온을 타진하므로서 석정려가 꾸민 '앙케이트'에 정확한 답안을 내려볼 심산이었던 것이다. 석정려는 '앙케이트'(2)문에서 '새의 체온은 당신 애인의 체온보다 높습니까? 낮습니까?' 하고 물었던것이다.

형재는 그때부터 새란 놈의 체온이 어느 정도쯤 되는가를 알고 싶었던것이다. 한마리의 새를 집어낸것까지는 좋았으나 남은 한마리가 열린 새장문으로 날라가 버린데는 기가 찰 노릇이었다. 날라 가는 새 때문에 손에 쥔새까지 놓지고 말았던 것이다. 날라가는 새를 쳐다 보며 쫓아가느라고 손에 쥔 새를 잊어버렸던것이다. 물론 '새의 체온'을 타진해볼 생각같은것도 잊어버리고 있었던 것이다.

"한군 웬일인가?"

나영근씨가 형재에게로 닥아왔다. 뒤를 따른 석정려는 말없이 형재를 감으스레한 눈으로 말끄럼이 보고만 있었다.

형재는 그렇게 보고있는 그시선을 거슬러 올라 갔다. 그러다가 눈을 감아 버렸다. 감아 버렸다기 보다 저절로 감겼다. 몸이 부르르 떨리면서 여자의 시선이 화살같이 아팠던 것이다.

"으음!"

형재의입에선 신음 소리가 흘러나왔다.

"어디 아픈가?"

나영근씨가 그의 가슴에 손을 대어 보았다. 나영근씨는 형재가 심장마비라도 일으킨것이 아닌가하고 당황해 했다.

"아닙니다. 들들 구을렀으면 좋겠어요."

형재는 눈을 뜨지않고 말했다.

"녹음이 짙어서 그런가봐요? 방에 들어가십시다."

석정려가 시치미를 딱 떼고 한말이었다.

"녹음이 짙어서 구을구 싶다? 그런말두 한 일이지…… 여보게 일어나게나.

구을자리나 어디 있나? 온통나무와 새뿐이니……."

나영근씨가 싱글벙글 웃어가며 농조로 나왔다. 나영근씨는 이 두 젊은이들이 사랑스러웠던 것이다.

"구으실려면 방이 날꺼예요. 어서 들어 가십시다."

석정려도 방싯방싯 웃으며 말했다.

"선생님."

형재가 비로소 눈을 뜨고 나영근씨를 불렀다. 그러나 그는 머뭇거리며 종시 말을 못했다.

"뭔가? 말해 봐."

나영근씨가 형재 입 가까이로 귀를 가져갔다.

"선생님 큰일 났습니다."

"큰 일이라니?"

"새가 날라갔읍니다."

"무슨 새가?"

형재가 눈을 벌려뜨며 석정려의 낯색을 살폈다. 석정려의 낯색엔 변화가 없었다. 방싯거리고 있을 뿐이었다.

"새장의 새말씀입니다."

"새장의 새? 새장의 새가 왜 날라 갔나?"

나영근씨가 눈을 크게 뜨며 석정려를 보았다.

이러고 있을때 형재는 부시럭 거리며 일어 났다. 나영근씨가 이만큼 놀라고 있는데 석정려야 오죽하랴시픈 생각이 들었던 것이다. 들들 구을고 싶은 생각도 달아나 버렸다.

"괜찮아요. 날라갔다가도 다시 들어와요. 아무데 가두 여기만 못한가봐요. 잘못해서 날라버렸다가두 돌아오거든요. 첨엔 저도 상당히 놀랐어요."

석정려는 자신있는 어조로 말하는 것이었다.

"과연 새 치는 소녀로소이다. 그쯤 되니까 새로말미암아서 신의 뜻까지 알아

맞히게 되는거야."

형재가 후유우 숨을 길게 뽑으며 털고일어 섰다. 안도의 숨이었던 것이다.

"도대체 어느 새장의 새야?"

털고 일어선 형재에게 나영근씨가 물었다.

"저 큰나무 가지에 걸렸던거예요."

형재 먼저 석정려가 알려주었다.

"다 알구 있으면서 시침일 뗐군?"

형재가 앞을 서서 어슬렁 어슬렁 빈새장께로 걸어갔다. 석정려와 나영근씨가 뒤를 따랐다.

"선생님."

새장 앞에 먼저 무뚝 멈춘 형재가 뒤를 돌아다 보며 소리를 질렀다. 석정려가 손을 입에 갖다대며 소리를 내지말라는 암시를 보냈다. 그리곤 석정려는 새장 앞으로 바삐 가서 새장 문을 닫아 주었다.

"낯선 소리나 얼굴이면 또 다라날 염려가 있거든요."

석정려는 자기래야만 새를 조종할 수 있다는 것을 알려 주었다.

날라 갔다 돌아 온 두마리의 새는 떨어졌다. 만난 일이 다행하다는 듯 주둥이와 주둥이를 마주대었다가 조잘거리고 조잘거리다간 마주대곤 하는 것이었다.

"이놈들이 맘을 턱놓구 작난질 치는데."

"그것들은 저의 본향이 여긴줄 아는 것 같아요."

나영근씨와 석정려가 주고 받는 말을 듣고 있던 한형재는 또 숨을 후유우 내쉬면서

"아무튼 숨이 화알 나옵니다. 새가 없어졌더면 제가 뚜들겨 맞던지 했을게 아니겠어요."

하고 나섰다.

"설마 뚜들겨 패기야 할라구… 석군 안그래?"

"모르죠? 제 생명과 같은 샌데 아주 없어졌음 어떻게 했을지… 후흐훗."

나영근씨도 웃고 형재도 빙그레 웃었다. 빙그레 웃는 형재 입가엔 참으로 다행한 빛이 떠돌았다.

방에 들어가자 석정려는 베게 두개를 내 놓면서

"자아. 들들 구으시던가, 주무시던가 맘대로 하세요."

하곤 살아졌다.

형재와 나영근씨는 그 말대로 베개를 베고 누었다. 두 다리를 쭈욱 폈다.

"집이 작은 마련을해선 방은 넓직하군요."

"자네 긴 다릴 맘대루 펴보라구 넓직하게 만든게지… 그런데 한군, 정려양이 깜찍한줄 알았더니 그렇지두 않네 그려?"

"왜 깜찍하잖아요? 아주 깍쟁인걸요."

"고만두 안해서야 쓰나? 뭐니 뭐니해야 여잔 좀 깜찍하구 깍짱인데가 있어야 해. 자네 미쓰홍 같은 여자가 싫다면 바루 되잖았나?"

"선생님 그런게 아니구 깜찍하기 때문에 도시 그 맘속을 알수가 없단 말씀입니다. 답답하단 말씀입니다."

"그렇긴한데 아까두 내가 맘을 떠보느라구 말이야… 자네한테 갖는맘 말이야…… 그걸 알아 보려구 이리저리 타진해봐두 도무지 시침을 딱떼구 나타내지 않는단 말이야. 가만 보니까 정려양 두 자네한테 반하구 있긴하데…"

"선생님 정말입니까?"

"정말이지 거짓말일까? 원."

"그런데 편집실에선 도무지 입을 꼭 다물구 깜찍하게 구는걸요."

어느새 석정려가 상을 채려들고 들어 오므로 두 사람은 벌떡 일어 나고야 말았다.

"아니 들들 구을든지 자라구 하구선 벌써 뛰어드나?"

"선생님이 새한테만 먹일 준다고 트집을 부리셔서 바삐 서둔걸요."

"아무리 바삐 서들엇기로서니 십분두 안돼서 이렇게 한상 채려들구 들어올 수야 있나? 비행긴데…"

"지금 나가서 채린게 아녜요. 미리 부터 준빌해 둔 거예요."

"누가 온다구 약속했던가?"

"선생님들이요."

나영근씨가 형재를 건너다 보았다. 형재는 또 나영근씨를 건너다 보았다.

"오신다고 말씀은 없었지만 오실것 같았어요."

"우리바루 걸어 온건 아니잖아? 거리에서 만났으니까 온거 아냐?"

"글쎄 거리에서 만나뵐것 같은 예감이 들었어요. 만나뵈면 모시고 오려구 아침에 준빌해놓구 나갔어요."

형재 얼굴에 광채가 확 퍼졌다.

"과연 석군은 점쟁일쎄 그려? 하여튼 고맙구 반갑구 기쁜 일이네."

"선생님 흉보지 마세요. 음식 솜씨가 안좋아요."

"석군이 만들었나?"

"밥짓는 애두 거들구요."

석정려는 수집게 고개를 숙으렸다.

"가족은 몇분이나 계시지?"

나영근씨가 수저를 집으려다 말고 물었다.

"아버지 한분뿐이예요."

"아, 그래? 자당은?"

"저 세살때 돌아 가셨어요."

"저런 그럼 오라버니나 동생두 없겠네?"

"없어요. 아버지가 절 길러내시느라고 고생 많이 하셨대요."

"효녀노릇해야 하겠는데…"

"그런데 잘 안 돼요. 아버지 뜻에 어긋나는 짓을 많이 해요…"

석정려 얼굴에 애수가 서리우는것을 알았다.

"그럼 새랑 이 마당의 나무를 아버님께서 매만지시겠군?"

"녜. 저도 도아드리구요. 아버지께선 ×여자중고등학교 원예(園藝)일을 보살펴 주시고 계셔요."

석정려는 고개를 돌려 그쪽을 가르켰다.

"그러시군. 그래서 정원이 온통 공원같군그래."

형재의 시선이 마망[101]으로 쏠렸다. 새삼스레 감탄하는 낯빛이었다.

요리솜씨는 대단 했다. 그중에도 생추쌈에 '도미국' 맛이란 이를데가 없었다.

형재나 나영근씨나 똑같이 입이 미여지게 욱여댔다.

"이것보라구. 석군 우리가 새보다 더 시장했다는 게 증명 되잖아?"

나영근씨가 볼이 미여지게 씹으면서 말 했다.

"많이 잡수세요."

석정려가 두사람의 미어지게 씹는 모양을 살피면서 생긋이 웃었다.

"생추[102]가 참 커요. 우리 누나 얼굴만큼 커요. 누나를 만난것같은 기분이라요. 그래서……"

형재도 가만 있지 않았다.

"그래서 그렇게 볼이 삐어지도록 처넣는가?"

"선생님두 저만 못하지 않으신걸요."

"에익. 내가 자네같이 넋없이 먹단 말인가?"

"선생님이 좀 더하면 더했지 못하시진 않은걸요."

"석군, 한군이 더 한가? 내가 더한가 어디 판단을 내려보란말야."

형재와 싱갱이질[103]하던 나영근씨가 석정려에게 호소해왔다. 석정려는 그렇지 않아도 두 사람의 모양을 살피고 있던 터인데 이소리가 떨어지자 고개를 개웃거리며 양인을 엿가람[104] 살폈다. 눈이 새파랗게 반짝였다.

형재는 가슴이 콱 막히는 것 같기도 하고 텅 비는 것 같기도 하고 ― 뭐가 어

---

101 '마당'의 오기.

102 상추.

103 '승강이질'의 북한식 표현. 서로 자기주장을 고집하며 옥신각신한다는 뜻.

104 '엿가람'의 오기로 추정됨.

떻게 된 노릇인지 분간키 어려웠다. 형재는 하늘을 내다 보았다. 하늘이 몹시 푸르고 높았다. 덩어리 구름이 한가로히 떠 있었다.

"제가 판단을 내릴께요. 들어보세요."

하늘을 내다 보고 있는 형재의 주의를 끌기 위해서 한말인지 모른다. 형재가 하늘에서 석정려에게로 시선을 돌렸다.

"선생님이 이기셨어요."

석정려가 새물거리며 이러한 판단을 내렸다.

형재는 어처구니가 없어서 석정려를 퀭하니 바라다보고 있을 뿐이었다. 자기는 현재 입에 아무것도 씹지 않고 있다. 가슴이 답답한 것 같기도하고 텅 비인 것 같기도 한 증세 때문에 하늘을 내다 보고 있었던 것이다.

"불복입니다. 난 지금 아무것두 먹지않구 있는걸. 자 봐요. 내 입엔 아무것두 없어요."

형재의 벌린 입을 석정려가 들여다본다.

"새두 먹새가 존놈이 귀엽든데요."

하고 석정려가 웃는것이었다.

"됐어. 됐어. 석군한텐 못 견디겠는걸. 안되겠어 안 돼."

나영근씨가 머리를 흔들었다. 형재도 멀뚱멀뚱, 실로 말이 안 나왔다.

＊　＊

이튿날은 형재들 사에서 주최인 '데자이너' S여사의 홧숀쇼-[105]가 ×호텔에서 열리게 되었다. 『신여성』 편집부가 주동이 되었다. 그러므로 『신여성』 편집부 여기자들이 분주했던 것이다. 형재는 석정려가 자기에게 대하는 태도가 어떤가를 살피고자 했으나 석정려가 전처럼 마즌편에 가만 앉아 있지않아서 살필수 없는 일이 안타까웠다. 어저께 이후의 석정려는 분명코 달라졌으리라고 믿으

---

105 패션쇼(fashion show)

면서 그를 기다리고있는데 홍화자가 햇숀쇼-의 모델 이상으로 차리고 나타났다.

"어저껜 어디 갔댔어요?"

홍화자는 마즌편에 와 앉자마자 형재에게 이렇게 던졌다.

"그건 알아서 뭣해?"

형재가 퉁명스레 되박아 주었다. 그렇잖아도 나타날것은 나타나지 않고 밉쌀 머리스런것이 나타났다고 골이 나서 죽을 지경인데 계다가 한술 더 떠서 어디 갔댔느냐? 말았느냐가 뭐냐 말이다.

"집에 찾아갈려다 헛방을 칠까봐 그만 뒀지."

"누가 찾아 오랬어?"

"보구싶은걸 어떡해."

홍화자가 엉석스런 어조로 나오는 것이었다.

"비러먹을것. 저걸 어쩜 좋아."

형재는 진땀이 쭈욱 내배었다. 편집장이며 옆의 동료들의 낯을 다시는 쳐다 볼것 같지 않았다.

제11회

젊은 사람들

햇숀쇼-가 끝나고 석정려들이 돌아 왔을땐 퇴근 시간 얼마전이었다.

그것도 홍화자가 제일 먼저 편집실 안에 뛰어 들어오는 것이 아니었던가? 한 껏 넓은 후레야들[106] 공작 날개처럼 펼치면서 마즌편 제자리에 와 앉는 것이었다.

무슨 말을 하려고 입을 나분작거렸다. 형재는 뒤미쳐 들어올 사람들을 살피

---

106 '후레야를'의 오기로 추정.

기에 바빴다. 다시 말하자면 석정려를 기다리는 마음이 급했던 것이다.

석정려는 편집장이랑 다 함께 오고 있었다. 형재는 자기도 함께 나갔더면하는 후회를 했다. 그랬더면 석정려와 저렇게 같이 걸을수 있었을 걸 그랬다는 생각이 왈칵 올리 밀었다.

처음부터 그럴 생각이 없은 것도 아니었다. 그러면서도 홍화자가 들까불며 수선을 피울걸 미리 겁내어서 그만 두었던 것이다. 형재는 홍화자가 하는 짓은 무엇이나 다 싫고 석정려들이[107] 제 자리에 와 앉자 형재는 엉뎅이를 들먹하면서

"수고들 하셨읍니다."

하고 인사를 건네었다. 그리곤 석정려를 건너다 보았다.

너무 오래, 그리고 간절히 기다렸던 탓일까? 현기증이 사르시 이는 것이었다. 그러면서 노랗고 빨갛고 과란 문채의 동그라미가 눈 앞에서, 아니 석정려 얼굴 근방에서 둥둥 떠 오르는 것을 발견 했다.

마치 비누 방울이 위로 위로 올리 솟는것 처럼. 그것은 위로 위로 올리 솟다가 어느 정도 올라가선 꺼져버리는 것이었다. 틀림없이 어릴 때 놀던 비누 방울 작난과 흡사했다. ── 접시에 푼 비누물을 붓뚜껑에 묻쳐 가지고 하늘을 향해 불면 오색 찬란한 빛의 비누방울이 하늘로 하늘로 올리 솟는 것이었다. 짱아[108] 라도 날르는 높고 푸른 하늘이면 더욱 그러했다.

"어때요? 편집장님 여성들이 밖으로 진출해야 한다고 생각잖으세요? 그렇게 찬란하고 멋진 여성들이 집안에 들앉아 있을순 없는 거애요."

이것은 공작날개 처럼 펼치고 앉은 미쓰홍이 입을 나분작거리며 한 말이다. 아까부터 이 말을 하려고 입을 나분작 거리고 있었던 것 같다.

"허허. 미쓰홍한테 푸로포─즐[109] 하려고 했더니 관도야겠는데."

---

107 '석정려가'의 오기.

108 잠자리(곤충).

109 프로포즈(propose). 청혼의 뜻으로 언급됨.

미스터윤이 농조로 미쓰홍의 말을 받았다.

"왜요?"

미쓰홍이 한형재를 빠안히 건너다 보며 미스터윤에게 되물었다.

"미쓰홍이 밖으로만 도는 동안 집안에서 살림살이를 도맡아해야 할테니까 ― . 제발 맙시사."

"안 그래요. 식모와 아이보는 애가 있을 테니까 그럴 염려 절대 없어요. 미세쓰가 밖으로 나오는 동시에 미스터도 밖으로 나와야죠."

"밖에 나온 미세쓴 뭘 하는걸까?"

"우리들의 스윗홈[110]을 위해서 데파―트[111]에도 가야하고 미장원에도 가야죠."

"미스터의 행로는?"

"미세스와 함께 행동해야겠죠."

"아이구 피곤해라."

이번엔 미스터양이 어깨를 으쓱 올리면서 나섰다.

"피곤하긴. 하이야의 쿳숀이 얼마나 푹신한데…"

"하이야의 쿳숀은 푹신한지 모르지만 미장원 의잔 그렇지 못할걸? 그래 미쓰홍이 파―말하구 맛사―질하는 동안에 이 사람은 그 수다하고 철 없는 여인네들 틈에 앉아 있어야 한단 말이요?"

"고역이지 뭐유?"

"고역보다 징역이라."

"징역이 아니라 지옥이지."

댓구가 나오기 어렵게 미스터윤과 미스터양이 엿가람 공세를 취했다.

"딱딱한 미장원 의자에 앉아 있을게 뭐얘요? 푹신한 자동차안에서 푹 쉬면 되잖아요? 미스터한 그렇잖아?"

---

110 스위트홈(sweet home). 아늑한 가정을 의미함.

111 백화점.

남성들에게 대항하던 미쓰홍이 한형재를 갸우둥하고 드려다 보고 한말이 형재는 진땀이 쭈욱 내솟는 것을 어쩌는 수가 없었다.

더구나 동시에 석정려가 자기를 찬찬히 건너다 보고 있는 것이 아닌가? 석정려는 미쓰홍에게 무어라고 댓구를 해주나해서 찬찬히 건너다 보는 눈치 같았다.

'저걸 그저 죽여버렸음.'

형재는 미쓰홍을 흘기며 속으로 별렀다.

"그렇게 눈흘길거 없잖어요? 미스터한은 이미 나의 리―베가 아니었던가요?"

"아, 그렇던가? 그럼 난 어디로 가야 하는 걸까?"

미스터양이 야유에 가까운 어조로 받아 넘겼다.

"리―베만 될까?"

미쓰홍이 어깨를 치껴 올리며 말했다.

"그 쥣뿔같은 소리 좀었말아."

형재가 미쓰홍에게 큰 소리를 쳤다. 형재는 견디다 못해서 내쏘았던 것이다.

"쥐뿔? 쥐뿔이 어디 있어? 쥐한테 뿔이있단 소릴 못들은 걸."

와하하 웃음이 터졌다. 형재는 숨결만 높아갔다. 석정려는 웃지 않았다.

형재는 웃지 않는 석정려의 일이 고마웠다. 그리고 또 기쁘고 반갑기도 했다. 석정려는 자기 편이기 때문에 웃지 않는다는 생각이 들었[112] 때문이었다. 그밖의 남어지 사람들은 자기 편이 자기 편이 되었다가, 미쓰홍의 편이 되었다가 하는 축들이 있다. 그들은 미쓰홍이 유독 자기를 따르는데 대해서 시기들 하고 있는 것이었다. 미쓰홍이 좀더 나은 여자였더라면 그 시기의 도수가 높아졌을지 모른다고 생각 했다. 만약에 상대방이 미쓰석이 었더라면 눈에 불을 켜가지고 달려들지 모른다는 생각도 들었다.

"웃는 일은 그만하고 일들을 합시다."

---

112 '들었기'의 오기.

편집장이 싱글싱글 웃으면서 부원들을 제지하려고 했다.

"끝 없는 고해라하는 세상도 웃고 살면 하루 하루 즐거운 인생."

미스터윤 라듸오를 통해 들은 소리의 한구절을 뇌이면서 짓꿎게 굴었다.

모두들 또 와하하 웃었다. 이번엔 석정려까지도 웃었다 형재는 주먹으로테 이불을 타악 두들겨 갈겼다.

"미스터한, 좀 참으시지. 오늘 저녁 S여사댁에서 위로파―티를 열어 준다는데. 파―티라면 화려하게 들릴지 모르니 저녁식사라고 해달라고 하더군. 이번 일에 젤 많이 애쓴 미쓰들, 그리고 미스터들도 빠짐 없이 참석해 주기를 바란다는 S여사의 전언입니다."

편집장이 형재쪽에 시선을 떨구며 말을 맞치었다.[113]

＊ ＊

S여사의 전언대로 미스터와 미쓰들이 빠짐 없이 초대에 참석했다. 여기에 사장과 다른 편집부의 편집장들까지 겹치게 되어 적지 않은 인원이었다.

S여사 집은 후암동에 있었다. 사장과 편집장들은 사의 찦차를 이용했으나 젊은 축들은 남산을 걸쳐 가 보자는 의견이 일치되어 그대로 실행에 옮겼다.

산 길엔 바람이 시원했다. 석양이 빗긴 탓인지 길은 넓고 길어 보였다.

젊은이들은 시원한 바람을 가슴 그득이 들이 마시며 넓고 긴 산길을 걷고 있는 것이다. 미쓰들의 스카―트 자락이 펄럭이고 머리카락이 흩날렸다. 그중에도 석정려의 길게 내려드리운 머리카락이 더 유난히 흩날렸다. 미스터들의 하이칼라 머리와 그 보다 더 짧은 미쓰홍의 앞머리도 그런대로 흩날렸다.

미쓰홍은 형재 옆에서 떠나려 하지 않았다.

"미쓰김 우리두 좀 같이 걸읍시다."

미스터양이 뒤에 걷는 형재와 미쓰홍을 빈정대면서 김순기에게로 닥아갔다.

---

113 '마치었다'의 오기.

"그럭합시다."

김순기가 쾌히 미스터양에게 응답해 주었다.

"인젠 나와 미쓰석만 남았군 그래?"

형재와 미쓰홍이 짝을 짖고 미스터양과 김순기가 짝을 짖고보니 정영 남은 것은 미스터윤과 석정려뿐인 것이다.

"참 그렇군. 이왕임 미스터윤도 미쓰석하고 끼고 걸어보시지."

미스터양과 팔이라도 낀것 처럼 바싹 붙어 걷고 있던 김순기가 미스터윤과 미쓰석을 엿가람 보아가며 한말이다.

"못걸을 것도 없잖아? 미쓰석, 우리두 같이 걸읍시다. 우리만 외톨루 갈 건 없잖아?"

미스터윤이 미쓰석에게로 닥아왔다. 인제 완전히 세쌍의 남녀가 넓고 긴 석양길을 걷고있는 것이다. 찬란한 광경이 아닐 수 없었다.

그러나 형재만은 이 찬란한 광경에 불만을 품게 되었다. 위선 미쓰홍과 짝이 되었다는 사실에 불만이있고 또 한 가지는 석정려가 미스터윤하고 짝이 되었다는 일이 싫었다.

"우리 다시 짝을 선택하십시다. 윤군 그렇게 하자구."

형재는 끝내 이렇게 제안을 했다.

"뜻대로 됐는데 왜 그러느냐 말이야?"

미스터윤은 불복인 모양이었다.

"그럼 우리 짱껭뽕을해서 짝을 맞춰볼까?"

미스터양의 말이다. 미스터양도 흡족치는 못한가 보았다.

"어떻게?"

미쓰김이 반문했다.

"미스터들은 미스터들끼리 짱껭뽕을 하구 미쓰들은 또 미쓰들대로 하는데 주먹 가위 보자기 이렇게 세가질 내놓기로 하거든."

"이상적인 방법이 못되는 것 같은데…"

"어째서?"

"제 존 사람과 같은 걸 내놓으려고 할 테니까."

"그럼 더 좋지 뭐요?"

"가령 미스터윤이 보자기를 내놨다고 합시다. 그걸 알고 있는 미쓰들이 온통 다 보자기를 내놓게 된다면 어떻게 되나 말이야? 또 혹시 온통 다 보자기를 안 내놓는 경우를 예상할 수도 있잖아?"

"하긴 그렇군. 그러니까 이런 방법으로 하면 어때? 그런 우려를 초래하지 않기 위해서……"

"어떤 방법?"

"피차 모르게 짱껭뽕을 한단말이야. 미쓰는 미쓰끼리. 미스턴 미스터끼리 하거든."

"좋아요."

다들 한마디씩의 의견이 있은 후 그들은 가장 좋은 방안을 선택하기로 했다. 그것은 석정려가 내 세운 방안이었다.

미스터와 미쓰들이 따루따루 모아 섰다. 짱껭뽕을 하는 것이다. 이런 작난도 석양이 빗긴 넓고 긴 산길인 탓으로 하게 되는지 모를 일이다. 짱껭뽕을 한 결과 석정려와 한형재가 짝이 짖고, 미쓰홍이 미스터양의 짝이 되고 김순기는 미쓰터 윤과 짝을 짖게 되었다. 완전히 뒤바꼈던 것이다.

가슴 속으로부터 치받쳐 오르는 희열, 형재는 것잡을 길이 없었다. 형재는 신의 마련하심이 이제야 이루어진것이라고 속으로 중얼거렸다. 크게 소리쳐 웨치고 싶은 충동을 억제할 길이 없었다. 형재는 무심결에 석정려의 팔을 끌어다 자기 팔에 끼었다.

석정려가 조용히 팔을 빼었다. 미쓰홍이 찌져진 눈을 크게 떠 두 사람의 거동을 보다가 부르르 달려가선 그들 사이를 떼어 놓으려고 했다.

"그대는 나에게 염증을 느낌에서 인가? 그렇지 않으면 질투의 불길을 억누를 길이 없음에서인가?"

미스터양이 미쓰홍의 행동을 제지하며 그의 손목을 잡았다.

"놔요. 왜 이래?"

미쓰홍이 미스터양을 뿌리쳤다.

"그대 나와 같은 보재기로서 나와 같이 할 운명을 신이 마련해 주셨거늘, 어찌하여 딴 남자에게 끌리어 질투의 불을 뿜느뇨?"

산새들이 쭝긋하리만큼 한바탕 웃어들 댔다. 오고 가는 사람들의 시선이 그들에게로 집중 되었다.

미쓰홍은 미스터양 완력에 끝내 못이겨 그와 같이 걷게 되었다. 미쓰터 윤과 김순기는 '산바람 강바람'을 휘파람 불어 보조를 맞추었다. 형재와 석정려는 뒤에 떨어져 걸었다.

형재는 이 길이 무한정 길게 뻗어나가기를 바랐다.

"어저께 돌아가셔서 고단하시잖어요?"

석정려가 입을 떼었다.

형재는 숨을 화알 내쉬면서

"안요."

했다.

형재는 석정려와 둘이만 있기를 그처럼 기다리고 바랐건만 정작 둘이서 걷게되고 보니 가슴이 답답했다. 얼굴에 쥐라도 오르는것 같이 투들투들 떨렸다.

"아버지가 존 청년이라고 칭찬하시데요."

"누굴?"

"한선생님을."

형재는 침을 꿀꺽 삼킬뿐 말을 못했다. 다리가 허공에 놓였다. 석정려 아버지 눈에 들었다는 사실이 그에겐 놀라운 동시에 기쁘기 짝이 없었던 것이다.

"나영근선생님 말씀이 미쓰석 부친은 도를 닦은 사람…… 아참, 분같다구해요."

말이 빗나가서 겨우 맞쳤다.

"그러세요?"

"예."

한참동안 말이 없었다. 앞의 네사람 중 두 사람은 한참 멀리 갔으나 미쓰홍과 미스터양은 얼마 간격을 두지 않았다. 그들은 차츰 거리를 단축 시키고 있었다. 미쓰홍이 연신 돌아다 보느라고 걷지 않는 탓인듯 했다.

"남이사 어쩌든 말든 우리 갈길이나 가자구요. 석양의 이 산길이 좋지안않소."

미스터양이 미쓰홍을 얼싸안을듯 닥아서며 연신 짓궂게 굴었다. 앞에 걷던 축들도 이것을 알았음인지 돌아다 보고 손바닥을 딱딱딱 처 주었다.

"저건 아무데 가두 밉상을 부려."

형재는 못견디어서 한마디 하고야 말았다.

"누구?"

석정려가 물었다.

"저 앞에 저 밉상말입니다."

"미쓰홍 말이에요?"

"그래요."

"사랑하시면서?"

"사랑? 사랑을 안 해요."

"결혼하신다던데요?"

"결혼두 안 해요. 절대로 안 해요. 죽는 한이 있더라두… 석정려씨 믿어주시겠읍니까?"

형재가 숨을 몰아쉬며 말했다.

"믿겠어요. 믿으라고 하심."

"정려씨. 춤을 추고 싶습니다."

형재가 오만상을 찌푸리고 석정려를 내려다보았다.

"춤을 추실 얼굴이 아닌걸요. 후웃."

석정려가 형재를 마주 올려다 보며 웃었다.

"정려씨가 믿어주고 정려씨 부친께서 좋다구 하시고…… 죽구 싶어서 그래요."

"그렇게 좋시담 벌쭉벌쭉 웃으셔야죠. 왜 오만상을 잔뜩 찌푸리구 그러세요?"

"쥐가 올라와서 그래요."

"어딜 쥐가 올라와요."

"얼굴에 말입니다."

"왜 그래요?"

"존땐 그놈이 자꾸 올라와요."

아닌게 아니라 형재 얼굴은 마구 실룩거리고 있었다. 노을이 빗긴 탓인가 얼룩덜룩 하기까지 했다.

"거울을 보여 드릴까요?"

석정려가 핸드빽을 치켜들며 물었다.

"안봐두 알아요. 오죽할까봐."

석정려가 먼저 흐흐훗 웃음을 내뿜자 형재도 소리를 내어 웃었다. 웃고나서 형재는 제 웃음소리에 놀랐다. 참으로 오래간만에 생긴 일이기 때문이었다.

"고맙습니다. 정려씨."

형재는 머리를 깊이 숙여 석정려에게 인사를 했다.

"뭐가요?"

석정려가 형재의 심중을 알아 채리지 못했다.

"참으로 오래간만에 웃었읍니다……"

"그게 무슨 말씀이세요?"

"참으로 오래간만에 웃어봤단 말씀입니다. 어머니랑 형이랑 누나랑 같이 살 때 웃던 웃음을 여기서 비로소 웃었읍니다."

"지금은 그분들이 안 계신가요?"

"계신지 안 계신지 알수없어요. 삼팔선이 터지기까진 모르는대로 있을 밖에 없어요."

"어머님이랑 형님이랑 누님이랑 만나시게 될 때까지 제가웃겨 드릴께요."

석정려는 형재를 다시 쳐다보며 상냥하게 말해 주었다.

"정려씨. ……고마워요."

형재가 석정려의 손이나, 그렇지않으면 어디나 쉽게 만질 수 있는데를 만지려고 했다. 석정려는 피하려는 기색도 없이

"그냥 가십시다. S여사집에 다 왔나봐요. 저것 보세요. 저기를 서서 기다리잖아요?"

하며 얼굴로 앞을 가르켰다.

그제사 형재도 앞에 걷던 사람들을 채중했다. 모두들 서서 이쪽을 기다리고 있는 눈치었다. 적의를 잔뜩 품은 홍화자의 모양새도 눈에 띠었다.

형재는 가슴이 철렁 내려 앉았다. 이때 까지 전연 잊어버리고 있던 홍화자의 존재가 새삼 진절머리가 나서 몸을 부르르 떨었다. (미완)

너와 나와의 청춘

구두발 소리

인사 소개가 끝나고 자리에 와 앉자 '또어'¹를 밀고 들어서는 남자가 있었다. 그쪽으로 얼굴을 돌리지 않을 수 없었다. 탄력있는 구두발 소리가 주애(周愛)로 하여금 저도 모르게 얼굴을 돌리게 했던 것이다.

"아 참 인사하시죠. 배영씨, 말씀하던 이주애 여사요. 오늘부터 우리 출판부에 나오시게 되셨오."

주간(主幹) 장 병호가 구두발 소리의 주인공이 자리에 막 앉으려는데 인사를 시키려 들었다.

구두발 소리의 주인공이 발소리와는 다르게 아주 힘없이 라기 보다 무척 느린 어조로 앉으려던 자세로 허리를 대강 굽히며

"배 영 입니다."

라고 간단히 해 치우곤 자리에 털썩 앉는 것이었다.

주애는

"이 주애입니다."

라고 준비했던 이름을 자기도 아무렇게나 외와 버렸다. 한쪽 다리가 바르르 떨렸기 때문이었다. 아니꼽다던가, 불유쾌한 일이 생기면 왼쪽 눈가풀에서 시작되는 가벼운 경련이 왼쪽 다리에 이르는 버릇이 주애에겐 벌써부터 있었다.

"이주애씨 사장을 뵙고 옵시다. 어디 나가시기 전에…"

주간이 불유쾌해 하는 주애의 눈치를 채었던지 이렇게 큰소리로 주애 쪽을 건너다 보며 말했다.

주애는 댓구없이 '테이불'의 모스리를 짚으면서 일어 섰다.

---

1   문(門)을 뜻하는 영어 door를 음차한 것..

주간이 앞을 서고 주애는 뒤를 따랐다. 온통 세멘트로 다진 바닥이어서 구두 발 소리가 저절로 크게 났다.

　주애는 자기 구두발 소리는 배영의 것과 같아서는 안된다고 조심하는 것이었 다. 그러면서 남편의 하던 말을 머리에 떠 올렸다. ── 남자 여자 할것 없이 걸음 걸이 하나로서 그 위인을 다 알아 맞칠수 있는거야. 더우기 남자는 걸음걸이에 탄력이 있어야 해. 그래야 허릿심이 세거든. ──

　사장한테 인사를 마치고 나오면서도 주애는 여전히 구두발소리에 조심하면서 남편의 하던 말을 되씹었다. 그리고 남편의 구두발 소리도 어지간히 탄력있 는 소리라는 생각을 하는 것이었다. 그 구두발 소리의 탄력 때문에 허릿심이 대 단했다는 생각도 하는 것이었다.

　남편이 구두발 소리와 허릿심의 동일(同一)함을 강조(強調)하면서 주애에게로 '따이빙'을 해 오는 때 마다 그 고초로운 '타임'에서 벗어 나려고 애를 쓰면서도 남편의 허릿심이 탄력 있는 구두발 소리에서 오는 것이라는 생각은 한번도 해 본 일이 없었다.

　"이왕 나왔으니 '커피'나 하고 돌아 올까요?"

　앞에 걷던 주간이 돌아서서 주애에게 물었다.

　"아무래도 좋아요."

　아무래도 좋은 것은 아니었다. 배영이라는 작자와 마주 앉아야 하는 그 방에 들어가기 보다는 차를 마시는 편이 낳을것 같았던 것이다.

　다방은 멀지 않은 '그릴'의 지하실(地下室). 손님은 두서넛 앉아 있었다.

　"색씨 커피 둘."

　주간이 소녀를 부르며 손가락 두개를 펼쳐 들었다.

　"전 홍차 하겠어요."

　"왜? 모오닝 커피가 좋을 텐데요."

　"전 커필 먹음 잠을 못자요."

　"너무 고민마시고 돼 가는대로 사십시다."

"고민 해서 잠을 못자는것관 다른 거예요."

주애는 쌀쌀하게 댓구했다. 주간의 말하는 의도를 알고 있었던 것이다.

"고민이란거 별거 아니죠. 이군이 들앉아 있고 부인이 이렇게 직업전선에 나서게 되시니 말이죠……"

"그럼 어떤가요? 형편 되는대로 하는거죠."

소녀가 커피를 가져 왔다. 주간은 차를 두어번 적신 다음 한 모금 마시고 나서

"그래도 우리 동양풍습상 남자가 밖에 나와 벌어다 주는걸 주부가 맡아 가지고 살림을 살게 마련이거든…… 여편네가 벌어다 주는걸 사내가 들앉아 먹는다는건…… 좀 거…… 사내대장부가 할것은 못되죠. 헛허허."

주간은 소리를 높여 웃기까지 하는데 그 웃는 소리엔 남을 깎아 내리면서 쾌감을 느끼는 기색이 역력히 보였다. 그리고 자기는 저 위에 높게 올라 앉아서 아래를 내려다보려는 웃쭐하는 기색이었다.

"대장부가 되고 못되는건 두고 봐야 알 일이지요. 지금 잠시 여의치 못한 환경에 놓여 있다고 해서 대장부가 못될건 없잖어요."

주애는 속이 막 뒤집히는것 같아서 견딜 수 없었다.

"이군은 행복자야. 저런 부인을 뫼시고 있으니……부럽습니다."

주간은 안경 넘어로(그의 안경은 늘 아래로 처지기를 잘했다) 주애를 보아 가며 말했다. 주애는 댓구에 곤난하다기 보다 빈정대는 어조에 가까운 그의 말을 적당한 말로서 받아 넘기려고 머뭇거리다가,

"감사 합니다."

라고 저도 약간 빈정거리는 어조로 받아 넘겼다.

"이군도 인제 다 죽은 셈이지. 전 같음사 고러고 들앉아 있잖죠. 남한테 양보한다던가, 패배한다는 생각은 해 본일이 없는 사람이었는데……자기가 한다는 일은 하고야마는 성미었거던요. 돌아가신 부인하고 결혼하게 된 것도 순전히 거기서 온거죠. 마구다지로 막 빼앗은게죠."

"장선생님 그런 얘긴 그만 두시는게 좋겠어요."

주애는 들었던 차잔을 탁 놓면서 장병호를 쳐다 보았다.

"실례했나 보군. 부인이 돌아가신 분의 얘길 꺼내면 질색하신다는걸 이군한테 듣고서도 깜빡 잊었읍니다. 돌아가시고 없는 분이니까 질투의 대상이 안 되리라는 생각에서 그만 말해 버린겁니다.……인제 다신 안하죠. 용서하십시요."

주간은 싱글벙글 웃으면서 고개를 숙였으나 진정 용서를 바라는 태도 같지가 않았다.

"그런 얘기보다는 제가 처음인것만큼 편집에 관한 말씀이나 해 주시는게 났잖아요?"

말은 이렇게 했으나 실상 주애는 이런 자리에서 남편이나 돌아간 전처를 들추어 내는 일이 무엇보다도 싫었다. 더구나 남편의 돌아간 아내라면 이런 자리가 아니더라도 주애는 언제나 어깨의 중압(重壓)을 느끼게 되는 것이었다. 주애는 남편 이정기(李禎基)와 결혼할 생각이라곤 전혀 없었다. 이정기를 '아저씨' '아저씨' 하고 따랐을 뿐이다. 이정기는 서울서 주애의 외삼촌 집에 얼마간 내려와 있었다. 그때의 이정기는 쭉 감옥살이를 하다가 해방과 더부러 자유로운 몸이 되었다고 했다. 외삼촌이 일제때 감옥살이를 여러번 한 일이 있는 관계였던지 주애 머리엔 이정기도 영웅에 가까운 인물로 백혀 있게 되었다. 주간의 말대로 이정기는 무엇이나 한번 하고자 하는 일이면 그대로 하고야 마는 성미였다.

주애에게 결혼말을 냈을 때에도 이정기는 목숨을 내놓고라도 성사(成事)를 보고야 말겠노라고 했다. 열여덟살 된 주애는 변변치 못하게 구는 남자보다 이렇게 의지(意志)가 강철같은 남자가 좋다는 생각이 들었다.

매아미들이 아우성 치는 늦인 여름에 결혼식을 하고선 신혼여행 비슷이 서울에 새로 작만한 집에서 신접살이 살림을 시작한 것이 나무잎들이 누르기 시작하는 초가을이었다.

그로부터 두달 가량 지낸 어느날, 행복된 신접살이를 찾아 준 젊은 여인이 있었다. 그의 등에는 돐이 되었을가, 말가한 어린것이 업혀 있었다. 주애는 남편의 누이 동생이 대전에 살고 있다는 말을 들었기에 그가 온 것이라고만 알았다. 주애가 남편의 발을 씻겨 주다가 공손히 젊은 여인에게 허리를 굽혀 인사를 하며 맞아 드리려고 한즉 젊은 여인은 횃불을 켠듯 한 눈을 휘번덕이며

"이렇게 사느라고 일년 넘어를 소식이 없었구려."

이 한마디 소리를 팩 지르더니 그만 쓸어져 버리는 것이었다.

등에 업힌 아이가 쓸어진 여인의 등을 두다리며 "엄마, 엄마"를 연발하는 것이었다.

젊은 여인의 입에선 거품이 부글부글 끌어 나왔다.

여인은 그길로 병석에 누어 일어나지 못하고 세상을 떠났다.

주애가 속았음을 원통해 하면서 남편을 원망하면 남편은 돌아간 아내는 간질병 환자였기 때문에 벌써 별거 해 온지 오래라고 주애를 위로해 주었으나 주애로선 그 젊은 여인은 틀림없이 자기 때문에 세상을 저 버린 것이라는 생각밖에 달리 할수가 없었던 것이다.

"편집에 관한 이야긴 사에 들어가서도 되니깐. 하긴 주애씨 말씀마따나 처음인 것 만큼 이번 들어 오시는데 말성이 많았죠. 기혼자라느니, 또는 돌아가신 부인 관계도 있고 해서…… 그렇지만 저희들이 어쩔것이오. 한사코 제가 욱였죠. 남자는 아무래도 상관없으면서 여자에게만 가혹하게 굴게 뭐냐고……아무튼 잘 하십시오."

주간이 느러 놓는 긴 말에 주애는 아무런 댓구도 할수가 없었다.

그것은 또 예(例)의 증세가 발생하는 때문이었다. 그 왼쪽 눈 가풀에서 시작되어 다리에 까지 이르는 경련 말이다. 주애는 멀뚱 멀뚱 상대방을 건너 보고 있을 뿐이었다. 주간은 면구스러웠던지 얼굴을 왼쪽으로 돌려 소녀를 불러 차값을 치르곤

"인제 들어 갑시다."

하고 제가 먼저 일어섰다.

주애는 아직 경련이 덜 가신 다리를 옮겨 디디며 장병호 뒤통수에 눈을 흘겼다. 본래부터 이 장병호에게 대해서 썩 좋은 인상을 가질 수 없었다. 집에 종종 놀러 오면 남편과 술자리를 같이 하고는 학창시절의 추억담을 느러놓면서 남편이 그 시절부터 과격한 사상가(思想家)였다는것, 그래서 일본제국주의에 항거하던 일을 칭찬하는 등 적지 않은 수다를 떨곤 할 때마다 그의 경박한 인품에 눈살을 찌프리기도 했다. 그러나 그가 자기 근무처인 건국문화사 출판부에 주애를 여기자로서 채용하게 되었다고 일러 주던 날은 다시 없이 그가 고맙기만 했다.

"이군의 취직은 당분간 단념하는 수밖에 없겠는걸. 어떻게나 취직난이 심한지 여러군데 말해 봤지만 그게 안되네그려. 우리 출판부에서도 여자면 채용하겠다니 하는수 없이 부인을 추천했던 거야. 자넨 당분간 집안에 들앉아서 부인이 벌어 오시는걸 먹고 있어야 할 팔자네. 그야 자네 뿐인가, 요즈음엔 말짱 여자들이 직업전선에 나서데그려. 남자들이 팔자가 편할 세상이 왔단 말이야. 핫핫핫핫."

장병호는 눈물이 배도록 웃어제끼는 것이나 남편은 떫은 과일을 씹는 듯한 얼굴이면서 웃지를 않았다.

편집실에선 모두 조용히 일들을 하고 있었다. 주애는 역시 구두 소리에 주의를 보내면서 제 자리에 가 앉았다. 바루 마즌편인 배영은 보이지 않았다. 어쩐지 그가 앉아 있기 보다 없는 편이 났다는 생각이 들었다.

그러나 오라지 않아 그의 구두발 소리임에 틀림없는 발소리가 아까와 같이 출입쪽에서 들려 오는 것이었다.

변소에라도 갔다 오는 게라고 주애는 마음 속으로 중얼거리며 구지 그 쪽으로 눈을 돌리지 않으면서 도사리고 있었다. 주애는 하루 종일 이렇게 도사리고만 앉아 있었다. 바루 마즌편인 배영과 마주치지 않으려고 했던 것이다.

주애가 집에 돌아 왔을 땐, 남편은 책상 앞에 똑바루 앉아서 책을 읽고 있었다. 주애가 곁에 와 섰는 것을 알면서도 그냥 계속하고 있었다.

남편은 책을 읽거나 무엇을 쓰거나, 하다못해 간단한 편지 한장을 쓰는 경우에 있어서 까지도 이렇게 똑바루 정좌(正坐)하는 것이었다. 눕거나 엎드리거나 하지 않으면 책을 읽지 못하는 주애로서는 이 한가지만으로서도 남편을 존경할 가치(價値)의 인물이라고 여기는 것이었다. 무엇을 골돌히 생각하는 경우에도 남편은 정좌를 하는 버릇이 있었다. 오랜 옥중생활(獄中生活)에서 쌓은 수련(修練)의 모습인지 모르겠다.

주애는 남편 목에 팔을 둘러 덥썩 껴안고

"어쩜 아는채도 안하구 책만 읽을까? 난몰라. 난몰라."

하면서 어리광을 부렸다.

"이거 왜 이래? 좀 가만 있어. 이거 놔요."

남편은 주애의 팔을 풀어내며 매우 엄격한 표정을 짓는 것이었다. 참 의외(意外)의 일이었다. 주애가 예상(豫想)하기는 자기가 문턱을 넘어서기 바쁘게 남편은 얼싸안아 주리라 했던 것이다. 얼싸 안는데서만 끝이지 않고 '따이빙'을 해 올린지도 모른다는 생각을 하고 있었던 것이다. 남편은 주애가 어디 갔다 돌아오면 문턱을 넘어서기도 전에 얼싸 안아 주고 또 거기서 한걸음 더 나가면 '따이빙' 해 오는데 까지 이르곤 했던 것이다.

그래서 주애는 이러한 남편을 경계하는 편이었던 것이다. 그날은 더구나 그 구두발 소리의 주인공 하고 마주치지 않으려고 냉정전을 계속한 탓이었던지 몸이 몹시 피로했음으로 오히려 남편이 자기에게 취할 바 행동을 미리 걱정하고 있은 터이기도 했던 것이다.

"이것봐요. 내말 들어보란 말이요. 당신이 걸음걸이 하나로서 그 위인을 안다구 그리셨지? 그런데 말이야. 건국문화사 출판부에 똑 당신 걸음걸이 같은 작자가 하나 있구려. 구두발 소리가 어떻게 요란한지 모르겠다니까."

주애는 그저 남편의 목을 놓지 않았다. 자기 쪽에서 되려 남편의 목을 잡아 끌어 당기기도 했다. 그런데 남편은 끝내 주애 행동에 합세(合勢)하려 들지 않았다. 성수만 돌아 오지 않았더면 주애 쪽에서 물러나지 않았을지 모르는 일인데, 성수가 학교에서 돌아 오는 길로 가방을 풀어 놓며

"엄마. 나 오늘 똥그래미 다섯개 받았어."

하는 것이 아닌가.

"아. 그래? 우리 성수가 똥그래밀 다섯 개나 받았네. 어디 좀 보자."

주애는 어느새 아이와 함께 서들며 아이의 공책을 펼쳐 보는 것이다.

어제 저녁 자리에 눕기 전까지 아이에게 시켜준 국어 · 산수 숙제에 다섯개의 붉은 똥그래미가 마치 용수철 모양 놓여져 있었다.

"엄마 나 일등 할테야."

용수철 모양 놓여져 있는 똥그래미를 드려다 보고 있으랴니까 아이가 주애의 손을 끌어 당기며 또 이렇게 말했다.

"어머나. 우리 성수가 일등을 한대. 여보 성수 하는 소릴 못들어요?"

아직도 책에서 눈을 떼지 않고 있는 남편에게 주애는 소리를 쳤다.

남편은 역시 댓구가 없었다. 본래부터 남편은 아이에게 등한했다. 그렇다기보다는 등한한척 했는지 모른다.

"자식은 어미가 길르는거지. 아버지란 거야 만들어 내는 기술자에 불과한거지."

주애는 남편이 아이에게 등한한척 하는 심정을 알고 있었다. 그리고 남편이 아이에게 등한한 척 하기 때문에 자기가 아이에게 더 성의를 가진다는 것도 알고 있었다. 말하자면 남편은 주애에게 더 많은 성의를 가지겠금 하기 위해서 아이에게 전연 관심을 안 가지는 척 하는 것이었다.

남편의 이러한 심정과 태도를 알면 알수록 주애는 또 아이에게 성의를 더 하게 되는 것이었다. 남들이 젊은 어머니가 어쩌면 아이에게 저처럼 정성일가, 하고 말할것 같으면 첫 아이라 정성이 그처럼 가노라고 대답했고, 엄마가 너무 젊어서 제 난 자식같지 않다고 하는 사람들에게 주애는 또 열일곱살에 낳서 그렇

게 보일 것이라고 대답해서 의아스럽게 생각하는 사람들을 풀어주는 동시에 자기 자신에게도 정말 성수의 어머니는 자기라는 것을 또 한번 일러듣기곤 하는 것이었다.

성수에게 복습 예습을 시키고 나서 자리에 먼저 누은 주애는 아직도 책을 보고 있는 남편에게

"왜 이렇게 모르는척 하는거요? 갑자기 그렇게도 보기 싫어졌을가?"
하면서 발바닥을 간질러 주었다.

남편은 책을 탁 덮으며(어쩌면 책을 덮지 않았는지도 모른다) 주애에게로 달려 들었다. 그리고 맹렬한 기세로 주애를 다루는 것이었다.

"그래. 탄력있는 구두발 소리의 작자가 어쨌단 말이야? 그놈의 허릿심이 그래 이 이정기보다 나아 보이더란 말인가?"

하나 듣지 않은척 하던 소리를 남편은 마구 지꺼렸다.

"나을지 누가 알아."

주애는 웬일인지 이렇게 댓구를 하고 싶었다.

남편이 주애를 더 꼼짝못하게 졸라매며

"그럼 그자의 허릿심이 이보다 더 한가 시험해 볼 일이지. 응 시험해 볼테야. 볼테야?"
하고 주애를 핥으기도 했다.

그래도 주애는 아무 반항없이 몸을 내맡기고 있었다.

봄은 바야흐로

이튿날 아침 주애는 일찍 집을 나섰다. 집에서 근무처(勤務處)까지는 한 시간 가량 걸리는 거리(距離)었다. 그러므로 일찍 떠나야 했던 것이다.

자하문(紫霞門) 턱마루에 오르면서 주애는 몸이 건둥 뜨는 것을 알았다. 사방에서 모여드는 바람이 밀어 주는 것이다. 주애는 벌써 오늘 아침 자리 속에서

부터 몸이 깨운 했던 것이다. 결혼 한지 칠년째 되는 사이에 한번도 있어본 적이 없는 일이었다. 이때까지의 경험으로 미루어 본다면 고초로운 밤이 간 뒤엔 언제나 몸이 찌뿌듯 하기만 했는데

날이 샌다 목장에
아침이 온다
사랑하는 그대여
어서 일어나
즐거운 하로를
노래 부르자[2]

어느새 주애 입에선 이런 노래가 흘러 나왔다.

사방에서 모여 드는 바람이 아니더라도 주애는 날개 돋친듯 가벼이 내리막 길을 내리 걸을 수 있었다. 이때까지 불러 본적이 없는 유행가(流行歌)가 이다지 즐겁단 말인가. 어디서 어떻게 배왔던지 남편이 이즈음 와서 이 노래를 열심이 부르게 되는 때면 주애는 번번히 남편에게 "뭐요. 당신답지도 않게 그런 노랠 다 부르게." 하고 남편을 힐난(?) 하지 않았던가.

레이호 레이 레이 호
레이호 레이 레이호

노래는 보조(步調)를 맞춰 주었다. 허옇게 내려 뻗은 길 위에 주애의 발걸음은 경쾌하기만 하다. 머리카락이 이리저리 마구 흩날리고 스카ー트 자락이 불룩 불룩 율동 한다. 바람은 그냥 자꾸 불어 왔다.

---

2 1950년대의 유행가였던 〈청춘목장〉의 가사 일부.

주애는 노래를 뚝 끄치고 힛쭉 웃었다.

"여자도 이렇게 탄력이 있어야 하지. 또 그것과 한가지로 섬약하기도 해야 하구. 이렇게 품안에 안기면 한줌밖에 안되게스리 말이야. 척주 휘는 소리가 빠드득 빠드득 들릴 정도루 말이야."

어제 저녁 남편이 자기를 한없이 졸라매며 하던 소리가 귓전을 울리고 지나가는 것이었다. 주애는 벌써부터 이 소리를 되씹고 있었는지 모른다.

남편은 주애더러 인제사 사람이 되가나부다는 말도 했다. 이제 까지의 주애는 병신이 었다고 했다. 여자의 구실을 못했다고 했다.

남편의 말이 맞는지도 모른다는 생각이 주애의 뇌리를 스쳐 갔다. 따저 본다면 주애는 이제까지 이정기를 남편으로서 존경하지 않았다. 지난날 이정기가 외삼촌 집에 와 있을 때 '아저씨'라고 부르면서 따르던거나 마찬가지로 여겨 왔을 뿐이었다.

파랑새 소리 높여
노래 부르고
안개가 소리없이
흘러가며는

* *

주애는 또 웃었다. 이번엔 눈을 가늘게 좁히며 웃었다. 발 아래 펼쳐진 연 초록색의 바다가 온통 삼바기며 닥아 오는 것이었다. 멀지않은 쪽에서 버꾸기도 울었다.

* *

편집실엔 네 사람 밖에 와 있지 않았다. '미쓰 김'과 남자 두 사람, 그리고 급사였다. 주애는 어느 사람에게나 깍듯이 인사를 — 사동(使童)에게까지 — 하고는 제 자리에 가 앉았다.

맞은편 자리가 비어 있어서 마음 가벼히 앉아 있을 수 있었다. 책상 위에 놓인 신간(新刊)잡지들을 뒤적거리다가 주애는 어저께도 이것들을 뒤적거리던 일이 머리에 떠 올랐다. 어저께는 할 일이 없어서 이것들만 뒤적거리고 있었다. 이것들에서 눈을 떼게 되면 맞은 편의 배영에게로 시선이 가기 쉽기 때문에 한층 더 뒤졌던 것이다.

남자 사원 둘이 한꺼번에 들어 왔다. 주애는 또 정중히 인사를 했다. 인사를 소홀히 하는 것 처럼 싫은건 없다는 생각을 하면서 — . 아까 사동에게 까지 깍듯이 인사를 하게 된 것도 이런 생각이 잠재해 있기 때문이었다.

다음으로는 주간이 들어 섰다. 탐탁잖게 머리만 꺼떡해 버렸다. 정중한 인사를 보낼 생각이 없었다. 제일 마지막으로 열한시가 다 되어 배영이가 나타났다. 조금도 조심하지 않는 예(例)의 구두 발 소리를 내면서 제 자리에 가 앉는 것이었다.

"게다가 지각까지 하네."

주애는 제 자리에 가 앉는 그를 피뜩 처다 보며 이렇게 속으로 빈정거렸다. 물론 인사도 하지 않았다. 그도 인사를 하는 것 같지 않았다. 피뜩 처다 보는 주애의 시선과 마주치면서도 그냥 앉아 버리는 것 같았다.

그는 자리에 앉자마자 담배를 꺼내 피었다. 담배를 피어 문채로 그는 또 일을 시작하는 것이었다. 버끔뻐끔 빨아 드렸다간 연기를 뿜곤 했다. 담배연기 때문인지 그는 양미간에 주름을 잡고 있었다. 그것은 일하는 때면 짓는 그의 버릇인지도 모르긴 했다.

* *

샛문이 열리며 사장이 나타났다.

모두들 기립하는 자세로 인사를 했다.

주애는 배영이가 어떻게 하는가를 보노라고 미처 인사를 못했다. 배영은 하던 일을 그대로 하고 있었다.

장병호는 서 있었다.

"이달호 편집은 되먹지 않았던걸. 온통 전번에 죽었다는 사람 얘기 뿐이던데…… 우리 잡지는 그 한사람을 위한 잡지가 아니야. 보면 알 일이지만 온통 그 사람을 위한 잡지가 되 버리구 말았단 말야. 우리 잡지가 무슨 까닭으로 죽은 사람을 추켜 세워야 하느냐 말야. 잡지는 어디까지나 일반대중을 위해서 바치는 바 사명이어야 한다는건 당신들도 알게 아니냐 말야……"

사장이 화가 매우 난 모양이었다. 와이샤쓰 앞자락이 파르르 떨렸다.

"글세올시다. 그래서……"

주간이 두 손바닥을 마주 부비며 무슨 말을 꺼내려고 했다.

"모리배는 죽으면 그날이 마지막이지만 시인은 영원히 사는겁니다. 시인의 주검은 삶의 연장입니다. 영원히 사는 사람의 주검을 애도하고 추모한다고 해서 나쁠건 없잖습니까? 문제는 한상국[3]씨가 남느냐? 이석기가 남느냐?를 따저 볼 필요가 있을 겁니다."

일손을 멈추지 않고 있던 배영이가 장병호의 말을 앞질르면서 격렬한 어조로 말하는 것이었다. 장병호가 배영의 앞에 나섰다.

"배영군 그게 무슨 말이오? 젊은이가 그거 원…… 사장님 죄송합니다. 그렇잖아도 저 역시 이달호 편집에 불만이 있던 참인데……"

"제가 한 일이니 제게 책임을 지우면 되잖어요?"

배영의 얼굴이 파랗게 질려갔다. 사장의 표정도 더 험악해 갔다.

"자네 대단히 도저하게 구는데. 그래 날 모리배 취급을 하잔 말인가? 이석기란자는 죽어서도 살고 나는 살아 있어도 죽은거나 다름없단 말이지? 그렇단 말이지?"

---

3 작품의 등장인물 '한상만'의 이름을 잘못 표기한 경우임. 이 작품은 등장인물 이름 표기에 종종 오류가 나타나는데, 본문은 원문대로 표기하고 각주에서 바로잡으려 함.

"아무렇게 생각해도 좋습니다. 생각나는대로 하십시요. 이달호 편집은 제 맘대로 한겁니다."

"주간이 있는데 자네가?…… 하다니? 주간은 뭘 하는거야?"

사장은 말을 제대로 못할 지경이었다.

"사장님 고정하시죠. 사장실로 돌아 가십시요. 제가 그만…… 잠깐…… 부주의하는 사이에 그만……"

"부주의하다니? 소위 주간이란 사람이 부주의 할 수 있나 말야?"

장병호는 손을 마주 쥐고 다시 입을 열지 못했다.

사장은 연신 어깨를 들먹 거리다가 나가 버렸다.

사장이 나간 뒤에 배영과 주간이 격렬한 어조로 론쟁하더니 주간이 밖으로 나가고 말았다. 주간이 나간 뒤엔 아무의 입에서도 말이 없었다.

배영은 일을 하다가 담배를 피우고 담배를 피우다간 일을 하곤 했다. 그는 담배를 무척 많이 피우나 보았다. 그처럼 격렬한 언쟁을 하고 났건만 아무렇지도 않아 하는 기색을 보여 주는 배영에게 주애는 어느새 호감 비슷한 것을 가지게 되었다. 이것은 그가 사장에게 대어드는 것을 보았던 까닭에 가지는 감정인지 몰랐다.

주애는 배영을 건너다 보았다. 어저께는 그와 마주칠가봐 그 쪽으로 시선을 돌리지 못 했는데 ─

배영을 건너다 보면서 알게 된 것은 그의 목이 길다는 것 또 눈에서 광채가 유난히 흐르는 것이었다. 검으스레한 눈에서 어쩌면 그렇게 광채가 흐를 수 있을 가부냐는 생각도 가졌다.

또 잘 조화되는 그의 양복과 '넥타이'의 색채도 보았다.

그는 주애가 자기를 살피고 있는 것도 모르는지 입을 세치나 벌려 가며 하품을 하는 것이었다.

하품하는 것이 남편하고 비슷했다. 남편은 본래 입이 크기도 하지만 유난히 크게 벌리고 하품을 하는 것이었다.

이상한 일도 있지. 뭣때문에 저사람과 남편은 서로 남이면서 닮은 점이 그리 많을가? 구두발 소리는 왜 같으며 하품하는 것 조차 왜 비슷할가? 그렇지만 생김새는 전연 다르지 않은가? 위선 키부터 비교해 볼 것 같으면 남편은 오척 두 촌[4]이 넘을가 말가 한 키다. 함께 걷는다거나 사진을 찍는 경우면 자기가 높은 쪽에 서려고 애를 쓴다. 얼굴은 짧다. 코가 높다. 참 코가 높은 것도 비슷하리라. 주애는 배영의 코에 주의를 집중했다. 그러면서 그에게도 코를 요란하게 고는 버릇이 있을가? 하는 생각을 해 보았다.

남편에겐 요란하게 코를 고는 버릇이 있었다. 어저께 저녁같은 때 집이 떠나가게 골아댔다. 언제나 남편은 주애를 애무해 주고 난 뒤면 코를 더 골았다. 코를 골지 말아 달라고 당부를 하면

"코를 골아야 귀염을 받는다는데…… 그건 어쨋던 코고는건 잘때 코로 숨을 쉬지 않고 목으로 숨을 쉬기 때문이야. 즉 목으로 숨 쉰다는 건 입을 벌리고 잔다는걸 의미하는 거야." 하고 설명했다.

주애가 다시

"입을 벌리는게 그게 싫단 말이예요. 당신은 몰라도 보는 사람은 얼마나 숭한지 몰라요."

하고 돌이를 흔들면 남편은

"숭할게 뭐야? 갑갑한 세상에 입이나 벌리고 숨을 쉬어야 할거 아니야."

했다.

"아무튼 당신은 병신이야. 별수 없는 병신……"

이렇게 말하면 또 남편은 입을 쩌억 벌려 주애에게로 드려대고 주애더러 입속을 드려다 보라는 것이었다. 그리곤 남편은 의학적으로 코 고는데 대해서 해설해 주었다. 코는 목젖 좌우에 붙어 있는 연구개(軟口蓋)와 목젖의 요동(搖動)으로 골게 되는 것이라고 ―

---

4   약 157.5cm.

* *

그럭저럭 일주일 가량 지났나 보았다. 사장실에 다녀나온 장병호가 제 자리에 가 앉기도 전에 눈을 가늘게 떠 웃고 나서

"배영씨 한턱 할테요? 낸담 내 얘기해 주지요."

하는 것이었다.

배영은 담배를 뻐끔뻐끔 피우고 있다가

"나한테 말인가요?"

하고 주간에게 되물었다.

"그럼. 배영씨라니까. 단단히 낼 일이 생겼다오."

주간은 비위를 잔뜩 돋으려는 눈치었다.

"무슨 일이게요? 주간님 시원히 말씀부터 하십시요."

배영의 옆에 앉은 '미스터 허'로 불리우는 남자가 날룸 나섰다.

"아니 글쎄 들어봐요. 사장이 되려 배영씨를 좋게 보셨단 말이야. 아니 글쎄 그런 청년이면 사월 삼아도 좋겠다고 하시잖어."

"야하하하."

주간의 말이 떨어지자 이쪽 저쪽에서 환성이 터졌다.

장본인의 배영은 그냥 그 기색으로 담배 연기를 길게 내 뿜고 있었다.

"배형 한턱 낼만 하기도 한데 왜 그러구 있어요? 나같음 춤이라도 널룽널룽 추겠는데…… 만인의 적을 물리치고 승리하는 '나이트'가 여기 있다. 부라보오—"

편집실 내에서 배영과 가깝게 지내는 조상배가 야유에 가까운 그러나 선망의 눈초리를 배영에게 던지는 것이었다.

점심 시간엔 주간이 한턱 낸다고 해서 근처 불고기 집으로 편집부원 전부가 나갔다. 한창 때라 마당에 들어서자 고기 굽는 연기에 눈쌀이 찌프려지고 냄새에 코가 멜 지경이었다.

다른 손님이 없는 방에 들어가 앉았다. 주간이 우리도 불고기로 할까부냐고

의향을 물었다.

"불고기도 좋지만 한고뿌5 없을 수 없지요?"

조상배가 싱글벙글 웃으며 주간을 구슬렀다. 모두들 '와하하' 웃었다.

"낮에 무슨 술이야?"

"누가 술이라고 했습니까? 한고뿌 라고 했지요."

"한고뿌는 술이 아닌가?"

"그건 입맛을 돋구는 약이지요."

"그래. 그래 입맛 돋구는 약 한고뿌씩 했다. 존날이니······"

주간이 배영을 건너다 보며 뽐내었다.

"허허. 배형이 날갤 펴칠 일에 주간께서 신바람이 나시니 웬일입니까? 실은 배형이 오늘 한턱 해야 옳지 않은가?"

"그야 그렇지만······ 난 사람이 좋아서 남의 일이 곧 내일이란 말이야."

"참 좋습니다."

"조군. 술도 안 먹고 강주정을 하는 셈인가?"

"저두 사람이 좋아서 남의 일에 그만 취해 버립니다."

또 한바탕 웃어댔다. 그런데 장본인은 웃지도 않고 담배 연기만 내 뿜었다.

소년이 주문 맡으러 왔다. 불고기로 하자는 축과 어북쟁반으로 하자는 축이 싱갱이질을 하다가 어북쟁반으로 하기로 되었고 술은 여덟 '고뿌'를 가저 오라고 했다. 주애와 '미쓰 김'을 제외하지 않은 수효였다.

주문한 것들이 들어오기 까지 다시 화제는 혼담(婚談)으로 갔다.

장병호는 여덟개의 국수 사리를 더 시키고 나서 주애를 이쪽 쟁반에 앉게 하고 '미쓰 김'을 저쪽 쟁반으로 가게 했다. 그러고 보니 배영과 장병호와 조상배, 주애, 이렇게 넷이 한 쟁반에 둘러 앉게 되고 남어지 네사람이 또 그와 같이 한 쟁반을 차지하게 되었다. 술은 찻 종지에 부어왔다. 남자들이 술 종지를 들고

---

5 '컵'(cup)의 일본식 발음인 'コップ'를 음차한 것.

주애와 '미쓰 김'에게도 권했다. '미쓰 김'은 권하는대로 들었다. 주애는 그대로 두었다.

"정 못하시면 제가 하죠."

배영이가 종지를 입으로 가져가면서 주애에게 시선을 보내었다. 주애는 댓구 없이 있었다.

"참 배군과 '미쓰 한'의 앞날을 축하하는 의미에서…"

장병호가 술종지를 들어 배영의 것과 마주치려고 했다.

"거저 마십시다. 목이 마르는데……"

배영이 꽝딱 꽝딱 단숨에 한 종지를 들이켜고 남은 한 종지를(주애의 것을) 마저 들려고 하다가

"실례하겠습니다. 그대신 국수나 먼저 잡수십시요."

했다.

주애는 배영에게 목례로 답했다.

"참 '미쓰 김'도 먼저 드시지."

저쪽 쟁반에서도 권했다.

"장선생 한 고뿌씩만 더 하십시다."

배영이 얼른 또 마시고나더니 주간에게 찻종지를 들어보인다.

"낮술을 너무하면 안되요. 사장님이 편집실에 또 나오실지도 모르는데……
장래의 사월 다시 보시려고."

"나오심 더 좋지요. 존 날이라 마셨다구함 됬잖어요?"

'미스터 허'가 맞장구를 쳤다.

"한고뿌 더 먹구나서 한영실양 얘길 하지요."

"술을 안마심 못할가 원."

"싱거워서 어떻게."

주간이 드디어 심부름하는 아이를 부른다.

"전 국순 안 먹겠습니다. 자 어서 잡수십시요."

배영이 쟁반을 밀어 놓는다. 장병호, 조상배가 저까락을 들고 다가 앉았다. 주애도 닥아 앉긴 했으나 저까락을 들지 않았다. 주애는 이렇게 한그릇에서 논아 먹기는 커녕 살틀하지 않은 사람하고 마주 앉아 음식을 먹는 일조차 꺼리는 성미었다. 살틀하지 않은 사람하고 같이 앉아 음식을 먹고나면 꼭 체하곤 했다.

　주간과 조상배는 이유도 모르고 먹으라고 극력 권했다. 주간은 국수 사리를 주애 앞에 더 얹어 주기도 했다. '미쓰 김'은 아무렇지도 않은 기색으로 긴 국수 올을 쭐쭐 빨아 들이는 것이었다.

　배영은 심부름하는 소년이 갖다 준 술을 다 마시고 나서

　"왜 안 잡수십니까?"

하고 주애를 보았다.

　"전 아침 먹은게 소화가 안 되서 그래요."

　주애는 이렇게 대답해 두었다.

　"그러세요. 그럼 제가 또 먹어 드리지요."

　배영이 저까락을 들고 쟁반으로 다가 왔다.

　"그럼 다른걸 뭐 드시지."

　주간이 주애에게 말했다.

　"아무것도 싫어요."

　주애는 술을 한 '고뿌' 더 마시면 하겠다던 배영의 이야기가 기다려졌다.

　그는 국수를 쭐쭐 빨아 드리느라고 여념이 없는듯 했다.

　"인제 '미쓰 한' 얘기 좀 해 보시지……"

　주간이 저까락을 놓으며 배영에게 독촉한다.

　"따리아[6]는 꺾지 않겠읍니다."

　"그건 무슨 소릴가?"

6　꽃의 한 종류인 달리아(Dahlia)의 옛날식 표기.

배영 말의 의미를 주간이 물었다.

"'따리아'는 안정감을 주지 못하는 꽃이거든요."

"그래서?"

"한영실양한테 장가를 못가겠단 말씀입니다."

한영실이란 말에 이쪽 저쪽에서 저까락을 중지하고 얼굴을 들었다. 그들은 놀라는 동시에 의아해 하는 표정으로 배영을 보았다.

"'따리아'를 안 꺾는다. '따리아'가 좀 좋아서 그래요? 어느 화단에서던지 그 풍요하고 화려한 자태를 보여주는 꽃인데……"

"좋으시면 주간이 꺾으시지."

"아 저런 망발. 사장님이 들으심 기절을 하시게……아내가 있는 놈이 원…… 그런데 배영씨 사장님 따님을 '따리아'에 비긴건 아주 잘된 창작이야."

주간이 흥이 나서 못 견디는 얼굴이다. 주간은 '따리아'를 꺾으라고 한 말에 흥이 난 모양이었다.

"배형이 꺾구 싶은 꽃은 동류(冬柳)나 들국화 같이 가냘프고 가련한 꽃일걸 요."

조상배가 한마디 참견을 했다.

"조형은 들국화나 동류를 가련하다구 보시오? 가장 굳센 의욕을 가진 꽃들이 아닐가요?"

배영은 조상배에게 말을 보내면서 시선은 주애에게로 돌렸다.

주애는 얼굴을 숙여 버렸다. 그러면서 주애는 배영은 남편하고 같은 생각을 가지고 있다는 생각을 하는 것이었다. 지난밤 남편은 ― 여자도 탄력이 있어야 한다고 그와 동시에 섬약하기도 해야 한다고 했던 것이다.

그날 주애는 좁은 길에 들어 섰다. 자하문(紫霞門)을 뚫고 넘어 가는 길이었다.

이때 까지는 새로 난 신작로(新作路)로만 다녔던 것이다. 노을이 고왔다. 홀쩍 맞서는 하늘, 그리고 그 언저리의 지평선이 온통 붉게 물드려져 있었다.

"이런때 자하문을 뚫고 넘어가 보는 것도 멋진거라."

고 주애는 혼자 중얼거리면서 이 길에 접어 들었다.

오고 가는 사람도 드물었다. 잎을 활짝 돋친 나무들이 푸른 몸뚱이에 붉은 노을을 받으면서 충렁대고[7] 있고, 산새들은 그것이 좋다는건지 궂다는건지 뜻 모를 소리로 재잘거리고 있었다.

"이선생 같이 걸읍시다."

"어머나, 배선생님이……"

주애는 바루 옆에 온 배영을 처다 보곤 말을 채 마치지 못했다.

"어딜 이렇게 가십니까?"

"저, 집에 가요."

"댁이 이쪽이시군요?"

"네, 그래요."

주애는 말을 채 마치지 못하던 감격이 슬퍼지고 서운한 감이 들었다. 주애 자신은 배영이 필동에 산다는 것을 벌써 알고 있었는데, 이때까지 자기가 여기 사는 줄을 모르다니……

"반갑습니다. 내 누이동생두 자하문밖에 사는데."

"뭣이 반가워요?"

주애의 어성은 곰곰치가 못했다. 이때까지 자기가 자하문밖에 사는 줄도 모르면서 뭣이 반가우냐고 꼬리를 달려던 말이기 때문이다. 꼬리를 달려다가 주애는 이때까지 자기가 어디 사는줄도 모르는 자기에게 무관심한 상대방에게 그대로 마음속을 들어 내놓기가 싫어서 그만두었던 것이다.

"이 길에서 종종 만나 뵐수 있으니 말입니다. 지금두 누이동생이 득남 했다구 해서 미역을 가지구 가는 길이지요."

---

7 '출렁대고'의 오식으로 보임.

배영이 보자기를 들어 보이며 말했다.

바루 싸지 않아서 한쪽으로 미역올이 흘러 나오고 있었다.

"후흐흐 훗."

주애는 그만 웃어 버렸다.

"왜 웃읍니까?"

주애는 댓구를 못했다. 얼른 댓구가 나오지 않았다. 미역 보자기를 바루 싸지도 못한 채 들고 섰는 배영의 얼리지 않는 매무새가 웃지않고 백일수 없게하기도 했지만 그보다는 "이 길에서 종종 만나 뵐 수 있다"는 한마디 소리에 주애의 외마디 웃음이 터저 나왔는지 모를 일이다.

"제가 들어 드릴가요?"

손을 내밀며 주애가 배영을 쳐다 보았다.

"놔 두십시요."

"배선생님 미역봇다리는 얼리지 않는걸요."

"얼리지 않는대루 내버려 두십시요. 얼리는 일이 언제 있었던가요?"

어느 사이에 자하문턱에 올라 섰다. 자하문에 하늘이 그득 차 있었다. 노을이 그득 차 있었다. 바람이 세게 지나갔다. 배영의 머리털이 흘날렸다. 주애의 부라우쓰 소매에 가슴에 바람이 불룩 거렸다. '스카—트'자락이 마구 펄덕거렸다.

주애는 희색이 만면한 얼굴로 소리없이 배영을 쳐다 보았다. 노을에 물든 탓일가? 배영의 얼글[8]이 서쪽 하늘과 또 그 하늘에 연이은 지평선 언저리 처럼 찬란했다. 그는 눈이 부셔서 바루 뜨지 못하고 있었다. 그래서 속 눈섭이 더욱 길어 보였다.

"댁이 어디쯤 되십니까?"

배영이 부신 시선을 마을쪽에 떨어 뜨리며 물었다.

주애도 함께 내려다 보았다. 신록에 둘리워 앉은 자기집 담벼락의 일부와 지

---

8 '얼굴'의 오식으로 보임.

붕이 보였다. 저쪽으로 향한 대문은 보이지 않았다. 문이나 창들도 보이지 않았다.

"저의 집을 알아선 뭣하시게요?"

주애는 시선을 배영에게로 돌리며 항의조로 말했다. 실상은 자기 집을 알려고 하는 그의 말이 말할 수 없이 반가우면서도 —.

"알면 어떻습니까?"

"이때까지 제가 어디 사는줄도 모르시면서……"

몇번을 꼬리에 달고 싶던 말을 끝내 하고 말았다.

"그게 그렇게 노여우십니까? 등한해서 그렇습니다."

"등한하신대로 그냥 계시지 뭣하러 알려고 하세요?"

"때로는 등한하지 못한 경우두 있으니까요."

배영이 주애를 부신 눈으로 내려다 보았다. 주애는 시선을 마주치다가 그의 코허리에 눈을 떨어 뜨렸다.

코가 우뚝 높은 코에 주의가 집중되었다. 편집실에 마주앉아 남편의 코와 비교하면서 묻고 싶던 말이 문득 떠 올랐다.

"코를 고세요?"

주애는 묻고야 말았다.

"코요? 코를 고느냐구?"

배영은 벼란간에 닥치는 이 물음에 어리벙벙해서 눈을 가늘게 떠 상대방을 내려다 보며 되물었다.

"주무실 때 코를 고느냐 말씀이에요?"

"아, 그래요, 글쎄 코를 고는가? 주일 해 들어봐야 하겠는데……"

배영이 웃어가며 주애에게 응대해 준 말이다.

"주무시면서야 알아낼 재주가 있어요? 곁에 사람이래야 고는지 안 고는지 알게 되지요."

"난 분명 코를 안 골겁니다. 거 성가시구 추접스럽구 한걸 뭣하러 골아요."

"뭐. 코 고는게 추접스러울거야 있어요. 의학상으로 본다면 연구개와 목젖의 요동으로 되는 음향이라는데요."

남편한테서 얻어 들은 지식을 배영에게 말해 주었다.

"의학 지식이 풍부하시군요?"

"그러니까 코 고는게 흉될거 없단 말이에요. 되려 코고는 사람이 귀염을 받는 대요."

"그렇다면 난 분명히 코를 안 골겁니다."

"어째서요?"

"미움만 받고 있으니까."

"누구에게?"

"모든 사람에게."

"귀염을 혼자 받으시면서 공연히 그러셔."

"내가 무슨 귀염을 받게요?"

"귀염을 받으시니까 사장님이 사윌 삼는다는거 아니겠어요. 회사에 총각이 배선생님 한분뿐이 아닌데 유독 배선생을 뽑는건 배선생님……"

"아…… 알았어요. 그말씀. 그건 귀여워 뽑은거 아니지요. 만만치가 못하니 까 만만하게 만들어 보려구, 다시 말씀하자면 좀더 함부루 부려 먹자구 그러는 거겠죠.…… 인제 그만 내려 가십시다."

거북상스러웠던지 배영은 한발 내 디디며 이렇게 말하는 것이었다.

주애도 뒤를 따랐다. 말없이 걷는 사이에 주애 집 골목 어구에 이르렀다.

"전 여기서 실례하겠어요."

"아 여기신가요? 난 한참 더 가야합니다."

"그럼 안녕히 다녀가세요."

"네, 조심해 들어 가십시요."

주애는 배영을 돌아다 보지 않으려고 하다가 끝내 못참았다. 배영은 그대로 미역 보자기를 건들 건들 들고 세검정쪽으로 내려가는 것이었다. 돌 길이어서 구두발 소리가 더욱 높았다.

제1차작전(第一次作戰)

건국문화 사장 한상만씨 내외는 벌써부터 딸의 혼담을 에워싸고 옥신각신 했다. 말다툼이라도 하는것처럼 언성이 높아지기도 했다.

"글쎄 왜들 그렇게 떠들석하세요? 아버지나 어머닌 상관말고 가만 놔 두세요. 내가 그 교만하단 작잘 녹아웉[9] 시킬테니까⋯⋯그 작자가 교만하대도 내 앞에선 말 한마디 못하던걸."

옆방에서 듣고 있던 딸이 장황히 아버지 어머니의 화제를 중단시키려 들었다.

"그러게 말이다. 너이 아부진 공연한 걱정을 해가지고 그러시는구나. 네가 어련이 꾸려 나가겠느냐고 일러드려도 막무가내로 안 드르신단다. 걱정도 팔자야⋯⋯."

어머니가 괄괄한 목소리로 딸에게 호소한다.

"그렇잖대두 그래. 요샛 젊은 사람치고는 별종이야. 무서운것두 없고 두려운 것두 없어. 제멋대루라니까."

한사장의 반박이었다.

"아부지. 염려마세요. 그렇담 더 좋아요. 어디 제가 얼마나 제멋대루 뻐기나 두고 보시지. 아부지 딸 영실양의 수완이 얼마만큼 위력을 발휘하는가 보시란 말이얘요. 어떤 놈팽이고 간에 내 앞에선 굴복 되니깐요."

한영실은 팔을 내두르며 웅변같이 토하다가 어머니들 방으로 뛰어 갔다.

"옳아. 옳아. 우리 영실인 아버지의 딸이 아니야. 내 딸이야. 속이 환이 티었단 말이야."

어머니는 뛰어 든 딸의 손을 호들갑스럽게 잡으며 자긍스런 태도를 지었다.

---

9 '녹아웃'(knockout)을 뜻함.

아버지는 묵묵히 담배 연기를 내뿜었다.

"아부지 걱정마시고 나 하자는대루만 하세요. 아부지 생일이 칠월 사일이 안
애요? 칠월사일날 생일파―틸 열잔 말이애요. 그때 사원들을 부르거든요. 그 교
만하단 배영군도 오게하잔 말이애요."

"참 그것도 좋겠구나. 아무튼 영실인 씨원씨원이 생각도 잘해 낸단 말이야."

어머니는 또한번 딸을 추커세워 주는 것이었다.

"글쎄 함부루 나댈 일이 아니야. 잘못하다간 흉만 잽히고 말어. 나두 처음엔
멋모르고 그 잘 대했다가 봉변을 하잖았나. 그런 놈을 사월 삼기만 했으면 마음
을 놓겠구만서두……"

한사장은 그래도 걱정이 가시지 않는 모양이었다.

"글쎄 걱정마시래두. 배 영군을 사월 삼게 해 드릴테니……"

한영실은 칠월 아버지의 생일 잔치에 입을 옷 준비에 거진 열흘동안을 동분
서주 했다.

그도 그럴수 밖에 없는것이 영실은 그날 하루 저녁에 입을 옷으로 아름다운
한복에 호화로운 '이브닝 드레쓰'와 찬란한 '노―스리브'[10]까지 겹쳐서 도합 세벌
을 새로 준비했었다.

한영실은 세벌이 준비된 의상(衣裳)을 입기 위해서 또 파―티의 푸로그람[11]을
화려하게 꾸며야 했다. 한복을 입기 위해선 고전무용을 추어야 하고 '이브닝 드
레쓰'를 입기 위해선 사교춤을 추어야 하고 '노―스리브'는 '따리아'라고 불리우
리만큼 풍요한 육체를 자랑하기 위해서 입어야 했다.

＊　＊

칠월 사일. 파아티는 오후 일곱시부터 시작되었다. 정원(庭園)파아티였다.

---

10 '노―슬리브'(no-sleeve), 즉 민소매 옷을 뜻함.

11 '프로그램'(program)을 뜻함.

정원이 그다지 넓지는 못했으나 삼사십명의 내외 손님이 먹고 마시기엔 충분했다.

전기 가설도 되어 있고, 뺀취[12]와 의자들도 얼마간 마련되 있었다.

조촐한 가설무대도 꾸며저 있었다. 모두 영실양의 고안으로 이루워진 것이다.

한사장은 이날 저녁의 온갖 것을 일체 딸에게 일임했었다. 목적이 생일을 축하하는데 있는 것이 아니고 배 영을 함낙시키는데 있었으니까 — .

"어디 네 수단것 해 봐라. 이왕 말을 낸 바엔 승리 해야 할께 아니겠느냐? 저선 안되지. 이겨야지. 이겨야 한다."

고 딸을 격려하는 형편이었다. 손님은 건국문화사 사원을 위시하여 영실양의 남녀 친구들과 한사장의 동업자들이 었다.

무대 정면 가까운 자리에 건국문화사 사원들이 앉아 있었다.

주빈인 배 영 곁엔 주애가 앉아 있었다. 주애는 아래 위를 까맣게 입고 있었다.

한영실은 이 까맣게 입고 앉은 이 주애가 마음에 걸려서 못견디었다. 아까 인사소개할때부터 어쩐지 그가 못마땅하게 보였다. 또 바루 배영 곁에 앉아있는 건 무어냐 말이다.

배 영과 주애, 그 두사람은 도란도란 무엇을 이야길 하기도 했다. 어떻게 보면 연인 동지와 같아 보이기도 했다.

한영실은 주애의 옷차림새를 보고 나선 자기도 검정 의상이 한벌 있었더라면 하는 생각을 하는 것이었다. 까맣게 아래 위를 입고 앉은 이주애는 몹시 고상해 보인다는 생각이 들었던 것이다.

한영실은 '노-스리브'를 벗어놓고 빨간 '이브닝 드레쓰'로 갈아 입었다. 까만 것에 대항하자는 것이다.

---

12 '벤치'(bench)를 뜻함.

빨간 '이브닝 드레쓰'를 입은 영실양이 가설 무대에 올라 섰다. 꿉벅 인사를 하자 박수가 쏟아졌다. 배영은 까딱하지 않고 가만 있었다. 곁에 앉은 주애도 가만 있었다.

"오늘은 우리 아부지 생일이얘요. 축하해 주시기 위해서 이렇게 와 주신 여러분께 감사를 드리는 바이얘요. 준비 된건 없아오나 많이들 잡수시고 노래와 춤으로 이 한 밤을 즐겁게 지내십시다. 그럼 축배를 먼저 드십시다. 아부지 오래 사십시요."

인사가 끝나지 않았다고 생각하는데 까만 나비 넥타이의 남자가 준비했던 그래쓰¹³를 한영실에게 들려 주었다. 한영실은 술잔을 든채 손을 흔들었다.

아코디온, 우쿠레레, 키타—¹⁴, 나팔, 북을 가진 청년들이 무대위로 올라 왔다. 청년들은 모두 머리에서 '포마—드'가 줄줄 흘렀다.

"이 익숙한 뺀드가 오늘 저녁 우리들의 흥을 돋궈 줄 것이얘요. 이 남자들은 모두 나의 '보이 푸랜드'랍니다. 저의 아부지 생일을 축하하기 위해서 수고를 아끼지 않을 것이얘요. 자아 앗."

한영실이 손을 들더니 경쾌한 '쨔즈'¹⁵ 곡이 터져 나왔다.

한영실은 그대로 서서 손과 발, 아니 몸 전체를 흔들어가며 장단을 마추는 것이었다. 빨간 드레쓰 자락이 어지럽게출렁거렸다.

경쾌한 쨔즈곡이 끝나고 뺀드는 느리게 흐르기 시작했다. 여기에 마춰 한영실은 노래를 부르는 것이다.

　　　나 혼자만이 그대를 알고 싶소
　　　나 혼자만이 그대를 갖고 싶소¹⁶

13　잔을 의미하는 영어 단어 '글래스'(glass)를 뜻함.

14　현악기의 하나인 '기타'(guitar)를 뜻함.

15　'재즈'(jazz)를 뜻함.

16　1950년대 유행가였던 〈나 하나의 사랑〉의 가사 일부.

한영실은 손을 벌려 정말 혼자만이 알고 싶고 혼자만이 갖고 싶은 '제쓰추어'를 했다. 목소리도 제법노래에맞았다.

무대 아래선 먹고 마시기에 분주했다. 건국문화사 축들도 마찬가지었다. 주애만은 먹지도 마시지도 않고 무대를 살피기에 바빴다.

"이번엔 제가 조선춤을 추어 드리겠어요."

어느새 색동 저고리에 자주치마로 바꿔입은 한영실이 무대위에서 이렇게 설명하자 뺀드는 밀양 아리랑곡을 켜는것이다. 한영실은 무거웁지 않게 뺀드에 마춰 춤을 추는 것이다. 귀에 달린 이어링이 반짝 반짝 촐랑거렸다.

먹고 마시던 사람들이 박수와 소리를 한꺼번에 질렀다. 그새 모두 취기가 돈 모양 같았다.

앙콜을 연발하며 박수를 보내는 사람도 있었다. 한영실은 배영의 거동을 살폈다. 배영과 이주애는 박수도 치지않고 소리도 질르지 않았다.

"인제 제가 이만큼 본을 보여드렸으니까 여러분 중에서 누구시던지 여기 나오셔서 노래를 부르시던가 춤을 추시던 하십시요. 무대는 여러분을 기다리고 있어요. 자 ― 요, 어서……"

전기불이 차차 더 밝고 취기는 더 해 갈 뿐이었다.

"미쓰한께서 하시던 노래를 부르겠읍니다. 건국문화사에 있는 조 상배 올시다."

박수가 터졌다.

조 상배가 일절을 채 부르기 전에 한영실이 쓱 나서더니 조상배와 나란이 둘이서서 '나혼자만'을 부르는 것이었다.

그러자 다시 더 맹렬한 박수가 터졌다.

"참 잘 어울리는데……"

"노래는 그만하고 인제 땐쓰도 해라. 땐쓸 해라."

"옳아. 됐어. 땐쓸 춰라."

소리가 끝나기 전에 한 영실은 조 상배 어깨에 한 손을 얹으며 한 손으로는 상대방의 손을 잡는 것이었다. 힘들지 않게 그들은 '탱고'를 추는 것이다.

"좋와. 좋지."

이쪽 저쪽에서 야유 비슷이 환영을 보내어 그들을 한칭[17] 가경(佳境)에 들어가게 했다.

무대 아래서도 한쌍 두쌍 돌아가기 시작하더니 몇사람만 남겨 놓고 말짱 안고 돌아가는 것이 아닌가.

한상만씨도 마누라를 안고 돌아갔다. 건국문화사 편집부원들도 배영만 남겨 놓곤 죄다 추고 있었다. 이 주애도 추고 있었다. 키 큰 사람, 키 작은 사람, 뚱뚱이, 말낙꽹이, 서루들 얼싸안고 돌아가기에 분주한데 배영은 혼자서 술을 마시고 있었다.

한 영실은 춤을 추면서도 배영이 혼자서 술만 마시고 있는 것을 놓치지 않았다.

그는 한곡이 끝나고 다음 곡이 시작되자 배영 앞에 와서 손을 덥썩 잡았다.

"추십시다."

"난 그런걸 모릅니다."

배 영은 한 영실에게 손을 잡힌 채 이렇게 말했다.

"현대청년이 땐쓸몰라서야 되나요? 제가 배워드리죠."

"현대청년이 못되두 좋으니 가만 놔 두시지."

"어쩜 여자가 간청하는데 이러세요. 이렇게 신사의 에치켙[18]을 못 직혀서야 되나요?"

한영실은 되는대로 배영을 끌어 이르켰다.

---

17 작품에서 종종 사용되는 표현으로 '한층' 정도의 뜻으로 보이지만, '한창'의 오식으로 볼 수도 있음.

18 '에티켙'(étiquette)을 뜻함.

제2차작전(第二次作戰)

배영이 편집실에 들어서자 급사가 가까히 와서

"사장님이 좀 보시자구요. 배선생님이 들어오시는대로 곧 사장실에 오시래요."

하고 거진 귓속말처럼 일러 주었다.

주간은 자리에 없었고 동료들은 잠잠했다.

배영은 그런대로 자리에 앉아 담배를 피어물고 눈을 지긋이 감았다.

역시 잘한 짓은 아니라고 생각했다. 길에 오면서도 그렇게 생각했고, 아침에 눈을 뻔쩍 뜨면서도 그 생각을 제일 먼저 했던 것이다.

어제 저녁 그 마당의 분위기가 너무나 못마땅 했다. 전등불의 색갈, 짜증 나는 '빽드',[19] 한사장 딸의 징그러운 행동, 이것만 하더라도 견딜 수 없는 노릇인데 그 위에 춤을 못 춘다는 자기를 사장의 딸은 그냥 끌고 돌아가려는 것이 아니었는가. 술이 얼근 하지만 않았어도 혹시 참았을지 모르는 일이다.

"이게 뭐가 이런게 있어? 징그럽게 굴지마라."

있는 힘을 다 하여 여자를 탁 밀처 버렸다. 여자가 나가 자빠졌다. 소리를 빼액 질르면서………

'빽드'가 멈추고 사람들이 몰려 왔다.

자기는 벙벙히 섰다가 여자를 이르키고 어쩌고 하는 통에 그 마당을 빠저 나왔던 것이다.

"에익."

배영은 타던 끝으머리를 아무렇게나 꺼 던지며 일어섰다. 될대로 되라는 건지 모르겠다.

뚜벅뚜벅 사장실에 들어 선즉 사장은 전화를 받고 있었다. 수화기를 든채 배

---

19   원문에는 쉼표가 없으나, 문맥을 고려하여 첨가함.

영에게 손짓하며 앉으라는 것이었다.

배영은 사장의 손짓과 한가지로 푹신한 의자에 앉았다.

………"젊은 사람이란 그래서 좋다는 거야. 늙으면 그런 패길 어디서 찾아 볼 수 있겠나……안 그런가? 난 되려 그 사람의 그 장한 점을 칭찬하려네……아니야……관대해서가 아니야……알았어. 고마워……그래 고만 함세."

사장이 수화기를 놓고 배영의 앞으로 왔다.

"거 절 나무래는 전화군요? 어제 저녁엔 너무 그만……"

배영이 머리를 극적극적 해 가면서 사과의 뜻을 표했다.

"좋아. 좋아. 지금 금방 전화에서두 말했지만 그 패기가 좋아. 가상할 일이라고 본단 말이야. 나두 춤을 추긴 췄지만 그 사교 땐쓰란게 그다지 존건 못되는 건줄 알구 있네. 남들이 다 배운다고 야단법석이니까 배우긴 했지만서두…… 우리 출판업자들 간에 이 땐쓰의 선풍이 불게 되게 한 삼사년전의 일인데 그때 너두 나두하고 모두들 배우는 바람에 나두 배웠지만서두……우리 나라 현실 실정으로 봐서 이 땐쓰가 말이지……한사코 춰야할건 못된다구 보는 바야. 배군은 젊은 사람으로서 다들 추는 춤을 안추는게 오히려 고맙거든……난 내딸을 밀쳐 넘어뜨렸다구 해서 배군을 나무랠 생각은 없네. 하긴 말처럼 넘어뜨리지 말구 조용히 잘못됨을 타 일러 줬더면 좋았겠네만, 그렇지만 젊은 패기에 못참아서 그만…… 좋아. 좋아. 난 내 딸이지만 잘 잘못을 잘 알구있어. 도무지 철이 안들었단 말이야. 외동이로 엉석만 부리며 커서 그지경인게지? 앞으로 배군같은 사람이 잘 지도해 줬으면 싶은데……배군 어떤가? 교우관계가 좋아야 사람이 되는 법이거든. 거저 다 눌러보구 우리 영실일 좀 잘 지도해 주게."

한상만 사장은 거진 애원에 가까운 어조로 말을 이어 갔다. 배영은 이외의[20] 일이라고 여기면서 또 불쑥 한다는 소리가

"절더러 부량소녀 구제 사업을 하시란 말씀인가요?"

---

20 '의외의'의 오식으로 보임..

하고 받았다. 그러나 반은 농을 섞었던 것이다. 그것은 한사장의 긴 말을 듣고 있는 사이에 한상만이라는 위인에게 가는 동정 비슷한 감정과 아울러 일종에 친밀감 같은 것을 느낀데서 발로된 것이었다. 배영이 건국문화사에 취임된지 일년이 넘었건만 한사장과 이렇게 이야기 할 기회라곤 이것이 처음인 것이다. 한사장 집에 사원 전부가 초청을 받아 가서 음식과 술을 먹은 일은 어제 저녁 까지 세번째이지만 그와 이야기 해 본적은 없었던 것이다. 얼마전 편집 관계로 해서 그와 한바탕 싱갱이질을 한 뒤에 그가 자기에게 호감이랄가, 관심같은 것 을 가저 주는데 있어서도 배영은 되려 그를 우습게 여겨오던 터이기도 했었으 니까.

"허허허. 이사람아 내딸을 부랑배루 취급할 셈인가?"

한상만씨도 배영의 내심(內心)을 살펴 알았던지 웃음을 섞어가며 항의(抗議) 할수 있었다.

"실수했나 봐요……죄송합니다."

"죄송할꺼야 있나. 속에 있는 대루 털어 놓는 배군의 그 성격이 좋아……사실 영실인 어리석어서 그렇지, 부랑성이 있는건 아니야. 철을 못채린단 말이야. 그 러니 자네가 맡아 지도해 달란 말이야."

"아니 다 장성한 남의 처녀를 맡아 지돌 하다니……거 될 말입니까?"

"결혼이라두 해 주면 되잖겠나? 배군은 그럴 의사가 없는가?"

한상만 사장 이마에 돋았던 땀이 구술[21]이 되어 굴러 내렸다. 덥다기 보다 그 런 말을 하기가 퍽 힘이 드는 모양 같았다.

"안 될거요."

배영은 남의 일 처럼 말 해 버렸다.

"왜?"

한상만씨는 외마디 소리를 쳤다.

---

21 '구슬'의 오식으로 보임.

"돈이 있어야지요."

"돈이사 없음 어떤가? 배군은 인격이 훌륭하거든."

"인격? 돈 없이도 인격이 존재할 수가 있던가요?"

"그럴 리 있는가? 돈과 인격을 동일시 할순 없는거야. 돈은 돈이고 인격은 인격인거야. 돈이 아무리 있더라두 인격을 갖추지 못한자가 얼마던지 있는거 아닌가."

"그럴것도 같은데 요즘 세상이야 어디 그렇더라구요? 모리배들이 인격자로 행세하잖어요?"

배영은 그 깁숙한 시선을 들어 한상만 사장을 똑 바루 건너다 보았다.

한사장은 똑바루 건너다 보는 배영의 시선을 맞 받다가 눈을 떨어뜨리며 응접 테이블에 놓여 있는 담배 두개를 집어 배영에게 한대를 쥐어 주고 남은 한대는 자기 입에 물었다. 배영이 담배를 받아 물고 역시 테이블에 같이 놓여 있는 '라이타야'에서 자기 것에만 불을 부치고 말았다.

"배군은 날 끝까지 모리배 취급을 할 셈인가?"

배영이 한 말에서 보다 제 것에만 불을 부치고 마는 그 깔 보는것 같은 태도에 한사장은 골이 돋은 모양이었다.

그렇게 되고 본즉 배영은 사장을 더 골려 주고 싶은 충동을 느끼게 되기도 했다.

한 목음 깁숙히 들이 켰다 내 뿜면서

"사장께선 자신이 모리배라고 생각하시는 모양이신데……"

하고 말을 끊었다.

"원 천만에. 내 자신이 모리배라 생각할수가 없어. 나는 순전히 피나는 노력으루서 얻은 돈이야. 모리배란건 국가민족에게 해독을 끼치면서까지 자기 욕심을 누리는 자들을 가르키는 말인데 자네 저번 편집까닭에 말성이 났을 때두 날 모리배루 취급하잖었는가?"

"저 그때 사장을 모리배라구 하진 않았어요. 시인과 모리배의 차이(差異)를 말씀한것 뿐입니다."

"글쎄 그러게 말이야. 시민[22]은 죽어서 남아두 모리배는 죽는 날이 마지막 날이라구 한 말이 날더러 들으라구 한 말이니 날 모리배 취급을 한게 아니냐 말이네. 문화사업하는 놈이 모리배야 될수 있겠나? 이사람아."

"문화사업 한답네 하고 악질 모릴하는 자들이 얼마든지 있잖습니까?"

"허허. 그래 내가 악질 모리배란 말인가?"

"사장이 그러시단 말씀은 아닙니다. 그런 자들이 얼마던지 있으니 말이죠."

"있지. 있구말구. 그러나 난 그런자들 축에 끼진 않겠네. 그런 자들 축에 끼긴 설단 말이야. 난 순전히 내 노력으루서 이만큼 이룬걸세. 배군은 들온지 얼마 안 돼서 내가 어떤 사람이란걸 잘 모르는것 같아. 날 잘 아는 영업의 차군한테 알아 보면 알거야. 그 사람은 나하구 십년을 같이 있는 터이니까……난 적어두 문화사업으루서 국가 사회에 복리를 주려구 노력해 왔을 뿐이야."

한사장의 어성이 차차 낮아저 가는데 배영이 꽤 큰 소리로

"물론 문화사업이라면 국가 사회에 복리를 줘야 옳겠지오. 그렇지만 요즘 어디 그렇습니까? 신학기에 교과서 판매정책들만 보더라도……"

하고 말을 이으려는데 한사장이 손을 번쩍 들고 머리를 흔들면서

"알았네. 알았어. 교과서 판매에 대한 말이라면 나두 할 말이 없어. 나 자신부터가 부끄러우니까. 서루들 저희걸 팔겠다구 혈안이 돼서 온갖 추잡한 짓을 다 했으니……"

하고 사장은 두 손으로 얼굴을 가리는 시늉을 하는 것이었다.

배영은 담배 연기를 뿜으면서 한사장의 그러고 있는 모양을 물끄러미 보고 있었다. 창밖엔 바람이 있는 모양으로 한창 푸른 가로수의 잎사귀들이 출렁거리고 있었다.

"배군."

---

22 '시인'의 오식으로 보임.

얼굴 전면에 내려 흐르는 땀방울을 씻고 난 사장이 배영을 불렀다.

"말씀 하시지요."

배영이 천천히 사장을 건너다 보았다.

"난 배군에게 내 어린걸 맡기는 동시에 이 사업체까지 맡기구 싶은데, 배군, 그렇게 해 줄 수 없겠는가."

사장의 말 소리는 지극히 평온 했었다.

"제가요?"

배영의 소리는 당황하게 나왔다.

"그렇지. 배군이 나의 뒤를 이어 달란 말이야, 인젠 일할 기력이 없는데 인심은 자꾸 변해가서 남을 밟구 올라서야 하는 세상이니 늙은 놈은 일을 못하겠네."

"저는 젊어두 그런 힘이 없는걸요."

"그런 힘이 없는게 좋아. 그런 힘이 없는 사람이란걸 알기 때문에 내 맘에 드는거야."

"남을 밟고 올라서야 하는 세상에 밟고 올라서지 못하는 주제에 어떻게……"

"밟구 올라서야 하는 때 밟지 못하는 자가 영웅일지 알아? 진실하게 할 일을 해 나감 길이 열린다구 나는 보구 있네. 별 소리 말구 내 청을 들어주게나. 배군……후유 —"

사장은 말 끝에 긴 한 숨을 쉬는 것이었다. 그리곤 그는 창밖에 눈을 돌리는 것이었다.

배영은 그러고 있는 한상만 사장의 옆 모습을 바라 보다가 그 옆 모습에서 몹시 쓸쓸한 빛을 엿보았다. 또 한번 배영은 한사장에게 가는 동정 비슷한 감정과 아울러 따사로운 인간성을 느끼게 되는 자기를 발견할 수가 있었다. 언제나 자기는 상대방이 약하게 느껴지는 때 련민의 정(情)을 깨닫게 되는 것이었다.

"사장님."

'님'을 붙이기도 처음이 었다.

사장은 얼굴을 바루 잡고 배영 쪽으로 시선을 돌렸다.

"생각해 보겠습니다."

"고마우네. 배군. 고마우네."

한상만씨는 쭈쭈굴한 얼굴에 주름을 잡으며 웃는지 우는지 모를 표정을 지었다. 그의 눈에 눈물이 고인것을 보아선 울었다고 보는 것이 옳을 것이다.

＊ ＊

주애들은 일요일에 창경원으로 놀러 갔다. 주애가 직업을 갖기 전엔 일요일이 아니더라도 이렇게 점심밥을 싸가지고 '하이킹'이거나 소풍을 떠나는 일이 종종 있었다.

이것은 주애의 취미라기 보다 남편 이정기의 즐겨하는 바 일이기도 했다.

오늘은 일요일이어서 성수까지 끼이게 되었다. '륙색'²³을 성수가 질머졌다. 성수가 신바람이 나서 달리는 뒤를 주애들은 따르고 있었다.

자하문을 넘어 서자 '하이킹' 객들이 줄을 서서 넘어왔었다.

아이들을 데린 젊은 내외들도 있었다.

주애는 어느새 아이들과 어머니의 얼굴을 대조해 보는 자기를 발견하곤 스스로 놀랐다. 아이들 어머니의 모습이 비슷하지 않기를 바라는 마음이 주애의 가슴을 파고 드는 것을 알았단 말이다.

"남들은 모두 문밖으로 나오는데 문안으로 들어갈께 뭐람."

주애 입에선 트집스런 소리가 나왔다.

남편이 주애가 중얼대는 소리에 목을 돌려 주애의 얼굴을 보았다. 뾰루퉁 해 있었다.

"왜 그래? 뭐가 또 못마땅해서 그래?"

"남들은 다 넘어 오는데 문안으로 기어 들어 갈까 뭐냐 말이예요?"

주애의 어성은 지나치는 사람들이 눈치챌만 하게 높았다.

---

23 영어 'rucksack'을 음차한 것으로 등산용 배낭을 뜻함.

"아니 그럼 떠나기 전에 그렇게 말해야지? 아뭇소리 없다가 이제와서 그런 소릴 하는건 모를 일인데……"

실상 주애는 어제 저녁 남편이 "내일은 우리 창경원에나 가 볼까?" 하고 주애에게 의견을 물었을 때 댓구 할 사이는 없었으나 (성수가 그렇게 하자고 나서는 바람에) 그랬으면 좋겠다는 마음이었다. 그 마음 밑에는 "행여나" 하는 생각이 가라앉아 있음을 부인할 수가 없었다.

이 "행여나" 하는 마음이란 다른 것이 아니었다. 배영이 사는 동네 가까이 가서 행여나 그를 만날 수 있었으면 하는 그 마음인 것이다.

주애는 댓구 대신에 돌뿌리를 탁 찼다. 돌뿌리를 찾아서 찬것은 아니었다. 공교롭게 도돌뿌리가[24] 채었던 것이다.

"아니 뭐가 어째서 그러는거야? 당신 요새 공연히 트집만 부리자구 하니 도무지 모를 일이야."

남편 쪽에서도 기세를 올릴 작정이었다.

"엄마아. 아빠아. 빨리 와아. 빨리."

이 내리막 길을 다 내려 간 성수가 손짓해 가며 소리를 쳤다.

아무도 댓구해 주지 않았다.

"엄마아. 엄마아. 어머니이."

이번엔 성수가 주애만 불렀다. 가만 있을 수가 없었다. 주애 쪽에서도 손을 흔들며

"그래 내려간다 아."

하고 소리를 쳐 주었다.

주애는 어느새 거리가 먼 까닭에 조고맣게 보이는 성수가 가엾이 여겨지기도 했던 것이다.

주애의 걸음이 빠르자 남편도 빨랐다.

---

24 '공교롭게도 돌뿌리가'의 띄어쓰기 오류로 보임.

그들은 효자동에서 전차를 탔다. 역시 내리는 사람보다 오르는 사람이 적었다. 성수가 재빨리 올라 자리를 잡아 주었다. 성수는 걸상에 무릎을 고이고 창밖을 내다 보았다. 주애와 남편은 묵묵히 앉아 있었다.

창경원엔 사람의 사태가 터진듯 했다. 주애들은 나무 그늘을 찾아가 앉았다. 연못이 앞에 가루 놓여 있었다. 성수는 연못에 내려가 미리 준비했던 먹이를 연못에 던졌다. 붕어들이 풀풀 솟아 올라와 받아 먹었다.

주애는 두리번 두리번 사방을 살폈다. "행여냐"하는 마음이 가시지 않은 탓이었다.

"거, 그놈들 잘 먹는군 그래."

이정기가 연못을 내려다 보며 말했다. 말 꼬리에 팽창한 웃음까지 달았다.

이정기는 때와 장소를 가리지 않고 이렇게 터지듯 웃는 일이 보통 있었다.

주애가 시선을 걷우며 남편쪽으로 얼굴을 돌렸다.

"저것 좀 보구려. 저놈 들을. 거기두 생존경쟁이 심한걸."

주애도 연못에 시선을 떨구었다.

"연못을 터놔줬으면 좋겠네. 제맘대로 아무데고 돌아다니게스리. 저것들 얼마나 갑갑할가?"

"터노면 정다운 가족들이 삼지사방에 흩어짐 비극만 생기게?……"

"정다울지 어쩔지 누가 알어요. 몇 십년을 두고 한테²⁵ 맞 붙어 산다는게 얼마나 낭만이 없는 일이게요?"

"한테 맞붙어 산다구 낭만이 없을가? 그렇담 낭만은 파멸에 가깝단 말인가?"

나무 그늘이 비낀 탓인지 이정기의 얼굴이 씰룩거려 보였다. 그는 다시 입을 열지 않았다. 주애도 잠잠히 연못을 내려다 보며 생각에 잠겨 있었다.

"우리 저어리루 좀 돌아다녀 볼가?"

너무 오래 침묵이 지속됨이 우울했던지 이정기가 입을 열었다.

---

25 이 작품에선 현재의 표준어 '한데'가 대부분 '한테'로 표기되어 있음.

"그럽시다."

따분하게 앉아 있기 보다 돌아다니는 편이 나을상 싶기도 했다. "행여나" 하는 마음의 소치인지도 몰랐다.

성수는 붕어와 놀겠다면서 엄마 아빠만 가라고 소리를 쳤다. 주애는 성수에게 자기들이 돌아 올때까지 그 자리에 있으라는 당부를 남기고 떠났다.

어느 돌 층계에 이르렀을 때 주애는 문득 발을 멈추었다. 옛 궁녀들이 이길을 밟으며 어떤 생각에 잠겨 있었을까 하는 생각이 들었기 때문이었다. 그들에게도 남 모를 번뇌가 가슴 속 깊이 백혀 있었으리라는 생각도 떠 올랐다. 주애는 가느랗게 한숨을 지었다.

한참동안 돌아다니던 그들은 다시 어느 언덕 위에서 다리를 쉬었다. 젊은 남녀들이 사이좋게 지나갔다. 아이들을 데린 중년부부들도 지나 갔다.

"예쁜 여자들이 많은데……"

오고가는 사람들을 보고 있던 이정기가 한 말이었다.

"예쁜 여잘 골라서 연앨 좀 해 보시구려."

"그래 볼까? 난 너무나 세월을 헛되히 보냈어. 청춘을 헛되히 보냈단 말이야."

"인제부터라도 늦잖으니 싫것 해 보시지."

"나이 사십을 바라보는데 늦잖아?"

"인생은 사십부터라는데 어때요?"

"그럼 이제부터 연앨 해 볼가?"

이정기는 이말과 함께 주애를 덥썩 껴 안았다. 주애는 주위를 꺼려하면서 몸을 빼쳤다.

"싫어요. 밤낮 이건 뭐예요?"

이정기는 빼치려는 주애를 다시 껴안으며 입술을 가저왔다.

"정말 이러지 마세요. 진절머리나게 굴지 말어요."

주애는 참으로 냉냉한 태도 였다. 이정기는 냉냉한 아내의 얼굴을 들려다 보고 있다가

"요새 왜 그래? 당신이야말루 연인이 생겼나분데?"

하고 말을 던지는 것이었다.

"쓸데없는 소리 좀 마세요."

주애는 벌떡 일어나 걷기 시작 했다.

주애가 몇발자욱 걷지 않아서 앞을 가루막는 남녀가 있었다.

"안녕 하서요?"

여자가 먼저 인사를 했다. 한상만씨 딸이었다. 남자는 멍청히 서 있었다. 배영이었다.

주애는 인삿말도 나오지 않았다. 돌아서서 남편을 불렀다. 그 밖엔 더 다른 행동을 취할 수가 없었다.

회색공기(灰色空氣)

이정기가 언덕에서 내려 왔다. 좀 재게 발을 옮겨 줬으면 좋으련만 그는 일부러 천천히 내려 왔다. 이 사람 저 사람의 눈치를 살피다가 주애편에 얼굴을 돌리며 그것도 턱을 터억 쳐들고선

"누구신데."

하는 것이었다.

주애의 서두루는 모양새로 보아 쉽사리 대할 인물들이 아니라고 그는 여기는 듯 했다.

주애는 댓구를 얼른 못하고 남편을 보고만 있었다.

배영은 멍청히 서 있고 한영실은 해죽거리며 이사람 저사람 얼굴을 살폈다. 이래선 안되겠다는 생각이 주애의 머리를 스처 갔다. 그렇더라도 주애는 배영이나 한영실의 이름을 입에 담을 생각은 없었다. 그것도 그러려니와 그들과 딱 맞띠우고 보니 금방 주위가 뽀얗니 재빛으로 변하면서 전신이 탁 풀리는 데는 어쩔 도리가 없었던 것이다.

그냥 쓸어질 것만 같았으나 그래도 그대로 단단히 서서 남편을 손가락으로 가르키며

　　"우리 쥔이예요."

라고 했다. 일부러 '쥔'이라는 말을 썼다.

　　"아 그러세요? 두 분이 나란히 창경원엘 오시고…… 아주 단란한 부부시군요? 저 한영실이라고 불러요."

　　한영실은 반색을 하며 말했다. 배영에게 이주애의 남편인 이정기를 목격시키게 되는 일이 그에겐 무한 만족한 모양이었다.

　　"두분 인사하세요. 이분은 건국문화사 편집장으로 계신 배영씨애요."

　　한영실은 다시 입을 열어 두남자를 엿가람 보아가며 인사를 시켰다. 배영은 머리를 끄떡하고 이정기는 '파나마'[26]를 들고선 정중히 허리를 구부렸다.

　　"우리 이렇게 만났으니 함께 걸으실까요? 두분에게 방해가 안되신다면……"

　　'파나마'를 제대로 얹은 이정기가 제의하니까 주애가 얼른

　　"각자 제대로 행동을 취합시다. 우리는 우리대로 가면 되잖아요?"하며 방향을 돌렸다. 그의 소리는 날카로웠다. 그는 배영이가 머리만 끄떡하는 인사에도 더한층 속이 부글부글 끓던 것이다. 아무 앞에서나 그 버르장머리군. 하고 주애가 속으로 뇌까리는데

　　"같이 걷는 것도 좋아요. 우리들한텐 되려 자극제가 되는걸요. 배영씨 안그래요? 호호호."

하며 한영실은 웃음까지 떠나가게 웃어대는 것이다. 한영실과 이정기가 걸음을 내디디게 되니 하는 수 없이 그들은 같은 방향으로 향하지 않을 수 없었다. 웬만큼 가서 배영들과 주애네는 거리를 두게 되었다. 주애 편에서 걸음을 늦추기 때문이었다. 주애는 그들과 같이 걷는다는 일이 진정 괴로웠다.

　　주애가 떨어지니 이정기 역시 떨어질 밖에 없었다. 한영실은 연신 배영을 올

26　파나마모자, 즉 파나마풀의 잎으로 만든 여름 모자를 뜻함.

려다 보며 이야기를 한다 웃는다 했다. 어깨에 걸었던 '카메라'를 내려서 사진을 찍기도 했다.

"저 여자두 건국문화사 사원인가?"

"아뇨."

주애는 아니라고만 대답했다. 그 여자에게 관한걸 깊게 이야기 하고 싶지 않았다.

"저것들 결혼할 셈인가?"

"남이사 결혼을 하건 말건 무슨 참견예요?"

"내가 어디 참견하재. 그럴듯이 뵈니까 하는 말이지. 그런데 당신은 왜 남의 일에 흥분 해 가지구 야단이오?"

"내가 뭘 흥분했다고 그래요?"

"얼굴을 보니 다 알아. 빠안한걸. 당신 왼쪽 눈까풀에 아까부터 경련이 일구 있다는 사실을 알아야 해. 지금 당신 왼쪽 다리두 떨구 있을걸. 당신은 감정을 못속여. 더구나 내 앞에선⋯⋯"

이정기는 이런 말을 하면서 아내의 낯색을 살폈다. 남편은 혹시 자기 마음 속을 알고 있는 것이나 아닌가고 주애는 붉어지는 낯색을 바루 잡으려고 애쓰며

"그 따윗 소리 말어요⋯⋯"

하고 웨쳤다. 목이 콱 메는것 같았다. 어디나 돌에나 나무에라도 드리박고 싶은 마음이없다.[27] 정말 왼쪽 눈까풀이 파르르 떨리고 왼쪽 다리가 마구 떨렸다. 벌써 그것은 배영들을 만났을 때 부터 생긴 증세인지 모른다. 너무 충격이 컸던 까닭에 인식못하고 있었을 뿐인지 모른다.

남편은 아내의 경련을 이어 알아 채고 있는 것이다. 배영들과 같이 걷자고 한 것이 아내의 경련 이는 사실에 대해서 확인하고자 함인듯 하다. 취임 첫날 사에서 돌아와 남편에게 배영의 구두발 소리에 관한 이야기를 들려준 것을 주애는

---

[27] '마음이었다'의 오식으로 보임.

후회했다. 남편이 그날 저녁 주애를 애무하는 자리에서 "그자의 구두발 소리가 어쨌단 말이냐? 그래 그자의 허릿심이 이정기 보다 나아 보이더냐?"고 따졌을 때 주애는 흥분한 끝이라 "나을지 누가 아느냐?"고 까지 말해 버린 것은 더 더구나 잘못 된 일이 아닐 수 없다.

처음부터 남편에게 자기의 경련 이는 이 버릇을 알려주지 말것을 그랬다.

이 버릇을 주애는 결혼하기 전에 이정기한테 알려 주었던 것이다.

이정기를 "아저씨" "아저씨" 하면서 따르던 때 벌써 말해 버렸다.

"아저씨 전 너무 유쾌하던가 충격이 심하면 왼쪽 눈가풀이 이렇게 파르르 떨리면서 이게 말이예요 왼쪽 다리에까지 이른대요. 이것 보세요. 지금 바루 그 과정에 있는거예요."

했다. 그러니까 이정기는 "응 그래? 지금 뭐가 그렇게 유쾌할가? 몹시 충경²⁸되는 일이라도 있는가?" 하고 소녀의 빛나는, 그리고 파르르 떨리는 왼쪽 눈을 들여다보고 있었다.

주애는 이러고 있는 이정기한테 덮석 매어 달리며

"아저씨 때문이예요. 전 아저씨가 참 좋아요".

해버리고 말았다.

"어서 오세요. 사진 찍어드릴께 —"

웃고, 떠들고, 사진을 찍고, 하던 한영실이가 손을 번쩍 처들어 흔들며 주애들을 불렀다.

"네. 네. 갑니다."

하고 이정기가 손을 들어 마주 흔들었다.

"당신이나 가세요. 난 성수있는데 가 있을테니."

"그 철없는 어린애 같은 소리 말어. 같이 걷는다구 하구선 당신이 빠짐 이상하잖어?"

---

28 '충격'의 오식으로 보임.

"이상할거 없어요. 싫은 사람들 하곤 일초동안도 얼리기 싫어요. 그건 정력소비밖에 아되요.[29]"

주애는 말을 해 놓고서도 스스로 놀랐다. 그렇게 그립던 배영에게 어쩌면 이토록 심한 말을 할 수가 있으랴.

"건 또 무슨 소리야? 정력소비?"

이정기는 돌아서서 주애의 낯색을 뚫어지게 살핀다. 아무래도 남편은 자기 마음 속을 알고 있는 것이라고 주애[30]는 짐작했다. 본래부터 남편은 알면서도 모르는체 하는 성미다.

"가지[31] 싫다는걸 구지 끌구 가선 뭣해요?"

"가기 싫은데두 가구 보기 싫은 사람두 보구 그래야 해."

"위선자."

주애는 그만 내 뱉고야 말았다.

"위선자라두 좋와. 위선을 안하구서 살수 있던가?"

"이런데서까지 자기를 속일 필요가 어딨어요?"

"난 배영이란 자의 구두발 소릴 좀 들어봐야겠어. 내것과 비교 해 볼테란 말이야. 아깐 우물쭈물 하다가 그자 구두발 소릴 놓처 버렸어. 이주애 여사가 혹 했단 그 탄력있는 구두발 소릴 그만………"

왼쪽 눈에 뿐 아니라 전신에 경련이 이는듯 했다. 남편은 주애가 한 소리를 품고 있었던 것이다.

"갑시다. 가도 좋아요."

이렇게 되고 보면 안 가겠다는 말이 나올 수가 없는 것이다. 승부(勝負)를 다루는 '꼐임' 장에서 적수에게 눌릴가 비슬비슬 피하려 드는 선수가 되어서는 안

---

29   '안되요'의 오식으로 보임.

30   '주애'의 오식으로 보임.

31   '가기'의 오식으로 보임.

되겠다는 생각이었다. 가는 길 앞에 고행(苦行)보다 더한 것이 가로놓여 있다 치더라도 주애는 가지 않을 수 없다는 생각이었다.

주애가 성큼성큼 크게 발을 옮겨 놓으니까 이정기도 크게 발을 띄어 놓았다. 구두발 소리가 더 오돌지게 울렸다. 소리가 주애의 가슴을 파고 들었다.

"얼른들 오세요. 노인네들이라 하는수 없군요."

한영실이 해롱거리며 주애들에게 보낸 말이다. 주애는 배영 앞에서 노인네란 말을 듣게 되는 일이 분하다 못해 짜증이 났다.

"저건 어디서나 담배만 피면 젤인가?"

주애는 뻐끔뻐끔 담배만 피고 있는 배영에게 눈총을 쏘면서 이렇게 중얼거렸다.

"배형 나이 사십도 못되서 벌써 늙은이 소릴 듣구서야 이거 원 설어서 살겠읍니까. 허허헛."

이정기는 무슨 심사로 이렇게 유하게 나오는 것일까. 여기 까지 온 목적은 배영의 구두발 소릴 들려 온 것이 아니었던가? 자기 것과 배영의 것을 비교해 보자는 심사였던 것이다. 말하자면 배영과 맞서 보려고 쫓아 온 것이다.

그랬으면 맞서 볼 일이지 배형 어쩌고 저쩌고 하는건 다 뭐냐 말이다.

주애는 또 비위에 거슬렸다. 언제나 뒤에선 큰일 날 것 처럼 울려대다간 정작 맞들어선 어물어물해 버리는 그다. 주애가 이러한 점을 나무래면 이정기는 언제나 점잖을 빼면서

"오랜 감옥살일 하는 동안에 내성격이 우습게 돼 버렸지. 그 악독한 왜정과 투쟁하자면 뱃장을 유하게 가져야 했으니까……"

하고 자기를 변명 했었다.

그러면 주애는 되려 남편을 동정하곤 했으나 이 자리에서의 남편 태도는 너무나 못마땅하다. 부화가 나는 마련을 해선 제발 좀 능구랭이 같이 굴지 말라고 쏘아 붙이겠지만 이런 마당에서 마음 내키는 대로 할수는 없었다. 주애는 해롱거리고 서 있는 한영실한테로 화살을 돌렸다.

"서러울게 어디 있어요? 삼십이 못된 나도 노인네 대접을 받는데……"

"미안합니다. 새파란 부부님들을 노인네라고 해서…… 우리 사진이나 같이 찍을가요?"

한영실은 정말 미안해서 하는 말인지, 조롱을 하는 셈인지 알아채기가 곤란한 어조로 말하면서 사진기를 들먹거리고 있었다.

"사진은 나중 찍고 걷기로 했으니 걷는 편이 좋잖아요?"

주애의 속심은 남편의 목적을 달성시켜 주자는데 있었기 때문에 이렇게 말했던 것이다.

"그럽시다. 아무말 없이 걸읍시다. 여자들은 말이 많아서 원……아 부인만은 제외하구 말씀입니다."

배영이 발을 내디디며 한 말이다. 주애를 부인이라고 했다. 이때까지 주애에게 그가 부인이라고 붙여 본 일은 처음 이었다.

'남자들은 모조리 엉큼한 존잰가 부다.'

고 주애는 속으로 배영을 가소롭게 여기고 있는데 한영실이가 해룽거리는 어조로

"말하라고 낸 입인데 말 안함 되나요? 배영씨 처럼 입을 가진 벙어린 질색인 걸요. 호호호……"

배영은 댓구가 없고 이정기가

"질색이시라면서 하루 길동무로 삼으신건 재미 있는 일인데요."

하고 나섰다.

"왜 하루 길동무애요? 일평생 같이 할 길동무라는 사실을 알아 둬야 해요 호호호."

"네. 네. 그렇습니까? 축복합니다 허허허."

한영실이 예의 호들갑스런 웃음을 웃어대자 이정기 또한 말꼬리에 웃음을 달았다.

배영은 묵묵히 걷고 있었다. 주애도 걷고 있었다. 그러나 주애는 이정기와 배

영의 구두발 소리를 비교하는 일을 잊지 않았다. 남편의 구두발 소리나 배영의 것이나 남달리 탄력 있는 것만은 역시 틀림 없는 사실이었다. 두 사람의 것에서 차이점(差異點)을 찾아 낸다면 이정기의 것이 빠르고 배영의 것이 느리다는 것 뿐이었다. 다리가 길고 짜른데서 오는 것이겠지.

"아무 소리건 되는대로 지꺼리기 보단 벙어리쪽이 났잖을가."

배영이 태우던 담배를 탁 쌔려 던지며 한영실을 박아 주었다.

"내가 뭐 아무 소리나 함부로 지꺼렸어요? 평생 길동무라고 한게 잘못이란 말이애요?"

"그렇게 책임없는 말은 지꺼리지 않는거요."

배영의 어성이 자못 높았다. 편집실에서 한상만 사장과 잡지 편집 때문에 말다툼 하던 때와 같은 흥분 상태였다.

"내가 뭘 책임없는 말을 지꺼린다고 그래요? 책임있는 말만 하는 이가 왜 함부로 행동하는 거애요?"

한영실도 얼굴이 벌겋게 되서 배영한테 대어 들었다.

"아니 왜 이러십니까? 이게 즉 사랑 싸움이라는 게란 말이지요. 자아 우리 인제 그만 걷구 이 존 장소에서 사진이나 찍읍시다. 이런 기회두 쉽잖으니 말입니다. 배형 안그래요?"

이정기가 걸음을 멈추면서 두사람 사이에 들어 섰다.

"호호호 이선생은 정말 우리가 싸우는 줄 아시나봐. 아니애요. 이선생 말씀마따나 사랑싸움이애요. 호호호."

배영은 '포켙'에서 다시 담배를 꺼내 불을 붙일 뿐 말이 없었다.

한영실은 재빠르게 그렇게 하고 있는 배영을 '필림'속에 넣어 버렸다.

"오늘 가보(家寶)가 될 사진만 찍는단 말이애요. 지금 배영씨 '포오즈' 얼마나 멋진가 보셨죠? 이선생."

배영은 담배 연기를 뿜으며 먼데를 쳐다 보았다. 숲 사이를 뚫고 드리치는 햇빛까닭에 그는 시선을 바로 잡지 못했다.

주애는 언제나 자하문(紫霞門)턱에서 저녁 노을을 받아 찬란하던 그의 얼굴을 상기하면서 가늘게 한숨을 지었다. 그러나 이어 고개를 좌우로 흔들어 자기가 한 생각, 자기가 한 행동을 부정해 버리고 만다.

"그럼, 이번엔 가보가 못될 사진두 좀 찍어 보시지. 우리 내외를 찍어달란 말씀입니다."

이정기가 한영실에게 이렇게 말하며 주애 곁에 와 섰다. 그는 어느새 자기가 높은 쪽에 서야 한다는 것 까지 잊지 않고 있었다.

한영실이 '샷타'를 짤깍 눌르곤 호호호 웃으며

"이건 댁의 가보가 될 사진임에 틀림없죠. 이래봐도 한영실양의 사진 기술만은 아주 그만이래요,"

하고 장황한 설명을 붙였다.

"암 그러시구 말구. '카메라' 다루는 솜씨가 그만인데요. 이번엔 역사적인 사진을 찍어 보시지. 배형이랑 셋이서 같이 찍잔 말입니다."

배영이 먼데서 시선을 돌렸다. 이정기는 둔덕진데 올라 설 양으로 나무 밑쪽으로 갔다.

"거긴 그늘이 저서 안되요. 이쪽으로 내려 서세요. 배영씨 선데가 좋아요."

한영실이 이정기에게 지시했다. 이정기는 하는 수 없이 배영이 선데로 가야 했다.

"당신두 이리와요."

주애가 이정기 옆에 섰다. 셋은 틀림없이 '필림'에 감겨 들었다.

"이번엔 우리 둘을 찍어 주세요. 둘이 찍은건 한장도 없어요. 이때까지 배영씨만 찍은 걸요."

한영실이 이정기에게 '카메라'를 줘어 주며 말했다.

"그럼 두분 나란히 서시지. 내 솜씨두 웬만합니다."

한영실이 배영이 옆에 가 배영의 팔을 척 꼈다. 배영이 어찌 할 새도 없이 이정기가 '샷타'를 눌르려고 하는 참인데

"이건 뭣들이야? 길에서 이따윗 짓들을 하구 있게."

하는 소리와 함께 배영의 면상을 들입다 갈기는 주먹이 있었다. 주먹의 주인공은 배영에게 미칠 수 없는 키지만 어깨가 떡 벌어진 품이 소위 '어깨'라는 명칭이 붙는 축에 속하는 인물이 아닌가 싶게 건장해 보였다.

배영의 바른 편 눈언저리가 당장 퍼렇게 부풀어 올랐다. 배영도 재빠르게(그렇게 느릿느릿하던 솜씨가)상대편의 멱살 근방을 힘껏 후려 갈겼다. 상대편이 보기와는 딴판으로 길바닥에 나가 떨어졌다.

그러자 또 한사람이 '뻑싱'[32] 연습이라도 하는 것 처럼 머리를 흔들어 대며 두 주먹으로 배영을 들어 받는 것이었다. 배영은 손 한번 못써 보고 나가 떨어졌다.

배영 주먹에 얻어 맞고 길바닥에 나가 떨어졌던 작자는 배영이가 나가 떨어지는 것을 보자 벌떡 일어나 한쪽 다리를 덱깍 들고 힘을 주었다. 밟아 놓자는 것이다.

바로 이때 이정기가 쏜살 같이 들어 닥쳤다. 먼저 한쪽 다리를 덱깍 들고 힘을 주고 있는 작자를 냅다 받고, 다음으로 배영을 자빠뜨린 작자를 떠받아 넹겼다. 이정기는 순전히 머리로서 해 내는 것이었다. 두 작자가 다 같이 맥을 못쓰고 길바닥에 나가 떨어지더니 그 중 하나가 엉금엉금 몇걸음 기는 시늉을 하다가 다라나니까 남은 하나가 또 그 식으로 뺑손일 치는 것이었다.

"어마나 이선생 장사얘요. 난 오늘 배영씨 뼈도 못추릴 줄 알았더니……어쩜."

한영실이가 이렇게 호들갑을 떨고 있는데 배영은 말없이 부스대며 일어 났다.

"배형 괜찮습니까? 어디 똑 바루 서서 사지를 놀려보시지."

이정기가 배영의 엉뎅이며 어깨쯤이랑 털어 주면서 이렇게 말했다. 배영은

---

32 '복싱'(boxing), 즉 권투를 뜻함.

아무렇지도 않은척 '포켙'에서 담배를 꺼내 물고 그 자리에 앉아 버렸다.

"어디 자아, 걸어 보세요. 담밸 꺼내는걸 봐선 팔은 무사한 모양인데……"

한영실이 배영의 팔을 끌어 이르키려고 했다.

"이걸 놔. 아무렇지두 않대두……"

배영은 퉁명스럽게 잡힌 팔을 쌔렸다.

"못걸으시면 업구 가시지 허허헛."

이정기가 두사람을 번갈라 보아가며 놀려 주었다.

주애는 하는 양들을 잠잠히 보고만 있었다. 그러나 배영의 다리가 무사한지 안한지 알고 싶은 마음은 간절했다. 한번 걸어 보라는 말이 혀바닥에 돌건만 한영실이 한 말을 하고 싶지 않아서 그만 두었다.

"자아 그럼 인제 우린 가겠읍니다. 배형의 눈가장자리 멍든델 미쓰 한 찜질해 드리시요. 계란으로 문질러도 좋다더군요."

이정기는 발을 내디디면서 장황히 간호법을 설명해 주었다. 배영은 물었던 담배를 왼손에 쥐고 일어서면서 바른 손을 내밀어 이정기의 손을 잡았다.

"이선생 오늘 안된 꼴을 보여드려서……그런데 이선생은 참 장수십니다."

이정기도 이런 찬사를 받으면서 배영의 손을 굳게 잡고 흔들었다.

"그게 다 일제탄압과 저항하던 힘이지요. 형무소에서 두 죄수들끼리 쌈이 벌어지면 간수들 보다 내가 힘을 더 썼으니까요."

이정기는 또 '일제'를 끄집어 내고, 감옥을 끄집어 내는 것이었다. 주애는 이렇게 하는 남편 말에 눈쌀이 찌프려졌으나 표면에 나타내지 않으려고 하면서 배영들에게 형식적인 인사를 마치고 돌아 섰다.

"배가의 구두발 소린 나하구 비슷 하더구만서도 허릿심은 어림두 없던데. 허릿심 있는 놈이 그만 놈들 주먹에 공중 나가 떨어질까 원……"

뒤를 따르던 이정기가 재게 발을 옮겨 노면서 한 말이다.

소나기

주애는 댓구를 하지 않았다. 뒤에 남겨놓고 온 남녀(배영과 한영실)에 관한 생각만으로 꽉 차 있는 까닭에 댓구할 여지가 없었다. ― 진실로 주애는 머리에나 가슴에뿐 아니라 왼 전신에 그들 생각이 꽉 차 있어서 후들후들 발길이 헛놓이기 까지 했던 것이다.

"미쓰 한 말마따나 배가놈이 오늘 나 아니었드면 뺨따귀두 못추릴번 했지 뭐야. 어림두 없어. ………처음 얼마동안은 배가놈 키에 어느 정도 압돌 당했지만 제놈이 '뽀뿌라'[33] 같이 키만 껑충히 크면 뭘하느냐 말이야………첫."

이 정기는 어느새 주애 옆에 바싹 붙어서서 걸었다.

"이것봐. 주애여사, 인젠 키큰 놈한테 반하지 말란 말이야. 그것 보지. 헛개비 같은걸. 내 팔다리가 비록 짧막하긴 하지만 이렇게 알심이 들어 찼거든……제놈이 '뽀뿌라' 나무같이 키만……"

"왜 오늘은 이렇게 바싹 다가서 가지고 야단이세요? 저리 좀 멀지감치 서서나 떠드세요."

알심이 들어 찼다고 내두루는 남편의 팔을 주애가 홀쩍 밀어제치면서 말을 중단시켰다.

제발 곁에 바싹 서 주지 말기라도 했으면 좋을상 싶었다. 이때까지 지나 볼것 같으면 남편은 주애와 동반이면서도 이렇게 빠싹 붙어 걸어 본 일이 없었다. 앞에거나 혹은 뒤에 따르기를 잘 했다. 정확히 따진다면 뒤에 보다 앞에 서는 경우가 많았다. 그것은 하이 힐을 신지 않더라도 자칫하면 주애 편이 자기 보다 큰 것을 남편은 염려하기 때문에서였다. 남편은 주애와 나란히 걸으면서도 둔덕진 높은 쪽에 서는 것을 잊지 않는 눈치었다. 그는 언제나 그러했던 것이다.

"여사, 왜 이리 짜증이 심하실가? 몸이라두 불편하신가요? 어느땐 따루 떨어

---

33 '포플러'(poplar) 나무를 뜻함.

저 걷는다구 찡찡대시더니 오늘은 바싹 붙어 걷는다구 짜증이시니 도대체 어느 장단에 이 이정기란 자는 춤을 춰야 한단 말이오?"

"같이 걷더라도 아무말 말고 조용히 걸으심 누가 뭐래요?"

"배가놈의 흉 보는게 듣기 싫단 말씀이시군? 애인을 달고 다니는 남의 남자 역성을 들으면 뭘해? 속만 부글 부글 끓어오를 뿐이지……"

이 정기는 어디까지나 능글맞게 굴었다. 주애를 한껏 골려 주자는 심산인듯 했다. 그렇지 않아도 이 정기는 키 큰 남자에게 적의를 가지고 있는 것만은 사실이었다. 그런 중에 아내되는 주애가 키 큰 남자 배영으로 해서 복잡한 심경임을 눈치챘을 때 아무래도 그냥 가만히 넘겨 버릴 생각이 아닌 것을 어찌할 수 없는 일이었다.

"누가 역성을 든다고 그래요? 내가 왜 배가의 역성을 들어요? 아니꼽게스리……"

주애는 펄펄 뛰다 싶이 했다. 한사장의 딸을 데리고 껑충히 창경원에 나타난 배영에게 이가 갈릴 지경으로 분한데 역성이란 말은 얼토당토 않다. 제가 사원들이랑 점심먹는 자리에서 뭐라고 했던가? 한 영실은 '따리아' 같은 여자라고, 자기는 '따리아'는 꺾고 싶지 않노라고 입이 넙쭉해서 한 말이 있지 않은가? 싫은 여자를 어찌해서 데리고 다니느냐 말이다. 게다가 아무도 끼지 않고 둘이서만—.

"그렇게 흥분할것 까지 없잖어? 남의 일에 펄펄 뛰는 것두 수상한 일이야……한 일터에서 일 보는 사람더러 배가니 하는 말투 같은것두 삼가야 되지 않을가? 하긴 아무런 감정이 없다가두 한직장에서 일보는 남자 여자 둘이서 같이 다니는걸 보면 울화가 터지긴 해……그렇지만 주애 여사는 엄연히 기둥같은 남편이 여기 있잖은가 말이야? 이 팔다리가 무쇠망치 같은…… 남편 있는 여인네가 설령 그들이 연애관계 같은걸 맺고 있다구 해서 부풀어 오를 일은 아니란 말이야……가만이 보니까 배가놈두 인젠 혼기가 넘은것 같고 미쓰 한두 까딱하면 올드 미쓰 축에 들게 생겼던걸. 웬만함 당신이 알선해서 혼인을 성취시키는

것두 졸거야. 한직장에서 존일 좀 함 어때?………"

 "누가 한 직장에 있다고 그래요? 모르거든 가만이나 있어요. 미쓰 한이란 여자가 바루 건국문화사 사장 딸이라요."

 "오호, 그래? 그렇구만. ……배가놈 큰걸 물었는데. ……하지만 그건 일이 아니지. 사내라면 그런 못난 짓은 안 하는거야. 사장의 딸을 나꿔가지구 덕 좀 보겠단 셈인가? 핫하핫 시시한 사내두 다 있군……"

 "제발 좀 알기나 하고 남을 깎아내려요. 배영이가 한영실을 좋아서 쫓아다닌줄 알아요? 사실은 한사장이 배영을 사월 삼겠다고 붙잡고 늘어지는거라요. 장병호씨가 그건 잘 알고 있는걸요."

 "하하아. 그렇던가? 벌써 알았더면 배영선생께 축하의 말씀이라두 드리는걸……그렇담 진작 얘기해 줄 일이지. 그렇게 자세한 내용을 알구 있으면서 내가 아까 미쓰 한의 존재를 물었을 때 왜 말해 주지 못했을까? 알구도 모를 일인데……"

 이 정기가 침을 탁 뱉으면서 이렇게 말했다. 주애 자신도 웬일인지 가슴이 꿈틀해오는 것을 깨닫게 되었다. 무엇때문에 자기는 그처럼 밉살머리스런 배영을 위해서 변명하는 것일가?하는 생각이 들었던 것이다.

 "난 남의 일에 대해서 말하고 싶잖어요. 한 영실을 말하지 않은것도 그때문이었지 다른 이유는 없어요."

 이 말은 남편에게 보다 자신에게 들려 준 말이기도 했다.

 "남의 일에 무관심하다고 하면서 자꾸 흥분하는 까닭은 뭔가?"

 "당신이 자꾸 짓꺼려대니까 그러는거지요. 제발 좀 조용히 걷기만 하십시다."

 "그러지……내가 좀 너무 지나쳤던가?지나친 이유 중에 여러가지가 있지만 배가놈이 꼼짝을 못하고 떨어저나가는덴 통쾌한 맘을 금할수가 없단 말이야. 키 큰놈들 다 헛것이야. 헛것."

 이 정기는 또 다시 짧막한 팔을 내두루며 개선장군처럼 우쭐대었다.

"그 짧막한 팔뚝에 힘이 있으면 얼마나 있겠다고?"

주애가 톡 쏘아 주었다.

"왜? 이걸 좀 보지. 이 알통을……"

"팔뚝이 짧막하니까 얼마 되잖는 힘이더라도 알통이 생기는거겠죠. 똑같은 힘을 십 '쩬치' 자리[34]와 오 '쩬치' 짜리의 고무 풍선에 불어넣는담 오 '쩬치' 짜리가 더 팽팽해질거 아니겠어요. 그리고 십 '쩬치' 짜리의 것은 후주군해 질거란 말이예요."

"야아, 위대한 발명. 주애 여사가 배영군을 사모하지 않았더면 이처럼 위대한 발명을 할수 있었을가?"

이 정기는 무척 떫은 과일이라도 씹은 때처럼 입맛을 쩝쩝거리며 아내를 옆 눈으로 보고 있는 것이었다.

이러는 사이에 그들은 연못 가에 이르렀다. 성수가 놀고 있다가 그들을 목격 하자 반가워 달려 와서 주애의 손을 덥썩 쥐어 잡으며

"왜 그리 오래 있었어?"

하고 부신 눈으로 주애를 쳐다 보았다.

"혼자 심심했구나. 인제 집에 갈가?"

주애의 이말에 성수보다 남편이

"점심두 안먹구 갈가?"

하며 점심 뽀따리[35]께로 시선을 보내었다.

주애는 점심 먹을 일이 참으로 딱하게 여겨졌지만 점심 보따리들을 들고 깨 끗해 뵈는 나무 밑을 찾아 갔다.

성수는 배가 곺았던 양으로 밥을 미여지게 먹으며 아버지 어머니 다 뭘하고 놀았느냐? 원숭이랑 사자랑 보았느냐?고 물었으며 저는 어머니 아버지를 잃어

---

34 '짜리'의 오식으로 보임.

35 '보따리'의 오식으로 보임.

버릴가봐 그 자리에서 떠나지 못했다면서 인제부터 원숭이랑 사자를 구경하겠다고 했다.

"인제 그만 가자. 비가 올지 몰라."

이 정기가 볼멘 소리로 아들의 뜻을 좌절시키려 들었다.

주애는 하늘을 쳐다 보았다. 어쩐지 날세가 흐려지는 듯 하기도 했다.

＊ ＊

그들이 집에 돌아 오기 까지는 날씨에 변동이 없었다. 저녁을 먹고나서도 한참 있다가 천둥이 울고 소나기가 쏟아지기 시작했던 것이다.

"어허, 잘 쏟아지는 구나. 막 쏟아저라. 제에길."

이 정기는 바깥을 내다보며 혼잣소리 처럼 짓거렸다. 그는 소나기가 그렇게 쏟아지기를 기다리고나 있은듯한 낯색이었다.

"우리두 인제 자 볼가?"

주애의 대답을 기다릴것도 없이 이 정기는 또

"배가놈 오늘 저녁 땡뜨겠는데……미쓰 한은 영낙없이 배가놈의 밥이 됐지 뭐 별수 있나. ……소나기가 쏟아지는 밤! 소설 같은데……"

하고 나선 건넌방을 향해 영애를 불렀다.

영애가

"네."

하고 대답하자 이 정기는

"어서 자릴 좀 깔아."

라고 소리를 질렀다.

영애가 곧 건너왔다. 주애는 거울 앞에서 머리에 빗질을 하다가 밖으로 나왔다. 도저이 그냥 있을 수가 없었다. 가까스로 넘겨 보낼 저녁 밥이 되올라 오려고 했다. 우산도 쓰지 않았다. 옷도 낮에 입었던 그대로 였다. 집에 돌아와 옷 갈아 입을 경황도 없었던 것이다. 오자마자 건넌방에 들어가 누어 버렸던 것이다. 손가락 하나 까딱하기가 싫었던 것이다. 저녁 먹을 때에사 하는 수 없이 자기들 방으로 건너 왔었다.

실상은 저녁 먹을 생각도 없었다. 그저 그 방에 누어있었으면 싶은 생각뿐이었다. 그러나 남편이 알아채릴가봐 주애는 애써 일어 났고, 애써 밥을 먹었다. 목구멍으로 밥이 몇번을 되 올라오곤 했는지 모른다.

주애는 집 뒤로 돌아 섰다. 거기엔 과수원이 있었다. 과수원엔 자두 나무가 십여주 있을 뿐이고, 그 나머지는 모두 감나무었다.

감나무 잎에 쏟아지는 소나기는 한칭 요란했다. 요란하다는 말로는 표현되지 않았다. 천지(天地)가 온통 한테 맛붙는듯 했다.

주애는 어느 한군데 서 있는것도 아니었다. 감나무 사이를 왔다 갔다 했다. 무슨 말을 하는것도 아니었다. 그저 그냥 왔다갔다 하는 것이었다. 그러면서 이 정기가 짓거리던 "소나기가 쏟아지는 밤 소설 같다"던 말이 소나기와 한가지로 때리는 것이었다.

주애는 더 한층 재게 발을 놀렸다. 도저히 느리게 움직일 도리가 없었다. 마구 뛰었다.

"왜 여기서 아니 저게 무슨 꼴이람."

이정기가 전지를 들고 나왔다. 주애를 마주 비최고 있었다. 주애는 눈이 부시었다. 전지 비최는 속에서 보니 빗발은 꼭 댓살처럼 쏟아지고 있었다.

"나 여기 혼자 좀 있게 해줘요. 나 여기서 비를 흠씬 맞게 해 줘요."

주애는 거진 웨침에 가까운 소리를 질렀다.

"저게 미쳤나? 우산두 안 쓰구 왜 이러는거야."

이 정기는 주애 한테로 달려 올려고 했다. 주애는 달려오려는 남편을 피했다.

이 정기는 우산이 장애가 되었던지 와락 집어 던지곤 전지만 비최면서 주애를 붙잡으려고 했다. 주애는 전력을 다하여 감나무와 감나무 사이를 빠저 나갔다.

"저년이 죽으려구 이래? 지랄발광을 멈추지 못하겠어?"

이 정기의 소리는 제소리 같지 않았다. 꼭 소장판에서 소리 지르는 숫놈의 소리와도 같았다.

"야 이년아 이 지랄을 말구 배가놈을 쫓아 가거라."

"내가 왜 배가놈을 쫓아 간단 말이요?"

둘의 소리가 똑같이 끊겼다 이었다 했다. 그들은 극도로 숨이 찼던 것이다.

얼마 후 끝내 주애가 남편 손아귀에 들게 된것도 극도로 숨이 찬데 원인이 있었을 것이다.

주애는 어떻게 방에 들어 왔는지 모른다. 남편에게 끌려 들어 왔는지, 안겨 들어 왔는지 그것 조차 분간 할 수 없으리만큼, 거진 기진맥진한 상태에 이르렀던 것이다.

'드르릉' '드르릉' 코 고는 소리에 눈을 떴을 때 주애는 몸에 한 올도 가리지 않고 남편 곁에 누어 있는 자기를 발견했을 뿐인 것이다.

"흥."

주애는 콧방구 비슷한걸 입속으로 튕기며 돌아 누웠다. 한올도 가리지 않고 배영 곁에 누어 있을 한영실이가 눈앞에 떠 올랐기 때문이다.

배영은 이 정기처럼 코를 '드르릉' '드르릉' 골고 있을지도 모른다는 생각도 들었다. 배영도 이 정기나 마찬가지로 가장 피곤한 밤일지 모르니까 —.

✳ ✳

그러나 주애가 상상한 바와 같지 않았다. 배영과 한영실은 창경원에서 나오자 그 앞에 대기하고 있는 한상만 사장의 자가용을 탔다.

"집에 가십시다."

차에 오르자 한 영실이가 배영을 돌려다 보며 말했다.

"어느 집에?"

배영은 퉁명스럽게 물었다.

"우리집이지 어느 집이게? 그 눈두덩을 해 가지고 딴데로 어떻게 가요?"

190   최정희 소설 전집 **4**

"그러니까 우리 집으루 가야지."

"아이구 고집두 어지간 하셔. 미스터 이가 달걀찜질이랑 해 주라고 안했어요?"

"어머니더러 해 달라진 못하나?"

"커다란 어린애. 그러니까 맞아 대는거애요. 미스터 이를 보지. 손가락 한마디 다치우지 않던걸요."

"그사람 얘긴 그만해요. 기분 나뻐."

"왜요? 사모하는 이의 남편이라서?"

"…………"

배영은 대답을 못했다. 속에 품었던 말을 한 영실이가 대신해 준 탓인지도 모르겠다.

자기는 주애를 사모하고 있는 것이 사실이다. 창경원에서 주애를 훌쩍 만났을 때 비로소 그것을 알았다. 주애가 바루 저희들 앞에 턱 나타났을 때 배영은 가슴이 뛰었던 것이다. 아니 그전에 벌써 이런데서 주애를 만날 수 있었으면 하는 생각을 해 보았으나 자하문 밖에 사는 주애가 창경원에 나타나리라곤 생각지도 못했다.

배영은 숲속을 걸으면서 옆에 여자가 이 주애었으면 하는 생각도 몇번을 했는지 모른다.

공연히 한 영실을 데리고 떠났다는 후회도 막심했다. 사실 한 영실을 자기 편에서 데리고 떠난 것이 아니었다.

전날 저녁 한사장이 자기 집에 와 저녁을 같이 하자고 해서 갔었다. 저녁 식사가 끝나자 한사장 내외와 넷이 '베란다'에 나와 이런 이야기 저런 이야기를 하던 중 한 영실의 모친이

"배군 낼일랑 온양 온천에라도 다녀옴 어때? 우리 영실일 데리고……"
하면서 운을 띄었다.

"온천엘요? 더운데 온천엔 뭣하려 가겠읍니까?"

배영은 점잖이 거절해 버렸다.

"그럼 창경원이나 덕수궁 같은데라두 가서 산책하게나……"

한사장은 가능성 있는델 택하느라고 한 말인듯 했다.

"우리 창경원엘 가자요. 가서 사진이랑 찍어요, 응."

한 영실이가 나서서 결정을 지은 일이고 이튿날 아침엔 아직 자고 있는데 대문 앞에 와서 '크락숀'을 빵빵 눌르다 못해 방에까지 들어와서 이불을 베껴낸다, 야단법석을 부려서 일으켜 데리고 나섰던 것이다.

"뭘 이리 골똘히 생각하고 있어요? '미세쓰 이'를 생각하고 있는거죠? 남의 아내된 여잘 생각함 뭘해요? 더구나 그렇게 기운이 센 남편을 가진 여잘……"

"남편이 기운이 세다구 무서워 그만 둘까 원."

"옳지. '미스터 배'가 '미세쓰 이'를 사모하는건 틀림 없는 사실이군요? 이때 가진 공연히 놀리곤 했더니……축하합니다. 흥."

한 영실의 표정이 이그러저 갔다. 그러나 배영은 가만이 내버려 두었다.

"'미스터 배' 언제부터 '미세쓰 이'를 사랑해 왔죠?"

좀 엄격한 목소리로 걸고 들었다. 말하자면 건국문화사 사장의 딸로서 그런 불미한 일이 건국문화사 편집실 안에 있어선 안되겠다는 표정인듯 했다. 일종의 위협인지 몰랐다.

"사랑이나 사모 같은걸 그렇게 쉽사리 할수 있어? 부랑녀나, 부랑배들처럼……"

배영은 미워서 이렇게 박아 주곤 운전수에게 차를 세워 달라고 말했다. 운전수가 차를 세웠다. 배영은 차에서 내렸다.

"그 얼굴을 해 가지고 어디 간다고 그러세오. 이리 올라 타세오."

눈두덩의 멍든 자국 같은 것을 주저하고 싶지 않았다. 배영은 사람들이 오고 가는 복잡한 길을 성큼성큼 걷기 시작하는 것이었다.

"'미스터 배' '미스터 배'."

차를 탄채 뒤를 쫓다가 한영실이가 차에서 내리는 기미치었다. 배영은 얼른 골목길로 들어섰다.

마음과 마음 속에

　대문이 열려 있었다. 열려 있는 대문을 닫아 잠그고 배영은 안으로 들어 가 옷을 벗어 버린 후 내의 바람으로 누어 버렸다. 그냥 눕지 않고 홋이불을 푹 뒤집어 썼다. 집안 식구에게 면상을 뵈기가 싫어서도 그랬지만 한영실이가 뒤 쫓아 오는 것 같아서 더 그랬던 것이다.

　"아저씨 벌써 들어오셨어요?"

　순이가 아주 가까이 와서 물었다. 이놈의 계집애가 또 참견을 하려 드는구나 하면서 배영은 푹 뒤집어 쓴 홋이불을 안으로 단단히 잡아 쥐었다. 계집애가 홋이불을 훌렁 베껴 버리기라도 할 것 같은 마음에서였다.

　"넌 저리 가서 일이나 해라. 참견 말구……"

　"지금 일을 하고 있는걸요. 아저씨 손수건을 만들고 있어요. 이것 보세요 이 거 아녜요……"

　계집애는 그냥 그 모양새였다.

　"나 좀 잘테다. 저리 가라……"

　배영은 계집애가 만든다는 손수건을 홋이불 속에 드리밀가봐 더 단단히 잡아 쥐면서 말했다.

　"네. 가겠어요. 아저씨가 고단하실테니까요. 다른 때보다 무척은 일찍 일어 나셨거든요."

　계집애는 이런 소리를 지꺼리며 저리로 가는 눈치더니 다시 돌아 서서

　"아저씨 그런데 오늘 아침에 뛰어 들어 아저씰 막 깨워 일으켜 가지고 간 색 씨가 누구얘요? 참 근사하던데요."

하는 것이었다.

　"저리 가래두 그래."

배영은 좀 큰 소리를 쳤다.

"네. 가겠어요."

계집애가 저리로 가는 눈치였다. 그런 뒤에도 배영은 홋이불을 벗지 않았다. 안으로 잡아 쥔 손도 그냥 그런 채로 두었다. 아직도 불안했던 것이다. 대문을 두드리는 한영실의 소리도 날 것만 같고, 순이가 모친한테 가서 무어라고 지꺼리면 모친이 또 다가 오런지 모르는 일이었다.

땀이 마구 흘렀다. 양손에 힘을 잔뜩 쥐고 있는 탓일 것이다. 가슴이 막 뛰었다. 배영은 땀을 철철 흘리면서 가슴 뛰는 소리라도 듣는 것 처럼 한참 동안 그러고 있다가 안으로 잡아 쥔 손만은 놓았다. 순이가 잠잠한 것도 다행이려니와 대문에서도 아무 소리가 없었고, 또 모친이 집에 있지 않는 듯 싶은 기색이었다.

홋이불을 조금 내렸다. 조금 내려서도 눈이 내 놓았다. 그는 멍이 든 눈두덩을 보아야 하겠다는 생각이 들었다. 테이불 위에 놓인 거울을 소리 안나게 집어 들었다. 생각던 것보다 덜 했다. 그 녀석이 달걀로 어쩌고 어쩌고 하라더니 대단치두 않은걸 그랬군. 그만하면 딴 핑곌 댈 수도 있는 일이었다. 가령 멍청히 걸어가다가 전선주에 부딛쳤다고 해도 될 것 같았다. 이때까지 전선주나 혹은 그와 비슷한 장애물에 부딛친 일이 한두 번 뿐이 아니었으니까.

배영은 거울을 도루 놓고 벌렁 누어 버렸다. 홋이불을 발 아래로 차 버렸다.

— 그녀석이 공연히 달걀을 어쩌고 어쩌라고 했군. 쩟. 쩟까짓것이. 제가 이주애의 남편이라지. 대관절 쩟까짓것이 이주애의 남편이면 어쨋단 말인가? 깡패 보다 더한 녀석! 능구렝이 같은 녀석!

배영은 자못 큰 소리로, 그것도 입을 비죽거리며 지꺼리다가 제가 지꺼린 소리에 깜짝 얼굴이 붉어지는 것을 깨달았다.

"순아 할머니 안 계시냐?"

그는 붉어지는 얼굴을 그렇다기 보다 이주애의 남편을 못마땅히 여기는 자기 마음을 수습해야 할 것 같았던 까닭에 순이를 불렀다.

순이는 기다렸노라는듯, 냉큼 대답을 하고 나서

"할머닌 자하문 밖으로 나가셨어요. 아저씨가 멋쟁이 색씨하고 나가신 뒤 좀 있다 가신걸요. 아주머니 버선을 기워 가지고 가셨어요. 할머니가 가시면서 아저씨가 인제 장가 갈 생각을 하시나부다고 좋아하시던 걸요. 아저씨 장갈 가실 작정이세요?"

순이가 가까이 오면서 늘어놓는 소리였다. 자하문 밖이란 말에 귀가 번쩍 띄었다. 누이동생 집에 미역을 가지고 가던 날 이주애가 자하문 밖에 사는 것을 알았던 것이다.

배영은 빙그레 웃었다.

"아저씨 조탁하시네."

계집애가 배영이 웃는 것을 알았나 보았다. 절박하거나, 급한 때면 툭튀어 나오는 영남 사투리를 내 뱉는 것이었다. 배영은 댓구를 안했다. 웃음의 꼬리를 잇고 있을 뿐이었다.

"아저씨 결혼하실끼 그리 조시면서 왜 지금까지 가만 계셨어요?"

"넌 내가 좋아하는 걸 어떻게 알어?"

"전 다 알고 있어요. 저 경대 속에서 아저씨 우스시는 게 다 뵈는걸요."

"저런. 예익 가시내 저리 가버리지 못해?"

배영은 벌떡 일어나면서 순이 네 고장 사투리를 흉내내었다.

순이가 해해해 웃어 대었다. 웃어대는 소리와 함께 경대 속에 순이의 웃어대는 얼굴이 비취었다.

"야 이 가시내야 경댄 왜 거기 갖다놓구 야단이야?"

배영이 아직도 농조로 나갔다.

"아저씨 조탁카는 꼴 좀 보려고 그랬죠."

순이가 그냥 해해거리며 대어들었다.

"계집애가 버르장머리 없게스리 아저씨더러 꼴이 다 뭐야?"

"아저씨가 오늘은 성을 안낼거니까 아무 말이나 했죠."

"그만 하구 수건이나 빨리 만들어."

"네 만들께요. 색씨랑 생기셨는데 손수건이랑 말쑥하게 해 가지고 다니셔야죠. 아저씨 그렇죠?"

"글쎄 그만 하래두 그래. 그리구 경댈 제 자리에 갖다놔."

"네. 그럭칼게 아저씬 누어서 색씨 생각 하면서 웃기나 하세요."

순이는 어디까지나 시시덕 거리려고 했다. 순이의 그러한 것을 너무 잘 받아 주기 때문에 순이가 점점 더 그렇게 되어 간다고 모친이 걱정하던 말이 생각났다.

"순일 인제 때려줘야 할가봐. 왜 그리 수다러우냐?"

"저도 아저씨처럼 좋아서 그래요. 아저씨 색씨가 오심 저도 옆집 순덕이처럼 가끔 극장구경도 할끼 아닙니까? 옆집 순덕인 쥔네들이 열번 가면 한번씩은 꼭 간다던데요, 할머니한테 그런 소릴 했더니 밥짓는 계집애가 극장구경이 다 뭐냐고 안하시는가요. 아이고 내 팔자야……"

"쪼맨한 가시내가 청승맞게 팔자타령은……"

"전 팔자타령이나 하고 있을게 아저씬 누어서 웃기나 하세요."

배영은 순이의 말대로 누어 버렸다. 갑자기 피곤이 덥치기도 했지만 순이의 말대로 누어서 웃어 보고 싶은 마음이기도 했다.

아까와는 반대로 누었다. 발이 갔던데 머리를 두었다. 목욕탕 집 굴뚝이 보였다. 시꺼언 연기가 뭉클뭉클 하늘로 올라갔다. 시꺼언 연기가 고운 하늘을 가로 막았다.

배영은 목욕탕 굴뚝 아래로 시선을 떨어뜨렸다. 목욕탕 지붕이 뜨거운 햇빛을 튕기며 엎드려 있는 것이 보였다. 그러자 그 지붕 밑에서 목욕을 하고 있을 나체(裸體)들이 눈 앞에 떠 올랐다. 여자의 나체들인 것이다.

— 목에서 시작되어 양 어깨로 흘러내린 부드러운 선. 한참 계속해 내려가던 선이 잘룩히 잘리웠다가 다시 평퍼즘이 벌어지면서 둔덕을 이루자 배영은 눈쌀을 지푸리며 돌아 누었다. 어쩐 일인지 그러한 나체와 함께 서물거리는 것은 이

주애 남편의 그 잔뜩 바라진 토막 같은 모습인 것이다.

"쩟."

'쩟' 소리가 크게 나왔다. 배영은 소리에 놀랐다. 그와 동시에 이런 소리를 처서 될가부냐는 생각도 했다. 그 생각의 뒤를 이어 이런 소리를 처선 안된다는 대답이 나왔다. 다시 말하자면 염치 없이 치는 소리라는 생각이 들었던 것이다.

이 '쩟' 소리는 순전히 이주애 때문에 쳤던 것이다. 이주애가 아니더면 딱 바라진 토막 같은 녀석이건 아니건, 상관할 게 없지 않은가 말이다.

배영은 이래선 안되겠다고 마음을 달래었다. 이주애의 남편을 미워하지 마는 동시에 이주애를 보면 반가워지는 마음을 버리자고 마음 먹었다. 그런데 어느 날 어느시 부터 이주애가 자기에게 반가운 사람으로 나타났는지 알 수 없었다. 제일 첫날 — 그러니까 이 주애가 입사하던 날인데, 그날은 무관심하게 지났다. 왜냐하면 이주애가 들어오기 전에 주간이 이주애와 이주애 남편에게 대한 이야기를 여러번 했던 까닭이다. 도대체 배영은 남편 있는 여자로서 남편을 집에 들여 앉히고 여자가 밖에 나와 활약한다는 일을 싫어했던 것이다. 그런 여자들은 대개 남성도 아니요 여성도 아닌 중간치기로 알았던 까닭이다.

첫날만 그런 것이 아니라 이튿날도 사흗날도 그렇게 지났다. 그러다가 누이 동생한테 미역을 가지고 자하문 밖으로 나가던 날 비로소 인식을 달리 가지게 되었다. 이주애는 중간치기가 아니고 참 고운 여자라 생각이 들었다. 그동안 무관심하게 지난 일이 죄스럽게 여겨지기 까지 했다. 더구나 이주애는 자기에게 집이 어딘줄도 모르고 있었느냐고 몰아세웠고, 그러면서도 자기의 집까지 알고 있노라고 말하고 있었다. 튕기는듯한 말씨긴 하면서도 정답고 부드러웠다. 이날 이후로 이주애가 자기 앞에 즐거운 사람이 되었음에 틀림 없는 일이다.

한상만 사장이 딸 영실과의 혼담을 내 놓았을 적에도 제일 먼저 이주애의 얼굴이 나타났던 것으로 보아서도 알 일이었다.

그러나 그때 남편 있는 남의 아내를 생각해선 안된다는 생각을 했다. 그래서 불만이면서도 한사장에게 생각해 보겠노라고 대답했던 것이다.

그것은 이주애를 생각해서라기 보다 자신을 더 많이 생각해서였다.

배영은 한 사장의 딸이 마음에 흡족치 못하면서도 그 배후에 있는 그의 부친의 사업체에 마음이 안 끌리는 바가 아니었다. 남의 밑에서 고용사리를 하기보다는 자기 일을 해 보고 싶었다. 더우기 그 사업이 자기가 흥미를 느끼고 있는 출판업이고 보니 말이다.

배영은 대규모의 출판업을 하고 싶었다. 돈을 벌기 위한 것이 아니고 진정한 문화사업을 하고 싶었던 것이다. 교과서가 아니면 시시껄렁한 책자를 만들어 모리를 하는 출판은 국민대중을 좀 먹는 사업밖엔 안된다고 생각했다. 진정한 문화사업이라면 국민 대중의 지식을 넓히며 정신생활을 이끌어 갈 수 있어야만 된다고 생각했다.

배영은 눈을 크게 떠 밖을 내다 보았다. 여전히 목욕탕 굴뚝에서 시껌언 연기가 뭉쿨뭉쿨 올라가서 고운 하늘을 가로 막는 것이었다. 그렇더라도 배영은 하늘에서 시선을 떨어뜨리지 않았다. 줄곧 하늘만 보고 있었다.

그러다가 잠이 들어 버렸다. 잠 속에서 배영은 이주애를 보았다. 낙화가 함박눈처럼 쏟아지는 속을 이주애는 콧노래를 부르며 닥아 오고 있었다. 그는 발름발름 웃기까지 했다. 배영은 손을 들어 그를 맞으며 벌쭉 웃었다.

"아저씨 저녁 진지 잡수세요."

순이 소리에 깼을 땐 해가 넘어가느라고 목욕탕 굴뚝 저편 하늘이 온통 붉기만 했다.

"아저씨 주무시면서도 싱글벙글 우스시데요. 그렇게도 좋세요? 장가 가시는 일이……"

배영은 댓구없이 꿈속에서 우슨 웃음에 꼬리를 잇고 있었다.

＊　＊

이튿날 배영은 주애 보다 일찍 사에 나와 있었다. 주애가 편집실에 발을 들여 놓자 배영은 목을 길게 빼고 주애 쪽을 보는 것이었다.

주애는 반가워 하다가 그만 두었다. 어제 멍든 눈두덩 때문에 결근하지 않은 일이 반가웠으나 그러나 안 좋다던 사장의 딸을 데리고 다니는 것은 아무리 생각해도 못마땅 하지 않을 수 없었다.

주애는 스카―트자락에 바람이 일도록 걸어 자리에 와 앉았다. 멍든 눈두덩의 일이 궁금도 했으나 건너다 보지 않고 참았다. 주애는 아무 일도 없는체 주간이 세워보라던 9월호 편집 풀랜을 궁리하고 있는데 업무부원이 잡지가 나왔다고 들고 왔다.

주애가 입사해서 처음으로 쓴 '남산보육원' 방문기가 실려 있기 때문에 은근히 기다려지던 팔월호였다.

주애는 방문기를 찾아 읽기 시작했다. 일기니, 수필이니 써 오긴 했어도 자기가 쓴 글이 활자화 하기는 처음이라 신기하고도 기쁜 생각에 가슴이 뛰기까지 했다.

"미세쓰 리 잘 쓰셨어. 남산보육원 방문기 말입니다."

주애가 아직 읽고 있는데 주간이 주애더러 한 말이었다.

주애는 '남산보육원'이라는 말에 귀가 띄어서 주간을 돌아다 보았던 것이다.

"이건 바루 소설인데요. 난 몰랐더니 미세스 리의 재간이 대단하셨군요."

주간의 칭찬이 대단했다.

주애가 고개를 다시 돌려 읽으려는데 이번엔 옆자리의 조상배가 나서는 것이었다.

"저두 지금 막 읽었읍니다. 풍부한 내용에 박력있으면서 부드러운 문장이 더 이를데가 없는데요."

주애는 조상배의 얼굴을 돌려다 보았다. 조상배는 본래 웃음의 소리를 잘 하긴 했지만 낯색을 보아서 헛소리가 아닌 것 같았다.

"배형두 읽어 보시오. 주간 말씀 마따나 바루 소설인가 싶어요."

조상배가 배영에게 한 말이었다.

"괜이 놀리시는군요."

주애가 조상배한테 이렇게 말하면서 배영에게로 훌쩍 시선이 갔다.

배영도 주애를 마주 보았다. 벌써부터 배영은 주애를 보고 있는듯 했다.

시선이 마주치었으나 이번엔 돌리지 않았다. 궁금하던 눈두덩도 살폈다. 퍼런 자욱이 있긴 했으나 과히 나타나지 않았다.

주애는 배영을 보면서 빙그레 웃었다. 배영은 전과 다른 뜨거운 시선으로 주애를 보았다. 배영의 이처럼 뜨거운 시선과 맞 부딪쳐 보기는 처음 일이었다. 주애는 몸이 공중 뜨는 것 같았다. 하는 수 없어 고개를 숙으려 버리고 말았다.

그러는 참에 '녹크'와 함께 '또어'가 열리며 한영실의 수다스런 소리가 들렸다. 주애와 배영의 목이 어느새 그쪽으로 돌아갔다. 두사람 다 일시에 낯색이 변해짐을 깨달았다.

"덥다고 수박을 사 왔어요."

바루 뒤를 따라 들어온 사내가 든 망태기를 가리키면서 한영실은 배영을 보았다.

"아, 이거, 원 이럴수가 있읍니까? 손수 이거 원……"

제일 먼저 나선 것이 주간이었다. 주간은 말이 안나올 지경으로 황송하기만 했다.

"사람을 들려 가지고 온걸요."

한영실은 대강 이렇게 말을 건네고 나서 배영에게로 다가서 가며 그의 눈두덩을 빤히 들여다 보는 것이었다.

"달걀로 문질르셨군요? 창경원엔 공연히 갔나부죠."

하고 수다를 떨었다.

배영은 담배를 꺼내어 불을 부치려고 했다. 난처할 경우면 담배와 씨름하는 것이 그의 버릇인지도 모를 일이다. 조상배가 턱을 쓰윽 쓱 문질르며 나섰다.

"오라. 편집장 알았어. 댁에서 장작을 팼다는 건 괜한 소리였군. 어저께 창경원에 가셨드랬군."

배영의 난처해 하는 낯색이 뚜렷이 들어났다. 배영이 주애를 힐끔 건너다 보았다. 주애는 자기가 출근하기 전에 배영이 거짓말을 한 것이라고 짐작했다는 듯이 눈을 흘겨 주었다. 아주 밉쌀머리스럽다는 듯 ― 어색한 분위기가 잠시 계속되다가 주간이

"약혼자끼리 창경원 산책쯤 하는데 어떨가 원……"

하고 변호해 주었다.

"그럼 그렇다구 첨부터 솔직히 고백하면 되는거 아니겠어요. 그런데 눈 가장자린 키쓸하다 맞 쪼았던가요?"

조상배가 주간의 말을 받으며 싱글벙글 했다.

"키쓰요? 키쓰커냥 손목도 안 잡은걸요. 호호호."

한영실은 간지럽도록 웃어 대었다.

"미쓰 한 그만 재미보시구 수박이나 베껴주시지. 노총각의 몸둥이가 용광로가 다 되 가는구려."

"미스터 조는 언제나 사람을 놀리기만 하셔. 가져온 수박이니 잡숫구려."

"그냥 먹으란 말인가요? 얼음과 설탕으로 어떻게 해 주십시요."

"그런건 미세쓰가 하는거지요. 미쓰가 언제 그런걸 해봤어야. 미세쓰 리더러 좀 해 달라고 하세요."

한영실은 주애를 건너다 보지도 않으면서 이런 말을 했다. 자못 거만한 어조와 태도로서 ― .

주애 머리의 피가 죄다 하체로 내려 쏠리는 것 같았다. 왼쪽 눈가풀이 포로로 떨리면서 왼쪽 다리가 테이불 밑에서 달달달 떨렸다.

"이여사 전화 받으시지."

주간이 수화기를 들고 불렀다.

"네? 저한테요?"

주애는 책상 모스리를 잡고서야 일어설 수 있었다. 전화는 남편한테서 온 것이었다. 가까운 다방에서 기다리고 있으니 속히 나오라는 것이었다. 주애는 곧 나간다고 큰 소리로 말했다. 어찌 되었던 간에 편집실을 떠나는 것이 상책이라

고 생각했던 것이다. 그리고 주애는 이 경우에 남편은 자기를 구해 주는 구세주 같다는 생각도 들었다.

　주애는 수화기를 놓자 핸드 빽도 들지 않고 편집실을 나왔다. 충계를 반쯤 내려왔을 때에사 남편이 무엇때문에 불러내는 것일가?하고 고개를 개웃둥했던 것이다. 주애가 아침 집을 나오기까지 남편은 일어나지 않았다. 잠이 깨어 있었는지 혹은 잠들어 있었는지 그것은 알 수 없으나 ─ 주애가 자리에서 일어 날 땐 남편이 자고 있은 것만은 사실이었다. 여니 날이었으면 "일어나라던가" "아침을 안 먹겠느냐" 등등의 말이라도 했을 것이지만 전날 창경원에서 돌아온 뒤로는 입을 떼기가 귀찮아졌던 것이며 더우기 소나기 속에서 숨바꼭질 하듯 하다가 잡혀 들어가고 나선 남편쪽으로 시선 조차 돌리기가 싫었던 것이다. 하지만 주애는 남편이 가 있는 다방으로 가는 수 바께 없었다.

　다방은 눈이 부시게 볕이 쨍쨍했다. 남편은 담배를 피우면서 다리를 꼬아 얹고 있었다. 왼쪽 다리에 바른 편 다리를 얹어 놓은 것이다. 언제나 남편은 의자에 앉기만 하면 이러기를 잘 했다. 이렇게 꼬아얹고 있는 남편의 다리는 더 짧막해 보였다. 그중에도 오늘은 유난히 짧막해 보이는 것이었다. 전화를 받던 때의 고마운 심정은 싹 가시고 짜증이 부르르 났다.

　'키도 어쩜 저다지 작을가?'

　주애는 속으로 이렇게 두덜거리면서 남편 앞에 가 앉았다. 앉자 마자

　"제발 좀 그다리 내려놓으세요. 한치나 돼 뵈요."

라고 했다.

　"왜 이리 톡 쏘구 야단야? 황새 다리처럼 멋없이 긴 놈의걸 보다 보니 공연한 다리가 병신 같아 뵈는 모양이지?"

　남편은 턱을 터억 치켜 올리며 이런 댓구를 했다. 얼굴 근육이 조금도 움직이지 않았다.

　"병신 같아 안 뵈는줄 아세요?"

같은 어조로 주애는 또 이렇게 나갔다.

"허어?"

남편은 어이가 없다는듯 '허어' 소리가 발음된 입 그채로 아내를 퀭하니 보다가

"다리 긴 놈이 그렇게두 조와?"

하며 발딱 일어서는 것이었다.

"아니 그건 또 무슨 뚱딴지 같은 소리예요?"

주애는 섬찍했으나 낮의 번화[36]를 보이지 않으려고 노력하며 항의조로 나갔다.

남편은 댓구가 없었다. 그러나 그의 얼굴이 둥둥 불어오르는 것으로 보아서 얼마나 부화가 났다는 것을 알 수 있었다. 그러지 않아도 남편은 얼굴이 큰 편이었다. 키에 비해서 머리통이 크기 때문에 커 보였던 것이다.

"뚱딴지? 뭐가 뚱딴지야? 앙큼스럽게…… 서방질을 맘대루 못해서 생트집 부리는 거지?"

남편은 끝내 이렇게 퍼 붓는 것이었다. 주위 사람들이 힐끔힐끔 살폈다. 전축에서 '스윙'이 아우성스럽게 돌아가는 바람에 남편의 소리가 째워버리긴 했으나 사람들 앞에서 이러한 행패를 뵈는 것이 주애는 싫었다. 남편은 더 곱지 못한 말을 연이어 퍼부을지도 모르는 일이다.

"나갑시다."

주애가 먼저 일어섰다. 이정기는 일어 서려고 하지 않았다. 눈을 부릅뜨고 아내를 노려 보았다. 주애는 바깥문을 밀고 밖으로 나왔다. 노려 보는 시선에 밀리기라도 한 것 처럼 —.

한참만에사 남편이 나오는데 그의 손엔 트렁크가 들려 있는 것이다. 그제사 살펴 보니 남편은 이발이랑 말쑥하게 했었다. 얼마 되지 않는 머리털로서 벗어

---

36 '변화'의 오식으로 보임.

진 이마를 여니때 보다 한층 얌전히 빗어 덮었었다.

"트렁큰 왜요?"

주애가 물었다.

"나 없는데서 싫컷 서방질하라구 떠나 주려는 거야."

"어쩜. 너무 가혹하잖아요?"

주애는 파랗게 질렸다.

"가혹하다구? 옛날 같음 털을 빡빡 깎아서 내 쫓는거야."

"어머나."

주애는 입을 딱 벌리고 남편을 빤히 바라 보았다.

"털을 깎일가봐 겁나?"

"그런 말하는 당신이 놀라워서 그러는거예요."

한낮의 태양이 뜨겁게 내려 쪼였다. 발밑의 포도가 물씬거렸다.

"대체 어딜 가시는거예요? 괜히 시위 운동하는거 안예요?"

남편 손에 들린 트렁크에 시선을 보내며 주애가 물은 말이다.

"시위운동? 이 편질 보란 말이야. 삼척 탄광에 있는 옛날친구한테서 오라구
왔어."

남편이 포켙에서 봉서 한장을 내 보였다. 주애가 받아 보았다. 과연 남편 말
대로 삼척탄광에 있는 친구한테서 오라고 한 편지였다.

"아까 나올 때 까지도 아무 소리 없더니 왜 갑자기 가신다구 그래요?"

주애는 편지를 접어 넣으며 말했다. 그의 음성은 부드러웠다. 측은한 감정이 왈
칵 일어났던 것이다. 편지에 보면 남편 쪽에서 탄광에 있는 친구에게 일 하도록
알선해 달라고 한 모양이었다.

"당신이 가겠다고 청을 하셨구려?"

주애의 어성이 더 낮고 부드러웠다.

"그래."

남편은 여전히 퉁명스럽게 나왔다.

"사업은 안되는가요?"

남편은 늘 사업을 하게 된다고 주애에게 말해 왔다. 주애가 직업을 가진 뒤로는 연일 그러한 말을 해 왔다.

그 사업이란 친구가 돈을 대 주어서 한다는 것이었다. 친구는 무역을 하는 사람으로서 십억만 손에 들어 오면 일억가량 이정기에게 주어 단독으로 사업을 시켜 준다는 것이었다. 그런데 친구는 현재 삼억대가량 바께 되지 않았다. 남편은 친구가 십억대에 오르기를 기다리고 있었던 것이다.

"가지 마세요."

주애는 남편 손에서 트렁크를 뺏으려 했다. 남편은 트렁크를 놓지 않았다.

"좀 조와서 그래?"

"졸게 뭐예요?"

"거치장스런게 없으니 말이야."

"고만만 하세요."

"듣기 졸리야 없겠지."

"좋구 나쁘구가 문제 안예요. 지금 내겐 당신이 탄광으로 간다는 일만이 가슴 아플 뿐예요."

"고마운데."

이정기는 말 꼬리에 쓴 웃슴[37]을 웃었다.

"그러지 말고 집에 가만 계시다가 된다는 일이나 되거든 움직이세요."

"집안에 들앉아 병신구실을 하란 말이지?"

"누가 병신구실 하시래요?"

"오재길 졌으니 그 이상 병신이 또 있을라구……"

"또 그런 소리. 당신이 저엉 가신담 나도 따라 갈테예요."

"공연한 제스추언 고만 해둬, 배가 놈을 어떡하구 날따라 간다는거야."

---

37 '웃음'의 오식으로 보임.

이정기가 발을 멈추며 주애를 보았다.

주애도 발을 멈추고 남편을 마주 보고 있다가 그는 푸라타나스 그늘 밑으로 들어 섰다. 푸라타나스에 등을 기대고 말없이 서서 한숨을 길게 내 쉬었다. 이렇게 그는 한 숨을 몇번간 쉬었다. 그리고 나서 주애는 남편에게 덕수궁으로 가자고 제의 했다.

"덕수궁엔 왜?"

"거기 가서 속에 있는 말을 할께요."

"배가놈하구 붙은 얘길 할 셈인가? 날더러 그런걸 들으란 말인가?"

"아무튼 가 주세요. 그냥은 견데 있질 못하겠어요."

"천천히 그럴 시간이 없어. 뼈쓰가 세시에 떠난대."

"그래 끝내 가실 셈인가요?"

"내쪽에서 청을 해서 된 일인데 안가구 어떡해?"

"거기 감 광부가 되나요?"

"광부는 싫단 말이지? 광부와 잡지 편집장 깜하군 아득한 차일세. 핫핫핫."

남편이 입을 따악 벌리고 웃으며 걷기 시작 했다. 주애도 뒤를 따랐다.

"나 같이 갈테예요. 사에 가서 핸드 빽을 가지고 나오겠어요. 주간한테 말도 하구요."

뒤를 따르던 주애가 앞에 서서 달리듯 걸으니까 이정기가 아내를 불러 세우는 것이었다.

그의 음성이 달라졌다. 아내를 지극히 믿고 사랑하던 때의 것과 다름이 없었다.

주애가 달리던 발을 멈췄다. 주애는 웃음을 웃으며 돌아 섰다.

남편이 아내 한테로 가까히 갔다. 아내도 남편한테로 가까히 왔다.

"당신은 있어요. 따라 갈 곳이 못돼."

남편이 트렁크가 들려 있지 않은 다른 손을 아내 어깨에 얹었다.

"왜 못가요. 가면 가는거죠."

"첩첩 산중이라오."

"나도 알아요. 그런데니까 더 가자는거예요."

"그런데 가서 어떻게 살게?"

"아무데라도 가 살겠어요. 여기 보다 나을 테니까요."

"연인이 없는 땅인데?"

"또 그런 소리?"

주애는 이 소리를 내 뱉으며 다시 가던 쪽으로 달리듯 발을 옮겨 놓았다. 남편이 다시 주애를 불러 세웠다. 그리곤 자기 편에서 그리로 발을 옮겨 갔다. 남편은 아내에게 남아 있어야 할 조건을 들어 들려 주었다. 그 조건의 하나는 전세를 갑자기 빼낼 수 없으리라는 것, 아들 성수의 전학 문제등이었다.

"혼자 어떻게 있어요?"

"대전에 전볼 쳤어. 장몰 올라 오시라구…… 당분간 어머니하구 같이 있어요."

"그런 준비까지 해 놓고선 왜 그런 말도 여태껏 안하셨어?"

"말할 새가 있었어? 만나자마자 다리가 한치나 돼 뵌다느니 어쩌느니하구 트집을 부리니……"

"뭐가 트집이예요? 정말 한치바께 안돼 뵈던걸."

"글쎄 그러니까 트집이라는거야. 전엔 그런 소리가 없더니 요새 와서 짧아 뵈느냐 말야."

"인제 그만 두세요. 잘못했어요."

정말 주애는 잘못한것 같았다. 편집실에서 한영실의 소동이 일어 나지 않던들 남편에게 그러고 대어 들지는 않았을지 모른다.

"시간이 다 돼 가는데……"

남편이 시계를 드려다 보며 총총히 서둘었다.

"나 그럼 떠나는거라도 볼테야."

남편은 말리지 않았다. 그들은 택씨를 불러 타고 뻐쓰 출발처로 달렸다.

삼척행 뻐쓰엔 객이 벌써 올라 타고 있었다. 주애가 뻐쓰에 먼저 올라서 자리를 살폈으나 좌석이 비어 있지를 않았다.

"그 먼델 서서 가야 하나봐요?"

주애는 남편이 서서 갈 생각을 하니 더 언짢아졌다.

"뭐. 사내대장부가……"

운전수가 운전대에 앉아 부르릉 부르릉 발동을 시작했다. 차장이 앞 뒷문으로 올랐다.

"어서 내려가요."

남편은 트렁크를 바닥에 놓고 주애를 부축해 내려 주었다. 앞 뒷문이 닫히고 차체가 뚱깃퉁뚱깃퉁 움직였다. 주애는 남편을 보려고 둥깃퉁거리는 차를 따랐다. 남편은 주애를 내다 보며

"어서 가."

라고 했다.

뻐쓰가 큰 길에 내려섰다. 그로 부터는 뻐쓰도 달리는 것이었다.

주애도 같이 달리며 손을 흔들었다.

"나 조용히 있을테니 안심하세요. 오는 일요일에 나 삼척엘 갈테야요."

뻐쓰가 멀어저 갔다. 남편은 주애의 소리를 못들었을지 모르나 주애는 진심으로 이런 소리를 쳤던 것이다. 뻐쓰에 흔들리면서 초라하게 떠나는 남편을 목도한 주애 마음 속엔 배영도 사장의 딸도 있지 않았다. 그동안 배영을 생각한 까닭에 남편한테 곰곰치 못했던 일이 뉘우쳐 지기도 했다. 진실로 주애는 인제 앞으로는 남편을 즐겁게 하는 일에만 열중하며 그를 도아서 출세 시키자는 생각으로 가슴이 꽉 차 있었다.

뻐쓰가 보이지 않게 되자 주애는 발길을 돌렸다. 무엇을 탈 생각도 하지 않고 줄곧 걸었다.

태양빛은 아까 보다 뜨거웠다. 햇빛과 맞서게 되니까 더했던 것이다.

"어이쿠 어디 가서 그렇게 익어가지구 오십니까?"

편집실에 들어서니 조상배가 주애의 얼굴을 보고 눈을 크게 떴다.

"울었나 분데?"

주간이 근시안을 가늘게 뜨고 주애를 찬찬히 보았다. 주간의 말을 듣고 보니 돌아 오는 길에 운것 같기도 했다. 연신 수건으로 얼굴을 씻으며 걸었던 것이다. 분명히 땀 뿐이 아니었을 것이라는 생각도 들었다.

"그 수박이나 자세요. 사장 따님이 두고 간건데……"

주간이 주애 테이불 위를 가리키며 일러 주었다. 종이를 씨워놔서 주애는 모르고 있었다.

"저 안 먹겠어요. 지금 나가서 먹고 왔어요."

"참 아까 전화가 정기군의 소리던데 갑자기?"

주간이 주애의 눈치를 살폈다.

"잠깐 여행을 떠났어요."

주애는 간단히 댓구했다. 남편이 삼척 탄광에 갔노라는 말은 하지 않았다.

"갑자기 여행은? 형편이 핀 셈인가요? 그 일이 된 모양이죠?"

주간도 남편의 사업건을 알고 있었다.

"잘 모르겠어요."

"부산방면으로 갔어요?"

"네."

"그래서 우셨군요? 잠깐 여행이라는데 그렇게 야단들이니 이놈같은 총각은 어쩔 것이여어."

조상배가 호남 사투리를 섞어가며 농조로 나왔다.

"이만저만한 새라구? 정기군만큼 애처가두 없을걸."

주간이 곁드렸다.

"행복하십니다. 아주머이요?"

조상배가 이번엔 영남 사투리로 나왔다. 모두들 '와하하' 웃었다. '아주머이' 라는 말에 더 웃는 모양이었다. 배영도 웃었다. 주애는 무표정하게 웃는 그를 물끄러미 보고 있을 뿐이었다.

　어머니가 올라와서 탄광에 간 사위의 일을 매우 못마땅하게 여겼다.

　"삼사년을 번둥번둥 놀다가 예편넬 벌일 시킨다더니 끼껏 한단 것이 겨우 노동 일이야……"

　"어머니도 모르시는 말씀 마세요. 노동이면 어때요. 요새 같은 세상엔 되려 그런데 가 백혀서 제 할 일을 하는게 나요."

　주애는 남편을 극력 변명해 주었다.

　"애 말말아라. 감옥살일 하던 것들은 죄다 그 모양이더라. 네 외삼춘도 이날 이때까지 그저 그 모양이다. 번둥번둥 놀기만 하구… 일자릴 얻어 줘도 이건 이래서 싫고 저건 저래서 싫다는둥 불평뿐이다……"

　"그럴바께 없잖어요? 일제와 투쟁하느라고 감옥살이 까지 했는데 그 고생의 댓가는 그냥 변변한 일자리조차 마련되지 않으니 불평뿐일 바께 —"

　"너두 고생 바가질 꿰 차게 생겼다. 쯧쯧……"

　어머니는 다시 말이 없었다.

＊　＊

　구월호 편집을 '대천'에 가서 하게 된 것은 일주일 뒤의 일이었다. 사원들을 교대해서 휴가를 주자는 의론이더니 어찌어찌 돼서 편집실을 대천으로 이동하자는 의론이 득세를 했고 사장의 허가까지 내리게 되었던 것이다.

　사원들은 온통 좋아서 야단들이었다. 꿩 먹고 알먹는 셈이라는 것이다. 말하자면 휴가는 휴가대로 얻은 셈이고 잡지 편집엔 지장이 없게 됐다는 것이다. 대천엔 현재 필자들이 많이 가 있어서 오히려 서울서 보다 이모 저모 생생한 기록을 취재할 수가 있다는 것이었다.

　조상배는 어느새 『여인화보』의 이동편집실이니 "『여인화보』 편집실 대천으로 옮기다"라느니 하고 종이에 크게 써 가지고 편집실 안 여기 저기에 붙여 놓았다.

"전 이동편집실에 참예 못하겠는데요."

주애가 붙혀 논 '이동편집실'을 쳐다 보며 한 말이다.

"와요?"

조상배가 불평스런 어조로 되물었다. 그는 요새 와서 유난히 영남사투리를 잘 썼다. 그래서 영남 여자하고 연애라도 하는가부다고 놀려 대기도 했다.

"집이 빈걸요."

"아자씨 아직 안돌아 왔읍니꺼?"

'아자씨'라는 그의 말에 모두들 웃었다. 주애도 웃었다. 주애가 웃으면서 배영을 건너다 보았더니 배영은 웃지 않았다.

"참 정기군이 아직 안 돌아 왔어요?"

주간이 물었다.

"네."

"그럼 혼자 호젓하시겠는데?"

"어머니가 올라 오셨어요."

"그렇담 같이 가셔두 무방하시겠군요?"

"그래도."

주애는 집이 비어서라기 보다 바다 있는데로 배영이랑 같이 가는 일이 마음에 내키지 않았던 것이다.

"아즈머이요. 그라지 말구 같이 가입시다. 이 무더운 서울을 떠나 시원한 바닷바람을 쐬구 오입시다."

조상배가 사투리로 나오긴 했지만 간곡히 권하는 얼굴이었다.

그날 저녁 집에 돌아 온 주애는 잡지사에서 모두 대천으로 간다는 이야기를 어머니한테 들려 드리고 자기는 집이 비어서 못가겠노라고 했다는 말을 했다.

"너두 가거라. 그래서나 바다에 가 보지 언제 가겠니? 집이야 내가 있는데 어떨라구." 했다.

어머니 말씀까지 이러고 보니 주애 자신도 가고 싶은 생각이 들었다.

"그럼 어머니 성수 변또[38]찬이랑 잘 보살펴 주시고 학교에서 돌아 오거든 공부랑 시켜 주세요."

"밤낮 성수냐? 넌." 어머니는 짜증 비슷이 나왔다.

"가엾잖어요? 요센 저 아버지도 없는데……"

진정 주애는 성수가 가엾다는 생각이 들어서 남편이 떠난 뒤로 한층 아이에게 정성을 받쳤던 것이다.

"글쎄 염려말고 가거라."

이래서 주애도 대천행 '이동편집실'에 참가하게 되었다.

산(山)·바다

그런데 주애는 이동편집실 일행과 함께 떠나지를 못했다. 남편한테 먼저 다녀와서 떠나려고 했다. 그래야만 마음 가볍게 바다에 갈 수 있을 것 같았다.

남편이 떠나던 날, 주애는 뻐쓰에 흔들리며 자기를 내다 보는 남편에게 오는 일요일 광산엘 가겠노라고 소리를 쳤던 것이며, 그리고 조용히 있을테니 안심하라는 소리도 함께 해 보냈던 것이다.

그런 소리를 남편이 들었는지, 혹은 못들었는지 알바 없으나 자기로선 그 약속은 지켜야 한다고 재삼 다지는 것이었다.

어머니 한텐 대천에 갈 준비를 하는척 해 보였다. 만일 남편한테 간다는걸 안다면 어머니는 또 못마땅 해 할지 모르는 일이었다. 장모 사랑은 사위라는 말이 남아 있을 정도로 장모는 사위를 사랑하게 마련이건만 어찌된 일인지 이 어머니는 그렇지가 못했다. 어머니는 처음부터 사위가 불만이었다. 우선 키 작은 것이 싫다는 것이었다. 어디 사내가 없어서 겨우 난쟁이 면한 녀석 한테 걸려 들어가지고 그 지경이 되었느냐는 것이었다. 그리고 어머니는 딸의 날씬한 체격

---

38 '도시락'을 뜻하는 일본어 표현 '벤또'(弁当)를 뜻함.

에 비쳐낸듯한 용모가 아깝다는 말도 늘 하는 터이었다.

보나 안보나 주애가 남편한테 다녀 오겠노라고 한다면 어머니는 "너 두 야" 하고 또 사위에게 가는 불만을 털어놓을 것이리라.

더우기 어머니는 사위가 광산 같은데 가 있는 일이 매우 못마땅했다. 그러면서도 사위의 그 몽탕한 몰골을 보지않게 되는 일만은 되려 속시원하다고 여기는 눈치였다.

주애는 거리에서 남편의 내의(內衣)를 몇벌 구했다. 그런 곳에 가 있을수록 내의 같은 것이 깨끗해야 한다고 생각되었다. 또 남편이 즐기는 '쏘오세이지'와 '카나디안위스키'도 구했다. 그것들과 함께 자기의 수영복도 작만했던 것이다. 남편한테 갔다가 그 길로 대천엘 갈 작정이었던 것이다.

뻐쓰는 아침 일곱시 출발이었다. 주애는 집에서 다섯시에 나왔다. 어머니가 대문밖에까지 배웅해 주며 물에 조심하라고 몇번 당부했다. 그리고 집안 일은 마음을 터억 놓고 잘 쉬라는 말도 일러 주었다.

뻐쓰가 진종일 달려도 목적지엔 아직 이르지 못했다. 원주에서 갈아타고도 더 가야했다. 저녁 여덟시 가까워서야 상동에 이르렀다. 해가 넘어간 하늘엔 노을이 찬란히 일고 있었다.

주애는 뻐쓰에서 내리자 미리 물어보아 알고 있는 광산 사무실을 향해 올르막 길을 걸었다. 광부인듯한 두어사람이 내려 오는 것을 만났을 뿐 올르막 길은 한적했다.

한 십분가량 올라갔을가? 광산 사무소라고 짐작되는 이층건물이 길을 막고 우뚝 서 있었다. 주애는 가슴이 후두두해 옴을 깨달았다. 사무실에 아무도 없으면 어쩔가? 또 남아있더라도 남편의 거처를 모른다고 하지나 않을가 하는 걱정이 생겼던것이다.

아직 채 어둡지 않은 탓인지 불이 켜있지 않았다. 그런데도 주애는 발걸음을 재게 놀려 사무실 현관 안에 들어 섰다. 주애는 눈을 한번 벌려 떴다. 사무실 안에 앉아있는 사람이 남편인듯 했기 때문이었다. 그는 이쪽하곤 등을 지고 앉아 있었다. 그러니까 뒷모습을 보이고 앉아 있는 것이었다.

주애는 '여보'하고 부르려다가 소리를 삼켜 버렸다. 혹시 남편이 아니면 어쩔가 하는 생각에서 화안히 밝은데서라면 주저하지 않았을 것이다.

주애는 헛기침을 한번 해 보았다. 그래도 이쪽을 등진 채로 멍하니 밖을 내다보고만 있는 것이다. 그는 노을이 찬란히 일고 있는 하늘을 보는지도 몰랐다. 한참만에 그는 움직였다. 왼쪽 다리를 바른 다리 위에 꼬아 얹는 것이다. 주애는 그제서 자신이 생겼다. 틀림없이 남편임을 알았다. 아무튼 다리를 꼬아얹고 앉은 남편의 모습은 독특한 것이니까.

"여보. 내가 왔어요."

이렇게 다정하게 소리를 쳤다.

다정하게 치지 않고는 백일 수가 없었던 것이다. 아무도 없는 불도 켜 있지 않은 사무실에 혼자 앉아 정신없이 밖을 내다 보는 남편이 한없이 불상했던 것이다.

"으응 뭐야? 이거."

잠속에서 깨는듯한 소리를 지르며 남편이 이쪽을 향했다. 주애는 들었던 뽀스톤 빽을 아무렇게나 동댕일 치곤 남편한테 가 쓸어지듯 매달렸다. 남편은 눈을 크게 뜰 뿐이었다.

"나 온다고 그러잖었어요."

"뭘 타구 왔어?"

"뻐쓰."

"아니. 그걸 어떻게?"

"당신도 타고 왔는데 뭘."

남편은 크게 뜬 눈으로 멀뚱 멀뚱 아내를 보고 있을 뿐 입을 열지 않았다.

"왜 여기 혼자 있어요? 숙직이예요?"

"아니. 숙소에 돌아가려든 참이야."

"여길 올라오면서 아무도 없으면 어쩌나 했는데……장본인이 이렇게 앉아 있을줄 누가 알았겠어요."

주애는 소녀처럼 새새거렸다. 남편은 묵묵히 새새거리는 아내를 보고 있었다.

"다릴 꼬아얹는 버릇은 여기 와서도 못고치는 모양이죠?"

주애는 웃으면서 이런 말을 했다. 그러나 이 말에 남편은 그동안 풀어 놓았던 다리를 다시 꼬아 얹으면서

"왜? 또 트집을 부릴 셈인가? 트집부리러 왔군?"

하고 퉁명스레 굴었다.

"누가 트집 부린댔어요? 아무래도 좋아요. 당신을 쉬이 만날수 있는 것만이 기쁜걸요."

"서울선 배가 놈의 다리 보다 짧다구 트집이였지?"

"잘못했어요. 그날은 괜히 그랬어요. 인제 다신 안그럴께요."

어리광 비슷히 나왔으나 진정 잘못한것 같은 뉘우침이 솟구쳐 오름을 어쩔 수가 없었다.

"그래 배가놈 하구 그동안 재미 좋았어?"

"어쩜 또 이러세요? 당신때메 여기까지 왔는데……"

"눈치 보러 온거 아냐?……"

남편은 주애를 밀쳐내며 일어 서 버렸다.

"그런 말은 하지도 말아요. 당신이 떠난 뒤론 당신이 가엾다는 생각밖엔 나잖았어요."

"거짓말."

"거짓말은 안해요. 당신두 내가 거짓말 못하는 여자라고 하잖었어요? 정말 거짓말은 안해요. 당신이 집에 있을적엔 딴 생각을 했던것만은 사실이예요. 그렇지만 당신이 떠난 뒤론 그 마음이 달아나 버렸어요. 당신을 이런데 두고 어떻게……"

주애 눈에 눈물이 핑그르 돌았다. 그것이 차차 방울이 되어 뚝뚝 떨어졌다.

방울이 되어 뚝뚝 떨어지는 아내의 눈물을 보고만 있었다.

"나도 여기서 살래요."

주애는 남편 어깨에 이마를 묻으며 말했다.

"이정기가 노무 사무원이란걸 알아둬야해. 노무사무원에겐 사택이 없어. 우굴우굴 합숙을 하구 있어. 한테서 자구 한테서 먹구."

주애가 남편 어깨에 묻었던 얼굴을 들었다.

"방을 얻어 살면 되잖어요?"

"노무사무원들은 합숙하게 되어 있단 말이야."

"친구분은 어디 있 구요? 편지한……"

"그 친구야 사무원 이니까 저아래 사택에서 처잘 거느리구 으젓히 살지."

"왜 여기 와서 이 고생이에요? 집에 가십시다."

"집 보단 여기가 편해. 하루 세끼 밥을 얻어 먹구 저녁이면 투전이나 하다간 또 그담엔 계집을 사거든. 좀 좋아서 흥."

찬란히 일고 있던 노을도 어느새 사라지고 하늘과 땅이 짙은 황혼속에 파묻히는 것이었다.

주애는 한숨 섞인 숨을 내 쉬면서 짙은 황혼속을 내다보았다. 어쩐지 모든것이 멀어져 가는것만 같아서 견딜수 없었다. 처음 느끼는 감정이었다. 남편이 이리로 떠나오던날, 다방에서와 거리에서 그처럼 과격한 언사로 욕지거리를 할 때에도 이러한 감정은 생기지 않았던 것이다.

"여관에나 가지. 합숙소엔 갈수 없으니까."

남편이 앞을 서 걸으며 말했다. 주애가 동댕이처 버린 뽀스톤 빽도 남편은 그냥 모르는 체 했던 것이다.

주애는 힘없이 뽀스톤 빽을 집어 들고 뒤를 따랐다. 마을의 불빛이 하늘의 별들과 더부러 밝아 가는 것이 내려다 보였다. 계곡(溪谷)에 흐르는 물소리가 발밑이 간지럽게 밟혔다.

주애가 앞서 걷는 남편 옆으로 다가서며

"저 물소리 좀 들어봐요."

하고 말을 걸었다. 그랬더니 남편은

"산중에 와 있는 놈에겐 그런거 다 귀찮은거야."

하고 또 내 뱉는 것이었다.

주애는 다시 입을 열지 않았다. 여관은 마을 어구에 있었다.

"초라한데 모셔서 안됐는데. 그렇지만 오늘저녁엔 한껏 호살할 셈인데. 짐승처럼 아무 데서나 딩굴던 놈이…"

남편이 방에 들어 가 몸을 내던 지듯 주저 앉으면서 한 말이다.

"내가 공연히 왔나봐요."

"천만에. 와 줘서 고맙지 뭐요."

"말투가 왜 그래요?"

"광산노동자가 별수 있어?"

"당신이 자꾸 그러심 나 도루 갈래요."

"여기까지 왔다가 그냥 가다니…… 여자하나에 얼마씩 하는지 알어? 삼백환씩이야. 때론 백환짜리두 얻어걸리긴 하지만."

"너무해요. 당신이 그럴줄은 몰랐어요. 모르고 왔어요. 나 지금이라도 갈테예요."

주애는 이렇게 부르짖으며 옆에 놓인 뽀스톤 빽을 들고 일어 섰다.

"못가."

남편이 벌떡 일어나 주애를 아무렇게나 끌어 댕겼다.

주애는 뜬 눈으로 밤을 새우고 문창이 훠언해지자 일어 났다. 이정기는 그제사 잠이 든 모양으로 코를 드르렁 골고 있었다. 주애는 어두운데서 만연필과 원고지를 갖추어 남편에게 쪽지를 썼다. 쪽지엔 더 머물 수가 없어서 돌아 간다는 말과 남편의 마음이 평온해질때를 기다리겠노라고 했다. 술과 안주와 내의를 싼 보퉁이를 머리 맡에 논 다음, 그 위에 쪽지도 함께 놓았다.

그 길로 대천해수욕장엘 갈 예정이었지만 중지하고 집으로 돌아 왔다. 몸과 마음이 무겁기만 했기 때문이다. 아무것도 하기 싫고 모두가 귀찮았다. 웬 일로 이처럼 빨리 돌아왔느냐는 어머니 한텐 몸이 아프다고 핑계를 해서 속혔다.

그러나 이튿날 아침에 이르러 속힌것이 발각 되었다. 주간 장병호가 주애를 찾아 온 탓이었다.

주간은 대천에 내려 갔다가 용무가 있어서 전날 저녁에 올라 왔다는 것이다. 주간은 자신도 주애일이 궁금했지만 사원들이 눈이 빠지도록 기다린다고 말했다. 그중에도 조상배는 기차 도착시간이면 그 먼 역에 까지 마중을 나온다는 것이었다. 조상배가 보내 준 편지에도 그러한 사연이 적혀 있었다. 조상배는 주애가 내려오지 않으면『부인화보』의 이동편집실의 사명을 다 못하게 될것이라는 말을 몇번 되풀이 했는지 모른다. 그리고 소설가 P씨, R씨, C씨, Y씨등과 평론가 K씨, E씨, 시인 C씨, P씨, R씨, I씨 등의 현지 좌담회가 이삼일 안으로 있겠으니 그전으로 내려와야 하겠다는 것이었다.

"속기사를 거기까지 끌고 내려 갈수도 없는 일이고하니 좌담회 주애씨가 돌봐줘야 할겁니다."

주간도 주애의 대천행을 극력 역설하는 것이었다.

주애와 주간의 주고 받는 말을 듣고 있던 어머니는 대천에 간다고 떠나더니 저의 실랑[39] 한테 다녀 온게라고 꾸중을 했다.

"아니 그동안 부산 다녀 오셨군요?"

어머니 말씀을 들은 장병호는 이렇게 또 주애에게 물었다.

"부산임 좋게요. 저 산꼴 광산이랍니다."

주애에게 묻는 말을 어머니가 가루 채었다. 어머니는 주애 결혼식에 참예했을 때부터 장병호를 알고 있었고 딸 집에 오는 때에도 장병호와 만난 일이 있었던 터이다.

"산꼴 광산이라면 어디게요?"

---

39 '신랑'의 오식으로 보임.

장병호가 다조차 물었다.

"저 영월 산골이라나 봐요. 이때까지 번둥번둥 놀다가 겨우 취직이랍시구 한 게 광산이니 쯧쯧쯧."

어머니는 연신 불평을 털어 놓으려 들었다.

"아아 상동광산에 갔군. 그래 잘 있읍디까?"

주간이 눈을 가늘게 뜨고 주애의 댓구를 기다렸다.

"네."

주애는 간단히 댓구해 주었다.

주애는 주간을 따라 아침 열시차로 떠나기로 했다. 바삐 서둘기 때문에 어머니의 잔소리를 면할 수 있었다. 성수가 대문 바깥까지 딸아 나오며

"엄마 속히 와아."

하고 소리를 쳤다.

주애는 핸드 빽에서 돈을 꺼내 주면서 매미챌 사가지고 매미도 잡고, 짱아[40] 도 잡고, 나비도 잡으라고 일러 주었다.

성수는 말없이 고개만 끄떡였다.

대천역엔 조상배와 미쓰 김이 마중을 나와 주었다.

그들은 벌써 까맣게 탔었다. 조상배는 주애가 차에서 내리는 것을 보자

"부라보오."

를 웨치며 두팔을 번쩍 들었다.

"벌써 깜둥이가 되셨군요?"

주애는 이런 말로 그들을 맞았다.

그들은 역전에서 손님을 대기하고 있던 뻐쓰에 탔다. 뻐쓰는 피서객으로 만 원이었다. 한 삼십분가량 달렸을까? 바다 바람이 창으로 들이치더니 바다가 보이기 시작했다.

---

40 '잠자리'를 이르는 말.

"얼마나 좋습니까? 벌써 오실 일이지……"

조상배가 바다쪽을 가리키며 주애더러 치란을 했다. 정말 가슴마저 타악 트이는듯 시원한 바다였다.

"인제 십분가량 더 가면 바다뿐인 세계가 벌어지죠. 그 세계엔 온통 반 나체의 깜둥이들 뿐이거든요."

"정말 처음엔 어쩔가 싶더니 인젠 나도 그 분위기에 휩쓸려서 아무렇지도 않아요."

조상배와 미쓰 김이 번갈아 가며 주애에게 해수욕장 풍경을 말해 주었다.

"산꼴 광산을 보고 오신 눈엔 거슬리겠지만 곧 그 분위기에 쌔우게 되고 마니까……"

주간 말에 주애는 모처럼 트이기 시작하던 가슴이 다시 막히는 것 같았다. 주간은 기차에 오면서도 연신 이정기에 관한 이야기만 하려고 했다. 그는 이정기가 산꼴로 쫓겨 간 것을 통쾌해 하는 눈치었다.

"장선생 제발 산꼴 얘긴 꺼내지 말아 주세요."

짜증에 가까운 주애 말에 주간은 다시 또

"주애씨의 심정을 잘 알죠. 이군의 말은 말기로 합시다."

바다를 향해 달리던 뻐쓰가 아주 바다 속으로 들어가는 것이 아닌가 싶은 착각이 일도록 바다와 연이은 모래 벌위에 승객을 부리워 놓았다. 조상배가 일러준대로 온통 바다요, 온통 반나체의 깜둥이들이 우굴거렸다.

"인제사 오시는군요."

큰 골무만한 검은 털실 빤쯔로 극소부분[41]만 가린 남자가 앞에 나타난 것이다. 귀에 익은 그의 음성으로서 그가 배영임을 알았다.

"어쩜."

주애는 뒤로 주춤 물러서면서 이렇게 부르짖었다.

---

[41] '국소부분'의 오식으로 보임.

이동편집실

『여인화보』 '이동편집실'은 송진 냄새가 채 가시지 않은 조그마한 판자집이 었다. 바루 바닷가에 있었다. 송진 냄새가 가시지 않은 편집용의 책상 하나가 한가운데 덩그라니 놓여 있었다. 책상 위엔 원고지와 원고와 『여인화보』 몇 권 이 질서 없이 얹혀 있었다. 여기 저기 벽에다간 비뚜룸히 혹은 똑 바르게 '여인 화보 이동편집실'이라고 잔뜩 붙여 놓았다. 조상배의 솜씨임에 틀림 없었다. 한 쪽 구석엔 냄비, 솥, 양재기등의 세간그릇들이 또한 질서없이 놓여 있었다.

주애가 내려 왔다는 소문을 어느새 들었든지 바다에 나갔던 편집부원들이 달 려 왔다. 그새 모두 잘도 탔었다. 그들도 배영과 똑같이 국소부분만 가리고 있 는 것이다. 금방 바다에서 나온 모양으로 온통 물방울이 흘러 내렸다.

"인제사 오셨군요?"

"잘 오셨어요."

차림새가 그런 탓일가 인사범절이 정중해 보이지 않았다.

"우리두 나갑시다."

조상배가 어느새 옷을 벗어 버리고 나타났다. 역시 국소부분만 가린 것이다.

주애는 번번히 뒤로 주춤 물러서게 되었다.

"'미세쓰'리 갈아 입고 나가십시다."

이번엔 '미쓰' 김이 훌훌 벗어 버리는 것이 아닌가. 벗어 버린 속에는 노랑 바 탕에 남빛 선을 둘른 수영복이 남아 있는 것이다. 주애가 쉽게 옷을 벗어 버리는 '미쓰' 김을 놀란 시선으로 보고 있는데 주간이 또 국소부분만 가리고 나섰다.

주애는 또한번 놀라지 않을 수 없었다. 더구나 주간의 체격은 볼 모양이 없었 다. 다리가 짧고 동체가 긴 때문이었다.

"안나가시겠어요?"

'미쓰' 김이 독촉을 하는 것이었다. 그러나 주애는 옷은 벗을 생각이 나지 않 았다.

"나도 첨엔 용기가 나잖아서 입은채로 나가잖었겠어요. 그랬더니 모두를[42] 주목해 보는거얘요. 좀 창피하단 생각이 들겠죠. 그래서 용길 냈어요. '미세쓰'리도 용길 내세요. 아무렇지도 않아요. 여기선 이게 예복인걸요."

"먼저 나가세요. 곧 나갈게요."

"그럼 곧 나오세요. 바루 앞에서 헤엄치고 있을테니."

'미쓰' 김이 바쁘다는듯 몇마디 던지곤 바다로 달렸다. 바다쪽에선 파도에 섞인 웃음소리, 떠드는 소리가 요란했다. 주애는 곧 나가겠노라고 말을 하고도 '미쓰' 김이 사라지자 그 자리에 쓸어지듯 누어 버렸다.

들창으로 보이는 하늘에 구름이 둥둥 떠 돌았다. 구름과 하늘을 내다 보느라니 메슥메슥하던 속이 갈아 앉는 듯 했다. 빈속에 기차를 탄 탓도 있겠지만 벗은 사람들을 수두룩히 보게 되는데서 이런 증세가 생긴것 같다. 똑바루 말한다면 그것은 배영의 국소부분만 가리운 채림새를 보았을 때부터 생긴 증세인 것 같다.

바다에선 으레 그런 매무새들인것 쯤은 주애 자신도 모른배가 아니나 막상 배영과 맞부디치고 나니 이상하게도 무엇이 왈칵 올리 미는 것이었다. 그리고 앞을 서서 걷는 그의 기인 다리에도 못마땅한 감을 느끼게 되었다. 어느 한땐, 그 기인 다리로 해서 남편의 짧은 다리에 권태를 느끼게까지 되었는데 이제 와서 그 다리를 못마땅하게 여겨지는 일이 묘하다. 못마땅한 것을 지나서 그 다리에 어떤 적의(敵意)까지 느끼게 되는 것을 스스로 알았다.

둥둥 떠돌던 구름이 한군데 가서 뭉쳐 있었다. 그 구름을 물끄럼히 내다 보다가 주애는 문득 산에 있는 남편에게로 생각을 돌렸다. 노을이 이는 하늘을 정신 없이 내다 보고있던 남편의 모습이 앞에와 가로 놓였다. 가슴이 콱 막히는 것 같았다.

"피곤하십니까?"

주애는 곤두박질해 일어 났다. 시선을 돌리기 전에 배영의 음성임을 알아 채

---

42 '모두들'의 오식으로 보임.

었기 때문이다.

"그렇게 놀라실건 없잖아요?"

너무도 곤두박질해 일어나는 주애를 물끄럼히 보던 배영의 말이었다.

주애는 대답 대신 흩으러진 매무새를 여미는 것이었다.

"바다엔 안나가시겠어요?"

"안나가겠어요."

주애의 음성은 쌀쌀했다. 전에 없이 친절한 그의 태도가 싫었던 것이다.

"집안에 누어 있자구 여기까지 오셨읍니까? 다 벗어버리구 바다에 들어 보십시요."

"제 걱정은 마시고 나가 보십시요."

전에 없이 여러 말을 늘어 놓는 것도 싫었다.

"여기 있음 안됩니까?"

배영은 벌쭉 웃었다. 그가 그렇게 웃는 것도 주애는 처음 보았다. 얼굴이 검기 때문에 이빨이 유난히 흰것도 싫었다.

"어서 나가 보세요."

"같이 나가십시다."

"그건 안되요."

"그럼 왜 오셨어요?"

"잡지편집 때문에 왔지요."

"고맙군요. 잡지편집에 열성을 뵈 주셔서."

"배선생이 고마울건 없잖아요. 제일을 제가 하는데…"

"편집장으로서 감사하는거죠."

배영은 또 그와 같은 웃음을 웃어 보였다.

"어쩜 여기 있었군요? '미세쓰' 리 왔단 소문 들었죠."

한영실이 물기 밴 몸둥이로 나타났다. 배영과 주애를 엇가라 훑어 보며 이렇게 말하는 어조엔 교태가 담뿍 서려 있었다.

"자아 고만하고 가십시다. 인사가 너무 길잖어요?"

한영실은 배영의 팔을 잡아 끌고 물기 밴 몸둥이를 비틀며 바다로 들어 갔다. 철벙 엎드리더니

"자 손을 잡아요. 좀만하면 헬줄 알겠던데……"

하고 두손을 내 밀었다. 배영은 한영실의 소리를 들은체도 안하고 혼자서 바다 속으로 헤염쳐 들어 가는 것이 었다.

"'미스터'배 '미스터'배—"

한영실이 물에서 일어서서 헤염쳐 나가는 배영을 소리처 불렀으나 배영은 여전히 들은체를 하지 않고 바다 속으로 들어 갔다. 하는 수 없어 한영실은 바다에서 나왔다. 그는 모래벌에 앉아 배영이가 헤염치는 바다 속을 노려 보고 있었다.

"갖잖은 것이 아니꼽게 굴 작정인가 흥."

한영실은 모래를 쥐어 함부로 뿌렸다. 들이치는 바람결에 모래가 이쪽으로만 불려 왔다. 눈에도 들어가고 얼굴에도 얹히곤 했다. 눈이 따가와서 부비고 있으랴니까 누가 눈을 가리우는 것이다.

"누구야? 이거 놔요."

한영실은 부화가 나서 견딜 수 없던 중이라 가린 손을 마구 잡아 뜯으며 짜증을 부렸다.

"알아 맞춰. 알면 용하지."

한영실은 알려고도 하지 않고 손을 노라고만 소리 질렀다.

"왜 이렇게 딱장뗄 부리는 거야? 수백리 땅에서 찾아 왔는데……"

눈을 가려 주던 사나이가 한영실 옆에 앉으며 능글맞게 굴었다.

한영실은 옆에 앉는 사나이에게 짜증이 가시지 않은 얼굴을 돌렸다.

"으응 '미스터' 신이구나. 언제 왔어?"

달가워 하는 기색은 아니었다.

"영실이 내려 왔단 소문을 듣고 따라 왔지. 한놈 물고 왔다면서?"

사나이가 헤벌어진 입가에 조소도 아니오 미소도 아닌 우슴을 덮어 놓는 것

이다.

"그랬음 어쩔테야? '미스터'신은 그새 몇년이나 묵었게? 이 사람은 아버지가 골라 준 당당한 약혼자라는 걸 알아야해."

"이크 무서운데."

"무서우면 달아나는 일이지. 그런데 혼자야?"

"영실이 만나러 오는데 혼자 아니고 닿고 올까?"

"인젠 안돼. 아버질 실망 시키고 싶진 않으니까."

"언제부터 효녀노릇 하는거야? 나두 영실이 아버지한테 곱게 뵈두록 하면 될 거 안야?"

"그래도 안돼."

"내가 붙고 다닐걸."

"붙고 다니라지. 나보다 더한 것들도 척척 결혼하던데……"

"결혼식장에서 놈팽일 때려 눕혀 버릴걸. 그때 창경원에서 처럼. 그런데 이번에 물고 온 놈팽인 어떤거야?"

"쉬잇. 창경원 얘긴 꺼내지 말아요. 깡패가 한 것으로 돌린거야."

"깡패? 깡패 보다 더한 행동이 나올지 알어?"

"제발 좀 닥쳐요. 피차의 신셀 돌봐서 끊는게 나아."

"아주 '아다라시이'⁴³ 행세를 해 보겠단 말이지?"

"요세 세상에 '아다라시이'고 아니고가 무슨 상관야?"

이렇게 싱갱이질을 하고 있는데 배영이가 물에서 올라오고 있었다.

"저기 엉금엉금 걸어오고 있는 저 작자 안야?"

"암말 말고 나하고 같이 걸읍시다."

"인사나 여쭙고 가는게 어때?"

"그럭함 절교해 버릴테야, 암말 말고 일어서라니까…."

---

43 '새롭다'는 뜻을 가진 일본어 '新しい'에서 유래한 은어로, 성관계 경험이 없는 사람을 뜻함.

사나이는 한영실의 말대로 했다. 제법 다정한 사이인 것처럼 나란히 걸어 '호텔' 쪽으로 갔다. 사나이는 잠시나마 승리감을 느꼈을지 모른다.

배영은 그 쪽으로 눈도 돌리지 않았다. 시원히 잘 갔다는 생각이었다. 배영은 아무렇게나 누어 버렸다. 파도가 몸뚱이를 묻쳐 가지고 갈듯이 들이쳤다.

"혼자 헴을 치시더니 기진맥진 했군요?"

어느새 한영실이가 곁에 와 앉았다. 배영은 댓구를 하지 않았다.

"인제 그 사람 서울서 오늘 내려 왔대요."

"……"

"내가 여기 왔단 소문을 듣고 왔다나요."

"그렇게 한영실한테 모두들 반하는데 당신만은 반해 주질 않으니 이상해."

"반해서 그러는 줄 아니 다행하군."

"그럼 왜 쫓아다닐가?"

"사장의 딸을 코에 걸구 다니니까 그러는거지."

"무슨 대단한 사장이라고?"

"대단찮은데 걸고 다니니 더 딱하지."

"누가 코에 걸고 다녀요?"

"코에 안걸면 어디서나 뽄샐 낼가?"

"내가 사장의 딸이라는 티를 낸단 말얘요?"

"그렇잖구."

"어머나. 난 눈이 없던가요? 코가 없던가요? 아버질 코에 걸게?"

"코나 눈이 바루 백였다구 해서 완전한 인간이라구 할순 없거든. 품격을 가춰야만 사람이라구 할 수 있는거야."

조상배, '미쓰' 김, '미스터' 허등이 물에서 몰라⁴⁴ 오고 있었다. 주간도 뒤에 따랐다.

---

44 '올라'의 오식으로 보임.

최정희 소설 전집 **4**

"저녁 식사 준비하러 들어 갑시다."

조상배가 배영에게 말하자 배영도 툭툭 털고 일어 났다.

"'미쓰'한 오늘은 얼마쯤 헤엄치셨어?"

"아직 혼잔 못했는걸."

"난 오늘 일미터가량 헤엄 쳤어요."

"교수법이 좋아서 진보가 빠르군요. 우리 선생님은 쓸데 없는 훈시만 하려 들면서 수영은 안가르쳐 줘요."

한영실이 배영에게 웃는 시선을 보내며 말했다.

'미쓰' 김은 내려 오던 길로 조상배한테서 수영을 배우고 있고, 한영실은 배영에게서 배우고 있는 중이었다.

한영실은 아직 손을 놓고선 꼼짝을 못하는 형편이다.

"오늘은 한사람 더 와서 비좁기도 할테니 '호텔'로 가십시다."

일행과 함께 이동편집실로 향하는 배영에게 한영실이 막 잡았다.

"안된다구 안해요?"

배영은 간단한 말로 거절했든 것이었다. 한영실은 서울서 내려 오던날부터 배영을 자기 가족들이 유숙하고 있는 커라운 '호텔'에 묵게 하려고 애를 썼으나 배영은 어느번이나 늘 뿌리쳤던 것이다. 한영실은 그의 부모들과 함께 이동편집실 일행 보다 사흘 먼저 내려 왔다.

부친은 현재 서울 올라가고 없고 어머니만 '호텔'에 있었다. 어머니는 다 어두워진 뒤에사 바다에 나와 물재맥질을 한다는 것이다.

저녁식사 준비는 쉽게 되었다. 조상배가 나무를 주어 오고, 배영이 물통을 들고 나가 물을 길어 오고, '미쓰' 김이 밥과 찬을 담당했다. 찬은 생선 지짐이와 나물 무침, 그리고 서울서 장만해 가지고 온 통조림과 고추장들이었다.

식탁은 편집용 책상이 대용이 되었다. 모두들 양재기에 가득 담은 밥을 다 처리했다. 주간도 식사만은 편집부원들과 함께 했다. 잠은 '크라운 호텔'에서 잤다. 편집장에게도 식사는 다 같이 하더라도 밤엔 '호텔'에 와서 지내라고 사장이 말했으나 배영은 굳이 동료들과 같이 지내겠노라고 거절했던 것이다.

주애는 그들의 삼분지 일도 밥을 못먹었다.

"그것 봐요. 수영을 안하시니까 밥맛이 없는 겁니다."

"여기선 가장 까만 사람이 승리랍니다. 좀 많이 태우십시요."

"내일부터야 바다에 나가시겠지."

"내일은 왜. 이제 곧 나가실텐데. 첨엔 쨍쨍한 대낮보다 이런 때가 났더군요."

조상배, 배영, 주간, 이런 순서로 한마디씩 거니는 말에 '미쓰' 김이 또 한목 가담 했다.

식사가 끝나자 모두들 바다에 나간다는 것이다.

"밤낮 바다에만 나가 편집은 언제 해요?"

주애는 슬그머니 걱정이 되었다.

"바다에 나가야 잡지편집도 멋지게 한다는 사실을 아셔야 해요."

'미스터' 허의 말이다. 어느 사람이나 말투도 달라졌으려니와 또 어느 사람이나 수다스러워진 것도 사실이었다.

'미쓰' 김만 남고 다들 나갔다. '미쓰' 김은 주애에게 수영복을 입으라고 극력 권하는 것이었다. 주애도 차차 바다에 나가고 싶은 충동을 느끼게 되었고 '미쓰' 김의 말대로 쨍쨍한 대낮 보다 해저른 때가 좋겠다는 생각도 들어서 수영복을 꺼내 입기로 했다.

"어쩜. 아주 멋쟁이셔. 그렇게 존 '스타일'이면서 이때까지 망서릴게 뭐예요?"

"망서린건 아니고, 얼른 이 분위기에 뛰어들고 싶잖은것 뿐이죠."

"얼마나 조와요. 조금도 '미세쓰'같지 않은걸요."

"미세쓴 다른가요?"

주애는 정말 '미세쓰'와 '미쓰'의 구별을 가릴줄 몰랐던 것이다.

"미세쓴 낡았으니까 생생한 '미쓰'만 못할거 아니겠어요?"

"글쎄. 난 그런걸 모르고 있어요."

"염려 마세요. '미세쓰'리는 처녀의 몸매 같아요. 오히려 처녀 보다 더 미끈한 걸요. 속살도 포동포동 찌시고, 또 유방도 꼭 처녀애요. 호호호."

'미쓰'김은 제법 부끄러워 할줄 안다는듯이 얼굴에 양손을 가리우고 웃어대 었다.

주애는 '미쓰'김에게 살살히 뵈는 것이 거북스러운듯 '케이프'로 몸을 가리웠 다.

"'케이플' 쓰시니 한칭 더 멋쟁이애요. '미스터'조가 또 뭐라뭐라고 떠들겠는 데요."

"그분들과는 떨어진 딴데로 갑시다. 분위기에 얼릴때까진."

"그럴거 없어요. 여기 와선 육첼 노출시키는게 신사숙녀의 '에치켙'인걸요."

"'미쓰'김도 수다스러워졌어요. 바다에 오면 모두 달라지나 봐요."

주애는 아까 낮에 배영이 자기한테 하던 일을 생각해냈던 것이다. 서울서 같 으면 그가 그렇게 많은 말을 하지 않았을 것이라는 생각이 들었다. 말뿐 아니라 그처럼 국소부분만 가린 몸둥으로서 주애 앞에 서지를 않을 것이라는 생각도 들었다. 서울선 그렇게 더웠어도 주애는 그가 '와이샤쓰' 한번 벗는 일을 목도 해 본 일이 없었다.

"참 이상해요."

속에 있던 말이 저절로 나왔다.

"뭣이 이상해요. 존데……"

'미쓰'김은 수영복 입은 것이 이상하다는줄만 알고 이렇게 받았다.

"아니 여기 분위기 말이예요."

"'미세쓰'리도 인제 곧 전염될걸 뭘. 나도 첨엔 어지간히 힘들었어요. 이때까 지 해수욕장에 와 본 일이 없었거든요. 촌띄기란 말이애요. '미세쓰'리도 보나 안보나 첨인것 같아."

"난 서너번 되는데 늘 그래요."

"그런데 왜 그렇게 부끄러울가?"

"부끄러운건 아닌데……"

"그럼 뭣때문에 그러세요?"

"글쎄. 뭐라고 말함 좋을지."

정말 주애는 뭐라고 말했으면 좋을지 몰랐다. 해수욕장에 세번 갔는데 처음에 간 것이 열살 때의 일이다. 오빠랑 같이 갔었다. 두번째는 이정기, 외삼촌, 셋이서 갔었다. 어느 번이나 벌거 벗다 싶이 한 사람들 하고 한테 얼리는 일이 싫어서 바다에 잘 들어 가질 않았다. 더우기 이정기랑 갔을 땐 수영복을 입은 이정기가 싫어서 바다에 한번 밖엔 들어 가지 않았다. 이정기의 키가 짧막한 탓도 아니었다. 그때 이정기의 키같은 것을 문제시하려고도 하지 않았다. 그저 그에게 홀딱 반했을 때었다. 그렇게 반했으면서도 그의 벗은 육체를 보는 것은 왜 싫었는지 모르겠다. 이정기는 이러한 주애의 태도를 살피자 주애는 자기를 사랑하지 않는 것이라고 단정해 버리는 것이었다. 그래서 주애는 지극히 사랑하니까 그렇게 되는게 아니겠느냐고 대답했다.

이정기는 주애의 말을 못알아 듣겠다고 말하면서 사랑하는 사이라면 피차에 적나나한[45] 몸둥이를 마음껏 볼 수 있는 일이 얼마나 즐거우냐고 했다.

주애는 수영복을 입은 이정기가 이런 말을 할때마다 염증을 느꼈던 것이다. 이정기에게 주애가 이러한 자기 심정을 알렸더니

"아무튼 묘한 여자야. 머리통을 뜯어 분석해 봐야 할 일이야."

하고 이정기는 머리를 개웃거렸다. 주애가 잠자리에서 남편을 탐탁해 하지 못할 때마다 이정기는

"또 염증을 느끼는거야?"

하고 주애를 몰아 세웠다.

정말이지 주애는 정나나하지[46] 않은데서 매력을 느끼는 자신을 발견했다. 국

---

45 '적나라한'의 오식으로 보임.

46 '적나라하지'의 오식으로 보임.

소부분만 가리운 배영과 마주쳤을때 주춤 물러 선 것도 이런 성격이기 때문에 생긴 일일것이다. 배영이가 아니고 조상배나 다른 남자였다면 주애는 그처럼 뒤로 주춤 물러서지 않았을지 모른다.

바다의 교훈

미쓰 김은 물에 들어가자 머리를 박고 사지를 버둥거리기에 여염이 없었다.

주애는 물 가운데 서서 미쓰 김의 그러는 양을 바라보고 있었다. 그렇게 마구 부딛치고 있는 미쓰 김이 부럽기도 했다.

주애는 바다에 머리를 박아 낼 수가 없었다. 전에 이정기랑 바다에 갔을 때 꼭 한번 머리를 디리밀어 본 일이 있는데 정작 머리를 디리밀고 보니 짠물이 코로 귀로 입으로 들이쳐서 주애는 바다에 가는 정(情)까지도 상실하고 말았던 것이다.

수영복을 입은 배영을 만나자 주춤 물러서게 되는거나, 수영복을 입은 이정기에게 염증을 느끼게 되었다는 것도 이와 비슷한 감정의 노출이 아닐가 한다. 한마디로 말해서 이런 것은 모두 그의 숙명에 가까운 성격의 소치라고 해도 과언이 아닐듯 하다.

"어쩌면 저러고 있어요? 풍덩 잠그고 헴을 처 보세요. 조금도 무섭잖다니까."

미쓰 김이 '푸우' '푸우' 물을 내 뿜으며 주애 쪽으로 다가 왔다.

"그래두고 미쓰 김이나 잘 헤요. 난 이게 좋아요."

주애는 다가오는 미쓰 김을 손짓해 말렸다.

"미세쓰 리는 참 이상해요. 바다에 들어왔으면 몸을 풍덩 잠글 일이지 그게 뭐얘요? 멍하니 서서 뭘 생각하세요?"

황금빛이 쏟아지는 바다에 선 미쓰 김은 전신에 황금빛을 뒤집어 썼다.

"주애씨, 상배씨나 누구 한사람 오게 해서 수영을 배우도록 합시다."

"머 수영을 안 배워도 좋아요."

"그럴람 바다에 오기가 잘못이지."

"수영 배러 온건 아니니까."

"이왕임 수영도 배워가지고 감 얼마나 큰 이득이게. 배세요. 대담하게스리. 수영은 대담하잖음 못배요."

미쓰 김은 이런 말을 짖거리고 나서 양손을 입가에 모아 갖다 대고

"미스터 조— 미스터 배—"

를 소리 높게 불렀다.

소요스런 바다였지만 미쓰 김의 소리는 그들한테 쉬이 들린 모양으로 미스터 허까지 셋이서 헤염처 두 여자 쪽으로 왔다.

"세분이 나란히 스세요. 제가 인제 수영 선생님을 뽑을 테니까. 주애씨, 선택의 자유는 나한테 맷 기세요. 네?"

미쓰 김이 세 남자와 주애를 번갈라 보며 이런 말을 한다음, 다시 세 남자쪽으로 자세를 돌리곤

"기척—"

의 구령을 내렸다.

세 남자는 미쓰 김의 구령을 기다리고나 있은듯 일제히 부동의 자세를 취하는 것이었다.

밀려 오고 가는 파도에도 그들은 꼼짝을 하지 않았다.

"번호ㅅ."

미쓰 김 역시 계획이나 하고 있은것처럼 그들에게 번호를 부르라고 명했다. 조상배가 "하나"하고 웨치자 배영이 "둘" 했으며 미스터 허가 "셋"을 소리쳤다.

그들 전신에도 황금빛 석양이 쏟아지고 있었다.

"자아 이제 영광스런 행운아를 뽑겠어요. 이주애씨의 수영교사 말이얘요. 제가 눈을 꼭 감고 지목할테얘요. "일번"이 지목될지 "이번"이 될지 "삼번"이 될지 몰라요. 자아 그럼 이제 눈을 감습니다."

미쓰 김이 눈을 감으며 손구락의 지목을 받은것은 "이번"인 배영이 었다.

"몇번이죠?"

미쓰 김의 무릎에

"이번이 올시다."

하고 배영이가 큰 소리로 응대 했다. 미쓰 김이 두 손바닥을 딱딱딱 치며 눈을 떴다.

"키다리 배선생님이 행운의 수영교사로 뽑혔어요. 축하의 박수갈채를 보내십시다."

미쓰 김의 말이 떨어지자 모두들

"하하하."

웃으며 손바닥을 딱딱딱 쳤다. 배영 자신까지도 그렇게 했던 것이다.

주애는 박수도 치지 않고 웃지도 않았다. 뽑힌 배영이가 주애 앞으로 껍쭉 껍쭉 다가와 양손을 내미는 것이었다.

주애는 당황히 물에 주저 앉아 버렸다. 앉아 버리기엔 물이 깊었다. 배영들이 오기 전 보다 깊이 들어 선 탓이었다. 깊이 들어 서야만 몸둥이를 어느 정도 감출 수 있었으니까—.

주애는 나가 동그라 졌다. 짠물이 코로 귀로 입으로 들이 밀었다.

배영은 얼른 손을 써서 나가, 동그라진 주애를 일으켜 세웠다. 일어선 주애는 물끼 서린 눈초리로 상대방을 쏘아 보며, 그에게 잡힌 팔을 잡아 째렸다. 그러다가 그는 다시 또 나가 동그라지고 말았다.

코로 입으로 귀로 짠물이 마구 들이 밀었다.

'푸우' '푸우'를 연거푸 내뿜으며 허둥거렸다. 배영이 손을 또 내밀었다.

"왜 이렇게 무례하게 구세요?"

곱지 못한 어성으로 그를 물리치려고 하다가 주애는 또 나가 동그라졌다.

"그것 보세요. 헴을 배면 그런 일이 전혀 없거든요. 나도 첨엔 몇번이나 물귀신이 될번 했는지 몰라요."

또 한바탕 '하하하' 웃는데 배영은 멍청해서 주애를 내려다 보고 있는 것이다.

"배형 사람 살리시오. 물귀신은 우리 동지가 못되니까요."

멍청히 서서 주애를 내려다 보는 배영에게 조상배가 이런 말을 하고 있는데 한영실과 미스터 신이라는 남자가 이리로 향해 오고 있었다. 그들은 그글[47]에 넣은 고무공을 둘이서 같이 들고 있었다.

"됐어. 됐어. 주애씨가 헴을 못치시니까 공놀일 하는게 좋겠어. 미쓰 한 웰캄 웰캄."

미쓰 김이 손을 흔들어 그들을 환영했다. 주애는 나가동그라 안지려고 애를 쓰면서 일어서자 물 밖으로 나와 버렸다. 석양은 점점 더 강렬하게 바다 전체에 내려 깔려서 지평선 저 먼데 까지도 온통 황금빛이었다.

"미스터 조와 미스터 허, 그리고 배영씨가 한편이 되고, 미쓰 김과 우리 둘이 한편이 될께."

한영실이가 한팔에 공을 안고 편을 갈랐다.

"주애씬 어떡하고?"

"아니꼽게 내가 모셔 오란 말이오? 제가 들어와 안하는걸."

한영실은 적의의 찬 눈초리를 번득이며 곰곰치 않게 내받았다.

주애쪽에서 물론 이 소리가 들릴 리 없었다. 그러나 한영실의 태도로 보아서 자기에게 적의를 가지고 있다는 눈치는 채고 있었다.

공놀이가 시작 되었다. 공을 가지고 편싸움을 하는 것이었다.

미스터 신과 한영실은 공이 손에 오기만 하면 무조건 배영을 공격하는 것이었다. 머리통이건 잔등이건 배통이건 엉덩 짝이건 거저 들이 치는 것이었다. 배영은 눈코 뜰새 없이 공격을 막으려 들었다. 이 광경을 바라보고 섰는 주애는 까닭 모를 통쾌감을 느끼는 것이었다. 가슴복판을 맑고 시원한 강물이 지나가 는듯한 느낌이 었다.

---

47 '그물'의 오식으로 보임.

최정희 소설 전집 **4**

공놀이가 치열해지자, 주변에 있던 사람들이 하나씩 둘씩 몰려 들었다.

남자 여자 같이 손을 맞잡고 오기도 하고 따루 따루 오기도 했다.

공놀이는 질서를 잃고 말았다. 상대편을 공격하는 것만이 아니고 제편을 공격하는 수도 있었다. 편싸움이 아니고 개인 공격에 주력하는 경향에 흘렀다. 미워서 공격하는가 하면 고와서 공격하는 눈치도 보였다. 공이 손에 안쥐이면 물로서 공격을 했다.

＊　＊

『부인화보』좌담회는 뱃놀이로 변했다. X호텔이 아니면 다보도(多寶島)에 건너가 본격적인 좌담회를 하려고 했는데 여기에 참가할 인사들의 주장이 뱃놀이겸 좌담회를 하는 것이 좋겠다고 주장해서 그 말대로 따르기로 했던 것이다.

딱딱하게 문제를 제시해 가지고 이러니 저러니 하기보다는 뱃놀이를 하면서 일어나는 온갖 언행(言行)을 그대로 적는다면 더 생생하고 흥미있는 기록이 될 것 같기도 했다.

이 놀이에 참석한 인사들은 서울서 내려 온 작가 평논가 시인이었고 문학 청년과 문학 소녀 몇사람이 있었다. 이 몇 사람의 문학 청년과 문학 소녀는 작가 시인을 사숙하는 사람들이 었다. 여류 문인도 두 사람 있었다.

본사 측으로선 주간을 제외하곤 다섯 사람이 참가 했다. 주간은 집에서 보내온 전보를 받고 아침에 부랴 부랴 서울로 올라가고 없었다. 본사 측도 아니오, 손님도 아닌 한 사람의 여성이 더 끼이게 되었으니 그것은 사장의 딸 한영실이었다.

한영실은 배가 마악 떠나려고 할 즈음에 달려 들었다. 챙이 넓은 모자에 썬그라쓰를 쓰고 있었다. 물론 수영복이었다. 한영실뿐 아니라 모두들 수영복이었다. 주애만이 노오스리브의 맵씨로 나섰다.

"어쩜 혼자들 가려고 했구만."

그는 배에 오르면서 불평을 뿜었다.

'대체 저건 누가 오랬을가?' 주애는 못마땅해서 속으로 중얼 거렸다. 한영실이 때문에 하루가 즐겁지 못할 것을 주애는 알고 있었다. 주애는 배영의 표정을 힐끔 훔쳐 보았다. 배영의 얼굴엔 아무런 움직임이 없었다.

'오라, 배영이가 오라고 했구나.'

괫심하고 아니꼬운 생각이 왈칵 치밀었다. 바다에 대고 침을 탁 뱉았다.

"이주애씬 이방인이시군."

여류 문인 P씨가 주애를 건너다 보고 한 말이다. 그는 주애의 옷맵씨를 가르친 말인듯 했으나 주애는 댓구 없이 고개를 숙였다. 온통 시선이 자기한테로 쏠린 까닭이다.

"너무 수집으신군요,"

"실례지만 미세쓰시라던데?"

"아니 미세쓰예요? 어쩜."

"미쓰 보다도 더 수집답습니다."

손님들의 오고 가는 말에 미쓰 김이 한몫 끼었다.

"새침띠기가 골루 빠진다는걸 아셔야 해요."

한영실은 썬 그라쓰를 번덕이며 말했다. 주애가 화제의 중심이 되는 일에 심통이 터졌던 모양이다.

"우리 인제 이만큼 바다 가운데 들어 왔으니 맥주나 마시자구요."

소설가 C씨의 제안이었다. 그는 한영실의 한마디 말에서 분위기가 달라질 것을 알아 채었음인지 평안도 사투리로 얀샵하게 나오는 것이었다.

"그렇지 그래, 한잔 마셔야 흥을 돋굴거 아닌가?"

어느새 K시인이 궤짝에서 손수 맥주병을 들어 내었다. 손님 측에서 이러니까 주인측에서도 가만 있을 수 없었다. 준비한 안주며 참외 수박등을 내어 놓았다.

맥주병이 비는 비례로 좌석은 흥겨웠다. 노래가 나오고 춤이 벌어지고 우슴이 터졌다.

시날코[48]나 사이다만 마시는 문학소녀들까지도 취흥에 잠긴 선배들만 못하지 않게 흥겨웠다. 노래 부르는 소녀, 시를 읊는 청년. 한 소녀는 Y씨의 시(詩)를 읊었다.

> 파도야 어쩌란 말이냐
> 날 어쩌란 말이냐
> 님은 묻 같이
> 움찍 않는데
> 파도야 어쩌란 말이냐
> 날 어쩌란 말이냐.[49]

이 시를 읊자 여류 문인 E여사가 벌떡 일어서서 만경창파를 한 아름에 안을 듯이 양팔을 벌려 들고 "파도야 날 어쩌란 말이냐"고 소리 높였다.

그리고선 Y씨는 내가 할 말을 해 버렸다고 황의조[50]로 말했다. 마치 거기 Y씨가 있기라도 한것처럼.

"아니야, 내 소리야. 내 소리야."

"Y란 놈두 어지간이 속 탔던 모양이지. 이런 소릴 내질렀게."

좌중은 또 한바탕 와르르 우슴판이 되고 말았다. 이렇게 되는 땐 풍풍 소리도, 파도 소리도 우슴 속에 째이고 마는 것이었다.

점심 식사는 잡은 생선으로 고추장 찌개를 끓이고 회를 쳐서 먹었다. 낚시질은 소설가 R씨가 잘 했다. 그는 평소에도 낚시질을 많이 해 보아서 이방면에 꽤 조예가 깊다고 했다.

---

48 1950년대에 유통되었던 탄산 음료.

49 유치환의 시 「그리움 2」이지만, 일부 표현은 원작과 다름.

50 '항의조'의 오식으로 보임.

점심 식사가 끝난 뒤엔 좌담이 시작 되었다.

좌담으로 이끈것은 한 문학소녀가 여류 문인 두 사람에게 문학을 하려면 결혼을 해야 하느냐? 안해야 하느냐? 하고 질문을 한데서 시작 된 것이다.

이 질문에 두 여류는 이구동성으로 결혼을 해야 한다고 주장했다. 결혼해서 좋은 아내가 되고 훌륭한 어머니가 될 수 있어야만 좋은 문학을 하게 될 것이라고 E여사는 강렬한 어조로 첨부해 주었다.

연발되는 질문과, 그 해답을 주애는 놓지지[51] 않고 적었다. 그리고 자기 쪽에서도 질문할 것을 준비하고 있었다.

그가 제일 묻고 싶은 것이 '육체의 신비성'에 관한 것이었다. 이것은 해수욕복을 입은 배영이가 자기 앞에 나타났을 때부터 생각하게 된 문제었다.

"제가 한마디 여쭈어 보겠어요."

하고 주애는 말을 떼고 나서 다시 곧

"육체의 신비는 싸고 감추는데 있지 않을까요?"

라는 질문을 던졌다.

이 질문이 떨어지자 우선 한바탕 웃었다.

"미세쓰 리께서 수영복을 안 입은 이유를 이제사 알았어."

E여사가 우슴이 채 살아 안진 얼굴에 한칭 따사로운 미소를 담으며 농조로 나왔다.

"더우기 사모하는 사람들 사이라면."

하고 주애는 덧부쳤다.

"사랑하는 사람끼리 싸고 감출게 어디 있어?난 그런것들은 경멸해 주고 싶어."

나서지 않아도 좋을 한영실이가 두덜거리는 것이었다. 주애에게 퍼붓는 말이리라.

---

51 '놓치지'의 오식으로 보임.

"이브는 자기만 감추지 않고 아담에게 까지 나무잎을 갖다 주잖았어요? 이건 분명히 신비성을 보전하기 위해서 한 행동임에 틀림없다고 보여저요."

한영실이야 뭐라고 하던간에 주애는 제 할 소리를 다 하고야 말았다.

"오묘한 경지에까지 들어 가셨는데요. 저두 미쓰 리 하고 같은 생각을 가지구 있어요. 이 해수욕장에 와서 여성들의 노출된 육체를 흐뭇하게 보고나니까 이 때까지 동경이랄가? 미쓰 리 말씀을 빈다면 신비스런, 향수(鄕愁)라 할가? 그런 게 말짱히 날라가 버리더군요. 그래서………"

"그래서 또 미쓰 리얘요? 미쓰가 아니고 미세쓰라고 하잖아요?"

한영실이가 또 나섰다. 그는 주애가 미쓰로 불리우는 일이 못마땅 했던 것이다.

"아 참 실례했군. 미세쓰 리 용서 하십시요."

S시인이 머리를 정중히 숙여 주애에게 사과를 했다.

"산부인과 의사가 여자를 여자로 보지 않는다는 말을 들었는데 말하자면 의사 자신 이 여자를 너무 주물렀기 때문에 여자에게서 여자를 망각한겔거야."

"또 걸직하게 나올 판인가?"

평론가 P씨의 말을 C씨가 막아 놓았다.

"이번엔 제가 한마디 물어 보겠습니다."

"물어 보시지."

아무것도 아닌 말에 또 우슴이 터졌다.

"만약에 말입니다. 선생님들이 사랑하는 상대자를 선택하실랴면 어떤 방법으로 하시겠읍니까?"

모두들 조상배의 꺼먼 낯을 쳐다 보며 그가 물어 본 말의 댓구를 궁리하는 것이었다.

"내가 만약 애인을 선택한다면 해수욕장에 데리고 와서 하겠어. 이번에 여기 와서 보니까 옷을 입혀놓곤 알 수 없던걸. 옷을 입었을 땐 제법 그럴듯 하던 것이 벗겨 놓으니까 허리만 길고 다리가 세치밖에 안되는 여자가 있단 말이야."

"평론가 다운 소릴세. 이야기가 그렇게 돌아가면 아까 말한 '신비성 문제'는 어떻게 되지?"

"하하하하."

바람은 시원하나 햇볕은 뜨겁다.

"저는 배에다 여자들을 잔뜩 실는단 말입니다. 그리곤 망망한 대해를 황해해[52] 간단 말씀이거든요. 가도 가도 끝없는 바다뿐이 아니겠읍니까? 산도 육지도 집도 전혀 안보이는 망망한 대해란 말씀입니다. 그런데서 제가 이런 말을 합니다. 나를 사랑해 줄 여자만 남기고 남아지는 이 바다 속에 동댕이처 버리겠다고 —. 그렇게 되면 여자들이 장관일게 아니 겠읍니까. 제각끔 날 사랑하는체 할께란 말입니다. 이렇게 아우성일 때, 아무 말 없이 바다나 허공을 응시하고 있는 여자가 단 한 사람 있단 말씀입니다. 전 그 여자를 택 하겠읍니다. 그런 여자라면 분명히 여자 중에 일등 가는 여자일께란 말씀입니다."

이것은 아직 미혼인 조상배의 제안이 었다. 그는 이런 꿈을 가슴 속에 그리고 있는 모양이었다.

사진

"그런 여잔 벅찬 꿈을 지니고 있는 거예요."

문학소녀의 하나가 조상배 말에 맞장구를 쳤다. 소녀는 자기가 바루 그런 여자인것 처럼 먼바다를 멍하니 내다보고 있었다.

"절대로 그렇다고 할순 없어. 그건 꿈이 아니고 체념이 빨랐던 탓이야."

다른 한 소녀가 먼젓 소녀를 반박하는 어조로 나왔다.

"체념이래도 좋구, 꿈이라고 해두 좋아요. 아무튼 그렇게하고 있을 수 있는 여자면 된단 말입니다."

---

52 '항해해'의 오식으로 보임.

조상배가 두 소녀의 싱갱이질을 가루 맡았다.

"꿈이 과거인(過去人)의 소산물이라면 체념은 현대인(現代人)의 것인데 동일시할순 없잖어요? 그럼탐 과거인이나 현대인을 다 좋아한다 말씀이 게요."

나중 소녀가 자기를 주장하려고 했다.

"이건 이렇고, 저건 저렇다고 갈라 놓구 싶지 않어요. 현대인이라구해서 꿈을 지녀선 안된달 법도 없겠고, 또 과거인이라고해서 체념을 모르란 법도 없을거니까……"

조상배도 지려고 하지 않았다.

"대개 볼것 같으면 꿈이니, 뭐니 하는 축들은 우물쭈물 소극적이던걸요. 이 복잡다단하고 불안상태에 놓여 있는 현대인으로서 그렇게 소극적이어서야 될 말입니까?"

"미쓰께선 커다란 논쟁을 하시자고 하는데 그런 크고 심각한 문제는 육지에 올라가서 단판을 짖던지 하시지."

조상배가 농조로 나왔다. 소녀는 또 가만 있지 않으려고 했다.

"바다에선 심각한 문젤 논하지 말란 법이 어딨어요. 아무데서던지 우리들 현대인의 고민을 좀더 얘기할 수 있었으면 싶어요."

"미쓰께선 여자신데 무슨 고민이 있다고 그러십니까? 누구나 다 할수 없는 대학 공부를 하시고 연애도 하실게고 또 결혼도 하실게 아닙니까? 우리들하군 다릅니다. 현대인의 고민이고 불안은 우리또래의 남자들이 담당하고 있는 겁니다. 안심하십시요."

조상배가 약간의 야유를 섞어가며 말했다. 그러나 조상배의 얼굴엔 긴장한 빛이 떠돌고 있는 것만은 사실이다.

"별나라나, 달나라에 따루따루 떨어져 사는 것도 아니고 같은 땅덩이 위에서 같은 물결에 휩쓸려 가는 같은 운명을 지닌 족속들인데 남자 여자 구별할게 어디 있어요. 남자들에게 고민이 있고 불안이 있다면 우리들 여자들 한태도 고민이 있고 불안이 있는 거예요."

두 소녀 중, 먼젓 소녀가 반기를 들고 나섰던 것이다.

조상배는 얼떨떨해서 아무 말도 못하고 있고 S시인이 껄껄껄 웃으면서

"혜영이가 소극적이 아니란 증걸 뵈주는 셈이군 그래."

해서 좌석의 분위기를 조절시켰다.

"조군 형세가 매우 불리하니 또 육지에 올라가 보자구나 하지……"

좌중의 한사람이 조상배를 놀려댔다.

"손을 바짝 들었습니다. 한말을 취소합니다."

조상배가 혜영양 앞에 사죄하는 얼굴을 지었다. 다들 무데기로 웃었다.

"아주 온순하고 얌전한 미쓰가 저 왁쌀스런 미스터를 제패했으니…… 참 통쾌한데……"

여류문인 E씨가 손바닥을 딱딱 딱 처가며 웃었다. 한영실도 덩다라 손바닥을 처가며 '부라보ㅡ'를 연발 했다.

"가만 있자. 혜영양이 어떨가? 지금 화제중의 여자, 막다른 골목에서도 태연할 수 있는 여잘것 같은데……"

"현대도, 과거도, 미래도 알구 있는…………"

조상배가 작가 E씨의 말을 받으면서 혼잣 소리처럼 이렇게 중얼거렸다.

"부라보오. 부라보오."

"됐어. 됐어."

형식을 무시한 바다의 좌담회는 그대로 흥거워만 갔다.

"전차나, 뻐쓰에서 시시덕거리며 떠드는 여자만 아니면 결혼상대자로 선택해두 좋겠지."

"속치마가 빠져 나온 여잔 어떨가?"

"그건 골난한데?"

"체육시간에 손발이 같이 나오는 여자두 못할 노릇이겠더군."

"그런건 미래의 소박띄기지."

"현대의 소박띄긴 아니구?"

선배 후배 할것 없이 모두 수다스러웠다.

"왜들 이렇게 웃쭐해가지고 야단이서? 남자들은 모두 만점짜린줄 아는군 그래? 우리 여자들은 배필을 구하려면 위선 데파아트로 상대자를 앞세우고 간단 말입니다."

"뭣 하느라구?"

여류 시인의 말을 소설가 P씨가 중단 시켰다.

"글쎄 조용히 들어 보소. 데리고 가서 위선 넥타일 하나 골라보라고 하거든요."

"아 그거 골난한데. 워낙 많은데서 골르자면 좀처럼 눈에 띄는게 있어야죠."

"그리구 모두 유치한 것들 뿐이거든요."

"그렇지두 않어요. 존것두 있긴 있지만 같은 종류의 것이 여러개 있는 경우엔 좋다구 선택할 수도 없거든요."

"왜? 좋면 선택한 일이지?"

"남하구 같은걸 매긴 싫으니까……"

"위선 급제요. 배선생말이 맞어요. 남하고 같은걸 입거나 매는건 유쾌치 못한 일인 것만 사실이라오."

여류 작가가 배영 말에 찬동했다.

"당신 논조를 빈다면 넥타이 하나로 그 남자의 창자속까지 드려다 본다는 거지?"

"그렇지. 창자속 뿐일가? 배꼽까지도 알아 낼 수가 있지. 배꼽이 위로 올려 덮혔나, 아래로 내려 덮혔나 하는것 까지."

"하하하."

"후후훗."

"허허헛."

웃음 소리도 각양 각색이었다. 주애도 소리를 내지 않고 웃었다. 주애는 웃으면서 배영을 흘깃 보았다. 배영은 또 입가에 빙그레 웃음을 내밀면서 주애를 보고 있는 참이었다.

이야기가 다하자 노래가 나왔다. 노래가 나왔기 때문에 이야기가 중단되었는지도 모른다.

노래는 시인 S씨가 선창을 그었다.

....
....

흐르는 물결 꽃 바다 이루고
지저귀는 새 여기가 따늂강[53]

시인다운 포오즈와 감격에 넘치는 소리었다. 소리만 떠는 것이 아니라 몸 전체가 떨고 있었다.

"여보게 어디 따늂인가? 여긴 망망한 대해 대천 바달세."

P씨의 말이 떨어지기도 전에

바다로 가자. 바다로 가자.
물결 출렁이는 바다로 가자.

의 노래가 C씨의 우렁찬 목청에서 터져 나왔다. C씨는 본격적인 테 ─ 너에 가까웠다. 다들 아는 노래어서 어느새 코오라쓰로 변했다. 한가지로서 끝나지 않았다. 줄줄이 인다아 나왔다. 언제 그렇게들 노래를 알고 있었을가 싶도록 그들은 노래의 명수인것 같았다.

배영의 목소리도 C씨만 못하지 않았다. C씨의 음성은 건실한 편이라고 한다면 배영의 소리는 얼마간의 구슬픔을 띄었다고 할 것이다. ─ 그리운 사람을

---

53 번안곡인 〈다뉴브강〉의 일부.

부르는 안타까움이 섞어 있는듯한 소리었다.

주애는 이러한 배영의 노래를 들으면서 바다 위에 내려 깔리는 황혼이 서글 퍼지는 것을 깨달았다.

달이 뜨면서 제각기 센치한 소리만 뽑는 것이었다. 그들은 오래 동안 같은 기세로 나가다가 그것에서도 지쳤던지 말도, 노래도 끊지고 말았다. 모두들 똑같이 바다와 달을 보고 있었다. 어쩌면 바다나 달을 보는 것도 아니었을지 모른다. 거저 그렇게 멀거니 앉아 있는 것인지 모른다. 그들은 그런 상대[54]에 오래 있다가 육지로 배를 돌렸다.

＊ ＊

주애가 낮에 배에서 기록한 좌담회 기사를 끝냈을 땐, 새벽 세시가 지났다. 밝는 날이면 서울로 돌아가리라는 생각에서 피곤한대로 견디었던 것이다. 미쓰 김은 자고 있었다. 윗방의 사람들도 곤히들 자는 모양 같았다. 코고는 소리가 들려 왔다.

주애는 코를 누가 골가 하고 귀를 기우렸다. 배영이가 골면 어쩔가 하는 부지럽는 생각도 해 보았다. 이런 생각을 하면서 주애는 언젠가, 자하문 턱 마루에서 배영을 만났을때, 배영에게 코를 고느냐고 물어 보던 기억이 떠올랐다. 배영이 자기는 코를 안 고느라고 말하던 일도 생각 났다.

주애는 빙그레 웃으려다가 가느다란 한숨을 쉬었다. 즐거워서 나오는 것인지 앓아서 나오는 것인지 알 바가 없었다.

그런데 이상한 것은 주애의 한숨소리가 끝나기도 전에 옆방에서도 한숨 소리가 나는 것이었다. 주애는 다시 귀를 그쪽으로 기우렸다. 한숨 소리뿐 아니라 뒤치락거리는 소리도 들렸다. 배영인것 같았다.

배영은 이때까지 쭈욱 잠들지 않고 있었는지 모른다. 잠들지 않고 뒤치락거

---

54 '상태'의 오식으로 보임.

리며 한숨을 쉬었는지 모른다. 주애는 좌담회 기사를 만들기에 너무 열중했기 때문에 그런 기미를 모르고 있었는지 모른다. 혹은 바다 소리 때문에 모르고 있었는지도 모를 일이다.

한번 헛기침을 세게 하였다. 이것은 배영을 들으라고도 한 일이지만 자기가 지금 하고 있는 행동을 지워버리기 위한, 자기가 자기에게 하는 시위도 되었다. 다시 말하자면 주애가 배영의 생각을 하다가 웃음 속에서 한숨 비슷한 것을 짖게 된 것을 씻어버리려는 짓이 었던 것이다.

기침을 한번 더 하고나서 주애는 밖으로 나왔다. 바다 소리가 더 우람한 것은 망망히 펼쳐진 바다를 목격하는 때문일가? 달빛도 햇빛도 받지못한 바다는 검엉기만 했다. 어느 집에나 불이 켜져 있지 않았다. 하늘의 별도 멀었다.

주애는 검은 바닷가를 걸었다. 무섭다는 생각도 없었다. 새벽의 바닷 바람이 선선했다. 잠을 안 잔 탓인지 오시시 추웠다.

"안녕하십니까?"

인기척도 없이 옆에 와 선 것은 배영이었다. 어둠 속에서도 파자마 맵씨가 어렴푸시 알려 졌다.

"주무시잖고 왜 나오셨어요?"

주애는 걷던 발을 멈추지 않고 말했다.

"남을 잠못자게 하구선 혼자 뛰쳐 나오시면 됩니까?"

"잠못자게 하는건 바다예요."

"잠못자게 하는건 당신입니다."

"어이구 왜 이렇게 치탄을 하시는 거예요?"

"잠을 못자두 즐거운건 무슨 까닭일가요?"

"전 그런 까닭을 캐낼줄 몰라요."

"주애씨."

배영이 주애의 허리에 팔을 감으며 웨치듯 했다. 주애가 배영을 밀치는 바람에 배영과 함께 자기도 쓸어졌다. 모래 위에 둘이 다 딩굴었다. 딩굴지 않을 수 없는 것은 배영이가 주애를 놓지 않는 때문이었다. 놓지만 않을 뿐 아니라 배영은 주애의 몸을 엄습하려고 했다.

"이게 무슨 무례한 짓이예요?"

이만한 말로선 분푸리가 되지 않는다.

"이게 무슨 썩은 개고기같이 더러운 짓이야?"

그러나 배영은 한사코 주애를 놓으려고 하지 않았다.

"뒈지기나 해요."

주애는 전력을 다 하며 항거했다. 바른 발을 빨리 써서 그를 콱 차 버렸다. 배영이 저만침 나가 자빠지는 것이었다.

주애는 그길로 서울 가는 기차를 탈 생각으로 정거장을 향해 걸었다. 그의 발걸음은 빨랐고 다리를 매우 크게 벌리며 걸었다. 그와 동시에 두팔도 활개를 크게 저었다. 머리 카락이 마구 휘날렸으며 완피이쓰 자락이 무수히 펄럭겼다.

그 기세로 집에 돌아 온 주애는 어머니로부터 남편이 상동서 왔다 갔다는 이야길 들었다.

"이틀 밤이나 자고 오늘 아침에서 가 잖았어? 네가 떠나가자 이어 왔더구나. 어제 저녁엔 너의 회사 주간인가 하는 사람하고 와서 술을 진창으로 먹고 지랄발광들을 했단다."

"언제 또 온대요?"

주애는 남편이 곁에 있었으면 목을 껴 안고 엉엉 울고 싶은 심정이었다.

"모르지. 너한테 전볼치느니 어쩌느니 하더니…… 그래 전볼 받구 왔느냐?"

"전볼 친다고 했어요? 언제 그래요?"

"술들을 먹으며 짖거려대는 소릴 들었지."

"전보 안갔던데."

"그랬음 왜 그리 빨리 서들어 오느냐? 며츨 더 쉬지못하고……"

주애는 더 말하기가 귀찮아서 제 방으로 건너 왔다. 방에선 남편의 냄새가 아직 풍겼다. 주애는 남편이 무슨 쪽지라도 적어 두고 가지 않았을가 하고 책상

위엘 살펴 보았다. 사진이 놓여 있었다.

얼른 들고 보았더니, 주애와 배영이 둘이서 찍은 것이 아니겠는가? 주애는 깜짝 놀랐다.

'어디서 이런 사진이 났을가?'

하고 곰곰히 생각해 보았다마는 도모지 생각이 나지 않았다. 배영이, 남편, 주애 이렇게 셋이 창경원에서 찍은 일은 있으나 둘만은 아무래도 모를 일이었다. 다시 사진을 들고 보았다. 자세히 드려다 보았더니 남편이랑 셋이서 찍은 것을 남편의 것만 짤라낸 것임에 틀림 없었다.

'그런데 이 사진이 어디로해서 어떻게 온 것일가?'

주애는 사진을 들고 서서 다시 곰곰히 생각해 보는 것이었다. 집에 볼일이 생겨서 전보를 받고 올라 온 주간은 또 어떻게 남편이 서울에 온줄을 알았단 말인가?

주애는 쥐고 있던 사진을 탁 째려 던졌다. 사진이 펄럭거리며 방바닥에 나가 떨어졌다. 떨어진 사진은 뒤집히지 않고 똑 바루 주애와 배영의 모습을 들어내고 있는 것이었다.

주애는 두어 걸음 걸어가서 사진을 밟아 주었다. 이렇게 둘만 남겨 둔 남편의 행위가 원망스러웠다. 남편이 옆에 있다면 어디라 없이 마구 뚜들겨 주며 이게 무슨 짓이냐고 트집을 부리고도 싶었다. 그리고 이 사진을 찍던 날 가졌던 마음의 동요를 남편 앞에 자복하리라 생각을 먹었다.

전보라도 칠가 하다가 그는 편지로서 지금의 심경을 적어 보내는 편이 옳을 것 같다고 생각하고 원고지와 펜을 갖추어 들었다.

대천에서 돌아오니 당신이 다녀가셨더군요. 방에 아직 당신이 남기고 간 냄새가 살틀히 풍기고 있습니다. 어서 돌아 오세요. 당신 없이는 허전해서 못살겠어요. 다 그만두고 돌아오세요. 집에 오시면 제가 공손히 벌어 섬기겠어요. 오직 당신을 봉양하기 위해서 직업을 가지겠어요. 그동안 마음의 동요를 뉘우칩니다. 너무 집에만 있다가 넓은 세상에 나가서

철 없이 날뛴 것 같습니다. 제겐 인제 당신외엔 아무도 없읍니다. 마음의 빈자리 하나 없이 당신이 차지하고 있읍니다. 사진을 보냅니다. 찢어버리던지 마음대로 하세요. 내손으로 찢으려다가 당신한테 맡기는 것이 좋을듯 해서 보내오니 되도록이면 그곳을 떠나기 전에 처치하시기 바랍니다. 돌아 오시는 길엔 그런 시시껍지한 것, 시시껍지한 생각을랑 온통 다 묻어버리고 오세요. 기다리겠어요.

당신의 주애 드림.

동이 틀 무렵

배영은 모래 위에 저만침 나가 자빠진채로 그는 벌렁 누어버렸던 것이다. 일어 날 기력을 갖추지 못했다는 편이 나을 것이다.

그는 여자가 자기를 그처럼 콱 차서 자빠뜨릴 줄은 몰랐다. 밖에 나오기 전만 하더라도 여자가 먼저 옆방에서 잠을 못이루고 버스럭거리지 않았던가? 그러다가 기침을 하곤 밖으로 나가 버린 것이 아닌가? 기침을 한번만 하지 않았다. 두번을 했었다. 그것은 자기더러 밖으로 나오라는 신호나 다름없었던 것이다. 그 기침소리가 아니더면 여자를 따라 나올 생각이 없었을지 모른다.

밤새도록 잠을 못이루고 엎치락 뒤치락한것도 여자 쪽에서 먼저 잠을 못이루고 버스럭거리는 기색을 살폈기 때문이다.

그것 뿐인가? 여자는 편집실에서도 가끔 자기를 응시해 주는 일이 있었다. 응시가 아니라 쏘아 보았던 것이다.

그러나 미워서 쏘아 보는 시선과는 달랐다. 어느 한구석엔 애정이 서리워 있는듯 보였다.

이왕이면 부드럽게 주었으면 좋으련만 그 여자는 그래야만 직성이 풀리나 보았다. 자기가 알고 싶은 남자, 친밀감을 느끼는 남자인 경우엔 더한층 심한것인지 모른다.

편집실에서도 가만이 볼량이면 다른 사람하고는 전혀 그렇지가 않았다. 퍽 부드러웠다. 꼭 자기 한테에만 만만치 않게 굴었다.

자기 하고는 웃는 경우에 이르러서도 마구 널어놓고 속시원이 웃는 법이 없었다. 입 한귀퉁이를 약간 올리면서 입술에 잔물결 같은 파동을 이르키는 정도였다.

깜찍스럽다고 할가? 깜찍 스런 것만도 아니다. 괴물인 것이다. 무슨 괴물이 그렇담. 그렇지만 자기는 이 괴물에게 끌리고 있는 것이다. 마구 널어 놓고 웃기 보다 입 한귀퉁이를 약간 올리면서 입술에 잔물결같은 파동을 이르키는 그 매력엔 저항해낼 도리가 없다. 배영은 한번 고개를 움쭉 들어 보았다. 자기를 콱 차서 자빠뜨린 여자의 동정을 살피고자 함에서였다.

그런데 여자는 있지 않았다. 바다에라도 들어 간 것일가 하고 바다쪽을 내다 보았으나 있는지 없는지 알수가 없었다. 아직 바다는 어둡고 출렁이는 물결 소리만이 높았다.

배영은 다시 고개를 떨어뜨리고 그대로 누었다. 눈을 감았다. 이렇게 눈을 감고 누어 있으면 그 여자가

"용서하세요. 잘못했나 봐요."

하고 곁에 와서 속삭일지 모른다. 어쩌면 바싹 닥아앉아서 흘러내린 머리칼을 쓸어 올리며

"이렇게 누어 있기예요? 아까처럼 꽉 안아 주세요."

하고 달려 들지도 모른다.

배영은 눈을 감은채 신음 소리를 지르며 양팔을 벌려 허공을 끌어 안았다. 아무것도 안기는 것이 없었다. 아무것도 안기는 것이 없는데 형재는[55] 가슴에 갖다 안은 팔을 그채로 하고 누어 있었다. 그렇게 누어 있으면서 여자의 발자취

---

55 작가가 같은 시기에 연재했던 작품인 『인생찬가』의 주인공 이름 '형재'를 '배영'과 혼동하여 잘못 쓴 경우로서, 이 부분에서는 '배영'이라고 써야 할 것을 '형재'라고 쓴 부분이 종종 보임.

소리동정을 가누어 들었다. 파도소리가 요란함일가? 온통 여자의 발자취 소리 뿐인것 같았다.

배영이 잠이 들게 된것도 이 발자취 소리를 가누어 들으며 여자가 오기를 골돌히 기다리고 있은 탓인 것 같다. 그에겐 골돌해지면 잠이 소로시 오는 버릇이 일찍 부터 있었던 것이다.

얼마를 잠이 들어 있었든지 모르겠다. 눈을 뜨자마자 그는 또 주위를 살폈다. 아무도 있지 않았다. 보이는 것이라곤 역시 출렁이는 바다 뿐이었다.

그런데 바다는 아까처럼 아주 캄캄하지가 않았다. 동이 터 오르려 함인지 지평선 께가 훠언 해졌다. 따라서 지평선 가까운 바다 일대까지 훠언 했다.

그렇지만 아직 사람이라곤 없었다. 바다가 아니면 못 백일것처럼 덤비던 아이 어른, 그리고 밤이 늦도록 애정빌로[56]에 여념이 없던 연인 동지들까지도 모두들 꿈속에 묻쳐 있나 보았다.

이주애란 여자도 숙소에 들어 가 자고 있을 것이다.

남을 이렇게 골탕을 먹여 놓고 저만 들어 가 자다니 괘씸하기가 짝이 없다.

자리 옷이 축축히 젖었다. 이슬이 내린 탓도 있겠지만 해풍에 젖어서 처분처분하기까지 하다.

형재는 벌떡 일어나 기지게를 느러지게 켰다. 개운하지가 않다. 팔을 내리던 길로 두어번 전후로 크게 흔들어대곤 숙소를 향해 발을 옮겼다.

차차 더 밝아 왔다. 탈의장이랑 뚜렷하게 윤곽을 들어내고 있었다. 배영은 아주 거칠게 행동하여 방으로 들어갔다. 잠들어 있을 이주애를 깨워놓자는 심산이기도 했다.

조상배와 미스터 허가 사지를 마음껏 펼쳐놓고 잠들어 있었다. 조상배는 배영의 자리까지 점령해 버린 것이다.

"이건 뭐야? 다릴 좀 저리 가져 가."

---

56 '애정발로'의 오식으로 보임.

배영이 큰 소리로 두덜 거렸다.

조상배는 코만 드르릉 드르릉 골고 있었다.

배영이 조상배의 다리 하나를 뎅강 들었다. 조상배는 그래도 코만 골뿐이었다.

배영이 들었던 다리를 끌어댕겼다. 좁은 방이라 한발자욱 뒤로 물러서는데 벽에 가 부딪쳤다. 송판벽이 우직끈 소리를 내며 집을 흔들어 놓았다. 배영은 부딪힐대로 부딪히라고 그대로 조상배의 다리를 끌어 댕겼다. 코 골던 소리가 뚝 끄치고 조상배가 눈을 번쩍 떴다.

"웬일이시요?"

"자릴다 점령했으니 누울데가 있어야지."

조상배가 다시 눈을 감아 버렸다. 코 고는 소리도 다시 높아졌다.

배영이 좁은대로 부비고 자리에 들어 누었다. 눈을 감고 옆방 기색을 살피려고 했으나 코 고는 소리에 알아 낼 수가 없다.

"코두 경치겐 고네."

속이 북적 북적 고아 올랐다.

"코는 어째서 곤다더라?"

지난 봄 이주애와 자하문턱마루에서 만났을 때 그로부터 코고는데 대해서 들은 일이 있었으나 기억에 남아 있지 않다.

그 때 배영은 코 고는 이유를 알려고 한 것이 아니라 코 고는 이유를 설명 해주고 있는 여자를 살피기에 여념이 없었던 것이다.

그것을 설명해 주고 있는 여자의 얼굴은 넘어가는 석양 때문에 무척 고았으며 그리고 말하는 입, 얼굴 표정과 제스츄어가 아주 어린애와 같았다.

그렇게 어린애와 같던 그가 아까 바닷가에서 한 짓은 뭣이람. 깍쟁이다. 깍쟁이 중에서도 상깍쟁이다. 그렇게 어린애 같을 수 있던 여자가 깍쟁이 중에서도 상깍쟁이가 되다니, 모를 일이다.

형재가 기침을 한번 했다. 아까 여자가 하던 본을 따서 그대로 했다. 안타까

울땐 기침이라도 하는 편이 나았다. 여자도 안타까우니까 기침을 했을것이다. 그런데 옆방엔 아무런 반응도 없는 것이다. 아주 죽은척하고 숨을 죽이는 모양인가? 역시 깍쟁이로구나.

날이나 아주 쫘악 밝아졌으면 좋겠다. 그렇게 되느라면 여자도 일어나고 다른 사람도 일어 날것이 아니겠는가? 여자가 밥을 짖고 자기는 나무를 주어 오던지 물을 길어 오던지 할것 같으면 제가 아무리 깍쟁이더라도 무슨 말이건 한마디 있을 것이다. 말하기가 싫으면 얼굴 조화라도 있을 것이다. 아무런 반응도 없는 경우면 어떻게 해서라도 반응이 있도록 만들어야 하겠다. 하다못해 눈을 흘긴다던가, 입을 꼭 오므리고 뽀르통하게라도 만들고야 말겠다.

여자에게 채워서 저만침 나가 자빠져가지고 일어나지도 못했다는건 있을 수 없는 일이다.

이렇게 배영은 옆방 기색을 살피면서 이러한 생각을 거듭하는 사이에 그는 또 잠이 들어버렸다.

그가 잠이 깨었을 땐 곁에 아무도 없었다. 코를 그처럼 골던 조상배도 없었다.

옆방에 귀를 기우려 보았으나 잠잠 했다. 머리를 얼마쯤 들고 기색을 살폈다. 역시 잠잠했다. 밖에서 워즈러니 말소리가 들렸다. 배영은 그 워즈런한 속에 주애도 끼어 있으리라고 믿었다. 그는 벌떡 일어났다. 나무를 주어오던지 물을 길어 오던지 할 생각에서였다.

눈을 부비며 밖으로 나왔다. 미쓰 김이 화덕에 솥을 걸고 불을 때고 있었다. 주애는 보이지 않았다. 배영 짐작에 주애가 물길으러 간것으로 알았다.

"나 물을 길어 올께. 미쓰 김."

미쓰 김이 연기로해서 찡그린 얼굴로 형재를 쳐다 보았다.

"물을 길어 온다니까?"

"어머나. 웬일이세요? 배선생님이 물을 다 길으시겠다니?"

미쓰 김이 가벼운 야유를 던졌다. 이만한 야유도 바닷가이고 보니 던질 수 있는 것이었다.

"남잔 물을 못긷나?"

"왜 못길어요? 배선생님 같이 게으름뱅이니까 말이죠."

"글쎄 잔말말구 물통이나 챙겨 줘."

미쓰 김이 들통을 내 놓는다. 배영의 가슴이 철렁내려 앉았다. 물통이 그대로 있는걸 보면 이주애가 물을 길으러 간 것이 아니라고 알았기 때문 이다. 그는 그들의 방을 살폈다. 역시 없었다.

"물길러 간 사람이 없어?"

"누가 가요?"

"아무두 안갔어?"

"안갔어요."

"그럼 다들 어디 갔어?"

"미스터 — 조하고 미스터 — 허는 이주애씰 따라 바다에 나갔나 봐요."

"그래?"

철렁 내려 앉았던 배영의 가슴속으로 부터 긴숨이 나왔고. 그냥 바닷가로 내 달리고 싶었지만 그럴 수가 없었던 것이다.

한편으로는 자기가 길어 온 물에 밥을 지었다는 말을 미쓰 김이 틀림없이 그 들에게 알릴 것이리라. 그렇게 되는 때 이 주애의 표정이 어떠한가를 살피고 싶 은 충동도 치밀었던 것이다.

배영이 물통에 물을 들고 들어 오자 조상배가 숨을 몰아 쉬며 달려 들었다.

"배형. 미세쓰 리가 어디 갔는지 없어요."

배영의 가슴이 다시 철렁 내려 앉았다.

"바다에 들어가잖았을가?"

"바다에 아무도 없는걸요. 저쪽 서양인 촌에 까지 찾아봐두 없어요."

"어디 조용한 데 가서 명상을 하나부지."

미쓰 김이 대수롭잖게 한마디 던졌으나 배영은 어둠 속에서 자기를 콱 차 버리고 쏜살같이 살아져 버리던 여자의 일이 예사롭지 않게 여겨져서 견딜 수 없었다.

혹시 바닷속으로라도 들어갔으면 어쩔가 싶었다. 그여자의 솜씨로선 그렇게 할것 같은 짐작이 갔다.

배영이 물통을 내려놓고 당황히 밖으로 달려 나갔다. 조상배도 뒤를 따랐다. 조상배는 당황해 하는 배영의 태도에서 문득 짐작되는 바가 있었던 것이다.

아까 새벽녘의 일이 분명치는 못하나 머리에 떠올랐다 — 배영이가 들낙 거리던 일이다. 배영은 아마 밖에 나갔다 들어 왔을 것이다. 분명히 그랬을 것이다.

그렇다면 그는 이주애와 함께 나갔던 것일가? 함께 나갔을지도 모르겠다. 조상배 짐작에도 배영과 이주애 사이엔 어떤 정이 오고 가고 하는것 같았다. 그것이 때로는 미움에서 시작되는것 같았고 또 때로는 살틀한 정에서 출발하는듯도 보였다. 노골화하지 못했을 뿐이다.

조상배는 그러한 두 사람의 사이를 낮에 배에서도 눈치 채었고 어제 저녁 바다에서 공놀이 할적에도 알아채였다.

달려 나간 배영이 먼 바다를 들여다 보다가 산쪽을 올려다 보다가, 앞으로 내달렸다. 서울행 뻐쓰 정유장께로 가는 것이었다. 한참 그렇게 달리던 배영이 무뚝 멈추었다. 낯익은 걸음걸이가 오쫄오쫄 마주 오고 있기 때문이 었다. 오쫄오쫄 마주 오고 있는 걸음걸이의 주인은 주간 장병호였다.

장병호는 무뚝 멈추고 있는 배영호[57]에게로 마주 서더니

"웬일이요? 여기까지. 미세쓰 리가 서울 가더군그래. 노형도 같이 떠날 셈이든가?"

하고 한줄에 내받았다.

"서울로 가던가요?"

"그렇게 낙망할건 없잖소? 벌써 차가 떠났을걸……"

---

57 '배영'의 오식으로 보임..

주간은 어디까지나 빈정대는 어조로 나왔다.

"같이 가려구한게 아닙니다. 미세쓰 리가 말없이 없어졌으니 찾을 밖에 없잖어요?"

배영도 불쾌한 어조로 맞섰다.

"미세쓰 리가 없어졌는데 노형이 혼자 혈안이 되어 찾을건 없잖소."

이 말이 채 떨어지기 전에 조상배가 와서 섰다.

"저두 찾고 있지 않습니까? 혹시 바다에서라도 잘못되었나해서…"

"잘못되긴. 혼자 몰래 떠날 이유가 있어서 떠난 사람인데 왜들 그래?"

주간의 샐죽한 눈이 배영의 얼굴을 훑었다. 배영은 주간의 샐죽한 시선을 피했다. 주간은 주애에게서 모든 것을 다 들은 것이라고 짐작 했다.

주간은 더 말없이 샐죽한 그 눈 그대로 그들 앞에서 물러 갔다.

배영과 조상배는 서로 얼굴을 마주 보았다.

"어떻게 된 셈인가요?"

조상배가 먼저 입을 떼었다.

"이주애씨가 서울 가더라구."

배영이 분명치 않은 어조로 댓구 했다.

"왜 그렇게 아무 말두 없이 갔을가?"

조상배가 의아스런 시선을 배영에게 떨궜다.

"모르지."

배영은 이렇게 내뱉으며 발길을 옮겼다. 조상배도 같이 옮겼다. 아침해가 바다와 모래벌을 찬란히 덮었다. 배영과 조상배가 찬란하게 덮은 모래벌을 걷고 있었다.

"배형, 우리 아즘말 생각하구 있죠?"

조상배가 걷던 걸음을 멈추지 않고 물었다. '아즘마'는 이주애를 말함이었다.

"아즘마라니?"

배영이 짐작은 하면서도 되 물었다. 갑자기 대답에 궁한 까닭도 있었다.

"이주애씨 말입니다. 전 그분을 미세쓰 리라구 하기두 싫고, 미쓰라구하기도 싫어요. '아즘마'는 존칭인 동시에 애칭이라요."

"그래?"

"그래라구만 할게 아니라 대답좀 해 주시오. 시원히."

조상배가 배영의 옆얼굴에 시선을 박았다.

"난 아무말두 하구 싶잖어."

"생각한단 말씀이죠? 알겠어요. 난 우리 아즘마가 남의 아내가 아니람 사랑하구 싶네요."

"그래?"

배영이 이말과 함께 쓰디쓴 웃음을 입가에 보였다.

"그런데 배형. 우리 아즘마가 왜 그렇게 혼자 말없이 갔읍니까? 밤중에 무슨 일이 있었어?"

"…………"

"배형이 심중의 고백이 라도 했던가요?"

"……………"

"알겠어요. 우리 아즘마가 말없이 떠나 간 이유를. 아즘마두 배형을 사모하구 있는것 같던데?"

"사실일가?"

배영이 비로소 입을 떼었다.

"사실이구 말구요. 우리 아즘마는 내색을 좀처럼 안내지만 조상배는 다 알구 있거든."

"고 깍쟁이 돼서 그렇지? 아주 깍쟁이야."

배영 입에선 저도 모르게 이런 말이 튀어 나왔다.

"그렇죠. 귀여운 깍쟁인걸요."

"요부인지두 모르지. 남자를 골탕 먹이는……"

"골탕 먹는 일이 좀 좋아요? 난 골탕 먹이는 여잘 만나 봤음. 하긴 우리 아줌

마같은 여잔 남자를 골탕 먹이기 위해서 태어 났는지두 몰라."

배영은 말이 없었다. 그들은 한참 말없이 걷기만 했다. 그러다가 조상배가

"배형은 어떻게 생각 해요? 난 남잔 여자한테 골탕 먹기 위해서 태어 나고, 여잔 남잘 골탕 먹이기 위해서 태어난게 아닌가 보는데……"

"멋진 말이오마는 아파……"

그들이 숙소에 이른즉 미쓰 김과 미스터 허가 식사 준비를 해놓고 기다렸다.

어떻게 됐느냐고 두 사람이 일시에 물었다.

배영은 잠잠히 있고 조상배가 이주애의 서울행을 그들에게 들려 주었다.

"어쩜 그렇게 깜찍스럽게 갔을가? 아무튼 미세쓰 리는 여기가 비위에 안맞나 부드군요. 벌써 기혼잔 아무래도 다른걸요. 호호호……"

미쓰 김이 수다를 떨었다.

그들이 아침상에 둘러앉아 수저를 들기도 전에 한영실이가 분주히 들어 오면서

"미세쓴 서울 올라갔다죠?"

하고 여러 사람을 둘러 보았다.

바다 위에서

"글쎄 그렇잖아도 지금 막 미세쓰 얘길하던 중인데요. 어쩜 그렇게 살짝 가버리느냐 말이얘요?"

한영실의 댓구를 미쓰 김이 주서 섬겼다.

"미쓰 김도 모르게 떠났구만? 왜 그렇게 불이낳게 갔을가?"

한영실은 미쓰 김의 댓구를 듣더니 반색을 하며 그리로 얼굴을 돌리는 것이었다.

"글쎄 그원인을 모른다니까요. 야간 도줄하게 된 원인 말얘요."

"야간도주가 다 뭐야? 누가 야간도줄했단 말인가요?"

조상배가 미쓰 김을 반박했다.

"야간도주가 아니고 뭐란말이오? 아무도 몰래 밤중에 떠나간걸 봄 캥기는 일이 있어서 한 일이 아니겠오? 미스터 조는 괜이 미세쓰의 역성만 들어가지고 그래."

"난 항상 옳은 사람의 역성을 드는거야."

조상배가 젓가락으로 식탁을 탁 쳤다. 그러나 그는 식사를 중지하지는 않았다. 여전히 입에 그득히 밥이 들어 있었다.

배영은 땀을 철철 흘렸다. 그들의 싱갱이질을 듣고 있으려니 자연 땀이 내려 흐르는 것이었다. 또 밥이나 찌개가 뜨겁기도 했다. 주애를 찾느라고 힘이 빠진 탓도 있었다. 더구나 그는 지난 밤을 거진 새다 싶이 했으니까 — .

"뭐가 옳단말이오? 미세쓰 주제에 딴 남잘 사랑하는게 옳단말이지? 그래 그게 옳단 말이야?"

한영실이 목에 핏대를 세워가지고 달려 들었다.

"어머나. 미세쓰 리가 누굴 사랑하나요? 저걸 어째."

미쓰 김이 수저를 놓며 흥미 있어하는 얼굴을 짓는다.

"등잔 밑이 어둡다더니 미쓰 김은 그것도 모르고 있었군……"

"몰랐지요. 전연. 그런데 상대방은?"

미쓰 김이 조상배를 힐긋 보고나서 한영실에게 눈을 찔끔해 보였다. 조상배였구나 하는 수작인 것이다.

"미쓰 김은 쎈쓰가 없어. 그것도 모르고 엄벙뗑했구만………"

"쎈쓰가 풍부한 사람은 남이 밥먹는데 와서 시끄럽게 구는걸가?"

미쓰 김을 박아 주는 한영실의 말을 조상배가 가로채었다.

"미스터 조는 사람을 어떻게 아는거애요?"

한영실이 조상배에게 조전[58]하는 것이었다.

---

[58] '도전'의 오식으로 보임.

"어떻게 알긴. 지니고 있는것만치 인정해 주는거지. 더두, 덜두 없이……"

"지니고 있는것만치 인정한다면서 미세쓰 릴 옹호하느냐 말이얘요? 미세쓰 리 남편이 지금 미세쓰 릴 얼마나 별르고 있는지 알아요?"

"그건 또 무슨 소리야?"

조상배가 추궁했다.

"미세쓰 릴 내쫓는대지 않아…… 남편이……"

"왜?"

"서방질 한다고 그런다지 뭐요……"

배영 목에서 침이 꿀꺽 넘어 갔다. 지난 밤 이주애가 자기에게 극력 황거59해 준 일이 고맙다는 생각이 들었다.

그리고 그길로 떠나 가 준 일도 다행하다고 여겨졌다.

"한영실씨 말 좀 삼가시요. 현대의 지성이 그런 소릴 입에 담아서야 되나요? 무지막지한 사람들같이 원."

조상배가 한영실을 빈정댄 소리였다.

"내가 지어낸 말이게? 주간 장병호씨의 말을 고대로 옮긴거라요. 장병호씨도 벌써부터 눈칠 챘다잖아."

한영실은 이런 말을 하면서 배영과 또 주위의 사람들을 둘러 보았다.

"어쩜. 난 전연 모르고 있었네. 그래, 그 상대방은 누구래요?"

미쓰 김이 처진 눈고리를 올려 돋구며 한영실을 드려다 보았다. 이렇게 되고 보니 앉아 있을 수가 없었던지 배영은 수저를 놓고 밖으로 나갔다.

한영실은 두말 없이 배영의 뒤를 따라 서는 것이었다.

"어딜 가시는거얘요?"

뒤를 따르던 한영실이 배영을 불러 세우려고 했다.

배영은 댓구없이 그대로 발을 옮겼다.

---

59 '항거'의 오식으로 보임.

"아니 왜 이렇게 사람을 무시하는 거애요? 미세쓰만 젤인줄 아는 모양이죠?"

한영실이 어느새 배영의 앞을 막아 섰다.

"어딜가긴 어딜가? 바다로 나오는거 안요?"

배영의 소리는 퉁명스럽다. 배영은 진실로 한영실의 존재가 귀찮았던 것이다.

"난 또 미세쓸 찾아 떠난줄 알았지. 미세쓴 야간 도주로 대천탈출에 성공했다 잖아요?"

"아, 그, 제발 징그럽게 굴지말아줘. 나 혼자 좀 걸어 볼테니 다른데로 가 줘요."

"가다니 어딜가요? 나도 바닷갈 걷고 싶은데…… 저것좀 보시지. 갈매기가 날고 있네요. 해 돋은지 얼마 안된 바다에 갈매기가 나르는거 괜찮은 광경인걸."

최대한의 속력을 낸 모―타 뽀―트가 달리는것이 보였다. 흰 물쌀을 뿌리면서 달리는 것이었다. 그것은 나르는 짐승 같아 보였다. 뽀―트엔 남자 한사람과 여자 한사람이 타고 있었다.

"미쓰터 영. 저게 누구들인지 알아요?"

배영도 진작부터 모―타 뽀―트를 내다 보고 있긴했다. 그러나 거기 탄 사람들이 누구라거나 그런것에는 생각을 돌리지 못했다. 거저 모―타 뽀―트가 속 시원히 잘 달린 다고 알았을 뿐이었다.

"저것들, 치이. 아니꼬와서. 미스터 신하고 미스터 신을 쫓아 다니는 미세쓰 오 래요."

한영실이 모―타 뽀―트를 내다 보며 빈정대었다.

"미쓰 한하고 다니던 남자말이오?"

배영이 한영실에게 건닌 말이다.

"그렇다니까. 지금 저 미세쓰 오란 저년하고 얼려서 야단이래요."

"미쓰 한은 나가 떨어진 셈인가?"

"나가 떨어지긴 내쪽에서 떼버렸지 뭐."

"그렇지두 않은것 같은데 남더러 '년'이니 하구 욕하는걸 봄."

"남편 있는 년들이 서방질하는걸 년이라고 안하고 선생님하고 받쳐요?"

"시집두 안간 처녀가 서방질 하는건 괜찮은가?"

"어머나. 어쩜 저런 말을 막해요?"

"여대생 입에서 나온 말을 받아 옮긴건데………"

모-타 뽀-트가 두 사람 앞으로 닥아 왔다. 속력을 더하는 탓으로 물쌀이 한층 충천했다.

뽀-트에 탄 두 남녀가 물쌀 속에서 손을 들었다. 그것은 이쪽을 발견하는 짓이 아니고 야유와 희롱을 겹친 위에 저들의 밀접한 사이를 자랑하고자 해서 하는 짓인듯 보였다.

"영. 우리도 탑시다."

한영실이 바른손을 들어 허공을 치면서 말했다.

"뭘?"

"모-타 뽀-트 말애요. 저것들 보는데서 더한 속력을 내서 달리잔 말애요."

"그게 그렇게 부러워?"

"약 올르잖아요?"

"좋은 사람끼리 타는데 약 오를게 없지."

"좋은 사람일것도 없어요. 저 여잔 미세쓰라니까."

한영실은 '미세쓰'에 힘을 주었다.

"미세쓰라구 좋은 사람이 없으란 법이 없잖어?"

"왜 이렇게 미세쓰란 말만 떨어짐 안고 나서요?"

"그게 내 숙명인게지. 허헛."

배영은 말꼬리에 한숨 섞인 웃음을 달았다.

모-타 뽀-트가 또 한바퀴 돌아서 가까이 왔다. 아까와 똑같이 물쌀 속에서 손을 번쩍 들었다. 남자쪽에서 무엇인가 소리도 질렀다. 요란한 음향 때문에 알아 듣지는 못했다.

"여기 가만 계셔요."

한영실은 배영을 눌러놓며 저리로 갔다. 뽀−트 교섭을 가는 모양이었다. 그의 사촌들이 모−타 뽀−트를 가지고 있다는 것을 들은 일이 있다.

해가 바다 전체와 마을 전체에 퍼졌다. 골짜기로 기어가던 안개도 말짱 가시고 없었다.

배영은 저도 모르게 또 한번 한숨을 쉬었다. 한숨과 함께 떠오르기라도 한것처럼 이주애의 모습이 앞에 와 가로 놓였다. 눈꼬리에 살짝 주름을 잡으며 웃는 얼굴이었다. 배영은 이주애의 그렇게 웃는 얼굴을 한번 본 일이 있다. 편집실에서 무엇을 열심히 하고 있다가 맞은편을 훌쩍 쳐다 보았더니 무엇을 하고 있던 이주애가 이쪽을 건너다 보았다. 둘의 시선이 부딪쳤다. 여자쪽에서 눈꼬리에 살짝 주름을 잡으며 웃었다. 배영은 웃지 않고 물그럼이 그를 건너다 보면서 파이프에 불을 그었다.

모−타 뽀−트가 또 한바퀴 돌아 온 모양이었다. 아까와 마찬가지로 손을 들었다. 여자는 들지 않았다. 남자측에서 무엇이라고 짖거렸다. 여자는 어디 가고 혼자 앉아 있느냐고 야유를 하는 소린지 몰랐다.

배영은 파이프에 라이타−를 갖다 대었다. 힘껏 드려 그었다. 내 뿜는 연기가 해풍을 타고 흩어졌다. 이주애의 모습도 연기와 함께 가 버리는 것이었다.

배영은 파이프를 문채 모래 위에 벌렁 나가 누었다.

하늘이 보였다. 하늘이 몹시 푸르렀다. 푸른 하늘에다 대고 배영은 담배 연기를 자꾸 뿜어 놓았다. 그러다가 가슴 언저리를 어루만져 보았다. 어쩐지 가슴 언저리가 아픈것 같기도 하고 찡찡한것 같기도 했다.

아까 새벽에 채운 자리인지도 모른다는 생각이 들었다. 배영은 벌떡 일어 났다. 탁 채워 벌렁 자빠졌던 기억은 아무래도 불쾌하다.

"영 미스터 배 자, 타자요."

한영실이 헐레 벌떡거리며 뽀−트에서 내렸다.

뽀ー트엔 청년 한 사람이 타고 있었다.

배영은 섬쩍해서

"저 사람은?"

하고 물었다.

"사촌 동생이애요. 우릴 태워주러 온걸요."

한영실의 말이 떨어지기도 전에 모ー타 뽀ー트 위의 청년이 거수 경례를 했다. 그리고선 타라고 손짓 했다.

배영은 타야하겠다는 생각도, 안타야 하겠다는 생각도 할 여유가 없이 뽀ー트에 타 버렸다. 청년이 썬 그라스를 건채 배영에게 다시 꿈뻑 했다.

"얘 넌 어서 탈준빌 해주고 내려. 엔징⁶⁰ 조종하는 법말이야."

한영실은 연신 다른 하나의 모ー타 뽀ー트에 시선을 보내고 있었다.

"누가 안내린대나? 영실이 너두 엔징 조종할줄 알구 있잖아?"

"어머나. 누나 보고 건방지게 뭐야?"

그렇잖아도 배영은 의아스럽게 두사람을 보고 있던 참이었다.

"한달 먼저 났다구 누나행셀하려 들어? 점잖은 편이 어른행셀 하기루 하잖았어?"

"그래 그래 네 말이 옳다."

한영실이 아무렇게나 넘기려고 했다. 썬 그라스도 더 두 말없이 뽀ー트에서 뛰어 내렸다.

엔징을 틀었다. 모ー타 뽀ー트는 쏜살같이 내달렸다.

또 다른 한척의 것 보다 더한 속력으로 달렸다. 어쩌면 뒤집힐것 같기도 했다. 그렇지만 배영은 두렵다는 생각도 없이 서 있었다. 차라리 뒤집혔으면 하는 생각이 들었다. 또렷한 이유가 있어서 그런것도 아니었다. 그저 그런 기분에 사로 잡혀 있었다.

---

60 '엔진'(engine)을 뜻함.

"이리 바싹 닥아 서세요."

한영실이 저도 배영에게로 닥아서며 말했다.

"누가 어디 더 행복한가 내기해 볼가?"

한영실이 썬 그라스를 내어 쓰곤 이런 말을 했다. 한영실은 또 다른 한척의 모—타 뽀—트에서 시선을 돌리지 않았다. 한영실은 행복하기를 바란다기 보다 행복해 보이기를 바라는 눈치였다.

모—타 뽀—트는 또 다른 한척의 뽀—트쪽으로 방향을 돌렸다. 또 한척의 뽀—트도 이리로 향하여 달리고 있었다. 달려 오고 있는것과 달려가고 있는 것의 속력, 물쌀과 물쌀이 부서지는 음향, 엔진 소리, 배영은 눈을 딱 감아 버렸다.

바루 그 순간이었다. 모—타 뽀—트가 뒤집혔다.

그러나 신기하게도 긁힌 자국 하나 없이 그들은 무사히 구출 되었다. 구출한 사람은 또 다른 한척의 모—타 뽀—트에 탄 미스터 신이었다.

미스터 신은 두사람의 조난을 꾀한 사람이요, 또 구출한 사람이기도 했다. 미스터 신들의 모—타 뽀—트가 이쪽의 것 보다 세차지 않았다면 뒤집혀지지 않았을지 모르는 일이다.

모—타 뽀—트도 무사히 다시 뜨게 되었다. 미스터 신은 한영실과 배영을 그들이 탔던 뽀—트에 옮겨 주고 저희들은 본래대로 다시 달리기 시작 했다. 미스터 신은 손을 흔들면서 멀어져 갔다. 야유와 희롱에서 흔드는 손짓이 아닌것 같았다. 그만큼 골탕을 먹여 주었으니 족하다는 심사인지도 몰랐다.

한영실은 착 들어붙은 노—부리쓰[61]를 걷어부치며 배영을 쳐다 보았다. 배영은 그제사 한영실의 폭 젖은 몸둥이에 눈이 갔다. "부끄럽잖아?" 배영이 한영실에게 말했다.

"누가 부끄러워요? 미스터, 영 뿐인데……"

한영실이 가까히 닥아 왔다. 배영이 닥아 온 한영실을 갑판밑으로 동댕이치

---

61 민소매옷을 뜻하는 '노—슬리브'의 오식으로 보임.

듯 집어 넣었다. 그리고 자기도 그리로 들어 갔다. 아까 새벽 이주애한테 채워서 벌렁 자빠진 복수라도 해 볼 작정인지 모른다.

사표제출

배영들이 갑판 위에 나타났을 땐 바다의 손님들이 적지않았다. 늦잠둥이만 제외하곤 다들 나온 모양 같았다.

미스터 신들은 아직도 그 모양으로 바다 위를 달리고 있었다. 수영객들 때문에 아까 보다는 먼 거리를 달리고 있었다. 먼데서도 배영들을 지키고 있었던 모양으로 이쪽을 향해 크고 긴 소리를 보내며 손짓했다.

"여봐. 영, 저것들 야지를 하는구려."

한영실이 미스터 신들 쪽을 내다 보며 이렇게 말했다. 한영실은 인제 막 갑판 밑에서 하던것처럼 어리광을 피웠다.

배영은 여기에 아무런 댓구도 없이 바다에 풍덩실 뛰어 들었다. 그렇게 풍덩실 뛰어 들지않고는 배길 수 없었다. 굽굽하고 메슥메슥한 기분을 풀고자 했던 것이다.

몇번간 바다에 머리까지 처 박았다 빼곤하다가 그는 뭍으로 기어 올랐다. 굽굽하고 메슥메슥한 기분이 가시지 않았다.

"왜 헴을 안쳐요?"

한영실이 따라 와 곁에 앉는다. 그는 여전히 갑판밑에서 처럼 만만하게 굴었다.

"남이사 헴을 치던가 말던가 관여할 필요가 없잖어요."

갑판밑에서 처럼 구는 한영실에게 알아듣도록 말했다.

"피곤 해요?"

그래도 한영실은 알아채리지 못하고 그대로 나왔다.

"가서 헴이나 치시오."

배영이 거리를 좁히며 닥아드는 한영실을 밀어내었다.

"왜 이렇게 갑자기 가을 바람이 부는거얘요?"

지금 금방 열열하던 배영을 지나 본 한영실이로선 알 수가 없는 노릇이 었다.

배영은 이러한 말을 던지며 닥아드는 한영실에게 더욱 염증을 느꼈다. 자기는 어찌하여 이러한 여자를 꺼안고 열을 뿜었던 것일가?

배영은 한영실 보다 제 자신에게 더 염증을 느꼈다. 그는 모래를 걷어차며 일어 섰다. 한영실도 따라 일어섰다.

"제발 좀 이러지 말라구. 나 좀 쉬어야겠오."

상대방이 워낙 강력하게 나오니까 한영실도 멈춧 서버렸다.

배영은 걸음을 바삐 옮겨 숙소로 향했다. 한영실이가 붙잡기라도 하는것처럼
—.

숙소엔 아무도 없었다. 다들 바다에 나간 모양이었다. 배영은 달리던 그 자세로 판자문을 닫어 걸려고 했다. 고리가 없었다. 걸 수 없는 문이었다.

"더러운것."

고리가 없는 문을 향해 이렇게 중얼거렸다. 고리가 없는 문은 몸뎅이를 함부로 내동댕이치는 여자와 같다고 생각했다. 바루 한영실이와 같다고 생각했다. 배영 입에서 '더러운것' 이라는 말이 나온 것도 그 까닭이 었다.

한영실을 고리없는 문과 같다고 생각하자 배영 마음 한구석엔 다른 한가지 생각이 같이 떠 올랐다. 그것은 이주애로 해서 생기는 생각이 었다.

이주애는 고리가 단단한 문임에 틀림 없다고 생각되었다. 그렇지 않고서야 어떻게 달려드는 남자를 그처럼 꽉 차서 공중 나가 떨어지게 할 수 있느냐 말이다.

배영은 누워서도 이러한 생각을 했다. 그러다가 잠이 들었다. 그가 잠에서 깨었을 때에도 곁엔 아무도 없었다. 파도 소리가 요란히 들려 올뿐이 었다. 벅작거리는 수영객들의 소리가 높을 뿐이 었다.

그러한 소리들이 높고 요란할 수록 배영은 허전해 왔다. 그는 푹 업드렸다.

팔을 쫘악 벌렸다. 시원하지가 않았다. 답답하기까지 했다. 다시 누웠다. 그래도 마찬가지었다. 이번엔 한고패 구을어 보았다. 얼마간 시원한것 같았다. 또 한고패 구을었다. 정지하지 않고 아랫목에서 웃목으로 구을었다. 거기서 끝이 는가 하면 그렇지가 않았다. 다시 또 웃목에서 아랫목으로, 아랫목에서 웃목으로 이렇게 열고패 수무고패 구을었다. 땀이 쑥 빠졌다. 기운도 지쳤다.

바루 누웠다. 바닷 소리 사람의 소리가 더 높고 요란히 들려 왔다.

배영은 벌떡 일어나 밖으로 나왔다. 바다를 피하고 싶었다. 산으로 향하고 싶었다. 바다는 한층 마음을 둘쳐 놓아서 싫었던 것이다.

산은 높지도 울창하지도 않았으나 햇빛을 가리워 줄만한 나무가 있고 푸근히 누을 수 있는 풀밭이 있었다.

배영은 거기 벌렁 누어 버렸다. 바닷 소리와 사람의 소리가 멀었다. 이름 모를 새들이 울다간 날라가고 날라갔다간 와서 울었다. 새가 우는 가지 위엔 끝 모를 대공(大空)이 펼쳐져 있었다.

＊ ＊

'부인화보이동편집실'은 그로부터 사흘채 되던날 대천을 떠났다. 그러니까 꼬빡 닷새를 바다에서 보낸 셈이되었다.

열차 안에서 사원들은 마음껏 떠들고 재조껏 놀았다. 배영도 그들과 한가지로 떠들고 놀았다. 며칠 동안 울적하던 마음이 그제사 풀리는듯 싶었다. 한영실이가 옆에 있지 않아서 그런지 모를 일이다. 그 보다도 이 주애가 있는 서울에 가까와 가는 탓인지도 모르겠다. 한영실네는 며칠 더 바다에서 묵을 작정이라고 했다.

배영은 그동안 여러번 대천을 떠나 주었으면 하고 바랐다. 이주애와 마주 앉아 편집에 바쁘던 때가 그립다고 생각되는 때가 많았다. 한시 바삐 그러한 즐거운 시간을 가져 보았으면 싶었다. 이주애가 제아무리 골이 났더라도 사원들이 보는 편집실에선 딱장떼를 부리지 못할 것이 아니겠는가? 혹시 딱장뗄 부리는

한이 있더라도 상관없으리라는 마음도 있었다. 딱장뗄 부리느라면 그 가무스
레한 눈을 할긋 흘길것이 아니겠는가? 밝은데서 그렇게 하는 이주애를 한번 보
아 봤으면 하는 충동도 느꼈다. 대천 바닷가에선 그가 콱 차서 벌렁 넘어뜨렸지
만, 캄캄한 밤인 탓으로 조금도 그의 얼굴 표정을 볼 수가 없었다.

서울에 도착하던 날은 사원 전체가 쉬기로 했다. 배영은 하루가 천년 같다는
말의 뜻을 체험으로 깨달은듯 했다.

이튿날은 일찍부터 서둘어서 사에 나갔다. 편집실엔 급사 아이가 물을 뿌리
고 있었다. 인제 곧 쓸려고 하는 참이 었다.

"광식이 잘 있었니? 청소 하는구나?"

"예. 배 선생님 안녕히 돌아 오셨어요? 아이구 깜앟게 타셨에요."

급사는 빗자루를 쥔채 배영을 올려다 보며 말했다.

"깜앟게 타서 숭하냐?"

배영은 급사에게 흉해 보이지 말아야 할것 같았다. 그래야만 이주애한테도
흉해 보이지 않을것 같은 생각이 들었다.

"안요. 배선생님은 그렇게 타시니까 더 좋아요. 아란 랏트[62]적인 데가 있어서
됐어요."

"야 이놈봐라. 아란 랏트적은 또 뭐냐?"

"그거. 남성적인 매력을 말하는 거예요."

"남성적인 매력? 그건 또 무슨 소리냐?"

"그거 배선생님같이 잘 생기신 남자, 그런 남자가 시껍엏게 타면 더 좋아뵈는
걸 말하는 거죠."

"너, 아주 어른이 다 됐구나? 어린앤줄 알았더니…"

"배선생님 아란 랏트적인 매력이란 말, 누가 한건지 아세요?"

"몰라."

---

62 미국의 영화배우 앨런 래드(Alan Ladd, 1913~1964).

"그거 제가 좋아하는 여배우가 한 말이예요."

"어느 여배우?"

"그건 말하구 싶잖어요. 비밀인걸요."

"외국 여배우냐? 우리 나라 여배우냐?"

"……글세요. ……우리 나라 여배우예요. 참 예뻐요. 전 그여자의 푸로마이드[63]를 가지구 있어요. 그리구 그 여자가 얘기한 말은 죄다 외우구 있는걸요."

"아란 · 랏트적이란 말은 언제 했던가?"

"영화잡지에다 했어요. 어떤 남성이 좋냐구 물었더니 아란 랏트적인 남성이 좋다구 그랬잖어요. 그래서…"

"그래서 광식이가 아란 랏트적인 남자가 되려구 한단 말이지?"

"그런데 잘 안돼요. 선생님."

"되는 방법을 연구하구 있나?"

"……예 별루…… 하루에 몇번씩 거울을 들려다 보구 〈쎈〉[64] 에서 본 아란 랏트 〈해녀〉[65] 에서 본 아란 랏트의 흉내를 내 보죠."

"잘 되 가더냐?"

"웬걸요. 아무래도 그 여자한테 잘 뵐 날이 올것 같잖어요."

소년은 실망하는 낯빛이었다.

"괜찮어. 오도록 노력하자. 낙심하지말구 응 광식아…"

배영이 빗자루를 쥔 소년을 덥석 들어 안아 올리면서 말했다. 광식에게 한 말이 아니라 배영 자신에게 한 말이라는 편이 옳겠다.

"배선생님두 잘 뵈우고 싶은 여자가 있으신게죠?"

소년은 벌써 배영의 마음속을 알아채었다.

---

63 '브로마이드'(bromide)를 뜻함.

64 앨런 래드 주연의 서부영화 〈셰인〉(*Shane*, 1953).

65 앨런 래드 주연의 영화 *Boy on a Dolphin*(1957)으로, 한국에서는 〈해녀〉라는 제목으로 개봉하였음.

"왜? 어떻게 알아?"

"절 번쩍 들어 올리는걸 보니까 배선생님두 연앨하시나봐요?"

"야 이놈 봐라. 널 번쩍 들어 올리는것하구 연애하는것하구 무슨 상관이 있느냐 말이다?"

"연앨하면 기운이 막 생기던걸요."

"너 지내 본게로구나?"

"전 못해봤어요. 실물을 봤어야 연애두하죠. 영화에서만 보구 속을 태우는걸요."

"내가 만나게 해 줄가? 거 누구냐?"

"지금 만나긴 싫어요. 이댐에 훌륭한 기자가 돼가지구 만나겠어요."

"광식이 너 기자 될테냐?"

"그럼요. 기자가 돼가지구 그 여자한테가서 인터뷰를 하거든요."

"옳지 잘 생각했어."

"저 그럴라구 여기 들어 왔어요. 집에선 경전 업무부에 들어 가라는걸……"

배영은 이 어린 동지 앞에 손을 내밀어 그의 손을 꽉 잡아 주었다.

"배선생님 저 그렇게 해두 괜찮죠?"

"뭘? 어떻게?"

"기자가 돼가지구 그여자한테 인타뷰를 가는것 말입니다."

"좋지. 사랑하는 사람을 만나기 위해서 분투노력을 하잔 말이지? 부라보……"

배영이 소년의 손을 잡은 채로 번쩍 들어 올렸다.

소년이 청소를 다하고 미쓰 김이 오고, 주간 장병호가 나오고, 조상배가 오고 미스터 허가 오고, 송기자가 오곤 했는데 이주애만은 나타나지 않았다.

배영은 방안문이 열릴 때마다 그쪽에 주의를 집중하곤 했다. 그러나 배영은 결코 그쪽을 보고 있지는 않았다.

"이주애씬 그만 둔다구 했는데."

그동안의 편지들을 뒤적거리던 주간이 한장의 편지를 펼쳐든채로 대수럽잖게 말했다. 주간이 대수럽잖게 한 말에 소스라친 사람은 배영이었다. 배영은 벼랑에서 뚝 떨어지는듯한 심한 충격에 몸을 가눌 수가 없을 정도였다.

"왜요? 왜 그만 두신대요."

조상배가 큰 소리로 주간에게 물었다. 배영은 몸을 가눌 수가 없는 충격속에서도 귀를 쫑긋이 치세우고 댓구를 기다렸다.

"그야 남의 사정을 내가 알리있나? 복잡한 사정들이 있는게지."

주간은 역시 대수럽잖게 내뱉았다. 그러면서도 주간은 배영의 낯색을 놓지지 않으려는 눈치었다. 배영은 그것을 알고 있기 때문에 주간을 한번도 쳐다 보지 않았다. 주간뿐 아니라 사원 전체가 자기에게로 시선을 모으고 있음을 느꼈다. 그는 파이푸에 불을 그어 물고 뻑뻑 빨았다. 파이푸는 이런 경우에 고마운 것이라는 생각도 해 보았다.

주간은 편지를 봉투에 넣지도 않은채 쫄랑쫄랑 사장실에 들고 들어 갔다.

"편집장님 웬 일이세요?"

주간이 사장실 문턱으로 넘어서자 미쓰 김이 배영을 찬찬히 건너다 보며 물었다.

"난 모르지……"

매우 어색하게 겨우 댓구를 하고나서 배영은 얼른 또 파이푸를 물었다.

사장실에서 나온 주간이 여전히 편지를 펴 든채,

"사장 말씀이 사표를 수리하라는군 그래. 이쪽에서 권고사직을 시키기 전에 당사자들이 그만 두겠다구 하니 다행한 일이라구 그러시는데……"

배영이 비로소 주간의 얼굴을 쳐다 보았다. 샐죽한 눈고리에 주름을 잡으며 만족해 하는 것이었다.

퇴근 시간 후에 배영은 편집실에 남아서 사표를 썼다.

"배선생님 알았어요. 이주애 선생님을 사랑하시는군요?"

배영이 사표를 주간 책상에 갖다 놓는것을 쫓아 와서 본 급사가 맑고 빛나는 눈을 깜박거리며 배영을 올려다 보는 것이었다.

"공연한 소리. 누가 그런 말을 하던?"

"안요. 아무한테서두 듣지 않았어요. 그렇지만 전 다 알아요."

"이녀석아 네가 어떻게 안단 말이냐?"

"아까 주간님이 말씀하실 때 배선생님이 젤 안돼하시던걸요. 지금 그 편지, 이주애 선생님을 다시 나오시게 해 달라는거죠?"

소년은 또 맑고 빛나는 눈을 깜박거리며 배영을 올려다 보았다.

"그런것두 아니야. 나두 그만 두려구 그래."

배영은 이 소년 동지에게 자기의 비밀이 알려져도 좋다는 생각이었는지 모른다.

"배선생님까지 그만 두시면 어떡하게요? 재미가 없어요. 제가 이주애 선생님을 찾아가서 나오시라구 할께요."

소년은 단순 했다.

"광식이 너 이주애 선생님댁에 가 본 일이 있니?"

"가 본 일은 없어두 알아요. 저이 집이 효자동이거든요. 이주애 선생님이 저이 집 앞을 지나 다니기 때문에 이선생님이 자하문밖에 사시는걸 알아요. 그 집두 알구 있어요. 자하문 턱마루에 올라 서면 횅 뵈는걸요."

소년은 말을 끊었다가 다시

"선생님 제가 배선생님 소식을 이주애 선생님 한테 전해 드릴가요?"

하고 서둘었다.

"아냐. 안돼."

배영은 서둘르는 소년에게 허둥지둥 댓구를 했다.

"가게해 주세요. 저두 이주애 선생님이 보구싶어요. 제가 좋다는 여배우가 이주애 선생님을 닮았어요. 그래서 이주애 선생님만 봐두 전 아주 존걸요. 그리구 가슴이 더 타기두 해요."

배영은 소년의 어깨를 탁 치며 한바탕 웃지 않을 수 없었다.

소년이 청소하기 까지 기다리느라고 배영은 삼십분 가량 편집실에 더 있었다. 그냥 있지않고 소년이 쓴데를 훔쳤다.

그들은 전차나 뻐쓰도 타지 않고 걸었다. 그들은 같은 코—쓰를 걷고 있었다. 소년이 배영의 마음을 알고 배영이 소년의 마음을 알고 있는 탓인지 모르겠다.

소년의 집이 있다는 효자동을 지나고 자하 문에 이르는 좁은 길에 들어 섰다.

배영은 어느 때 이 길에서 이주애와 만나던 일을 상기하지 않을 수 없었다. 그 날도 노을이 찬란히 불붓고 있었다.

"배선생님 노을이 참 곱잖아요?"

소년이 말을 떼었다.

"그렇군."

"이런때 이주애 선생님이 곁에 같이 걸으셨음 좋겠죠?"

"아니. 너하구 걷는게 더 좋아."

"저두 그래요. 지금 배선생님하구 이렇게 걸으니까 맘이 걷든해져요."

배영과 소년은 자하문턱마루에 올라 섰다. 언덕 아래가 내려다 보였다.

"배선생님 이주애 선생님 댁을 아르켜 드리고가요?"

소년이 노을에 젖은 눈을 깜박거리며 언덕 아래를 살폈다. 배영도 이주애 집을 내려다 보았다.

"저거예요. 배선생님, 저기 저 작은 기와집 말입니다."

"너 가 본 일이 있구나?"

소년이 바루 집혔기 때문에 배영이 이렇게 따졌다.

"안요. 안가봐두 알겠어요. 저기 저집이 이주애선생님이 사시는 집같아 보이잖아요?"

배영은 말없이 쓴 웃음을 웃었다.

"배선생님 새처럼 날개가 있었음 좋겠죠? 호로로 날라가 보게요."

"네가 날라가 봐라."

"정말 제가 가 보구 올가요? 이주애선생님두 배선생님 생각을 하구 계실거예요."

"정말 너 갔다 올테야?"

"예."

배영은 들고 있던 봉투에서 원고지를 꺼내 이주애에게 보낼 쪽지를 적기 시작 했다.

　주애 선생께

　오늘 사에서 사표 내셨단 소식 들었습니다. 저도 사표를 내고 나왔습니다. 제가 없어질 터이니 주애선생이 나와 주십시요.『부인 화보』를 위해서도 ─ . 잘못을 뉘우치는 동시에 백번 절하며 사죄합니다. 찾아 뵙고 자세한 말씀 드리겠습니다. 어느때가 좋겠다고 말씀해주시면 그대로 쫓겠습니다.

쪽지를 접자 소년은 받아들고 빗발처럼 언덕 아래로 내리 달렸다.

상동행

내려 달리는 소년을 목을 길게 빼어 지키고 있던 배영은 소년이 대문 안으로 살아지자 벌떡 일어나 산쪽으로 올라가 가지를 많이 드리운 어느 나무 밑에 가 앉아버렸다. 태양빛을 맞받기도 싫었고 하늘이 뵈는 것도 싫었다. 불안과 계면적은 감정이 일시에 치밀어 올랐던 것이다.

"배선생님, 배선생님."

소년이 배영을 찾는 소리가 들려 왔다. 배영은 소년의 부르는 소리를 들으면서도 대답을 해 주지 않았다.

"배선생님."

소년의 소리가 높았다. 자하문이 울리고 그 울림에 산이 울리곤 했다.

그제사 배영은

"광식이 이리 올라 와."

하고 응대를 했다.

"에쿠. 선생님 바루 거기 계셨구만요? 어디 멀리 가신줄 알구 소리를 크게 질렀어요."

"아무렴 어떠냐?"

"그래두 선생님이 바루 가까운데 계신걸 그렇게 큰 소릴 치고 보니 좀 무안한데요."

"별 소릴 다 괜찮어."

"그런데 배선생님, 이주애 선생님이 안계셔요."

"그래? 잘 됐다. 잘 됐다."

배영은 "잘 됐다."는 소리를 두번 연거퍼 했다. 그는 진실로 이주애가 집에 있지 않더라는 말에 숨을 화알 내쉬었던 것이다. 미리부터 이주애가 집에 없는 줄 알았더면 산으로 올라 올 생각도 하지 않았을 것이다. 소년이 주애 집 대문 안에 살아지는 것이 보이자 배영은 잘못을 저즐렀구나, 하는 생각이 올리 솟았다. 그와 동시에 불안하고 계면적은 감정도 일시에 치밀어 올랐다.

"배선생님두 뭐가 잘 돼요? 큰 낭패죠."

소년은 의아스런 빛을 띠우며 반문했다. 맑고 빛나는 눈에 짙은 녹음 서리워서 한층 서늘해 보였다.

"너는 모른다. 후유 — ."

배영이 큰숨을 내 쉬며 나무 아래에 아무렇게나 몸을 동댕이 쳐 누어 버렸다. 하늘이 보이지 않을 정도로 숲이 욱어져 있었다.

배영은 하늘을 가리워 주는 숲의 고마움을 깨닫게 되었다.

소년이 배영 옆으로 닥아 왔다.

"저두 배영선생님 맘을 알만해요. 저두 그 여배우 집을 알긴하면서두 그 근방으로 못가는걸요. 밤잠을 못이루고 그 여배우 생각을 하면서 밝는 날은 찾아가 만나리라 이렇게 맘을 먹곤하지만 못가거든요."

"안됐구나."

배영도 소년의 심정을 알만 했다.

"어떤 땐 그 여자 집 근방에라도 가 본다고 나서지만 그 근방만 가두 다리가 떨리구 가슴이 두근거리던걸요."

소년은 아직도 할 이얘기가 더 있는듯 했다. 눈을 깜박거리며 침을 삼켰다.

"알았어."

배영이 한마디로 내 뱉았다.

"배선생님 제 얘기가 구찮죠? 참 이주애 선생님이 어딜 가신걸 알려드리잖었네요. 이주애 선생님이 상동광산에 가셨다는군요. 바루 아까 낮에 떠나셨대요."

"누가 그러던?"

"이주애선생님 아들인가봐요. 엄마가 아빠 있는 상동광산으로 갔다구 그러겠죠."

"아들이 있었던가?"

배영은 혼잣말처럼 내받았다. 이주애에게 아들이 달려 있다는 사실을 알지 못하고 있었다. 남편이 달려 있다는 사실까지 배영은 잊어버리고 싶었던지 모른다.

"아들이 있어두 여간 큰애가 아니던걸요. 국민학교에 다니나부던데요. 마루에서 공을하구 있어요."

"그런데 배선생님 참 잘 생기지 않았더군요. 이주애선생님 속에서 왜 그런 몽탕한애가 나옵니까?"

배영은 소년의 말이 떨어지기도 전에

"하하하하."

웃음을 터뜨려 놓았다.

소년의 말이 웃읍기도 했지만 실상은 까닭도 없이 그냥 그렇게 웃었던 것이다.

"광식아 우리 뜀박질이나 해 볼까? 넓이 뛰길해 보잔 말이야."

배영이 벌떡 일어 서며 서둘렀다. 소년은 또 한번 의아하지 않을 수 없었다. 이주애선생님이 안계시다는데, 더구나 상동광산 멀리로 남편 만나러 갔다는데 성수가 나 하시는 일이 이상했던 것이다.

"선생님. 넓이 뛰긴 왜 해요?"

"여기가 이렇게 평평하고 그늘이 존데 한번 뛰어 보구 싶잖어."

이러고 나서 배영 자신이 기운을 내어 훌쩍 뛰었다. 꽤 많은 거리를 뛰었다. 중학교 시절에 교내 운동회 같은 때 크라쓰[66] 대표로 나가 본 일이 있지만 이만한 기록을 내지 못했던 것을 배영은 기억하고 있다.

"배선생님 선수신데……"

소년이 고개를 두어번 내꼈더니 저도 뛰어 본다. 얼마 뛰지 못했다.

"이게 뭐야?"

소년은 제가 뛴 거리하고 배영이 뛴 거리를 눈으로 층량[67]해 본다. 반밖에 안 되는 거리었다.

"저두 그 여배우가 아들이 있다던가, 딸이 있다던가 한걸 알게 된다면 이렇게 배선생님처럼 많이 뛸지 모르죠. 더구나 남편 만나러 갔다던가 하면 더 잘 뛸 수 있어요."

배영은 어이가 없어서 씩 웃고 말았다.

그들이 귀로(歸路)에 섯을 땐 태양이 아주 넘어갔다.

노을만 붉게 타고 있었다.

"배선생님 이주애 선생님이 몹시 보구 싶으시죠?"

묵묵히 내리막길을 다 걷고 난 소년이 생퉁같이 이렇게 물었다.

66　'학급'을 의미하는 '클래스'(class)를 뜻함.

67　'측량'의 오식으로 보임.

"넌 뚱딴지같은 소리 그렇게 잘 하니?"

"왜 뚱딴지예요? 전 그 여배우가 참 보구 싶어요. 이렇게 노을이 찬란하게 피는 석양길을……"

"같이 걷고 싶단 말이지?"

"네. ……전 전엔 어머니가 젤좋았어요. 어머니가 어디 갔다 늦게 오시던가, 하면 보구싶어서 울었어요. 그런데 지금은 어머니는 문제도 안되요."

배영이 소년의 옆 얼굴을 보아 주었다. 소년은 그것도 모르고 골돌한 자세로 걷고 있었다. 소년의 옆 얼굴이 노을에 젖어 있었다.

＊　＊

이주애가 남편한테 편지를 부친 사흘째 되던 아침에 답장을 받았다. 본사에 연락차로 오는 사람이 가져 왔다.

편지 내용은 어디 까지나 비틀어진 심정에서 쓰인 것이었다.

이정기가 너에게 무슨 상관이 있길래 편지를 하느냐는 것이었다. 너와 상관 있는 자는 배영이란 키가 멀쑥히 큰 작자가 아니냐는 것이었다.

주애는 편지를 접어놓고, 그 사람에게 언제 돌아 가겠느냐고 물었다.

그 사람은 본사와의 연락 사무도 끝나서 이제 돌아 가는 길이라고 했다.

"그럼 나도 상동으로 가겠어요. 길동무가 돼 주세요."

하고 주애는 바삐 떠날 차부새를 했다.

"왜 갑자기 이 야단이냐? 어딜 간다고 이래?"

안방에서 친정 어머니가 내다 보고 짜증을 내셨다. 떠날 생각같은 것은 전연 안하고 있던 딸의 행색이 이상했던 것이다.

그새 며칠(대천 다녀와서)은 남편이 올지 모른다면서 남편이 즐기는 강남콩을 사드린다, 풋고추를 넣고 장조림을 조려 둔다, 양말을 사다 둔다, 손수건을 만든다, 서들던 딸이 아니던가?

"어머니 며칠만 집을 좀 더 봐 주세요. 저 상동 다녀올께요. 하루밤 자고 오겠어요. 성수 아빠하고 같이 오겠어요."

주애는 뽀스톤 빽에 널것을 채려넣면서 허둥지둥 말했다.

두번째 가는 길이요, 또 동행이 있어서 무척 쉽사리 목적지에 닿았다. 동행인의 안내로 남편을 만나기도 했다.

남편 이정기는 주애를 보자 마자 침을 텍 뱉으면서

"여긴 대천해수욕장이 아니야. 잘못알구 온걸."

하고 한줄에 퍼 부었다. 그는 이렇게 퍼 붙고선 가 버리려고 했다.

주애는 가 버리려는 남편을 내밀어 붙잡으며

"당신이 이럭함 난 나를 지탕할 수 없어요. 제발 이러지 말고 집으로 가요. 안 가시면 내가 오겠어요. 성수랑 데리고 올테예요."

했다.

"글쎄 나하구 인제 무슨 상관이 있다구 날 붙잡구 이러는거야? 갈데루 다 간 년이, 이걸 놔."

주애는 쌔리는 남편의 팔을 놓지 않았다.

"물론 내가 잘못했어요. 편지에도 사과하잖았어요? 그렇지만 당신이 상상하는것 같이 다 저즐르지 않았어요. 마음의 동요가 있었을 뿐이예요."

"말 말어. 흥 산속에 묻쳐 있으니까 모르는줄 알어? 오라 키다리한테두 동댕일치운게지? 인제 볼장은 다봤다구……헛헛허허."

남편이 입을 딱벌려 치껴 들고 산이 울리게 웃어 대는 것이었다.

주애는 속이 써늘해 왔다. 남편이 미치기라도 한게 아닌가 하는 생각이 들었다. 치껴 든 얼굴에 그늘이 짙문은 탓일까? 남편의 얼굴은 둔갑을 한것처럼 보였다.

"진정해 주세요. 옷뚜긴 제자리에 고정되었어요. 그동안 이리저리 흔들거리던 옷뚜기가 인제 제 위치에 돌아와 앉았단 말이예요."

주애는 남편의 마음을 가라앉치려고 노력 했다.

그러나 남편은 아무 응대도 없이 멀거니 산봉오리를 쳐다 보고 있었다.

산봉오리엔 뭉치구름이 오락 가락하고 있었다.

"여보 저기 좀 가 앉읍시다."

주애가 남편을 이끌며 발을 옮겼다. 남편도 이끄는 대로 순순히 발을 옮겨 놓았다.

그들은 비탈진 길을 걸어 산으로 올리 걸었다. 한참 걷다가 산쪽으로 눈을 돌린 주애가 평펴즘한 바우가 업드려 있는 것을 발견 했다.

"저기 가 좀 앉읍시다. 저 바우에……"

주애는 여전히 남편을 이끌었다.

"이바우가 우릴 기다리고 있었어요."

주애가 남편을 돌려다 보며 말했다. 남편 얼굴이 둔갑한채로 있지 않았다. 초최하긴 하나 제 빛갈을 띠기시작했다.

"이것봐요. 사진 찢어버렸어요?"

남편과 함께 바우에 앉은 주애가 남편을 갸우퉁이 들려다 보고 이렇게 물었다.

"사진. 그 사진 말이야?"

남편이 침을 꿀컥 삼키며 응대했다.

"그런데 그건 어디서 얻었어요?"

"얻긴. 서방질하는 여편네 실적증명해 주기 위해서 굴러 들어온 거지."

남편의 소리가 높아 졌다.

"증명은 무슨 증명이예요? 그때 창경원 가서 당신이랑 셋이서 찍은건데 뭘. 그런데 당신은 어딜가고 그것뿐인지 몰라."

"가긴 어딜가? 장병호가 그것만 오려 가지구 나한테 보여줬지."

"참 못됐네."

주애는 저도 모르게 입 밖으로 이런 말이 새어 나왔다.

"친구가 아니야. 아니야. 원수야."

남편이 주먹으로 왼편 손바닥을 후려 갈기며 소리를 쳤다.

"장씨는 우리들의 사이를 갈라놓고 싶어하는지 몰라요."

"장씨가 무슨 말라빠진 장씨야. 그깐 놈이……모두 그놈의 농간이야……"

"그러니까 집에 가진 말이예요. 집에가서 전처럼 살면 되잖아요?"

"누가 전처럼 산다는거야? 서방질하고 돌아다니던 년하구 산단말이야?"

남편은 벌떡 일어 서서 산 아래로 내려 가는 것이었다.

주애는 따라 일어 서지 않았다. 오래동안 그자리에 앉은채 생각에 잠겨있었다. 거치러진 남편의 마음을 붙들어 줄 사람은 아무래도 자기 뿐이라는 생각을 했다.

남편이 저처럼 거치러진 동기의 십분지 십을 자기가 책임 져야 한다고 생각했다. 남편은 직업을 얻지못하고 집에 들앉아 애를 태울때에도 저렇지는 않았다.

사회를 원망하고 변몰해 가는 동지를 비난하다가도 인제 곧 좋은 일이 생길지 아느냐고 "인생은 새옹지마"라는데 이 고난이 물러가면 즐거움이 올거 아니겠느냐고 이렇게 위로해 주면 남편은 좀 두껍고 크게 생긴 입 언저리에 웃음을 띄우며 풀어지곤 했던 것이다.

남편이 비탈길에 보이지 않자 주애도 일어 섰다. 천천히 산길을 내리 걸으면서 생각에 실마리를 잊는 것이었다.

비탈길에 내려 서서도 남편은 보이지 않았다. 주애는 남편의 뒤를 쫓을 생각은 하지 않고 여관으로 갔다.

며칠 전에 들렸을 때, 남편과 함께 밤을 지나던 여관이 었다. 그날 밤의 불쾌한 기억이 떠오르려고 하면 되돌아 눕곤해서 떨어 버렸다.

이튿날 아침 조반을 지나고 난 다음 주애는 여관집 안주인을 만났다.

여관집 안주인에게 방을 얻으려면 얼마가량 주어야 하며 그런 방이 쉬이 있겠느냐고 물었다.

여관집 안주인은 주애를 찬찬이 살피다가

"학교 선생님으로 오시나부군요?"

하고 되물었다.

"안예요. 쥔이 여기 와 있어요. 같이 올려고 그래요."

"그럼 쥔 양반이 학교 선생님을 하시나 부군요?"

주애는 그렇다고도 안그렇다고도 하지 않고,

"방이 그래 있겠읍니까?"

했다.

"방이사 있고말구요. 애기도 없는 신접살림같으믄사 얼마든지 있지요."

"그럼 방 하나 얻어 주시겠어요."

"우리 뒷방에라도 와 계시죠."

여관집 안주인은 주애에게 호의를 가지는 눈치었다.

주애는 그날 뻐스로 서울에 올라 왔다. 집주인 한테 사정 이야길 하고 전셋돈을 받았다. 주인은 무척 다행해하면서 전셋돈을 내 주었다. 집 값이 전 보다 올라 갔기 때문이었다.

세간을 꾸리고 성수학교에 가서 전학증명서를 얻어 가지고 왔다. 이튿날 떠날 작정인 것이다.

친정 어머니는 눈물을 찔끔찔끔 짜내시면서 딸의 하는 일을 못마땅하다고 했다. 친정 어머니는 딸이 그런 두뫼산골에 가는것도 싫었으려니와 그런 두뫼산골에 가서 광부 노릇하는 남편을 쫓아 가는 일이 더욱 비위에 맞지 않았다.

"어머니두 그러지 마세요. 내가 시시하게 되면 좋겠어요?"

주애는 어머니한테 속에 있는 말을 했다. 어머니는 딸의 말을 못알아 들었다.

"두뫼산꼴루 광부남편을 쫓아가는 건 시시하잖겠구나?"

"그건 시시하잖어요. 어머닌 어떤게 시시하고 어떤게 시시하잖은건지 모르세요."

뻐스에서 성수는 바깥을 내다 보고 좋아 했다.

"성수 아빠한테 가는거 존가부구나?"

주애가 성수에게 물었다.

"응 좋아. 아빠하구 엄마하구 사는게 좋아."

성수는 손에 쥐었던 사과를 한입 깨물어 먹었다.

주애는 사과가 들려 있지 않은 성수의 한손을 꼭 쥐어주었다. 뻐스는 덜거덕 거리며 달리고 있었다.

아기의 모습

주애들은 해질무렵에사 목적지에 이르렀다. 저녁은 안주인이 지어다 주어서 성수와 둘이 먹은 다음 세간을 풀어 정리하느라고 밤이 이슥하기 까지 분주히 지났다.

안주인이 서들고 있는 주애를 거들어 주며 "서방님이 여기 와 있다면서 왜 들어오지 않느냐"는 둥[68], "젊은 댁이 어느새 아이가 저리도 큰게 있느냐"는 둥, "갑자기 서들어 오는 모양같은데 무슨 곡절이라도 있느냐"는둥, 꼬치꼬치 캐어 물었다. 안주인은 주애에게 가는 궁금증을 품고싶은 모양 같았다. 그가 밤이 이슥하기 까지 주애를 거드려 주는 것도 이 궁금증을 풀어 보자는데서 하는 노릇 같았다.

안주인은 또 주애네 세간살이를 샅샅이 살피고 싶어했다. 끌르지 않아도 좋을 것 까지 구지 끌러 보고자 했다.

이정기는 아내와 아들이 이사해 온 것을 모르고 있었다. 주애는 전날 남편에게 이사 오겠다는 말을 하지 않았던 것이다.

이튿날 주애는 조반을 지난 뒤에 성수를 데리고 성수 학교 전학 관계로 해서 국민학교를 찾아갔다.

"시집을 안갔대도 고지 듣겠는데 저런 애가 있다니?"

안 주인은 성수와 주애를 보아가며 또 이런 말을 하고 나서

---

68 직접 인용을 위한 따옴표(원문에서는 겹낫표) 위치를 맥락에 따라 원문과 다르게 조정했음.

"어딜 가요? 아버질 찾아가는구나?"

하고 덧붙쳤다.

　주애는 잠잠히 있고 성수가

"학교에 가요."

하니까

"너 아버지가 학교 선상님이구나? 그렇지. 내 짐작이 맞지."

하면서 고개 장단을 쳤다.

　성수 학교 전학건으로 아침나절을 보내고 주애가 광산 사무실을 찾았을 땐 점심 시간이 가까워서 였다. 사무실 안에 들어 서는 순간 까지도 주애는 남편이 거기 있으리라는 착각을 하고 있었다. 말하자면 남편이 사무실에 있을 수 없는, 탄광 노무자라는 것을 잊어 버리고 있었던 것이다.

"저 이정기씨 어디 가셨어요?"

　사무실 안에 발을 들여 논 주애는 테이불에 앉아 사무를 보는 청년에게 이렇게 물었다.

"이정기씨?"

하고 청년이 고개를 갸우뚱하다가

"그런분 안계신데요."

라는 대꾸가 떨어지자 좀 크고 넓은 테이불에 앉아 있던 중년 신사가 움쭉 일어서 나오며

"정기군 말씀입니까? 이정기씨 계십니다."

하고 공손히 대해 주었다.

"네 그렇읍니다."

　주애도 공손히 대꾸 했다.

"어디 서?"

하고 중년 신사는 말을 중단하고 상대방을 살폈다.

"저 서울서 왔어요. 이정기씨 아내예요."

"아아. 그러신가요? 어떻게 먼길에…… 저는 하영민이라구 합니다. 정기군하군 잘 아는 사이죠."

"그러시면 혹시 저이 쥔을 여기오게 해 주신……"

"그렇습니다."

"그런데 쥔은 지금 어디 갔어요?"

"탄광쪽에 있을겁니다."

"참. 그렇겠군요."

주애소리엔 기운이 없었다.

주애는 그제사 잊어버렸던 남편의 위치를 깜짝 깨달아 알았다.

"변변치 못한데 안내해서 죄송합니다. 임시로 그일을 보다가 차차 딴일을……"

하고 하영민씨는 손을 마주 잡았다.

"아무 일이면 어떻습니까?"

주애가 말에 힘을 주었다.

"그런 일이라두 본인이 자청해 와서 하니 머리가 숙으러집니다."

"그런데 그런 일 하는 사람들은 꼭 합숙소에 있어야 합니까?"

"지금 현재론 그렇게 돼 있죠."

"쥔이 혼자 고생하는게 안되서 어린애랑 다 데리고 이살 왔는데요."

"아아 그러셨어요, 이런 산꼴에 오시다니…… 그럼 짐이랑 어떡한다?"

하영민씨는 손을 마주 부비며 미안쩍어 했다.

"방을 얻고 짐을 다풀어 놨어요. 쥔이 집에서 통근하도록 해 주셨음……"

"노력해 보겠읍니다. ……제가 정기군하고 저녁에 댁으로 가지요."

"쥔도 집을 모를꺼예요. 이사 온줄 모르니까요."

"아아 저런, 그래 어디 정하셨던가요? 댁을."

"전번에 왔을 때 들었던 여관 집 뒷방을 얻었어요."

"아아 잘 하셨어요. 그렇잖아두 정기군이 가정을 떠나 객지에 혼자 있으니까 몹시 쓸쓸해 하는 빛이 떠돌아서 걱정 한걸요. 그 통쾌하게 웃던 웃음 소리두 들어 볼 수가 없어요.”

주애는 가슴 밑바닥에 찬물같은 것이 흐르는 것을 느꼈다. 진실로 남편이 통쾌하게 웃는 웃음을 근자에 와서 들어 본 일이 없었다. 엊그저께 왔을 때 자기를 질책하며 높은 소리로 웃긴 했으나 그것은 웃는 웃음 소리가 아니라 저주하는 소리었다. 그 소리는 흩어지지 않고 자기 몸둥이를 둘러 싸고 맴을 돌았던 것이다.

“이따 쥔하고 꼭 와 주세요. 먼젓번 왔을 때 들었던 여관이람 알거예요.”

“아아 가구 말구요. 같이 가죠. 부인께서 우리 집에두 놀러 오시게 집을 아르켜 드리려야 하겠는데요.”

싸이렌이 뚜우 울었다. 사무실에서 일 보던 사람들이 주섬주섬 걷우기 시작했다. 점심 시간을 알리는 싸이렌인가 보았다.

주애는 하영민씨에게 이따 오라고 다시 일르곤 그곳을 나왔다. 탄광에서 일하는 노무자들인 듯 한사람들도 산길에 보이기 시작했다. 산길엔 물 소리가 여전히 발밑이 간지럽도록 흘러 내렸다. 저녁 늦게사 하영민씨와 남편이 왔었다. 둘이 다 술이 취해 있었다. 남편이 더 취해 있었다.

“부인 오래간만에 만나 기쁜김에 술을 그만 이렇게 먹었읍니다. 그래서 늦었읍니다.”

“뭐? 부인? 탄광 노무자 여편네가 부인이야?…체. ……참 키다리의 키다리 여편네 거든……”

이정기는 하영민씨의 말을 막으며 이렇게 중얼거렸다. 하영민씨는 이정기의 말뜻을 못알아 들었다.

“부인이 뭐가 크시 다구 그래? 어서 들어나 가. 이러지 말구.”

하영민씨가 이정기를 다시 떠 밀었다.

주애는 떠밀리워 들어 오는 남편을 붙잡아 들였다.

“아니. 날 왜 붙잡는거야? 내가 누군줄 알구 이래? 난 탄광 노무자야. 노동자야."

이정기는 눈을 퍼렇게 벌려 뜨며 주애를 밀어던졌다.

주애가 땅바닥에 나가 떨어 졌다.

"그 존 색씰 이럴수가 있담. 어서 이르켜 줘요."

어느새 나와 섰던 안주인이 이정기를 나무래 주었다.

경멸하는 말투였다.

"아주머니 왜이래요? 아주머니두 알다싶이……내 색씬 따루 있잖어?…… 여러개가 있잖어?……이 여관에 와서 데리구 자는……여자들 말이야……"

통행금지 두번째 싸이렌이 뚜우 불었다. 이정기는 벌떡일어나 밖으로 나가려 들었다. 하영민씨가 이렇게 하는 이정기를 덥썩 들어 방에 들이뜨렸다. 하영민씨는 그리고 주애더러 잘 위무해 주라고 일르고 돌아갔다.

이정기는 들이 뜨린채로 그 자리에 쓰러져 코를 골았다.

"아부지 바루 누어 응."

성수가 자던 눈을 부비며 팔을 끌어 댕겨도 알지 못했다.

그런대로 주애는 모기장을 치고 누비 이불을 덮어 주었다. 옮겨 눕히려면 눕힐 수도 있었지만 그러느라면 그가 주애에게 또 무슨 소리를 퍼 부을지 모르는 일이므로 그대로 두었다.

남편이 문앞에 가루 눕고 주애와 성수는 길이로 누었다. 방안에 놓인 세간살이 때문에 셋이 나란이 눕게 되지 않았다.

채 날이 밝지 않아서 남편은 냉수를 청했다. 주애가 미리 준비 해 놓았던 물그릇을 그에게 주었다. 남편은 물을 꿀꺽꿀꺽 다 마시고나서 거섬츠레한 눈으로 주애를 한번 훑어보더니 다시 누어 버렸다.

"당신이 정 그러심 나 자살이라도 하구 말테요."

주애가 누어 버리는 남편 가까히 닥아 앉으며 말했다.

"자살. 흥. 그렇게 죽구 싶으면 대천 바다에서 정살 할 일이지……"

남편은 콧등으로 튕겼다.

"너무 그러지 마세요. 물론 내가 대천에 간걸 의심하겠지만 거기 가서부터 난 나를 완전히 간직할 수 있었던 거예요. 벗은 육체들은 나한테 염증을 줄뿐이었어요."

"염증은 왜? 옷벗는 수속두 없이 간편하게 좀 좋았을라구……에익 개같은 년!"

이정기는 공중 뛰어일어나 주애를 사정없이 후려 갈겼다. 어디라 없이 양손을 엿가람 써 가며 뻑씽하듯 했다.

주애는 앗찔함을 깨달으며 방바닥에 쓸어져 버렸다.

주애가 정신을 가다듬었을 땐 해가 방안에 쫘악 펴져 들어있었다. 성수가 방바닥에 구슬을 굴리고 있었다. 남편은 없었다.

"몇시나 됐니? 성수 학교에 가야지."

주애는 허둥지둥 일어 나 시계를 보았다. 여덟시 가까웠다.

"빨리 밥을 지어야겠구나."

혼잣 소리를 치며 분주히 일어나 조반 지을 준비를 하려는데 안주인이 또 나오는 것이었다.

"애기 아버진 벌써 나갔구만?"

다 알고 있으면서 하는 소리이길래 주애는 대꾸없이 일손만 놀렸다.

"잘 나지도 않았더구만 계집질은 용하던데. 우리집에도 몇번 왔는지 모르지. 우리사 제여편넨지 남의 여편넨지 알께 뭐요? 낯선 사람이니 알턱이 있어야지."

안주인은 어제 저녁 남편이 이 여관에 왔더라는 말에 대한 변명을 구구히 늘어 놓았다.

주애는 부지런히 서들어 성수에게 조반을 멕여 데리고 학교에 갔다. 첫시간이 시작된 모양이 었다. 다름박질하듯해서 성수를 교실에 들여 보내고 주애는 넓은 교정을 걸어 나오며 한숨을 서글프게 쉬었다. 넓은 교정을 내려 덮은 하늘엔 구름 한점 없었다. 이 구름 한점 없는 하늘이 보인 탓으로 주애는 서글프게 한 숨을 쉬었는지 모른다. 서글픈 한숨과 함께 떠 오르는 감정이 있었다. 그것은 무엇을 꽉 부등켜 잡았으면 하는 감정이 었다. 이런 감정과 함께 배영이 훌쩍 머리에 떠 오른것은 무슨 까닭인지 주애 자신도 모를 일이었다.

그러나 주애는 이어 돌이를 흔들어 그것을 떨어 버렸다. 걸음을 재빠르게 옮겼다. 주애는 서글픈 한숨을 쉬는 그 순간 부터 발걸음이 느렸던 것을 자기 자신도 인식 못했던 것이다.

재빠르게 옮긴 그 걸음으로 집에 돌아 왔다. 웬 부인이 툇마루에 앉아 있었다.

"서울서 이사 오신?"

툇마루의 부인이 일어서며 먼저 물었다.

"그렇습니다. 어디서 오셨는지?"

"저어. 쥔이 가 뵈라고 해서……저어. 하씨……"

"네 알겠어요. 하영민씨 부인이시지요?"

"녜. 녜. 그래요. 이살 오시느라고 얼마나 고생하셨어요."

"뭘요."

하영민씨 부인은 옆에 놓았던 석냥 두통과 아울러 툇마루 아래의 쪽지를 묶은 닭 두마리를 들어 주애에게 건너어 주었다.

남편과 똑같이 좋은 인상을 주는 부인이었다.

"이건 웬걸. 감사합니다. 방에 좀 들어 가십시다."

"곧 가야 하겠어요. 집을 비워 놓구왔어요. 닭이랑 돼지들 때문에 집을 잠시도 못비는걸요."

하씨 부인는[69] 옴쭉 일어 서서 그대로 종종 걸음으로 나간다.

전송으로 뒤를 따르던 주애는

"닭이랑 돼지를 손수 치세요?"

하고 물었다.

---

69 '부인은'의 오식으로 보임.

"네. 그럼요. 참 재미 있어요. 첨엔 이 산꼴에서 어찌 사나 했는데 그것들을 치면서 서울 살림보다 재미가 나요."

"저도 댁에 좀 가 구경했음. ……구경 시켜 주시겠어요?"

"그럼요. 가십시다. 구경하시고 댁에서도 처보세요. 재미나요."

하영민씨 집은 얼마 안가서 산비탈에 들어 앉아 있었다. 크지 않은 양기와 집인데 뜰이 넓어서 돼지나 닭 같은것을 치기에 알맞았다.

"돼지가 열여섯마리 닭이 이백열마리예요. 돼진 먹기만하는 짐승인줄 알았더니 반가운 사람을 알아보기도 해요. 정붙게 굴더군요."

돼지굴 앞에서 하영민씨의 상냥한 부인은 꿀꿀 거리는 돼지들을 들여다 보며 이와 같이 설명해 주었다.

그리고 나서 하씨 부인은 닭의장께로 갔다. 닭들이 우르르 몰려왔다.

"아직 먹을 때가 안됐다. 저리가 놀아."

하씨 부인은 우르르 몰려드는 닭들에게 마치 아이들에게나 하듯이 이렇게 말하는 것이었다. 그러니까 닭들은 알아 들은듯 슬밋슬밋 물러가는 것이었다.

"어쩌면 닭들이 말을 알아 들어요."

주애에겐 신기할 밖에 없었다.

"말을 알아 듣는다기 보다 모일 줄 차부새가 아니니까 물러 가는거죠. 어떤 때 말도 알아 듣는 것 같아요. 이것들도 반가운 사람을 알아 봐요. 다른 사람은 안 그러는데 나만 보이면 졸졸 따라 다녀요. 멕일 주는 사람인걸 알고 —."

"재미 있어요. 저두 닭을 처 보겠어요. 아까 가져다 주신 그걸 길러 보겠어요."

"그러심 몇마리 더 가져 가세요. 닭의 우릴 만들고…… 쥔어른께 우릴 만들어 달라고 하셔서……"

"그러겠어요."

주애는 이렇게 대답은 하면서도 자기 손으로 만들밖에 없다는 생각을 했다.

＊　＊

주애가 하영민씨 부인에게서 닭을 가져 온 것은 이틀 뒤의 일이 었다. 이틀 동안 주애는 닭의장을 지었던 것이다.

안주인도 거들어 주었다. 안주인은 사람을 대줄테니 삯을 주라고 몇번 말했으나 주애는 힘든대로 손수 했다. 그렇게 해야만 속죄를 받을것 같은 생각이 들었다.

닭은 열두마리 었다. 하영민씨 부인이 갖다 준 두마리 외에 열마리를 더 가져 왔었다.

이정기는 며칠씩 안 들어 오기도 하고 들어 와서도 주애와는 언급이 없었다. 술이 잔뜩 취해 들어 와서 혼잣소리로 지꺼리다가 골아 떨어지는 것이었다. 대개는 키다리(배영)를 들추어 가지고 욕을 하는 것이었다. 골아떨어진 뒤에도 코고는 소리로해서 떠들석 하기는 마찬가지 었다.

주애는 인제 남편의 마음을 바루 잡으려는 노력을 하지 않기로 했다. 오직 성심성의껏 자기가 할 일을 해나가려는 생각뿐이 었다. 그렇다고 남편에게 소홀히 한다는 것이 아니다. 남편에게도 아내로서의 할 의무와 책임을 다 해주었다.

그리고 나서 성수의 뒷추배를 해 주는 일과 닭을 기르는 일이 었다.

주애는 닭치는 일에 재미를 붙쳤다. 그것들은 주애로 하여금 즐겁게 해 주었다. 주애가 그것들에게 정을 느끼는 돗수가 높아 가면 갈수록 그것들이 주애를 즐겁게 하는 돗수가 높아왔다.

이렇게 사는 동안에 어언 세월은 흘러서 주애의 닭들은 두번 병아리를 까게 되고, 주애는 아이를 낳게 되었다.

주애는 아이를 가졌다는것도 모르고 있었다. 배가 불러 오르니까 그제사 아이를 가졌나부다고 생각했다. 어느 때 부터 가진것도 물론 모르고 있었다.

이른 병아리가 알을 낳기 시작하던 무렵에 주애는 아이를 낳았다.

이정기가 들어 와 자던 밤이었다. 이정기는 아내가 해산한 다는 것도 모르고 있었다. 이정기 역시 주애가 아이를 배었다는 사실을 모르고 지났던 것이다. 집에 들어오는 밤이 적었고, 들어 왔더라도 저혼자 지꺼리다가 골아 떨어졌고, 아침엔 또 일찍 나갔으니까 그것을 알 틈이 없었다. 골아 떨어져 코만 드르릉거리던 이정기는 아기의 울음 소리에 그래도 깨기는 했다. 산파가

"고추가 달렸읍니다."

하고 소리를 치자 이정기는 홋이불을 걷어안고 산파가 들고 있는 아이를 비꿈이 넘겨다 보았다. 그러다가

"으악."

소리를 지르며 밖으로 뛰어 나가는 것이었다.

"득남을 하시니까 퍽두 좋으신가봐요."

산파가 한 말이다.

"친구분한테 알리러 가시나부죠?"

산파는 신이 났다.

그러나 주애는 대꾸를 못했다. 실상 주애는 남편의 소리를 기뻐서 지른 소리라고 알지 않았다. 전율과 경악이 뒤섞인 때의 소리로 알았다.

'아직도 의심하고 있구나.'

남편은 아이를 배영의 아이로 알고 있는 모양이라고 알았다. 남편이 그런 소리를 지르며 나갔더라도 주애는 마음 한 구석에 든든함을 깨달았다. '틀림없이 아이는 이정기의 것이니까.' 하는 생각에서 였다.

그랬는데 날이 밝아 방안에 해가 활짝 들이 비쳤을 때 옆에 뉘어 논 아이에게 시선을 보내던 주애는 새벽에 남편이 지르고 나간 소리와 같은 소리를 지르지 않을 수 없었다. 배영과 비슷한 아이의 모습을 발견 했기 때문이었다.

주애는 덮어 논 자리를 걷어 제쳤다. 사지가 짧은가, 긴 가를 확인하고자 함에서 였다.

주애는 다시 한번 새벽에 남편이 지르던 소리와 같은 소리를 지르고야 말았다. 아이의 사지는 참으로 늘씬 했다. 그 중에서도 다리는 더 늘씬했다. 이정기는 밝지 않은 속에서도 아이의 긴 다리를 발견했던 모양이라는 짐작이 갔다.

아가 어서 커라

　그렇게 나간 이정기는 집에 잘 들어오지 않았다. 어쩌다 들어 오는 때면 술에
만취 되어 있었다. 그것도 하영민씨의 부축을 받아가면서 들어 오는 것이었다.
하영민씨는 언제나 덜 취해 있었다. 이정기를 부축하기 위해서 덜취하는 것인
지도 몰랐다. 혹은 이정기가 너무 취해 있기 때문에 취기가 가신것인 지도 몰랐
다.

　하영민씨는 언제나 이정기에게 "이산골까지 쫓아 와 고생하는 부인이 가엽
지 않으냐."고 말하는 것이었다.

　그러면 이정기는 '톼' '톼' 침을 두어번 뱉고나선 "노동자에게 부인이 어디 있
단 말이냐."고 또 나오는 것이었다.

　그러면서도 이정기는 속에 있는 말을 모조리 끄집어내지는 않았다. 한번도
하영민씨 앞에서 적나라한[70] 말을 털어놓지 않았다. 하영민씨는 이와 같이 횡폭
하게 나오는 이정기의 행동을 달리 해석했다. 말하자면 생활환경을 만들어 준
책임의 십분의 육은 자기에게 있다고 느꼈다. 자기가 그를 끌어 오지 않았더면
하는 생각을 하영민씨는 몇번 했는지 모른다.

　그래서 주애가 이사를 온 뒤에 하영민씨는 이정기에게 서울로 도루 올라 가
라고 간청한 일도 있었다.

　그러나 이정기는 이소리에 매우 불쾌한 얼굴을 지으며

　"인제 자네까지 날 버리려는 셈인가? 좋아. 가라면 가지."

하고 나오는 것이었다.

　그래서 하영민씨는 이정기를 자기의 힘으로 조금이라도 나은 환경을 만들어
주려고 노력 했다. 더는 말고라도 자기와 함께 같은 자리에서 사무를 보는 일이
라도 하게 하고 싶었던 것이다. 애초에 이정기를 오게 할때부터 광내의 일을 얼

70　'적나라한'의 오식으로 보임.

마간 하다가 사무로 돌리도록 노력하려고 마음 먹었던 것이다.

그는 벌써 몇번이나 이정기를 위해서 광산 소장에게 진언을 했으며 서울에 출장가는 때면 본사 측에도 이와 같은 뜻을 표했던 것이다. 하영민씨는 이정기가 노무자들 틈에 끼어 광내에 들어가는 모습을 본 일이 있는데 그때 그는 진실로 눈시울이 뜨거워져 옴을 깨달았다. 일제와 투쟁하던 그 꿋꿋한 모습은 어디로 살아졌단 말이냐고 웨치고 싶은 충동을 금할 길이 없었다.

이정기는 감방투쟁도 썩잘 했다. 능구렝이라는 소리를 들을 만큼 능숙하게 해냈다. 간수들을 골리도록 잘했지만 간수들에게 인심을 얻는 것도 이정기었다. 그러면서도 이정기는 늘 동지들한테 신망을 얻었던 것이다. 감방에서도 동지들을 위해 희생된 일이 여러번 있었다. 동지 중의 누가 법칙을 어겨서 형벌을 받게 되는 경우에 이정기는 자기가 했노라고 나섰던 것이다. 하영민씨는 이러한 이정기를 눈앞에 회상하면서 한숨을 남몰래 짓기도 몇번이었는지 모른다.

하씨의 부인도 남편만 못하지 않게 주애네를 보살펴 주었다. 닭치기에 경험이 전연 없는 주애는 이 부인으로해서 얼마만큼 도움이 되는지 몰랐다.

하씨 부인은 서울서 주문해 오는 닭의 먹이를 줄곧 같이 날러다 주었고 제 지방에서 구할 수 있는 것들도 모두 알선해 주어서 힘이 들지 않았다.

"신셀 끼쳐드려서 어떡해요."

하고 주애가 미안해 하면 하씨 부인은

"먼저 와서 그만것도 못해 드리겠어요."

하곤 오히려 자기들 편에서 주애네게 감사해야 한다고 나오는 것이었다. 하씨 부인의 말인즉, 주애네가 이사를 오고나서부터 하영민씨 내외는 산골에 와 사는 호젓한 감을 잊어버린다는 것이었다.

주애는 아이와 병아리를 키우는데 전력을 다 해 갔다. 이 일처럼 신바람이 나고 재미있는 것은 없었다. 아이를 낳기 전엔 닭 기르는 일이 제일 재미 있고 신바람이 났지만 아이를 낳고 본즉 그 것 보다도 더 재미있고 신바람 나는 일은 아이 길르는 일인것 같았다. 아이는 병아리 보다 더 귀여운 것이라고 주애는 생각했다. 그것은 꽃이나 녹음이나 달이나 이런것들 보다도 더 한층 즐거움을 주는 것이라고 생각 했다.

성수로해선 느껴 보지 못하던 감정이 었다. 성수에겐 의무적으로 해 주어야 하겠다는 마음이 앞섰을 뿐이다. 성수에게 옷을 입혀 주는 경우라거나 몸을 씻겨 주는 경우에 주애는 단 한번도 제가 낳은 아이에게서 느껴 본 따사로움이나 보드라움 같은 것을 느껴 보지 못했다.

이러한 것을 깨달아 안 주애는 한층 더 성수에게 미안한 감과 함께 가엽다는 생각을 가지게 되었다.

주애는 이 미안하다던가, 가엽다는 생각은 성수와 자기와의 사이에 메꿀 수 없는 간격이 있기 때문에 드는것이라고 생각했다. 이 메꿀 수 없는 간격은 자기 혼자만의 힘으로선 도저히 좁혀 가기가 불가능하다고 생각 했다. 그래서 주애는 성수는 제가 난 아이의 형이라는것, 제가 난 아이와 성수는 같은 핏줄에 얼킨 형제라는 것을 잊지말자고 마음먹었다. 그리하여서 자기와 성수와의 사이에 메꿀 수 없는 간격을 좁혀가자는 생각이 었다.

주애는 아이의 이름을 성곤이라고 지었다.

처음엔 '성'자가 마음에 덜 들어서 '수'자 돌림으로 지을가 하고 '한수' '근수' '익수'라고 부쳐 보았다. 그런데 '수'자 돌림 보다는 '성'자 돌림으로 하는 편이 더 형제 같이 느껴지곤해서 '성곤'이라고 부쳤던 것이다.

주애는 아이의 이름을 이렇게 해서 지어 놓곤

"성곤아."

하고 불러 보았다.

이름을 아이는 멋도 모르고 벌쭉 웃었다. 벌쭉 웃는 아이에게 주애는 또

"성곤이 얼른 커라."

하고 지꺼렸다.

아이가 얼른 커야 할것 같았던 것이다. 그래야만 아빠의 오해도 풀리고 엄마

의 서러움도 가시리라고 믿어졌던 것이다.

성곤이가 하루 이틀 더 커 가면서 젖이 약간 딸렸다. 주애는 도야지 발쪽을 사다 먹는다, 미역국을 끊임없이 끓여 먹는다 하면서 젖을 불리려고 애썼다. 더운데도 불구하고 꼭 국을 끓여 먹었다. 냉국은 젖이 덜 난다는 소리를 들었기 때문이었다.

그날 아침에도 주애는 저녁의 것까지 끓이려고 미역을 큰 자백이에 하나 그득이 씻고 있었다. 수통 곁에 미리 담궈 논 미역은 부드럽게 잘 불었던 것이다.

주애는 부드러운 미역 포기를 주물럭거리다가 문득 자하문 턱을 넘는 길에서 미역 보자기를 들었던 배영을 눈앞에 떠 올렸다. 그러자 갑자기 분노같은 것이 왈칵 치밀어 오르는 것을 깨달았다. 곁에 있다면 대천 바다에서처럼 한바탕 콱 차서 저만침 넘어뜨리고 싶은 충동을 느꼈다.

주애는 주물럭거리던 미역을 자배기에 콱 던져버리고 일어 섰다. 일어 서는 주애 눈에 하늘이 맞서는 것을 보았다. 하늘은 자배기에 깔려 있었던 것이다.

한숨 같은 것이 흘러나왔다. 이것은 어쩐 까닭으로 흘러나오는 한숨인지 주애 자신도 분간키 어려웠다. 한숨 뒤를 이어 눈시울이 뜨거워지는 것은 더더구나 알수 없는 일이었다. 주애는 도리를 흔들며 먼곳으로 시선을 옮겼다. 이번엔 광대 무변한 하늘이 맞서는 것이었다.

광대무변한 하늘을 보고 있으면서 주애는 아득한 절망같은 것을 느끼는 것이었다. 뜨겁던 눈시울에선 어느새 눈물이 흘러 내렸다. 눈물이 흘러내린다고 직각 했을 때 주애는 또 흑흑 느껴지는 자신을 발견하게 되었다.

시월은 고삿달이다. 그렇지 않아도 광산에선 고사를 잘 지냈다. 고사를 지내야만 광맥이 풀린다고들 알고 있었다.

고사에는 으례 술과 고기가 있었다. 도야지는 몇마리씩 잡았다. 떡도 했지만 떡 보다 더 반가운 것은 술과 고기였다. 더구나 도야지 고기는 광내에만 사는 광부들에게 없어선 안되는 음식물이 었다. 그들은 고사가 아니더라도 도야지 고기를 먹어야 몸을 지탱할 수가 있었던 것이다.

주애도 여기와서 이러한 지식을 배워 알고선 자기가 먹지 않는 도야지 고기 건만 남편을 위해 거진 끼니때마다 다루었다. 남편이 들어오지 않는 날에도 도 야지 고기 반찬은 상위에 놓여 있곤 했다.

고사가 끝난 뒤면 고기와 술과 떡은 거진 광부들의 차지였다. 사무원들 사택 에서 얼마쯤씩 가져가긴 하지만 워낙 여러마리를 잡다보니 적바르지 않게 돌아 갔다.

주연은 합숙으로 옮기자는 축도 있었지만 먼데를 끌고 내려가느니 보다 바람 맑고 물소리 돌돌 흐르는 산이 좋지않느냐는 측의 주장이 우세하게 되어서 바 루 광구 앞에 벌리기로 했다.

덕대가 무어라고 인사를 차리려고 나섰다. 이런 때면 덕대는 제것같이 생색 을 내려고 들었다. 덕대가 그러거나 말거나 광부들은 양재기로 막걸리 동이에 서 막걸리를 퍼내기 시작하고 하늘로 네발을 뻗친 도야지에 칼을 넣었다.

이정기는 무어라고 지꺼리는 덕대를 힐끗 처다 보며 속으로 경멸[71] 해 주었 다. ─ 네까짓것이 아무리 웃쭐거려야 겁 안나. 네가 일제와 항거해 본 일이 있 더냐? 감옥에 한번 가 본 일이 있더냐? 너 같은건 쓰레기야. 쓰레기……

양재기로 마구 퍼 마시는 술이라 취기는 얼른 돌았다. 이정기와 마주 앉은 젊 은 광부의 눈에도 취기가 꽉 차 있었다. 젊은 광부의 이름은 강창배라고 했으나 이정기에겐 강군으로 불리웠다.

이정기는 광내에서 이 젊은 광부하고만 의사소통을 하고 지냈다. 의사 소통 이라야 대단한것은 아니었다. 강창배가 일제 때 보국대로 끌려나갔다가 용케 도주해 온 것을 자랑하게 되면 이정기는 버릇처럼 감옥 살이하던 일등등을 턱 을 치껴들고 말하는 것이었다. 또 한가지 의사소통되는 일을 들자면 곳잘 같이 여자들한테로 가는 일이라 하겠다.

그들은 같은 여자를 피차에 보게 되는 일 같은건 대수롭지 않게 여겼다. 이정

---

[71] '경멸'의 오식으로 보임.

기가 보던 여자를 강창배가 보게 되는 경우나 강창배가 보던 여자를 이정기가 보는 경우에 피차 마음에 가리우는 것이 없었다.

"여보게 강군 오늘저녁엔 말이야. 오늘저녁엔 아랫마을 께루……아랫 마을 께루 가잔말이야. 알겠나? 강군……"

막걸리 양재기에 내려깔린 전등불빛이 해사하게 웃으며 달려 들었다. 꼭 그 아랫마을에 있는 여자의 얼굴 처럼.

"갑시다. 가고말고요. 그런데 이선생, 참 형님, 형님아주 기가 맥히는 부인을 두시고……아니 그 부인을…"

강창배의 말소리도 주기에 젖어 있었다.

"흥. 부인? 내게 부인이 있어? 난 혼자야. 자식두 여편네두 없는 놈이야. 광산 노무자란 말이야……그렇단 말이야……어쩔셈이야……네가……강군 네가 어쩔 셈이야……"

이정기는 강창배를 건너다 보며 역증을 내었다. 강창배가 도야지 뼉따귀의 하나를 든채로 이정기를 멀끔이 마주 보았다. 그렇게 마주 보고 있는 강창배의 눈은 여니 때와 같지 않았다. 시꺼어 했다. 머리털도 부숭 부숭해 보였다. 광산 노무자 같지 않고 인테리로 보였다.

"여보게. 자네 좀 일어 서 보게. 일어서 보란 말이야."

강창배가 이정기 말에 움쭉 일어서 보였다. 키가 후리 후리 크다. 다리가 서 발이나 길다.

"으흠."

이정기는 신음에 가까운 소리를 뿜으며 강창배에게서 시선을 돌리다가 다시 턱을 치껴들곤

"야 이자식아 너 내 여편넬 해먹어라. 바루 됐다. 튀튀. 네 다리가 바루 됐단 말이다. 아주 서발이나 긴 네 다리가 됐단 말이다."

라고 소리를 질렀다. 강창배는 도야지 뼉따귀를 손에 든채 서서 벌쭉 벌쭉 웃고 있었다.

"형님, 그럽시다. 이왕 네것 내것 없이 지내온 터인데 어떨라고……안그래요 형님."

이 소리가 채 끝나기도 전에 이정기는 막걸리 양재기로 강창배를 올리 갈기고 자리에서 일어 섰다.

이정기는 술을 마신 마련을해선 다리가 흩으려질 것이겠는데 그다지 비틀거리지 않는 다름박질로 내리막 길을 달리고 있었다. 퉤 퉤 침 뱉는 소리가 몇번 났다.

강창배는 뒤를 따라 내려 오다가 도루 올라 갔다. 이정기와 사괴어 오는 동안 이정기의 그러한 발작증을 여러번 보았기 때문에 대단하게 여기지 않았다. 강창배는 "그까짓것" 하곤 다시 들앉아 마시는 것이었다.

＊ ＊

한 다름에 달려 온 이정기의 눈엔 불이 환이 켜져 있었다. 주애는 내일 아침 닭먹이 준비를 해 두느라고 부엌에서 서성거리고 있었다.

"왜 무슨 일이라도?"

여니때 같지않게 맹숭맹숭할뿐 아니라 하영민씨의 부축도 없이 눈에 불이 화안해서 들어 온 남편이 주애는 걱정 되었던 것이다.

"이리 들어 와요."

머리칼이 오싹해지는 소리었다. 주애는 오돌오돌 떨리는 발걸음으로 방에 들어 갔다.

"이 아이를 저 책상 위에 갖다 얹어놔."

남편이 손짓을 해가며 말했다.

"예에? 왜 그래요? 자는 앨, 지금 성곤인 자고 있잖아요?"

주애는 파랗게 질리면서도 아이의 이름 불르는 일을 잊지 않았다.

"뭐? 성곤이? 핫하하. 누가 지은 이름이야? 잡말 말고 갖다 얹어 놔."

주애는 쌔근쌔근 평화롭게 잠들어 있는 아이를 양팔로 감싸 줄뿐, 남편의 말에 응하려고 하지 않았다. 아이를 어떻게 하려고 하는 줄 알았다.

"왜 이러구 있어? 핏겨. 내가 갖다 놀테니……"

남편이 주애를 콱 밀치고 아이를 안으려고 했다. 주애는 날쌔게 달려들어 아이를 보호했다.

"이러지말구 가만둬둬 털끗 하나 안닫칠게. 죽일가봐 그래 안죽여. 죽이면 징역을 가야 하잖어? 징역은 인젠 딱 질색이야."

남편은 아내를 다시 밀치며 아이를 안아다가 책상 위에 앉혀놓는다. 다섯달 남짓한 아이가, 더구나 잠들어 있던 아이가 바루 앉아 줄리가 없었다. 아이는 그래도 잠이 깨지 않고 있었다. 아이는 본래 잠이 들기만하면 젖도 먹지 않고 한밤으로 쭈욱 내 자는 버릇이 있었다. 주인 마누라나 하영민씨 부인은 이런 아이를 처음 보았다면서 입에 침이 마르도록 칭찬해 주는 터이었다.

주애는 눈이 횃등잔이 되어 책상 위에 얹힌 아이와 남편을 엿가람 보았다. 바루 앉아 주지 않는 아이를 남편은 주애에게 붙잡으라고 말했다. 주애는 오돌오돌 떨면서 그대로 했다. 남편은 선반에 올려논 뽀스톤 빽을 내리웠다. 그속에서 사진을 꺼내었다. 주애와 배영이만 서있는 사진이었다. 어느새 남편은 사진을 더 크게 만들어 두었던 것이다.

남편은 주애 손에 부축되어 앉아 있는 어린것 곁에 그 사진을 갖다 놓았다. 그제사 주애는 알아채리고 남편 앞을 막아서며

"어쩜 이렇게도 잔인하냐말이예요? 당신은……"

하고 말했다.

"뭐? 잔인해? 잔인한건 너야 너. 내곁에서 딴놈의 새낄 길르구 있는 너야. 예익 더러운 년 이것봐 이 놈하구 이 아이새낄 보아보란 말이야 응……"

남편은 사진과 아이를 번갈라 보아가며 으르대었다.

"착각이예요. 당신 눈은 바루 보지 못하고 있어요. 난 얘가 성수를 점점 닮아가는걸 발견하게 돼요. 같이 나란히 누어 자는걸 봄 형제가 아니라고 할수 없게 닮은 데가 있어요."

아이는 엄마가 조심스럽게 부축했으나 목을 바루 들지 못하고 이쪽저쪽으로 흔들거렸다. 그러면서도 깨지는 않았다.

"성수야. 성수야."

남편은 잠들어 있는 성수를 또 깨웠다. 성수가 깨려들지 않았다.

"이걸 저리 갖다 눕혀 놔. 성수 곁에다."

성수가 깨지않으니까 남편은 이렇게 명령했다.

주애는 아이를 곱게 안았다. 쌔근쌔근 숨소리가 고요하다. 주애는 아이를 꼬옥 가슴에 닿아 안았다. 보드러운 것 따사로운 것이 한번꺼[72]에 체온 속으로 밀려들었다. 주애는 그러한 어린것을 숨결 속으로 느끼면서 '성곤아 엄마를 용서해다고. 그리고 얼른 커달라.'고 부르짖었다.

아이는 성수 곁에 누어서도 그대로 자고 있었다. 잠깐 동안이라도 책상 위에서 고생한 탓인지 더 평안한 얼굴로 자고 있었다.

"이게 그래 같단 말이야? 어림두 없는 수작으로? 배가놈의 씨알머리가 이정기 자식하구 같을 리가 있느냐 말이야? 어림두 없는 수작! 그건 서방질 하는 년들의 자기 죄를 음폐하려는 수작에서 나온 억설이야……"

남편은 두 아이의 이불을 와락 쌔려 베겼다. 성수의 몽탕한 다리와 성곤의 늘씬한 다리가 들어 났다.

"이 새끼가 아직 다리를 완전히 펴지못하니 그렇지, 거진 성수 것만 하잖어?"

주애는 아이들을 덮어 줄 생각도 하지 않고 미닫이 쪽을 멀거니 내다 보고 있었다. 밖은 바람이 일고 있는 모양으로 미닫이가 약간씩 흔들렸다. 주애 눈에선 눈물 밖에 흐르지 않았다. 종밤을 주애는 울면서 새웠다. 남편은 기를 쓰며 트집을 부리다못해 골아떨어진 옆에서……

이튿날 아침 남편은 일어나던 길로 주애에게 어린것을 업으라는 것이었다.

"왜 아침부터?"

---

72 '한꺼번'의 오식으로 보임.

하고 주애가 남편의 낯색을 살피려고 한즉

"서울 가잔 말이야. 배가 놈 한태루 가야할거 아냐?"

하고 남편은 턱으로 치껴들었다.

"그러지말고 아주 아이하고 죽여줘요. 죽어도 난 못가요?"

"내게 살인을 하란 말인가? 살인함 감옥엘 가야잖어? 난 인젠 징역살인 싫으니까……어서 업어."

남편은 아이를 뎅강 들어 주애에게로 던졌다. 아이가 눈을 고추 세우며 울음을 터 뜨렸다.

주애는 아이를 받아 안고 아이 뺨에 자기 뺨을 갖다대었다. 눈물이 뺨과 뺨으로 흘러내렸다. 눈물은 흑흑 느끼우는 목구멍으로 흘러 넘어가기도 했다.

남편은 아내가 안은 어린것을 와락 쌔려다가 아내 등에다 던지다 싶이 해서 올려 놓았다. 주애는 아이를 보호하기 위해서 등어리에 아이를 업었다.

"어서 걸어."

이정기가 주애를 밀었다.

"왜 갑자기 이래요?"

"갑자기가 뭐냐? 배가 놈의 여편네와 그놈의 새낄 보고 살아야 하느냐 말이야. 이정기가 아무리 망했기로서니 남의 여편네와 남의 새끼를 보고 살가[73] 싫단 말이야."

남편은 짐승처럼 으르렁 대었다. 주애는 더두말 없이 남편이 미는대로 발을 옮겨 밟았다. 될대로 되라는 마음이었다.

그들은 뻐쓰를 탔다. 성수가 아침 햇빛에 눈을 깜박이며 엄마 아빠를 올려다 보았다. 성수는

"성곤아."

하고 동생을 불르기도 했다.

73　'살기'의 오식으로 보임.

서울엔 해 질 무렵에 내렸다. 뻐쓰에서 내리자 이정기는 택씨를 잡아 타고 북아현동으로 가자고 지시했다. 주애는 아이에게 젖을 먹이고 있었다. 웬만하면 남편 앞에서 아이를 들추상거리지 않을 것인데 아이는 하루 종일 업혀 있은 탓인지 보채기 시작 했다.

북아현동 어느 대문 앞에 택씨를 세우더니 남편이 대문 앞에서

"장군."

하고 불렀다. 얼마 안되어 바루 장병호가 오쭐오쭐 나왔다. 장병호는 이정기를 보더니 낯색이 파랗게 질리는 것이었다. 다시 택씨 안의 주애를 보고나선 더한층 질리는 것이었다.

"어떻게들?"

그는 전률에 떠는 소리를 내었다.

"타라구."

이정기가 그에게 명령조로 말했다.

"나 말이야?"

"그래."

장병호가 질린채로 조수대에 탔다. 이정기가 그렇게 하라고 했다.

"배가 놈의 집으로 가. 자네가 안내해."

이정기는 차에 오르자 장병호에게 내받았다.

"아니. 이사람 갑자기 그건……"

하고 장병호가 돌아다 보았다.

"자네 알거 안야? 암말 말구 가."

장병호는 아무 말 못하고 고개를 돌렸다.

"이사람 이군. 그러지 말고 우리 내려서 저녁이나 같이 함세. 부인도 모처럼 오시고 했는데……"

장병호는 다시 고개를 돌리고 간청을 했다.

"부인? 자네 입으로 부인이란 말이 나와? 어서 차를 몰아."

운전수가 방향을 물었다. 장병호는 하는 수 없이

"필동으로."

했다. 한참 가다가 다시 뒤를 돌아다 보며

"정기군 내 할말이 있네. 제발 우리 조용한 장소에 들어가 얘기나 함세. 배영군은 낼 결혼을 하네. 사장 딸하고 혼례식을 낼 열한시에 올린단 말이야. 인제 걱정할것 없잖어?"

하는 것이었다.

이정기는 대답 없이 묵묵히 앉아만 있었다. 주애도 가만 있었다. 아이는 젖을 빨다가 잠이 들었다. 택시만 앞으로 달리고 있었다.

배영 집 앞에 택씨가 멈추자 장병호는 분주히 내리면서

"내 들어 가서 배군을 데리고 나올께. 자 내리게. 부인두 내리시고……"

하곤 깝죽거렸다.

"내릴꺼 없어. 데리고 나와."

이정기는 간단히 끊어 버렸다.

배영이 푸시시한 차림세로 나타났다. 이정기가 택씨문을 열어제치며 배영에게 타라고 했다. 배영이 택씨 안을 들려다 보고 약간 주춤하다가 주애에게 허리를 정중히 굽혔다. 배영은 하라는 대로 했다. 사태를 짐작하는 눈치 었다. 미리 알고 있은듯한 표정 같이도 보였다.

배영을 만나는 일이 죽음 보다도 싫던 주애도 아무렇지도 않았다. 미리 하려고 하던 일을 해 치우려는 때와 같은 담담한 심정이 었다.

"운전수! 한강으로 몰아 줘요."

이정기가 운전수에게 말했다. 택씨는 저물녘 포도를 빠르지 않게 달리고 있었다. 빠르게 달릴래야 달릴 수가 없었다. 워낙 복잡한 때였던 것이다.

아무도 입을 떼지 않았다. 차만 달릴 뿐이었다. 차가 달리는 방향을 응시하고 있을 뿐이었다.

인도교 근방에서 내렸다.

"저 넓은 백사장으로 내려가잔 말이오."

차에서 내린 이정기가 백사장으로 내려다 보며 말했다. 그러자 다들 똑같이 아무 소리 없이 백사장을 향해 내려 가는 것이었다. 모래를 밟는 구두발 소리들이 샤륵샤륵 날카로운 신경을 이르켜 세웠다. 여기선 이정기의 것도 배영의 것도 똑같이 탄력을 잃고 있었다. 푹푹 들어가는 모래니 하는 수 없는 노릇이었다. 장병호의 발걸음도 흐트려진듯 보였다.

"이만쯤으로 하지."

어느 지점에 이르러 이정기는 이와 같은 말을 하면서 발을 멈췄다.

다른 사람들도 발걸음을 멈췄다. 좀 떨어졌던 주애까지도 한테 둘러 섰다. 한테 둘러 선 것이 아니라 거져 그렇게 제각끔 섰던 것이다. 배영은 여전히 태연한 얼굴이고 장병호는 질린채로 였다.

"배영선생 부인과 아드님을 이시각에 여기서 인수하오. 내외분이 의좋게 찍은 사진도 인수하시고……"

이정기는 안포켓[74]에 사진을 넣어가지고 왔던 것이다. 장병호의 얼굴이 더 질린다. 제손으로 이정기에게 전해준 사진이 아니던가?

"그대신 참관인자격으로 온 장군과 함께 욕을 좀 봐야 할꺼요. 배영선생도 남의 여편넬 건드리면 다리를 부러트려 준다는걸 알수 있을테니까……"

장병호의 얼굴이 파랗다 못해 새깜앟게 질려들었다.

"이리 나와. 아니 내가 가까이 가지."

이정기가 유유히 그들 앞으로 닥아 갔다. 주애는 전신이 옷싹해짐을 깨달았다.

배영은 주애가 서 있는 쪽에 시선을 던지며 아까 택씨에 타기 전에처럼 정중히 허리를 굽히는 것이었다. 배영은 이정기가 자기를 죽이는줄 알고 있나 부다고 주애는 생각했다. 죽기 전에 한번 더 허리를 굽히자는 마음인가 부다고 새각

---

74 '주머니'를 뜻하는 영어 'pocket'을 음차한 것.

했다.[75]

"일제와 투쟁하던 힘이 아직 남아있다. 맛좀 봐라."

이정기가 이와같이 선언하곤 주먹을 내둘렀다. 배영도 맞고 장병호도 맞았다. 장병호는 이어 "아이코" 소리를 지르며 모래 위에 나가 떨어졌다. 배영은 덤덤히 서 있었다. 방어도 하지않고 피하려고도 하지 않았다. 얼마안가서 그의 얼굴에서 피가 쏟아져 흘렀다. 검붉은 피었다.

그 검붉은 피를 보자 주애는

"신이여 이자리에 계시옵소서."

라고 부르짖으며 눈을 감았다. 눈을 감고 동시에 주애는 모래 위에 쓸어졌던 것이다. 눈을 감게 된 원인이 앗질해 진데 있었던 것이다.

주애는 아이 울음 소리에 눈을 떴다. 아이를 달래며 상찰 해 본즉 배영도 너 발이나 되어 나가 떨어지고 있고 남편은 뚝쪽으로 걸어가는 것이 었다. 남편은 큰 소리로 웃고 있었다. 그웃음 소리는 노을에 물든 하늘을 찢어놓는듯 했다.

주애도 어린것을 업고 일어 서서 뚝쪽으로 향해 걸었다. 속으로 줄곧 백사장에 신의 보호가 있기를 빌면서 걸었다.

그 이튿날, 건국문화사 사장의 딸 한영실의 결혼식엔 베일을 쓴 신부만 들락날락 거리고 신랑은 보이지 않았다. 얼굴 정반을 붕대로 동친 사회자 장병호의 말에 의하면 신랑은 이재 막 자기와 같이 차사고를 닷했다는 것이었다. 자기 보다 신랑은 더 좀 심하게 다쳐서 도저히 식장에 나올 수가 없다는 것이었다. 식에 참례한 축하객들은 여러가지 소리들을 지꺼리면서 흩어졌다.

"재수가 없겠다."는 둥 "한영실이 코가 납쭉해졌다."는 둥.

이러한 시각에 배영은 자기 방에 누워 있었다. 결혼식장에 나갈만한 몸이 되

---

75 '생각했다'의 오식으로 보임.

어 있지않기도 했지만 나갈 생각도 하지 않고 있었다. 그의 손엔 주애와 둘이만 서 있는 사진이 쥐어 있었다. 퉁퉁 붓고 터지고 한 눈이어서 선명하게 보이지는 않지만 주애는 뾰르퉁해 있었다. 배영은 주애의 이 뾰르퉁해 있는 표정이 좋다고 생각 했다. 실컷 얻어 맞았으나 배영은 이 사진을 손에 넣을 수 있은 것만은 행복하다고 생각했다.

전날 저녁 백사장에서 털고 일어 났을 때 사진이 저만침 던지어져 있었다.

세게 들이치는 바람에 날려 가려고 하는 것을 쫓아가 집었던 것이다.

속물화되는 사회와 젠더의 재구성

『인생찬가』와 『너와 나와의 청춘』에 대하여

유승환

1. 보수적 여성관과 젠더 구성의 내파(內破) 사이

최정희의 『인생찬가』(『여성계』, 1957.4~1958.11)와 『너와 나와의 청춘』(『주부생활』. 1957.9~1959.3)은 비슷한 시기에 연재된 장편소설이다. 두 작품 모두 연재 이후 단행본 등으로 출간되지 않아 이 책은 잡지 연재본을 저본(底本)으로 삼았다. 잡지 연재본이기 때문인지, 이 저본은 띄어쓰기, 맞춤법, 문장부호 사용 등을 비롯한 표기 방법이 규범에 맞지 않고 매우 비일관적이며, 오식이나 오기도 적지 않다. 이 책은 『최정희 소설 전집』 편집 원칙에 의거, 문장 부호 통일·비일관적 들여쓰기 방식 수정 등 사소한 수정을 제외하면 가급적 저본의 원문을 그대로 옮기려고 하였다. 대신 명백한 오식이나 오기에 대해 각주에 밝혀두었으니, 아무쪼록 참고하며 읽기를 부탁드린다.

비슷한 시기에 여성대중잡지라는 비슷한 성격의 매체에 연재가 되었던 이 두 작품은 그래서 그런지 소재와 구성이 쌍둥이처럼 닮아있다. 오죽하면 작가 스스로 두 작품의 남자 주인공 '한형재'와 '배영'의 이름을 헷갈려 종종 잘못 쓰고 있을 정도이다.(250~253쪽) 두 작품 모두 여성잡지 편집부를 이야기의 공간으로 삼아, 그곳에서 일어난 삼각관계의 연애담을 그린다. 삼각관계에 배치된 두 여성, 『인생찬가』의 '석정려'와 '미쓰 홍'(홍화자) 그리고 『너와 나와의 청춘』의 '이주애'와 '한영실'은 여러 가지 점에서 대조된다. '석정려'와 '이주애'는 얌전하고 조신한, 그러니까 보다 전통적인 여성상에 가깝다. 반면 사장의 딸로서 부유한 생활을 하면서 자신의 육체와 섹슈얼리티를 대담하게 과시하고 여러 명의 남성과 동시에 성적 관계를 가지는 미쓰 홍과 한영실은, 서구 문화의 영향을 받아 1950년대 한국 사회에 새롭게 등장한 소위 '아프레 걸'이라고 불리기도 했던 자유분방한 여성들이다.

두 작품의 남성 주인공 형재와 배영은 이 두 부류의 여성 인물 사이를 우유부단하게 오간다. 보다 정확히 말하면 형재와 배영 모두 전통적인 여성상을 보여주는 석정려와 이주애에게 마음이 끌리고 자유분방한 미쓰 홍과 한영실을 경멸하지만, 그럼에도 미쓰 홍과 한영실의 노골적이며 대담한 유혹을 뿌리치지 못한다. 이처럼 이 두 작품은 기본적으로 삼각관계의 구도 속에 전통적인 여성상과 새로운 여성상을 대조하는 가운데, 전통적인 '여성성'을 가진 석정려와 이주애에게 이끌리는 남성 인물들의 모습을 보여줌으로써 1950년대 한국사회에서 전통적인 여성성이 흔들리는 와중에 전통적 여성성을 강력하게 옹호하는 보수적 태도를 보여주는 것처럼 보인다.

이 두 작품이 그간 거의 주목받지 않았던 것도 이와 관련이 있을 것이다. 최정희는 근대 한국문학의 가장 중요한 여성작가 중 한 명으로 비평가·연구자들의 적잖은 관심을 받아왔지만, 이 두 작품은 그동안 거의 논의의 대상이 되지 못했다. 『인생찬가』의 경우 서울시문화위원회에서 주관하던 제8회 서울시문화상 (1959.5) 수상작[1]이라 최정희 연보에서 자주 거론되는 작품이지만, 정작 작품에 대한 본격적인 논의는 거의 없으며, 『너와 나와의 청춘』의 경우에도 사정은 마찬가지이다. 여러 이유가 있을 것이다. 두 작품 모두 잡지 연재 후 단행본으로 간행되지 않아 구해 읽기가 쉽지 않았다는 점과 함께 특히 『인생찬가』의 경우 미완성작이라는 점[2]이 우선 문제가 된다. 또한 삼각관계의 연애담을 중심으로 하는 이 두

---

1 「문학상에는 최정희씨」, 『동아일보』, 1959.5.5.

2 현재까지 확인할 수 있는 자료를 토대로 보면 『여성계』 1958년 11월호에 연재되었던 연재 제11회를 마지막으로 연재가 중단된 것으로 보인다. 자세한 내용은 이병순, 「1950년대 여성담론의 소설적 구현—최정희의 『너와 나와의 청춘』을 중심으로」, 『아시아여성연

작품이 논의할 가치가 별로 없는 통속적 대중소설로 이해되었을 가능성도 생각해볼 수 있다. 하지만 이 작품이 결국 전통적인 여성성에 대한 보수적 옹호로 귀착되고 있는 것처럼 보인다는 점도 간과할 수 없는 또 하나의 이유이다. 실제로 이 두 작품을 다루고 있는 매우 드문 논문 중 하나는 특히 『너와 나와의 청춘』을 '현모양처'의 이데올로기를 중심으로 한 1950년대의 지배적 여성담론을 그대로 반영한 일종의 계몽소설[3]로 보고 있는데, 이는 우리가 '여성작가'로서의 최정희를 문제 삼을 때 별로 들여다보고 싶지 않은 부분이기도 하다.

그럼에도 불구하고 이 두 작품을 그저 최정희의 보수적 여성관을 드러낸 작품으로만 보기에는 석연치 않은 구석이 있다. 사회주의로부터의 전향, 그러니까 「흉가」(1937) 이후의 최정희 소설이 거의 그렇지만, 겉으로는 지배적 여성담론을 그대로 수용하는 것처럼 보이면서도 사실은 이러한 지배담론의 내적 모순을 드러냄으로써 이를 내파(內破)하고 전복하려는 최정희 소설 특유의 전략이 이 두 작품에서도 엿보이기 때문이다. 이 두 작품의 경우라면, 특히 전통적 여성성과 짝을 이루는 전통적인 남성성, 즉 권위적이며 가부장적인 남성성의 한없는 타락과 몰락이 문제가 된다. 두 작품의 남성 주인공인 형재와 배영은 석정려와 주애에게 한없는 끌림을 느끼면서도 끝내 미쓰 홍과 영실의 유혹에 굴복함으로써 속물적 현실에 영합한다. 이에 따라 석정려와 주애가 보여주는 전통적인 여성성이 전통적인 젠더 구성, 즉 '남성성/여성성'의 분할과 성역할의 분배 과정에서 차지하는 자리는 변화하는데, 보다 정확히 말해 이는 1950년대 한국사회의 지배적 여성담론이 여전히 완고하게 고수하고 있는 전통적인 여성성이 남성성의 극적인 변화를 수반한 당대 한국사회의 변화를 통해 더 이상 자리할 곳이 마땅치 않다는 점을 보여주는 것에 가깝다.

이러한 남성성의 문제와 관련하여, 매우 닮아있는 두 작품의 세부적 차이가 드러나기도 한다. 미완성작인 『인생찬가』의 경우 대부분의 서술이 형재의 시각에서

구』 59권 1호, 숙명여자대학교 아시아여성연구원, 2020, 75~76쪽 참조.

3   위의 논문, 90~91쪽.

이루어진다는 점에서 형재의 타락이 형재 스스로의 진술을 통해 폭로된다. 이와 달리 『너와 나와의 청춘』에는 우선 주애가 기혼자로서 또 다른 주요 인물인 '이정기'의 아내라는 중요한 설정이 붙어 있으며, 또한 주로 주애의 시각에서 서술이 이루어짐으로써 확보되는 주애의 무고함이 이정기를 비롯한 다른 남성 인물들에게 끝내 인정받지 못하는 모습을 통해, 강요되지만 역설적으로 승인될 수 있는 자리를 찾지 못하는 전통적인 여성성의 곤경을 드러낸다.

요컨대 겉으로는 보수적인 여성관을 드러내는 것처럼 보이는 이 두 작품은, 조금씩 다른 접근 방식을 취함에도 결국 공통적으로 당대 남성성의 타락과 몰락의 과정을 드러내며, 이를 통해 남성성·여성성의 강고한 분할과 위계화를 통한 전통적 젠더 구성의 모순과 한계를 교묘하게 드러낸 작품으로 볼 수 있다. 그리고 이는 한국전쟁 이후 1950년대 한국사회의 젠더 구성이 새롭게 재편될 가능성이 드러나는 동시에 남성 엘리트 중심의 지배담론이 이를 매우 위협적인 것으로 간주하며 경계하는 상황과 긴밀하게 관계된다. 이를 조금 더 자세히 들여다보자.

2. 1950년대의 새로운 여성들과 젠더 구성의 재편 가능성

앞서 언급했듯이 두 작품은 각각 『신여성』(『인생찬가』), 『여인화보』(『너와 나와의 청춘』)[4]라는 이름을 가진 여성잡지 편집부를 이야기의 핵심적 공간으로 삼는다. 이러한 설정은 작가 최정희가 『너와 나와의 청춘』을 연재하고 있던 여성잡지 『주부생활』의 주간을 약 1년간 역임했던 경험[5] 혹은 식민지 시기에 이미 당대의 인

---

4 작품에서 주애가 편집하는 잡지의 이름이 『부인화보』(218쪽)로 기재된 경우가 있다.

5 신혜수는 최정희가 1958년 한 해 동안 『주부생활』 주간을 맡았다고 적고 있으며(신혜수, 「1950년대 여성관련 잡지 목록」, 『근대서지』 7호, 근대서지학회, 2013, 674쪽), 이병순은 최정희가 주간을 맡았던 시기가 1958년 2월부터 12월까지라고 언급한다(이병순, 앞의 논문, 77쪽). 하지만 잡지 판권면에 최정희가 주간으로 처음 기재된 권호는 1957년 12월 31일 인쇄, 1958년 1월 1일 발행된 2권 1호(1958년 1월호)이며, 1959년 2월호(1959년 1월 15일 발행)의 「편집후기」에는 최정희가 "지난해 12월 20일부"로 주간에서 사임했음을

기 잡지 『삼천리』 기자로 오랜 기간 일했던 경험의 반영일 수도 있다. 하지만 보다 중요한 점은 이러한 설정을 통해 두 작품의 여성 주인공이자 삼각관계의 한 축을 맡고 있는 석정려와 주애가 '여기자', 즉 가정에만 머물지 않고 취직하여 돈을 버는 여성 임금 노동자로 등장하고 있다는 점이다.

이러한 설정이 1950년대 당대 한국사회의 변화를 반영한 것임은 분명하다. 잘 알려져 있다시피, 1950년대는 전쟁으로 인해 남성 가부장의 노동력이 부재하거나 손실된 상황에서 이를 대체하기 위한 여성의 사회 진출이 급속히 증가했던 시기이다. 이러한 변화는 당연히 남녀 성역할의 변화 및 그로 인한 젠더 재편의 가능성으로 이어진다. 특히 남녀의 성역할이 전도되고 여성의 경제력이 확보되면서 전통적인 가부장제 가족의 위계가 뒤바뀔 가능성이 문제가 되는데, 두 작품 중 특히 『너와 나와의 청춘』은 이야기의 시작 지점에서부터 이 문제를 강조하고 있다. 작품은 왕년의 독립투사이지만 현재는 별다른 직업을 갖지 못하고 실직 상태에 있는 남편 이정기를 대신하여, 주애가 『여인화보』 편집부에 취직하는 장면부터 시작한다. 이때 주애의 취업을 알선했던, 이정기의 친구이자 잡지 주간인 '장병호'가 주애에게 처음 하는 말은 다음과 같다.

> "고민이란거 별거 아니죠. 이군이 들앉아 있고 부인이 이렇게 직업전선에 나서게 되시니 말이죠……" …(중략)… "그래도 우리 동양풍습상 남자가 밖에 나와 벌어다 주는걸 주부가 맡아 가지고 살림을 살게 마련이거든…… 여편네가 벌어다 주는걸 사내가 들앉아 먹는다는건…… 좀 거…… 사내대장부가 할것은 못되죠. 헛허허."(135쪽)

이처럼 이 작품의 첫 장면인, 주애가 취업하여 실직 상태인 남편 대신 가계를 책임지게 된 것은 남편 이정기의 남성적 권위가 훼손되는 문제적 상황으로 이해

적고 있다. 이를 감안하면 최정희가 주간으로 잡지 편집에 관여한 것은 시기적으로는 1957년 12월부터 1958년 12월까지이며, 권호로는 2권 1호(1958년 1월호)부터 3권 1호(1959년 1월호)까지로 판단된다(『주부생활』 2권 1호, 주부생활사, 1958.1, 판권면; 「편집 후기」, 『주부생활』 3권 2호, 주부생활사, 1959.2, 304쪽).

되며, 작품의 잠재적인 갈등과 불안을 형성한다. 실제로 작품은 이러한 갈등과 불안을 점차 현실화하는 방향으로 전개되는데, 이는 주애의 입장에서 본다면 이정기의 훼손된 권위를 대체할 수 있는 다른 남성 주체를 탐색하는 과정이고, 이정기의 입장에서 본다면 자신의 권위를 훼손한 주애를 사정없이 징벌하는 과정이다. 두 경우 모두 주애와 배영과의 스캔들을 핵심적인 매개로 삼는다.

『인생찬가』의 경우, 여성의 사회진출에 따른 성역할의 전도라는 문제는 『너와 나와의 청춘』에 비하면 분명하게 드러나지 않는다. 그럼에도 소설가 지망생인 형재를 격려하며 거처를 제공해주는 작가 '나영근'이 실질적인 실업 상태에 있으며, 나무를 손수 하는 등 실질적으로 가계를 꾸려나가는 사람이 그의 부인으로 나온다거나, '자유시장'이 "맨판 여자들 천지"(14쪽)라는 점이 언급된다거나, 무엇보다 여성 주인공 석정려가 "결혼도 안하고 새하고만"(78쪽) 사는 미혼 여성으로 등장한다는 점은 눈에 띈다. 석정려 자신은 "결혼을 포기할 생각은 해보지 않았"다고 (81쪽) 이야기하지만, 그럼에도 그가 "결혼까지 포기하구 새와 일생을 같이 하겠다는 사상"(81쪽)을 가진 인물로 이해되는 것은 여성에게 부과된 '아내-어머니'의 역할이 경제력을 가진 여성의 새로운 삶의 양식에 의해 전복될 가능성을 암시하는 것이기도 하다.

한편 그 반대편에 있는 두 명의 여성, 미쓰 홍과 한영실의 경우에 무엇보다 눈에 띄는 것은 이들의 화려한 생활과 거침없는 섹슈얼리티의 표출이다. 이를테면 『너와 나와의 청춘』에서 한영실은 자신에게 관심이 없는 배영을 유혹하기 위해 기획한 아버지 한상만 사장의 생일 파티를 위해 "그날 하루 저녁에 입을 옷으로 아름다운 한복에 호화로운 '이브닝 드레쓰'와 찬란한 '노-스리브'까지 겹쳐서 도합 세벌을 새로 준비"(158쪽)하는 한편 이 의상을 소화하기 위한 화려한 파티 프로그램을 마련한다. 이들은 이처럼 호화롭게 생활하며 자신의 육체와 섹슈얼리티를 대담하게 과시한다. 『인생찬가』의 첫 장면에서 미쓰 홍은 "소매가 뎅강 잘려나가고 가슴팍이 절반 이상 들어나는 노-스리브"(18쪽)를 입고 등장하며, 주변 사람에게 자신의 옷을 "시각적으로 보신 소감"(19쪽)을 노골적으로 요구한다. 두 작품에서 미쓰 홍과 한영실은 노골적이고 적극적으로 한형재와 배영을 유혹하고, 그러면서도 다른 남자들과의 성적 관계를 유지한다. 가령 미쓰 홍은 형재와 성관계를 가진 직후, 그에게 자신의 아버지를 만나 볼 것을 권유한 상황에서도 형재가 보는 앞에서 아버지의 비서인 '미스터 리'와 "정통적인 키쓰"(54쪽)를 하는 것이다.

이들의 모습이 1950년대 한국사회에 새롭게 등장했으며 '성적 자유분방함'을 지닌 것으로 이해되고 묘사된 '아프레걸'의 형상을 참고한 것임은 분명하다. 하지만 여기서 우선 이야기하고 싶은 것은 이들의 모습이 무엇보다 '서양적인 것'으로 이해된다는 점이다. 이를테면 『인생찬가』의 초반부에서 미쓰 홍의 옷과 얼굴은 우리에게는 어울리지 않는 다분히 미국적인 것으로 이야기된다.

> "이게, 그래 보기 싫으세요? 미국에선 이게 한창 유행이라는데요."
>
> 미쓰홍이 제 옷을 쓰다듬으며 댓구했다.
>
> "미국이나 다른 나라 여자들은 괜찮대두. 그 사람들은 사지가 늘씬하거든. 맥주나 좀더 드시지." …(중략)…
>
> "다시 제대로 만드는 수는 없는가요? 난 미쓰홍의 수술 받기전의 눈, 코가 보구 싶은걸."
>
> "지금 이건 안좋아요?"
>
> 미쓰홍이 눈과 코를 한꺼번에 가리키며 물었다. 그의 얼굴도 붉어 왔다.
>
> "안좋아. 남의걸 떼다 붙친것같아서…"
>
> "어쩜. 다들 전에 보다 낫다고들 하던데."
>
> "나을 턱이 없어요. 키가 짤막하구 몸집이 작은 우리 한국 사람한텐 크지 않은 눈, 높지 않은 코가 격에 맞아요."(31~32쪽)

당대 새롭게 등장한 '자유분방한' 여성의 모습을 이처럼 서구적 혹은 미국적인 것으로 이해하고 비판하는 방식은 사실은 매우 일반적인 것으로서, 1950년대 전후 한국사회에서 미국의 경제석·문화적 영향력이 증가하며 미국의 상품과 라이프스타일에 대한 대중적 선망이 나타남과 동시에 이를 퇴폐적 소비대중문화로 규정하며 경계했던 남성 엘리트 지식인들의 담론[6]과 밀접하게 연결된 것이기도 하

---

6   정종현, 「미국 헤게모니하 한국문화 재편의 젠더 정치학－1940~50년대 정비석 대중소

다. 하지만 중요한 점은 1950년대 한국사회에 물밀듯이 유입되던 미국 혹은 서구 문화를 배경으로 하여 등장한 이들이 새로운 여성 섹슈얼리티를 과시함으로써 '남성성/여성성'의 전통적 분할 방식에 심각한 균열을 발생시킨다는 점이다. 두 작품에서 미쓰 홍과 한영실은 대단히 부정적으로 그려지지만, 그럼에도 미쓰 홍은 "남자가 여자하는 일을 하고 여자가 남자하는 일을 하게" 된 시대에서의 "남녀동등권"(15쪽)을 소리 높여 외치는 인물이기도 하고, 또한 미쓰 홍의 이러한 주장은 작중 '미쓰 김'과 같은 주변 여성들의 큰 호응을 얻기도 한다.

말하자면 이 두 작품은, 1950년대 전후 한편으로는 여성의 사회진출이 활발해지며 경제력을 갖춘 여성이 증가하고 다른 한편으로는 미국대중문화가 물밀듯이 들어오며 새로운 여성성과 섹슈얼리티가 등장하는 상황에서, 전통적인 성역할이 전도되고 남성성/여성성의 위계적 분할 방식이 흔들림으로써 형성된 젠더 구성의 재편 가능성이라는 문제와 밀접하게 닿아 있다. 다만 이러한 변동을 매우 민감하게 받아들이면서 새로운 젠더 구성의 가능성을 경계하거나 젠더 구성을 이전처럼 되돌리려 했던 당대의 지배적 여성담론과의 관계에서 본다면, 최정희가 이 두 작품에서 1950년대의 젠더 구성 재편에 대응하는 방식은 순응과 타협·회의와 저항이 뒤섞인 매우 복잡한 것이었다. 이를 살펴보기 위해서는 젠더 구성의 또 다른 축을 이루는 남성성의 문제가 두 작품에서 어떻게 다루어지고 있는지를 살펴볼 필요가 있다.

3. 속물화된 사회와 남성성의 타락

앞서 언급했듯이 두 작품은 미쓰 홍과 한영실과 같이 새로운 여성성을 보여주는 인물들에게 매우 부정적이다. 다만 이러한 부정적 태도를 최정희의 보수적 여성관으로 직역하기에 앞서, 살펴볼 수 있는 것은 작가가 이러한 인물들을 통해 드

설을 중심으로」,『한국문학연구』35호, 동국대학교 한국문학연구소, 2008, 2장 참조.

러내고 있는 1950년대 한국사회의 풍경들이다. 미쓰 홍과 한영실이 화려하고 호화로운 생활을 하며 자신의 섹슈얼리티를 한껏 드러낼 수 있는 기반이 사장의 딸인 이들의 부유함에 있다는 것은 작품에 분명히 드러난다. 이들은 때때로 이름 대신 '사장 딸'로 불리며, 『너와 나와의 청춘』의 배영은 한영실이 너무나 "사장의 딸"(226쪽)이라는 것을 티 내고 다닌다며 핀잔을 주기도 한다.

눈여겨 볼 부분은 이들의 삶을 가능하게 하는 부를 제공하는 두 명의 사장님이 매우 속물적인 사람이라는 점이다. 이 점은 특히 『인생찬가』에서 강조된다. 작중 미쓰 홍의 아버지 '홍 사장'은 59세의 무역회사 사장—해외 물자의 원조·수입에 의존해야 했던 1950년대 소위 '원조경제' 체제에서 무역회사는 '밀수', '부정부패' 등의 기호와 연결되는 부정적 기표였다는 점도 상기할 수 있다—이다. 작중 그는 "겨무는 날을 마지하기 위해서 사는"(50쪽) 사람으로 설명되는데, 이는 그가 젊은 여성'들'과의 문란한 성생활을 유일한 삶의 낙으로 삼는, 성적으로 타락한 사람으로 이해되기 때문이다. 한편 『너와 나와의 청춘』에서 한영실의 아버지 '한상만' 사장은 주애와 배영이 일하는 '건국문화사'의 사장으로 설정되어 있다. 그는 홍 사장처럼 문란한 생활을 하지는 않지만, 그럼에도 그가 처음 등장하는 장면에서 그를 비유하는 표현은, 파렴치한 수단으로 사적 이익만을 도모하는 사람을 뜻하는 "모리배"[7](145쪽)이다.

두 작품에서 이 두 인물에 대해 비판적으로 서술한 대목을 열거하는 것은 꽤 시간이 걸리는 일이다. 때문에 요점만 말한다면 이 두 사람은 공통적으로 다른 이념이나 가치에 대한 추구 없이 육체적 쾌락과 그것을 가능하게 하는 물질적 부만을 좇는다는 의미에서 다분히 속물적인 인간이다. 그 연장선상에서 작중 미쓰 홍과 한영실의 삶에 대한 비판의 방식 중 하나는 그것이 '향락적인 것'에 가깝다는 점을

---

[7] '모리배(謀利輩)'는 식민지 시기에도 사용이 되었지만, 해방 이후 크게 유행한 말이다. 해방기의 '모리배'는 통상 해방 이후의 혼란 속에서 특히 적산(敵産) 불하와 취득 등에 있어 부정한 수단과 방법으로 자신의 사적 이익만을 도모하는 사람들을 일컫는 말로 사용되었다. 해방기 '모리배'라는 용어의 의미와 그 소설적 재현에 대해서는 임세화의 논문(「모리배의 탄생 : 해방기 소설에 나타난 '빈자(貧者)'의 도덕과 '경제적 인간'의 정치학」, 『상허학보』 50집, 상허학회, 2017)을 참조할 수 있다.

보여주는 것이다. 물론 미쓰 홍과 한영실 같은 인물이 보여주는 서구적 혹은 미국적인 삶의 양식을 '물질주의적'인 것으로 이해하고 비판하는 것은 당대 지식인 담론의 전형적인 태도로서 사실 그리 특별한 것은 아니다. 그럼에도 이 문제가 중요한 것은 이 두 작품이 이러한 속물적인 인물들과의 관계 속에서 남성 주인공들이 이러한 속물성에 점차 동화되고 있는 모습을 보여주고 있다는 점에 있다. 이는 작품에서 특히 한형재와 배영이 각각 미쓰 홍·한영실과 결혼하여 "사장 사위"(65쪽)가 될 수 있는 가능성이 부각되고, 두 인물이 이 가능성에 대해 우유부단한 모습을 보여주는 모습을 통해 드러난다.

두 작품의 남성 주인공 한형재와 배영은, 이들이 미쓰 홍과 한영실을 경멸하고 있다는 점에서 알 수 있듯이, 처음부터 속물적인 인물로 그려지진 않는다. 그럼에도 이들은 미쓰 홍과 한영실의 유혹에 대해 우유부단한 자세를 취하며, 끝내 그 유혹에 굴복함으로써 1950년대 한국사회의 속물성과 동화된다. 이때 이들이 공통적으로 탈이념화 혹은 탈가치화를 겪는다는 점은 중요하다. 『인생찬가』의 경우 이 과정은 상대적으로 단순하다. 형재는 딸과의 결혼을 권하는 홍 사장 앞에서조차 소설을 쓰는 것이 자기의 소명이기 때문에 결혼을 할 수 없다고 이야기하는 소설가 지망생이다. 하지만 정작 형재는 "세인을 놀라게 하기는 커녕 신춘문예 응모 작품에도 뽑히지"(42쪽) 못하고 있다. 대신 작중 형재가 보여주는 것은 미쓰 홍의 유혹에 번번히 넘어가며 스스로는 '원하지 않지만 어쩔 수 없었다고' 말하는, 미쓰 홍과의 성관계를 반복하는 것 뿐이다.

이때 형재가 자신의 행동을 변명할 때, 한국전쟁 당시의 전쟁포로 경험을 내세우고 있다는 점은 매우 중요하다. 형재의 말을 그대로 빌리면 형재가 미쓰 홍의 유혹에 저항하지 못한 이유는 "전쟁을 하고 포로가 되느라고 아무것도 할수"(47쪽) 없었기 때문이다. 작품 후반부에서 형재는 "군대에 가서 포로가 되구, 포로가 됐다가 다시 포로가 되어 오구 하느라고 여자 구경을 할새가 없었"(104쪽)기 때문에 미쓰 홍의 유혹을 거부할 수 없었다고 이야기하기도 하지만, 이 말을 액면 그대로 받아들일 수는 없다. 이를테면 미쓰 홍과의 관계 문제 이외에도 형재는 자신의 '옹졸함'이 "전쟁에 나가고 포로가 되는 사이에 저도 모르게"(48쪽) 생겼다고 이야기하기 때문이다.

작품은 형재가 "포로수용소에서"(41쪽) 나왔다는 것을 제외하면 형재의 포로 경험에 대해 구체적으로 이야기하지 않는다. 다만 포로가 되었다가 다시 포로가 되었다고 말하는 형재의 경험은 매우 특이해 보인다. 다른 해석의 여지가 있지만, 일단 이는 형재가 남한 국군 소속으로 종군했다가, 북한 인민군의 포로가 되었다가 인민군 혹은 의용군으로 동원되고, 다시 남한 국군의 포로가 되었다는 것으로 이해할 수 있다. 여기에 "이북에 있는 부모형제"(42쪽)라는 말에서 알 수 있듯이 형재가 원래 북한 지역이 고향인 '월남민'이라는 사실을 고려하면 문제는 더욱 복잡해진다.

하지만 확실하게 이야기할 수 있는 것은 '전쟁포로'이자 '월남민'이었던 형재가 남한 사회에서 그 신원과 사상을 끊임없이 의심받았을 것이라는 점,[8] 그리고 서로 다른 이념적 진영에서 포로 생활을 하며 생존을 위한 이념적 전향을 반복해야만 했었을 것이라는 점이다. 이 점에서 형재가 자신의 옹졸함이 포로 체험으로부터 생긴 것이라고 이야기하는 것은 그보다 몇 년 뒤 시인 김수영이 자신의 잘 알려진 시에서 "옹졸한 나의 전통"이 "부산에 포로수용소의 제14야전병원"에 기원을 두고 있다고 적은 것[9]과 사실은 크게 다르지 않다. 또한 이는 한국전쟁기 인민군이 점령한 서울에 남아 고초를 겪다가 국군의 서울 수복 이후 다시 부역자(附逆者)로 몰려 심판을 받아야 했던 최정희의 경험[10]과 닿아 있는 것이기도 하다. 이처럼 『인생찬가』에서 형재가 보여주는 무기력한 모습에는 전쟁의 폭력 속에서 전향을 반복하며 탈이념화의 과정을 거쳐야 했던 사람들의 역사적 기억이 개입하고 있는

---

8   한국전쟁 전후(前後) 한국사회에서 '월남민'과 '전쟁포로'는 둘 다 계속해서 사상이 의심스러운 자로 의심과 감시의 대상이 되었다. 이 점에 대해서는 김귀옥, 「냉전시대의 경계에 선 사람들」, 『황해문화』 67호, 새얼문화재단, 2010; 임세화, 「'포로'라는 이념: 한국전쟁 '포로서사'와 '자기구성'의 가능성」, 『상허학보』 46집, 상허학회, 2016 등 참조.

9   김수영, 「어느날 고궁을 나오면서」, 『김수영 전집』 1권, 민음사, 1981, 249쪽.

10 한국전쟁기 최정희의 부역 문제 및 그와 관련한 최정희의 기록에 관한 분석으로는, 유승환, 「잔류파와 도강파의 내적 논리와 '공모의 공간'으로서의 고백적 글쓰기」, 『우리어문연구』 71집, 우리어문학회, 2021, 283~290쪽 참조.

것이기도 하다.

『너와 나와의 청춘』은 조금 더 복잡하다. 이 작품에서도 중심 인물인 두 남성, 배영과 이정기는 이야기의 시작에서는 단순한 속물과 구분된다. 주애의 남편인 이정기는 일제강점기 독립운동가로서 투옥된 경험이 있는 사람이라는 점에서, 그리고 『여인화보』 편집장을 맡고 있는 배영의 경우에는 단순한 돈벌이가 아니라 "국민 대중의 지식을 넓히며 정신생활을 이끌어 갈" "진정한 문화사업"을(198쪽) 하고 싶어하는 출판인으로서, 동시에 자신의 잡지 편집 방침을 힐난하는 한상만 사장을 '모리배'라고 야유할 수 있는 강단을 가진 사람이라는 점에서 그렇다.

바로 그렇기 때문에 이 둘은 비슷한 사람이며, 따라서 서로 비교되거나 대체될 가능성을 가진 것으로 이해된다. 작품에서 이는 '구둣발 소리'라는 독특한 비유를 통해 표현된다. 작품의 첫 장면에서 배영이 주애의 관심을 끄는 것은 그의 '탄력 있는 구둣발 소리'가 남편의 그것과 비슷하기 때문이다.

> 인사 소개가 끝나고 자리에 와 앉자 '또어'를 밀고 들어서는 남자가 있었다. 그 쪽으로 얼굴을 돌리지 않을 수 없었다. 탄력있는 구두발 소리가 주애(周愛)로 하여금 저도 모르게 얼굴을 돌리게 했던 것이다. …(중략)… 사장한테 인사를 마치고 나오면서도 주애는 여전히 구두발소리에 조심하면서 남편의 하던 말을 되씹었다. 그리고 남편의 구두발 소리도 어지간히 탄력있는 소리라는 생각을 하는 것이었다.(133~134쪽)

이 작품에서 '구둣발소리'는 남성적 매력과 권위와 긴밀하게 연관되어 있다. 다만 그 매력과 권위의 근거에 대한 주애와 이정기의 생각은 다르다. 발소리의 탄력이 '허릿심'으로 이어진다고 생각하는 이정기가 남성적 매력을 남성 섹슈얼리티와 동일시하는 반면, "남편의 허릿심이 탄력 있는 구두발 소리에서 오는 것이라는 생각은 한번도 해 본 일이" 없는(134쪽) 주애는 양자를 분리한다. 이 점에서 이정기에 대한 주애의 애매모호한 애정은 적어도 성적인 것은 아니다. 이정기가 성관계를 시도할 때마다 주애가 느끼는 것은 "고초로운"(134쪽) 감정에 다름 아니다.

이러한 점에서 양자의 관계는 주애가 독립운동가로서의 이력을 가진 남편의 권위를 인정할 때 가까스로 유지될 수 있는 것이기도 하다. 결국 주애가 느끼는 '구두 발소리'의 탄력은 이정기와 배영 같은 남성 주체들이 가진 이념의 문제와 연관된다. 이정기와 배영은 공통적으로 단순한 속물이 아니라, 자신의 사적 이익을 넘어 민족 혹은 국가 공동체의 이익을 도모한다는 점에서 일종의 민족주의 영웅에 해당한다.[11]

그렇게 본다면 이야기의 중심축을 이루는 주애와 배영의 스캔들, 그리고 그로 인한 이정기의 실의와 분노는, 왕년의 독립투사인 이정기가 지금은 실직자에 불과하다는 사실에서 알 수 있듯이, 독립운동의 경험이 빛바랜 훈장으로 전락해 버린 전후의 속물화된 한국사회에서 민족주의적 남성 주체의 재구성 과정을 살펴보기 위한 것으로 읽을 수 있다. 여기에는 당연히 배영이라는 새로운 시대의 남성 주체로 이정기라는 지나간 시대의 남성적 권위를 대체할 수 있는 가능성에 대한 모색이 포함된다.

여기서 배영과 이정기라는 두 남성 주체가 일종의 계급 분화 과정을 겪는다는 것은 흥미롭다. 즉, 배영이 한영실과의 결혼을 통해 한상만이 가지고 있는 출판 자본을 물려받는 자본가로 재탄생할 수 있는 가능성은, 이정기가 광산 노동자로 '전락'해 가는 과정과 나란히 제시된다. 이는 해방 이후 한국 사회가 냉전 자본주의 체제로 이행하는 과정에서 이루어진 민족주의적 남성 주체들의 변모와 분화를 보여주는 것일 수도 있다. 그럼에도 배영과 이정기는 둘 다 새로운 시대에 걸맞는 남성적 권위를 제시하지 못한다. 배영이 자본가가 되는 것은 무엇보다 한영실의 유혹에 굴복하여 그와 결혼하는 것을 전제로 한다는 점에서 결국 속물적 세계에 동화되는 것이다. 이정기의 경우는 조금 더 복잡하다. 주애가 광산에 간 남편을 "요새 같은 세상엔 되려 그런데 가 백혀서 제 할 일을 하는게"(210쪽) 낫다고 적극 옹호함에도 불구하고, 이정기 스스로가 일종의 자포자기 상태에서 술을 먹고 여

---

11   이러한 '민족주의 영웅'으로서의 남성 인물은『녹색의 문』(『최정희 소설 전집』 1권)의 '김영서',『끝없는 낭만』(『최정희 소설 전집』 2권)의 '배곤' 등, 1950년대 최정희 장편소설에서 빈번하게 나타나는 인물 유형이다.

자를 돈으로 사는 생활로 일관하기 때문이다. 이러한 이정기에게 "일제와 투쟁하던 그 꿋꿋한 모습"(295쪽)을 더 이상 찾아볼 수 없다는 것은 작품에서 분명하게 서술되거니와, 사실은 이정기 스스로 "노동자에게 부인이 어디 있단 말이냐"(294쪽)라는 말을 말버릇처럼 되풀이한다는 점에서 왕년의 독립투사로서 이정기가 가지고 있었던 남성적 권위는 완전히 붕괴된다.

이때 배영과 이정기의 변모 과정에서 공통적으로 강조되는 두 인물의 '성적 타락'은 작중 이들이 겪은 탈이념화의 문제로 이어진다. 작품 초반의 '구둣발소리'에 애매하게 결합되어 있었던 민족주의적 이념과 남성 섹슈얼리티가 이 과정에서 완전히 분리되며, 남성적 권위를 '허릿심', 즉 남성 섹슈얼리티의 폭력적 관철에 의해 확보하려 하는 남성 인물들의 행보가 강조되기 때문이다. 이정기의 경우, 그가 처자가 있었음에도 주애와 결혼한 파렴치한 중혼자(重婚者)라는 사실이 작품 초반에 밝혀지는 부분에서 이미 그의 권위는 의심된다. 또한 주애의 취업 이후 자신의 권위가 의심될 때, 그때마다 이정기가 택하는 것은 주애와 반강제적인 성관계를 가짐으로써―정확히 주애의 취업 첫 날, 창경원에서 배영과 우연히 마주침으로써 주애와 배영 사이에 흐르는 미묘한 기류를 감지했던 날, 주애가 탄광으로 자신을 찾아왔던 날, 세 차례에 걸쳐 반복된다―자신의 남성적 권위를 회복하려 하는 것이다. 배영의 경우도 사정은 크게 다르지 않다. 한영실과의 관계로 인해 주애와의 관계가 좀처럼 진척되지 않던 상황에서 배영은 새벽에 해변에서 마주친 주애를 억지로 범하려다 실패하며, 이에 실의한 배영이 그날 바로 한영실과 성관계를 가짐으로써 주애와 배영의 관계는 결정적인 파국을 맞이한다.

이처럼 이 작품의 남성 주인공들이 보여주는 성적 타락은 단순한 도덕적 일탈을 넘어, 이들의 '탄력있는 구둣발소리', 즉 이들의 남성적 권위와 매력이 이들의 이념과 분리되어 단순한 남성 섹슈얼리티로 환원되는 과정을 보여준다. 그리고 바로 이 지점에서 새로운 시대의 남성성과 남성적 권위를 탐색하려는 시도는 좌절된다. 이들은 결국 탈이념화되고 속물화된 주체로서 1950년대의 속물적 한국 사회에 동화된 존재일 뿐이며, 이들이 드러내는 남성 섹슈얼리티는 그저 폭력적인 것일 뿐이다. 따라서 작품의 결말부에서 이들의 '구둣발소리'가 다음과 같이 그

'탄력'을 잃어버리는 것은 지극히 당연한 것이기도 하다.

> 모래를 밟는 구두발 소리들이 샤륵샤륵 날카로운 신경을 이르켜 세웠다. 여기
> 선 이정기의 것도 배영의 것도 똑같이 탄력을 잃고 있었다.(306쪽)

4. 자리할 곳 없는 여성성의 곤경

이처럼 이 두 작품이 1950년대 한국사회의 젠더 구성 재편을 염두에 두면서, 이를 새로운 여성성의 등장이라는 측면에서뿐만 아니라 그와 짝패를 이루는 남성성 혹은 남성적 권위의 결정적 상실이라는 측면에서 살펴보고 있다고 할 때, 남은 문제는 작품에서 선택되고 있는 특정한 여성성이 이러한 변화된 남성성과의 관계 속에서 어떻게 구축되고 자리잡는지에 관한 것이다. 그리고 이는 당연히 소설의 결말, 즉 남녀 주인공들의 선택이 어떻게 이루어지며, 그 결과 주요 인물들의 관계가 어떻게 귀착되는지와 관계된다. 이 점에서 안타깝게도 『인생찬가』에서는 이 문제를 살펴볼 수 없는데, 미완 작품이라 형재-미쓰 홍-석정려의 삼각관계가 어떻게 귀결되는지 확인할 수 없기 때문이다.

그럼에도 두 작품에서 일단 작가가 이전의 젠더 구성으로 돌아갈 것을 강력히 촉구하는 지배담론에 일단 순응하는 듯한 태도를 취하는 것은 분명하다. 앞서 언급했듯이 미쓰 홍과 석정려, 그리고 한영실과 주애의 대비를 통해 작품이 강조하는 것은 각각 후자에 해당하는 전통적인 여성성에 대한 옹호이기 때문이다. 『너와 나와의 청춘』의 경우라면, 배영과 주애의 관계가 결정적인 파국을 맞이한 뒤, 주애가 회사를 그만두고 상동 탄광촌으로 내려가 남편을 "봉양"(248쪽)하고 아이를 길러내는 아내와 어머니로서의 여성의 전통적인 성역할에 충실하겠다고 결심하고 이를 실행하는 모습에서, 지배담론이 요구하는 전통적인 여성성에 순응하는 듯한 태도를 보다 분명히 확인할 수 있다.

하지만 문제가 되는 것은 이러한 방식으로 재구축한 여성성이 당대의 한국사회

에 안착하는 모습을 작품에서 그려내지 못하고 있다는 점이다. 이러한 문제는『너와 나와의 청춘』의 종반부에서 상동에 내려가 아내와 어머니의 역할에 충실한 삶을 살려고 했던 주애에 대한 이정기의 가혹한 학대에서 분명하게 나타난다. 주애가 상동 탄광에 내려간 이후인 종반부의 이야기는 주애의 수난사에 가깝다. 주애가 배영과의 관계를 완전히 포기하고 남편 이정기와 의붓자식 성수에게 헌신하겠다고 결심한 이후에도 이정기는 배영과 주애의 관계를 계속 의심하며 주애를 자신의 아내로 인정하지 않는다. 이정기는 여전히 자신에게는 아내가 없다는 이야기를 되풀이하며, 집에 아예 들어오지 않거나 술에 취한 상태에서만 집으로 돌아오며, 종종 주애를 구타한다. 작중 대부분의 내용이 주애의 시각에서 서술된다는 점에서, 작품에서 주애의 무고함은 매우 선명하게 드러난다. 때문에 이정기의 행동은 그저 무도하고 못난 것으로 이해된다. 주애가 자신과 배영의 관계—엄밀히 따져보면 주애의 마음이 잠깐 흔들렸다는 것 이외에 고백할 만한 건덕지가 없는 것임에도—를 솔직히 고백하고, 아내로서의 역할에 충실하겠다고 말함에도, 이정기는 주애와 배영의 사이를 의심하는 그 "시시껍지한 생각을랑"(249쪽) 전혀 버리지 못하고 있는 것이다.

이정기의 학대에 대해 주애는 "남편의 마음을 바루 잡으려는 노력"을 포기함에도 여전히 "아내로서의 할 의무와 책임을 다 해"주는 방식(292쪽)으로 대처하지만, 주애가 이정기의 아이인 '성곤'을 낳으며 갈등은 더욱 심화된다. 주애가 아이를 출산하는 것은 주애가 생물학적인 어머니—큰 아들인 성수는 실은 이정기와 전처 사이의 자식이다—로서 재탄생하는 것을 의미한다. 때문에 이 대목에서 작가는「흉가」(1937) 이후의 작품에서 무수히 되풀이되었던, 최정희 소설의 전가의 보도 중 하나인 '모성'을 수용하는 여성의 모습을 다시 한번 꺼내고 있는 것이다. 하지만 문제는 어머니 역할에 대한 수용이 자기정체성을 둘러싼 여성 인물의 내적 갈등을 표면적으로 봉합하는 계기가 될 수 있었던, 이를테면 식민지 시기의「인맥」(1940) 같은 작품과 달리『너와 나와의 청춘』에서는 이러한 모성의 수용이 오히려 이정기와의 갈등을 더욱 심화시키는 계기로 작용한다는 것이다. 물론 이정기가 성곤이 실은 배영의 자식이 아닌가 의심하기 때문이다.

말하자면 주애에게는 퇴로가 없다. 주애가 아무리 전통적인 여성성으로 복귀한다고 하더라도, 다시 말해 회사를 그만두어도, 현숙한 아내로 돌아오더라도, 심지어 아이를 낳고 어머니로서의 역할을 받아들인다고 하더라도 주애는 여전히 안착할 자리를 찾지 못한다. 작품의 결말에서 이정기는 주애와 성곤이를 배영과 함께 한강변으로 데리고 가서, 다음날 한영실과 결혼식을 치를 예정인 배영에게 처자식을 인수하라고 강요한다. 주애와 배영의 관계를 계속해서 의심하는 이정기도, 한영실과 곧 결혼할 처지인 배영도 주애와 그의 아들을 자신의 처자식으로 받아들이지 못한다. 이정기에서 흠씬 두들겨 맞은 배영은 다음날의 결혼식에 불참한 채, 이정기에게서 우연히 얻은 주애의 사진을 손에 쥐고 혼자 행복해하지만, 그럼에도 남편을 따라 한강변 백사장 뚝쪽으로 "신의 보호가 있기를 빌면서"(307쪽) 걸었던 주애의 행방은 묘연하다.

　『너와 나와의 청춘』의 이러한 결말은 전통적인 여성성과 성역할로 회귀할 것을 요청하는 당대의 지배적 여성담론의 요구를 거의 전면적으로 수용함에도 불구하고 여전히 자리잡을 곳을 찾지 못하는 여성성의 곤경을 단적으로 드러낸다. 그리고 이러한 곤경은 주애가 어떠한 여성성을 선택했는지의 문제와는 거의 관련이 없다. 애초에 『인생찬가』의 형재와 『너와 나와의 청춘』의 배영이 보여주는 우유부단하며 모순적인 태도, 즉 마음으로는 각각 석정려와 주애를 사모하면서도, 미쓰 홍과 한영실의 유혹에 번번히 넘어가 버리는 남성 주인공들의 모습을 감안할 때, 실은 이 두 작품의 여성 주인공이 어떠한 선택을 하더라도, 남성 인물들의 태도와 성격의 극적인 변화 없이는 그 선택이 그대로 받아들여질 것을 기대하기는 어렵다. 간단하게 말해, 석정려와 주애가 전통적인 여성상으로 복귀한다고 하더라도, 두 작품의 속물화된 남성 주인공들은 결국 권위적인 남성 주체로 돌아오지 못하기 때문이다. 이리한 점에서 겉으로는 매우 순응적이며 보수적인 여성관을 드러낸 것으로 보이는 이 두 작품, 특히 『너와 나와의 청춘』은 젠더 구성의 재편 가능성이 가시화되던 1950년대 한국사회에서 전통적 여성성과 성역할을 강조했던 지배담론의 젠더정치학이 지닌 내적 모순 및 그 실현불가능성을 역설적으로 드러낸다.

5. 민족주의적 남성 주체의 해체와 『인간사』로의 길

　최정희 소설에서 여성의 자리는 늘 불안정하다. 최정희 소설의 문제적인 여성 주인공들은 자신의 성적·도덕적·이념적 일탈을 추궁하는 적대적인 사회와 마주치면서, 어떻게든 자신의 자리를 얻어내고자 필사적으로 노력한다. 많은 경우 그러한 노력은 '보통의 여성'으로 돌아오라는 남성 중심적 사회의 보수적인 목소리에 굴복하거나 타협하는 과정을 수반하지만, 그러한 과정에서 역설적으로 남성 중심적인 사회의 젠더 구성이 가진 억압성과 내적 모순을 드러내는 방식으로 이를 내파하려는 시도를 보여준다. 이러한 점을 고려할 때 지배적 여성담론의 보수적 여성관에 순응하는 듯한 모습을 보이면서도, 실은 1950년대 한국사회의 사회적·젠더적 변화 과정 속에서 그러한 젠더 구성 전략이 지닌 모순과 억압성, 그 실현불가능성을 드러내고 있는 『인생찬가』와 『너와 나와의 청춘』은 다분히 최정희 소설다운 소설로서, 최정희 소설의 교묘하고 복합적인 서사 전략을 전형적으로 보여준다.

　이러한 점에서 마지막으로 이 두 작품이 최정희의 소설 계보에서 가지는 위치를 생각해 볼 수 있다. 직접적인 비교의 대상이 될 수 있는 것은 『끝없는 낭만』(1956~1957, 『최정희 소설 전집』 2권)이다. 작품의 주인공 '차래'는 미군 '캐리 죠오지'와의 낭만적 사랑 끝에 그와 결혼하고 아이까지 낳지만, 독립투사의 아들이자 그 자신은 반공투사인, 즉 이정기와 마찬가지로 민족주의 영웅이라고 할 수 있는 이전의 약혼자 '배곤'이 돌아와서 차래를 낭만적 사랑의 주인공이 아닌 '양공주'로 선언함으로써 단번에 설 자리를 잃는다. 차래는 배곤의 요청에 따라 혼혈아 아들을 고아원에 버리지만, 결국 견디지 못하고 스스로 목숨을 끊기 때문이다.

　「끝없는 낭만」의 차래는 『너와 나와의 청춘』의 주애의 경우처럼, 남성 주체의 요구를 전면적으로 수용하고도, 마침내 자신이 위치할 자리를 찾지 못한 여성상을 통해 이러한 민족주의적인 남성 주체의 요구가 가진 폭력성과 억압성을 효과적으로 환기하고 있다. 그럼에도 불구하고 결정적인 차이로 지적될 수 있는 것은 「끝없는 낭만」에서는 『너와 나와의 청춘』과는 달리 배곤으로 상징되는 남성 주체의 권위 자체는 의심의 대상이 되지 않는다는 점이다. 배곤은 민족주의 영웅으로서 흠 없는 경력과 함께 도덕적인 고결함을 지나칠 정도로 보유하고 있다.

그에 비해『인생찬가』와『너와 나와의 청춘』은 1950년대 후반 점차 탈이념화되고 속물화되어 가는 한국 사회의 모습에 속절없이 동화되어버린 민족주의적 남성 주체의 권위를 사정없이 해체한다. 그리고 이러한 해체의 과정을 경유하며 비로소 최정희는 남성적 주체의 이념과 권위의 속박에서 벗어나 근대 한국 사회의 장기적인 사회 변동을 독자적인 시각으로 그려낼 수 있는 가능성을 확보한다. 해방 이후 최정희 장편소설의 정점이라고 할 수 있는『인간사』(1960~1964,『최정희 소설 전집』5권)가 여기에 해당한다.

1950년대 내내 활발한 창작 활동을 펼쳤던 최정희는 1959년 3월『너와 나와의 청춘』연재 종료 이후, 1960년 8월『인간사』의 연재를 시작하기까지 1년 반 정도 소설 창작을 중단한다. 하지만 최정희는 적어도 1959년 5월의 시점에서 이미『인간사』의 구상에 들어간 것으로 보인다.[12] 최종적으로『인간사』로 나아가는 최정희의 문학적 경로의 가장 끄트머리에 놓인 두 작품이 바로 여기서 다룬『인생찬가』와『너와 나와의 청춘』인 셈이다. 두 작품에서 나타난 남성 주체에 대한 사정없는 해체와 젠더 질서의 재구성 문제에 대한 고민이 어떻게『인간사』와 연관되는 것인지에 대해서는 이어지는『최정희 소설 전집』5권,『인간사』를 읽고 생각해 보기로 하자.

---

12 「서울시 문화상에 빛나는 사람 문학상 최정희 씨」,『조선일보』, 1959.5.20. 기사에 의하면 최정희는 이 시점에『사상계』의 '전재 장편란'에 수록할 장편소설을 구상하고 있었다. 후에『인간사』가『사상계』에 연재된다는 점을 감안할 때, 이는『인간사』를 지칭하는 것이 틀림없어 보인다.